岩 波 文 庫

31-185-2

# 夫 婦 善 哉

## 正 続

他十二篇

織田作之助作

岩 波 書 店

# 目次

# 夫婦《めおと》善哉《ぜんざい》

年中《ねんじゅう》借金取が出はいりした。節季《せっき》はむろんまるで毎日のことで、醤油屋、油屋、八百屋、鰯屋、乾物屋、炭屋、米屋、家主その他、いずれも厳しい催促だった。路地の入口で牛蒡《ごぼう》、蓮根《れんこん》、芋、三ツ葉、蒟蒻《こんにゃく》、紅生姜、鯣《するめ》、鰯など一銭天婦羅《てんぷら》を揚げて商っている種吉は借金取の姿が見えると、下向いてにわかに饂飩粉《うどんこ》をこねる真似《まね》した。近所の子供たちも、「おっさん、はよ牛蒡《ごんぼ》揚げてんかいナ」と待て暫《しば》しがなく、「よっしゃ、今揚げたァるぜ」と言うものの擂鉢《すりばち》の底をごしごしやるだけで、水洟《みずばな》の落ちたのも気付かなかった。

種吉では話にならぬから素通りして路地の奥へ行き種吉の女房に掛け合うと、女房のお辰は種吉とはだいぶ違って、借金取の動作に注意の目をくばった。催促の身振りが余って腰掛けている板の間をちょっとでもたたくと、お辰はすかさず、「人さまの家の板の間たたいて、あんた、それでよろしおまんのんか」と血相かえるのだった。「そこは家の神様が宿ったはるとこだっせ」

芝居の積《つも》りだがそれでもやはり興奮するのか、声に泪《なみだ》がまじるくらいであるから、相手は驚いて「無茶言いなはんナ、何も私《わて》はたたかしまへんぜ」とむしろ開き直り、二、三度押問答の挙句、結局お辰は言い負けて、素手では帰せぬ破目になり、五十銭か一円だけ身を切られる想いで渡さねばならなかった。それでも、一度だけだが、板の間のことをその場で指摘されると、何とも言訳のない困り方でいきなり平身低頭して詫びを入れ、ほうほうの態《てい》で逃げ帰った借金取があったと、きまってあとでお辰の愚痴の相手は娘の蝶子であった。

そんな母親を蝶子は見っともないとも哀れとも思った。それで、母親を欺して買食いの金をせしめたり、天婦羅の売上箱から小銭を盗んだりして来たことが、ちょっと後悔された。種吉の天婦羅は味で売ってなかなか評判よかったが、そのため損をしているようだった。蓮根でも蒟蒻でも頗《すこぶ》る厚身で、お辰の目にも引き合わぬと見えたが、種吉は算盤《そろばん》おいてみて、「七厘《りん》の元を一銭に商って損するわけはない」家に金の残らぬのは前々の借金で毎日の売上げが喰込んで行くためだとの種吉の言分はもっともだったが、しかし、十二歳の蝶子には、父親の算盤には炭代や醤油代がはいっていないと知れた。

天婦羅だけでは立ち行かぬから、近所に葬式があるたびに、駕籠《かご》かき人足に雇われた。

氏神《うじがみ》の夏祭には、水干《すいかん》を着てお宮の大提灯を担いで練ると、日当九十銭になった。鎧《よろい》を着ると三十銭あがりだった。種吉の留守にはお辰が天婦羅を揚げた。お辰は存分に材料を節約《しまつ》したから、祭の日通り掛《がか》りに見て、種吉は肩身の狭い想いをし、鎧の下を汗が走った。

よくよく貧乏したので、蝶子が小学校を卒《お》えると、あわてて女中奉公に出した。俗に、河童《がたろ》横丁の材木屋の主人から随分と良い条件で話があったので、お辰の顔に思いがけぬ血色が出たが、ゆくゆくは妾《めかけ》にしろとの肚《はら》が読めて父親はうんと言わず、日本橋《にっぽんばし》三丁目の古着屋《ふるて》へ馬鹿に悪い条件で女中奉公させた。河童横丁は昔河童が棲んでいたといわれ、忌《きら》われて二束三文だったそこの土地を材木屋の先代が買い取って借家を建て、今はきびしく高い家賃も取るから金が出来て、河童は材木屋だと蔭口さかれていたが、妾が何人もいて若い生血《いきち》を吸うからという意味もあるらしかった。蝶子はむくむく女めいて、顔立ちも小ぢんまり整い、材木屋はさすがに炯眼《けいがん》だった。

日本橋の古着屋で半年余り辛抱が続いた。冬の朝、黒門《くろもん》市場への買出しに廻り道して古着屋の前を通り掛った種吉は、店先を掃除している蝶子の手が赤ぎれて血がにじんでいるのを見て、そのままはいって掛け合い、連れもどした。そして、所望されるままに曽根崎新地《そねざきしんち》のお茶屋へおちょぼ(芸者の下地ッ子《したじ》)にやった。

種吉の手に五十円の金がはいり、これは借金払いでみるみる消えたが、あとにも先にも纏《まと》まって受取ったのはそれ切りだった。もとより左団扇の気持はなかったから、十七のとき蝶子が芸者になると聞いて、この父はにわかに狼狽した。お披露目をするといってもまさか天婦羅を配って歩くわけには行かず、祝儀、衣裳、心付けなど大変な物入りで、のみこんで抱主《かかえぬし》が出してくれるのはいいが、それは前借《まえがり》になるから、いわば蝶子を縛る勘定になると、反対した。が、結局持前の陽気好きの気性が環境に染まって是非に芸者になりたいと蝶子に駄々をこねられると、負けて、種吉は随分苦面《くめん》した。だから、辛い勤めも皆親のためという俗句は蝶子に当て嵌《はま》らぬ。不粋な客から、芸者になったのはよくよくの訳があってのことやろ、全体お前の父親は……と訊かれると、父親は博奕《ばくち》打ちでとか、欺されて田畑をとられたためだとか、哀れっぽく持ちかけるなど、まさかな薄情な親テあるもんかと泣きこんで、あわや勘当さわぎだったとはさすがに本当のこととも言えなんだ。「私のお父《とっ》つぁんは旦《だん》さんみたいに良《え》え男前や」と外《そ》らしたりして悪趣味極まったが、それが愛嬌になった。——蝶子は声自慢で、どんなお座敷でも思い切り声を張り上げて咽喉《のど》や額に筋を立て、襖紙《ふすまがみ》がふるえるという浅ましい唄い方をし、陽気な座敷には無くてかなわぬ妓であったから、はっさい（お転婆《てんば》）で売っていたのだ。

——それでも、たった一人、馴染みの安化粧品問屋の息子には何もかも本当のことを言った。

維康《これやす》柳吉といい、女房もあり、ことし四つの子供もある三十一歳の男だったが、逢い初めて三《み》月でもうそんな仲になり、評判立って、一本になった時の旦那をしくじった。中風で寝ている父親に代って柳吉が切り廻している商売というのが、理髪店向きの石鹸、クリーム、チック、ポマード、美顔水、ふけとりなどの卸問屋《おろしどんや》であると聞いて、散髪屋へ顔を剃りに行っても、其店《そこ》で使っている化粧品のマークに気をつけるようになった。ある日、梅田《うめだ》新道《しんみち》にある柳吉の店の前を通り掛ると、厚子《あつし》を着た柳吉が丁稚《でっち》相手に地方送りの荷造りを監督していた。耳に挟んだ筆をとると、さらさらと帖面の上を走らせ、やがて、それを口にくわえて算盤を弾くその姿がいかにも甲斐甲斐《かいがい》しく見えた。ふと視線が合うと、蝶子は耳の附根まで真赧《まっか》になったが、柳吉は素知らぬ顔で、ちょいちょい横眼を使うだけであった。それが律義者めいた。柳吉は些《いささ》か吃《ども》りで、物を言うとき上を向いてちょっと口をもぐもぐさせる、その恰好がかねがね蝶子には思慮あり気《げ》に見えていた。

蝶子は柳吉をしっかりした頼《たのも》しい男だと思い、そのように言い触らしたが、そのため、その仲は彼女の方からのぼせて行ったと言われてもかえす言葉はないはずだと、人々は取沙汰した。酔い癖の浄瑠璃のサワリで泣声をうなる、そのときの柳吉の顔を、人々は正当に判断づけていたのだ。夜店の二銭のドテ焼（豚の皮身を味噌で煮つめたもの）が好きで、ドテ焼さんと渾名《あだな》がついていたくらいだ。

柳吉はうまい物に掛けると眼がなくて、「うまいもん屋」へしばしば蝶子を連れて行った。彼に言わせると、北にはうまいもんを食わせる店がなく、うまいもんは何といっても南に限るそうで、それも一流の店は駄目や、汚いことを言うようだが銭《ぜに》を捨てるだけの話、本真《ほんま》にうまいもん食いたかったら、「一ぺん俺の後へ随《つ》いて……」行くと、無論《むろん》一流の店へははいらず、よくて高津《こうづ》の湯豆腐屋、下は夜店のドテ焼、粕《かす》饅頭から、戎橋《えびすばし》筋そごう横「しる市」のどじょう汁と皮鯨《ころ》汁、道頓堀《どうとんぼり》相合橋東詰「出雲屋《いずもや》」のまむし、日本橋「たこ梅」のたこ、法善寺《ほうぜんじ》境内「正弁丹吾亭《しょうべんたんごてい》」の関東煮《かんとだき》、千日前常盤座《せんにちまえときわざ》横「寿司《すし》捨《すて》」の鉄火巻と鯛の皮の酢味噌、その向い「だるまや」のかやく飯と粕じるなどで、いずれも銭のかからぬいわば下手《げて》もの料理ばかりであった。芸者を連れて行くべき店の構えでもなかったから、はじめは蝶子も択《よ》りによってこんな所へと思ったが、「ど、ど、ど、どや、うまいやろが、こ、こ、こ、こんなうまいもん何処《どこ》ィ行ったかて食べられへんぜ」という講釈を聞きながら食うと、なるほどうまかった。

乱暴に白い足袋《たび》を踏みつけられて、キャッと声を立てる、それもかえって食慾が出るほどで、そんな下手もの料理の食べ歩きがちょっとした愉しみになった。立て込んだ客の隙間へ腰を割り込んで行くのも、北新地《きたしんち》の売れっ妓の沽券に関わるほどではなかった。第一、そんな安物ばかり食わせどおしでいるものの、帯、着物、長襦袢から帯じめ、腰下げ、草履《ぞうり》までかなり散財してくれていたから、けちくさいと言えた義理ではなかった。クリーム、ふけとりなどはどうかと思ったが、これもこっそり愛用した。それに、父親は今なお一銭天婦羅で苦労しているのだ。殿様のおしのびめいたり、しんみり父親の油滲《じ》んだ手を思い出したりして、後に随《つ》いて廻っているうちに、だんだんに情緒が出た。新世界《しんせかい》に二軒、千日前に一軒、道頓堀に中座《なかざ》の向いと、相合橋東詰にそれぞれ一軒ずつある都合《つごう》五軒の出雲屋の中でまむしのうまいのは相合橋東詰の奴や、御飯にたっぷりしみこませただしの味が「なんしょ、酒《さか》しょが良う利いとおる」のをフーフー口とがらせて食べ、仲良く腹がふくれてから、法善寺の「花月《かげつ》」へ春団治《はるだんじ》の落語を聴きに行くと、ゲラゲラ笑い合って、握り合ってる手が汗をかいたりした。

深くなり、柳吉の通い方は散々頻繁になった。遠出もあったりして、やがて柳吉は金に困って来たと、蝶子にも分った。

父親が中風で寝付くとき忘れずに、銀行の通帳と実印を蒲団の下に隠したので、柳吉も手のつけようがなかった。所詮《しょせん》、自由になる金は知れたもので、得意先の理髪店を駆け廻っての集金だけで細かくやりくりしていたから、みるみる不義理が嵩んで、蒼くなっていた。そんな柳吉のところへ蝶子から男履きの草履を贈って来た。添えた手紙には、だいぶ永いこと来て下さらぬゆえ、しんぱいしています。一同舌をしたいゆえ……とあった。一度話をしたい（一同舌をしたい）と柳吉だけが判読出来るその手紙が、いつの間にか病人のところへ洩れてしまって、枕元へ呼び寄せての度重なる意見もかねがね効目《ききめ》なしと諦めていた父親も、今度ばかりは、打つ、撲《なぐ》るの体の自由が利かぬのが残念だと涙すら浮べて腹を立てた。わざと五つの女の子を膝の上に抱き寄せて、若い妻は上向いていた。実家へ帰る肚を決めていた事で、僅かに叫び出すのをこらえているようだった。うなだれて柳吉は、蝶子の出しゃ張り奴《め》と肚の中で呟いたが、しかし、蝶子の気持は悪くとれなかった。草履は相当無理をしたらしく、戎橋「天狗」の印がはいっており、鼻緒は蛇の皮であった。

「釜の下の灰まで自分のもんや思たら大間違いやぞ、久離《きゅうり》切っての勘当……」を申し渡した父親の頑固は死んだ母親もかねがね泣かされて来たくらいゆえ、一旦は家を出なければ収まりがつかなかった。家を出た途端に、ふと東京で集金すべき金がまだ残っていることを思い出した。ざっと勘定して四、五百円はあると知って、急に心の曇りが晴れた。すぐ行きつけの茶屋へあがって、蝶子を呼び、物は相談やが駈落ちせえへんか。

あくる日、柳吉が梅田の駅で待っていると、蝶子はカンカン日の当っている駅前の広場を大股で横切って来た。髪をめがねに結っていたので、変に生々しい感じがして、柳吉はふいといやな気がした。すぐ東京行きの汽車に乗った。

八月の末で馬鹿に蒸し暑い東京の町を駆けずり廻り、月末にはまだ二、三日間《ま》があるというのを拝み倒して三百円ほど集《あつま》ったその足で、熱海へ行った。温泉芸者を揚げようというのを蝶子はたしなめて、これからの二人の行末のことを考えたら、そんな呑気《のんき》な気ィでいてられへんども もっともだったが、勘当といってもすぐ詫びをいれて帰り込む肚の柳吉は、かめへん、かめへん。無断で抱主のところを飛び出して来たことを気にしている蝶子の肚の中など、無視しているようだった。芸者が来ると、蝶子はしかし、ありったけの芸を出し切って一座を浚《さら》い、土地の芸者から「大阪の芸者衆にはかなわんわ」と言われて、僅かに心が慰まった。

二日そうして経ち、午頃《ひる》、ごおッーと妙な音がして来た途端に、激しく揺れ出した。「地震や」「地震や」同時に声が出て、蝶子は襖《ふすま》に掴まったことは掴まったが、いきなり腰を抜かし、キャッと叫んで坐り込んでしまった。柳吉は反対側の壁にしがみついたまま離れず、口も利けなかった。お互いの心にその時、えらい駈落ちをしてしまったという悔《くい》が一瞬あった。

避難列車の中で碌々《ろくろく》物も言わなかった。やっと梅田の駅に着くと、まっすぐ上塩《うえしお》町の種吉の家へ行った。途々《みちみち》、電信柱に関東大震災の号外が生々しく貼られていた。

西日の当るところで天婦羅を揚げていた種吉は二人の姿を見ると、吃驚《びっくり》して暫《しばら》くは口も利けなんだ。日に焼けたその顔に、汗とはっきり区別のつく涙が落ちた。立話でだんだんに訊けば、蝶子の失踪はすぐに抱主から知らせがあり、どこにどうしていることやら、悪い男にそそのかされて売り飛ばされたのと違うやろか、生きとってくれてるんやろかと心配で夜も眠れなんだという。悪い男云々《うんぬん》を聴き咎《とが》めて蝶子は、何はともあれ、扇子をパチパチさせて突っ立っている柳吉を「この人私《わて》の何や」と紹介した。「へい、おこしやす」種吉はそれ以上挨拶が続かず、そわそわして碌々顔もよう見なかった。

お辰は娘の顔を見た途端に、浴衣《ゆかた》の袖を顔にあてた。泣き止んで、はじめて両手をついて、「このたびは娘がいろいろと……」柳吉に挨拶し、「弟の信一は尋常《じんじょう》四年で学校へ上っとりますが、今日は、まだ退《ひ》けて来とりまへんので」などと言うた。挨拶の仕様がなかったので、柳吉は天候のことなど吃りがちに言うた。種吉は氷水を誂《いい》文に行った。

銀蝿の飛びまわる四畳の部屋は風も通らず、ジーンと音がするように蒸し暑かった。種吉が氷いちごを提箱《さげばこ》に入れて持ち帰り、皆は黙々とそれをすすった。やがて、東京へ行って来た旨《むね》蝶子が言うと、種吉は「そら大変や、東京は大地震や」吃驚《びっくり》してしまったので、それで話の糸口はついた。避難列車で命からがら逃げて来たと聞いて、両親《ふた》は、えらい苦労したなとしきりに同情した。それで、若い二人、とりわけ柳吉はほっとした。「何とお詫びして良《え》えやら」すらすら彼は言葉が出て、種吉とお辰は頗《すこぶ》る恐縮した。

母親の浴衣を借りて着替えると、蝶子の肚はきまった。一旦逐電したからにはおめおめ抱主のところへ帰れまい、同じく家へ足踏み出来ぬ柳吉と一緒に苦労する、「もう芸者をやめまっさ」との言葉に、種吉は「お前の好きなようにしたらええがな」子に甘いところを見せた。蝶子の前借《まえがり》は三百円足らずで、種吉はもはや月賦《げっぷ》で払う肚を決めていた。「私《わて》が親爺《おやじ》に無心して払いまっさ」と柳吉も黙っているわけに行かなかったが、種吉は「そんなことして貰《もろ》たら困りまんがな」と手を振った。「あんさんのお父《とっ》つぁんに都合《ぐつ》が悪うて、私は顔合わされしまへんがな」柳吉は別に異を樹《た》てなかった。お辰は柳吉の方を向いて、蝶子は痲疹厄《はしか》の他には風邪一つひかしたことはない、また身体のどこ探してもかすり傷一つないはず、それまでに育てる苦労は……言い出して泪《なみだ》の一つも出る始末に、柳吉は耳の痛い気がした。

二、三日、狭苦しい種吉の家でごろごろしていたが、やがて、黒門市場の中の路地裏に二階借りして、遠慮気兼ねのない世帯《しょたい》を張った。階下《した》は弁当や寿司につかう折箱の職人で、二階の六畳はもっぱら折箱の置場にしてあったのを、月七円の前払いで借りたのだ。たちまち、暮しに困った。

柳吉に働きがないから、自然蝶子が稼ぐ順序で、さて二度の勤めに出る気もないとすれば、結局稼ぐ道はヤトナ芸者と相場が決っていた。もと北の新地にやはり芸者をしていたおきんという年増《としま》芸者が、今は高津に一軒構えてヤトナの周旋屋みたいなことをしていた。ヤトナというのはいわば臨時雇で宴会や婚礼に出張する有芸仲居のことで、芸者の花代よりは随分安上りだから、けちくさい宴会からの需要が多く、おきんは芸者上りのヤトナ数人と連絡をとり、派出させて仲介の分をはねると相当な儲けになり、今では電話の一本も引いていた。一宴会、夕方から夜更《ふ》けまでで六円、うち分をひいてヤトナの儲けは三円五十銭だが、婚礼の時は式役代も取るから儲けは六円、祝儀もまぜると悪い収入《みい》りではないとおきんから聴いて、早速《さっそく》仲間にはいった。

三味線をいれた小型のトランク提《さ》げて電車で指定の場所へ行くと、すぐ膳部《ぜんぶ》の運びから燗《かん》の世話に掛る。三、四十人の客にヤトナ三人で一通り酌《しゃく》をして廻るだけでも大変なのに、あとがえらかった。おきまりの会費で存分愉しむ肚の不粋な客を相手に、息のつく間もないほど弾かされ歌わされ、浪花《なにわ》節の三味《しゃみ》から声色の合の手まで勤めてくたくになっているところを、安来節《やすさ》を踊らされた。それでも根が陽気好きだけに大して苦にもならず身をいれて勤めていると、客が、芸者よりましや。やはり悲しかった。本当の年を聞けば吃驚《びっくり》するほどの大年増《おおどしま》の朋輩《ほうばい》が、おひらきの前に急に祝儀を当てこんで若い女めいた身振りをするのも、同じヤトナであってみれば、ひとごとではなかった。夜更《ふ》けて赤電車で帰った。日本橋一丁目で降りて、野良犬や拾い屋(バタ屋)が芥箱《ごみ》をあさっているほかに人通りもなく、静まりかえった中にただ魚の生臭い臭気が漂うている黒門市場の中を通り、路地へはいるとプンプン良い香《にお》いがした。

山椒昆布を煮る香いで、思い切り上等の昆布を五分四角ぐらいの大きさに細切りして山椒の実と一緒に鍋に入れ、亀甲万《きっこうまん》の濃口《こいくち》醤油をふんだんに使って、松炭のとろ火でとろとろ二昼夜煮つめると、戎橋の「おぐらや」で売っている山椒昆布と同じ位《くらい》のうまさになると柳吉は言い、退屈しのぎに昨日からそれに掛り出していたのだ。火種を切らさぬことと、時々かきまわしてやることが大切で、そのため今日は一歩も外へ出ず、だからいつもはきまって使うはずの日に一円の小遣いに少しも手をつけていなかった。蝶子の姿を見ると柳吉は「どや、良え按配《あんばい》に煮えて来よったやろ」長い竹箸で鍋の中を掻き廻しながら言うた。そんな柳吉に蝶子はひそかにそこはかとなき恋しさを感じるのだが、癖で甘ったるい気分は外に出せず、着物の裾をひらいた長襦袢の膝でぺたりと坐るなり

「なんや、まだたいてるのんか、えらい暇《ひま》かかって何してるのや」こんな口を利いた。

柳吉は二十歳の蝶子のことを「おばはん」と呼ぶようになった。「おばはん小遣い足らんぜ」そして三円ぐらい手に握ると、昼間を将棋などして時間をつぶし、夜は二《ふた》ツ井《い》戸《ど》の「お兄ちゃん」という安カフェへ出掛けて、女給の手にさわり、「僕と共鳴せえへんか」そんな調子だったから、お辰はあれでは蝶子が可哀想やと種吉に言い言いしたが、種吉は「坊《ぼ》ん坊《ぼ》んやから当り前のこっちゃ」別に柳吉を非難もしなかった。どころか、「女房や子供捨てて二階ずまいせんならん言うのも、言や言うもんの、蝶子が悪いさかいや」とかえって同情した。そんな父親を蝶子は柳吉のために嬉しく、苦労の仕甲《しが》斐《い》あると思った。「私のお父《とっ》つぁん、良《え》えところあるやろ」と思ってくれたのかくれないのか、「うん」と柳吉は気のない返事で、何を考えているのか分らぬ顔をしていた。

その年も暮に近づいた。押しつまって何となく慌《あわただ》しい気持のする或る日、正月の紋附などを取りに行くと言って、柳吉は梅田新道の家へ出掛けて行った。蝶子は水を浴びた気持がしたが、行くなという言葉が何故か口に出なかった。その夜、宴会の口が掛って来たので、いつものように三味線をいれたトランクを提げて出掛けたが、心は重かった。柳吉が親の家へ紋附を取りに行ったというただそれだけの事として軽々しく考えられなかった。そこには妻も居れば子もいるのだ。三味線の音色は冴えなかった。それでも、やはり襖紙がふるえるほどの声で歌い、やっとおひらきになって、雪の道を飛んで帰ってみると、柳吉は戻っていた。火鉢の前に中腰になり、酒で染まった顔をその中に突っ込むようにしょんぼり坐っているその容子《ようす》が、いかにも元気がないと、一目でわかった。蝶子はほっとした。――父親は柳吉の姿を見るなり、寝床の中で、何しに来たと呶鳴《どな》りつけたそうである。妻は籍を抜いて実家に帰り、女の子は柳吉の妹の筆子が十八の年で母親代りに面倒見ているが、その子供にも会わせて貰えなかった。柳吉が蝶子と世帯を持ったと聴いて、父親は怒るというよりも柳吉を嘲笑し、また、蝶子の事についてかなりひどい事を言ったということだった。――蝶子は「私《わて》のこと悪う言やはんのは無理おまへん」としんみりした。が、肚の中では、私の力で柳吉を一人前にしてみせまっさかい、心配しなはんなと、ひそかに柳吉の父親に向って呟く気持を持った。自身にも言い聴かせて「私は何も前の奥さんの後釜に坐るつもりやあらへん、維康《これやす》を一人前の男に出世させたら本望や」そう思うことは涙をそそる快感だった。その気持の張りと柳吉が帰って来た喜びとで、その夜は興奮して眠れず、眼をピカピカ光らせて低い天井を睨んでいた。

まえまえから、蝶子はチラシを綴じて家計簿を作り、ほうれん草三銭、風呂銭三銭、ちり紙四銭、などと毎日の入費を書き込んで世帯を切り詰め、柳吉の毎日の小遣い以外に無駄な費用は慎んで、ヤトナの儲けの半分ぐらいは貯金していたが、そのことがあってから、貯金に対する気の配り方も違って来た。一銭二銭の金も使い惜しみ、半襟《はんえり》も垢じみた。正月を当てこんでうんと材料《もと》を仕入れるのだとて、種吉が仕入れの金を無心に来ると、「私《わて》には金みたいなもんあらへん」種吉と入れ代ってお辰が「維康さんにカフエーたらいうとこィ行かす金あってもか」と言いに来たが、うんと言わなかった。

年が明け、松の内も過ぎた。はっきり勘当だと分ってから、柳吉のしょげ方は頗る《すこぶ》哀れなものだった。父性愛ということもあった。蝶子に言われても、子供を無理に引き取る気の出なかったのは、いずれ帰参がかなうかも知れぬという下心があるためだったが、それでも、子供と離れていることはさすがに淋しいと、これは人ごとでなかった。ある日、昔の遊び友達に会い、誘われると、もともと好きな道だったから、久しぶりにぐたぐたに酔うた。その夜はさすがに家をあけなかったが、翌日、蝶子が隠していた貯金帳をすっかりおろして、昨夜の返礼だとて友達を呼び出し、難波《なんば》新地へはまりこんで、二日、使い果して魂の抜けた男のようにとぼとぼ黒門市場の路地裏長屋へ帰って来た。「帰るとこ、よう忘れんかったこっちゃな」そう言って蝶子は頸筋《くびすじ》を摑んで突き倒し、肩をたたく時の要領で、頭をこつこつたたいた。「おばはん、何すんねん、無茶しな」

しかし、抵抗する元気もないかのようだった。二日酔いで頭があばれとるると、蒲団にくるまってうんうん唸《うな》っている柳吉の顔をピシャリと撲って、何となく外へ出た。千日前の愛進館で京山小円《きょうやまこえん》の浪花節を聴いたが、一人では面白いとも思えず、出ると、この二、三日飯《めし》も咽喉へ通らなかったこととて急に空腹を感じ、楽天地《らくてんち》横の自由軒《じゆうけん》で玉子入りのライスカレーを食べた。「自由軒《ここ》のラ、ラ、ライスカレーはカレーを御飯にあんじょうま、ま、まむしてあるよって、うまい」とかつて柳吉が言った言葉を想い出しながら、カレーのあとのコーヒを飲んでいると、いきなり甘い気持が胸に湧いた。こっそり帰ってみると、柳吉はいびきをかいていた。だし抜けに、荒々しく揺すぶって、柳吉が眠い眼をあけると、「阿呆んだら」そして唇をとがらして柳吉の顔へもって行った。

あくる日、二人で改めて自由軒へ行き、帰りに高津のおきんの所へ仲の良い夫婦の顔を出した。ことを知っていたおきんは、柳吉に意見めいた口を利いた。おきんの亭主はかつて北浜《きたはま》で羽振りが良くおきんを落籍《ひか》して死んだ女房の後釜に据えた途端に没落したが、おきんは現在のヤトナ周旋屋、亭主は恥をしのんで北浜の取引所へ書記に雇われて、いわば夫婦共稼ぎで、亭主の没落はおきんのせいだなどと人に後指さ させぬ今の暮しだと、引合いに出したりした。「維康さん、あんたもぶらぶら遊んでばかりしてんと、何ぞ働く所を……」探す肚があるのかないのか、柳吉は何の表情もなく聴いていた。維康さんの肚は分らんとおきんはあとで蝶子に言うたので、蝶子は肩身の狭い思いがした。

が、間もなく働き口を見つけたので、蝶子は早速おきんに報告した。それで肩身が広くなったというほどではなかったが、やはり嬉しかった。

千日前「いろは牛肉店」の隣にある剃刀《かみそり》屋の通い店員で、朝十時から夜十一時までの勤務、弁当自弁の月給二十五円だが、それでも文句なかったらと友達が紹介してくれたのだ。柳吉はいやとは言えなかった。安全剃刀、レザー、ナイフ、ジャッキその他理髪に関係ある品物を商っているのだから、やはり理髪店相手の化粧品を商っていた柳吉には、いちばん適しているだろうと骨折ってくれた、その手前もあった。門口の狭い割に馬鹿に奥行のある細長い店だから昼間など日が充分射さず、昼電を節約《しまつ》した薄暗いところで火鉢の灰をつつきながら、戸外の人通りを眺めていると、そこの明るさが嘘のようだった。ちょうど向い側が共同便所でその臭気がたまらなかった。その隣は竹林寺《ちくりんじ》で、門の前の向って右側では鉄冷鉱泉を売っており、左側、つまり共同便所に近い方では餅を焼いて売っていた。醬油をたっぷりつけて狐色にこんがり焼けてふくれているところなぞ、いかにもうまそうだったが、買う気は起らなかった。餅屋の主婦が共同便所から出ても手洗水を使わぬと覚《おぼ》しかったからや、と柳吉は帰って言うた。また曰《いわ》く、仕事は楽で、安全剃刀の広告人形がしきりに身体を動かして剃刀をといでいる恰好が面白いとて飾窓に吸いつけられる客があると、出て行って、おいでやす。それだけの芸でこと足りた。蝶子は、「そら、よろしおまんな」そう励ました。

剃刀屋で三月《み》ほど辛抱したが、やがて、主人と喧嘩して癪《しゃく》やからとて店を休み休みし出したが、蝶子はその口実を本真《ほんま》だと思い、朝おこしたりしなくなり、ずるずるべったりに店をやめてしまった。蝶子はいっそうヤトナ稼業に身を入れた。彼女だけには特別の祝儀を張り込まねばならぬと宴会の幹事が思うくらいであった。祝儀はしかし、朋輩と山分けだから、随分と引き合わぬ勘定だが、それだけに朋輩の気受けはよかった。蝶子はん蝶子はんと奉られるので良い気になって、朋輩へ二円、三円と小銭を借したが、渡すなり後悔して、さすがにはっきり催促出来なかったから、何かとべんちゃら（お世辞）して、はよ返してくれという想いをそれとなく見せるのだった。五十銭の金にもちくちく胸の痛む気がしたが、柳吉にだけは、小遣いをせびられると気前よく渡した。柳吉は毎日が如何《いか》にも面白くないようで、殊《こと》にこっそり梅田新道へ出掛けたらしい日は帰ってからのふさぎ方が目立ったので、蝶子は何かと気を使った。父の勘気《かんき》がとけぬことが憂鬱の原因らしく、そのことにひそかに安堵するよりも気持の負担の方が大きかった。それで、柳吉がしばしばカフェへ行くと知っても、なるべく焼餅を焼かぬように心掛けた。黙って金を渡すときの気持は、人が思っているほどには平気ではなかった。

実家に帰っているという柳吉の妻が、肺で死んだという噂を聴くと、蝶子はこっそり法善寺の「縁結び」に詣《まい》って蠟燭《ろうそく》など思い切った寄進をした。その代り、寝覚《ねざ》めの悪い気持がしたので、戒名を聞いたりして棚に祭った。先妻の位牌が頭の上にあるのを見て、柳吉は何となく変な気がしたが、出しゃ張るなとも言わなかった。言えば何かと話がもつれて面倒だとさすがに利口な柳吉は、位牌さえ蝶子の前では拝まなかった。蝶子は毎朝花をかえたりして、一分《いちぶ》の隙もなく振舞った。

二年経つと、貯金が三百円を少し超えた。蝶子は芸者時代のことを思い出し、あれはもう全部払うてくれたんかと種吉に訊くと、「さいな、もう安心しーや、この通りや」と証文出して来て見せた。母親のお辰はセルロイド人形の内職をし、弟の信一は夕刊売りをしていたことは蝶子も知っていたが、それにしてもどうして苦面して払ったのかと、瞼が熱くなった。それで、はじめて弟に五十銭、お辰に三円、種吉に五円、それぞれ呉《く》れてやる気が出た。そこで貯金はちょうど三百円になった。そのうち、柳吉が芸者遊びに百円ほど使ったので、二百円に減った。蝶子は泣けもしなかった。夕方電灯もつけぬ暗い六畳の間の真中《まんなか》にぺたりと坐り込み、腕ぐみして肩で息をしながら、障子紙の破れたところをじっと睨んでいた。柳吉は三味線の撥《ばち》で撲られた跡を押えようともせず、ごろごろしていた。

もうこれ以上節約《しまつ》の仕様もなかったが、それでも早くその百円を取り戻さねばならぬと、いろいろに工夫した。商売道具の衣裳も、余程《よほど》せっぱ詰れば染替えをするくらいで、あとは季節季節の変り目ごとに質屋での出し入れで何とかやりくりし、呉服屋に物言うのもはばかるほどであった。お蔭で、半年経たぬうちにやっと元の額になったのを機会《しお》に、いつまでも二階借りしていては人に侮《あなど》られる、一軒借りて焼芋屋でも何でも良いから商売しようとさっそく柳吉に持ちかけると、「そうやな」気の無い返事だったが、しかし、あくる日から彼は黙々として立ちまわり、高津神社坂下に間口一間《いっけん》、奥行三間半の小さな商売家を借り受け、大工を二日雇い、自分も手伝ってしかるべく改造し、もと勤めていた時の経験と顔とで剃刀問屋から品物の委託をしてもらうと瞬く間に剃刀屋の新店が出来上った。安全剃刀の替刃、耳かき、頭かき、鼻毛抜き、爪切りなどの小物からレザー、ジャッキ、西洋剃刀など商売柄、銭湯帰りの客を当て込むのが第一と店も銭湯の真向いに借りるだけの心くばりも柳吉はしたので、蝶子はしきりに感心し、開店の前日朋輩のヤトナ達が祝いの柱時計をもってやって来ると、「おいでやす」声の張りも違った。そして「主人《うち》がこまめにやってくれまっさかいな」と言い、これは柳吉のことを褒めたつもりだった。襷《たすき》がけでこそこそ陳列棚の拭き掃除をしている柳吉の姿は見ようによっては、随分男らしくもなかったが、女たちはいずれも感心し、維康《これやす》さんも慾が出るとなかなかの働き者だと思った。

開店の朝、向う鉢巻でもしたい気持で蝶子は店の間に坐っていた。午頃《ひる》、さっぱり客が来えへんなと柳吉は心細い声を出したが、それに答えず、眼を皿のようにして表を通る人を睨んでいた。午《ひる》過ぎ、やっと客が来て安全の替刃一枚六銭の売上げだった。「まいどおおけに」「どうぞごひいきに」夫婦がかりで薄気味悪いほどサーヴィスをよくしたが、人気が悪いのか新店のためか、その日は十五人客が来ただけで、それもほとんど替刃ばかり、売上げは〆《し》めて二円にも足らなかった。

客足がさっぱりつかず、ジレットの一つも出るのは良い方で、たいていは耳かきか替刃ばかりの浅ましい売上げの日が何日も続いた。話の種も尽きて、退屈したお互いに顔を情けなく見かわしながら店番していると、いっそ恥かしい想いがした。退屈しのぎに、昼の間の一時間か二時間浄瑠璃を稽古しに行きたいと柳吉は言い出したが、とめる気も起らなかった。これまでぶらぶらしている時にはいつでも行けたのに、さすがに憚《はばか》って、商売をするようになってから稽古したいという、その気持を、ひとは知らず蝶子は哀れに思った。柳吉は近くの下寺町《したでら》の竹本組昇《たけもとそしょう》に月謝五円で弟子入りし二ツ井戸の天牛《てんぎゅう》書店で稽古本の古いのを漁って、毎日ぶらりと出掛けた。商売に身をいれるといっても、客が来なければ仕様がないといった顔で、店番をするときも稽古本をひらいて、ぼそぼそうなる、その声がいかにも情けなく、上達したと褒めるのもなんとなく気が引けるくらいであった。毎月食い込んで行ったので、再びヤトナに出ることにした。二度目のヤトナに出る晩、苦労とはこのことかとさすがにしんみりしたが、宴会の席ではやはり稼業《しょうばい》大事とつとめて、一人で座敷を浚《さら》って行かねばすまぬ、そんな気性けめったに失われるものではなかった。夕方、蝶子が出掛けて行くと、柳吉はそわそわと店を早仕舞《はやじま》いして、二ツ井戸の市場の中にある屋台店でかやく飯とおこぜの赤出しを食い、烏貝の酢味噌で酒を飲み、六十五銭の勘定払って安いもんやなと、カフェ「一番」でビールやフルーツをとり、肩入れをしている女給にふんだんにチップをやると、十日分の売上げが飛んでしもうた。ヤトナの儲けでどうにか暮しを立ててはいるものの、柳吉の使い方がはげしいもので、だんだん問屋の借りも嵩《かさ》んで来て、一年辛抱した挙句、店の権利の買手がついたのを倖い、思い切って店を閉めることにした。

店仕舞《みせじま》いメチャクチャ大投売りの二日間の売上げ百円余りと、権利を売った金百二十円と、合わせて二百二十円余りの金で問屋の払いやあちこちの支払いを済ませると、しかし十円も残らなかった。

二階借りするにも前払いでは困ると、いろいろ探しているうちに、おきんの所へ出はいりして顔見知りの呉服屋の担ぎ屋が「家《うち》の二階が空いてまんね、蝶子さんのことでっさかい部屋代はいつでもよろしおま」と言うたのをこれ倖いに、飛田《とびた》大門前通りの路地裏にあるそこの二階を借りることになった。柳吉は相変らず浄瑠璃の稽古に出掛けたり、近所にある赤暖簾《のれん》の五銭喫茶店で何時間も時間をつぶしたりして他愛なかった。蝶子は口が掛れば雨の日でも雪の日でも働かいでおくものかと出掛けた。もうヤトナ達の中でも古顔になった。組合でも出来るなら、さしずめ幹事というところで、年上の朋輩からも蝶子姐《ねえ》さんと言われたが、まさか得意になってはいられなかった。衣裳の裾なども恥かしいほど擦《す》り切れて、咽喉から手の出るほど新しいのが欲しかった。おまけに階下《した》が呉服の担ぎ屋とあってみれば、たとえ銘仙《めいせん》の一枚でも買ってやらねば義理が悪いのだが、我慢してひたすら貯金に努めた。もう一度、一軒店の商売をしなければならぬと、親の仇をとるような気持でわれながら浅ましかった。

さん年経つと、やっと二百円たまった。柳吉が腸が痛むというので時々医者通いし、そのため入費が嵩んで、歯がゆいほど、金はたまらなかったのだ。二百円出来たので、柳吉に「なんぞ良え《え》商売ないやろ」と相談したが、こんどは「そんな端金《はしたがね》ではどないも仕様ない」と乗気にならず、ある日、そのうち五十円の金を飛田の廓《くるわ》で瞬く間に使ってしまった。四、五日まえに、妹が近々聟養子《むこようし》を迎えて、梅田新道の家を切り廻して行くという噂が柳吉の耳にはいっていたので、かねが予期していたことだったが、それでも娼妓《しょうぎ》を相手に一日で五十円の金を使ったとは、むしろ呆れてしまった。ぼんやりした顔をぬっと突き出して帰って来たところを、いきなり襟《えり》を掴んで突き倒し、馬乗りになって、ぐいぐい首を締めあげた。「く、く、く、るしい、苦しい、おばはん、何すんねん」と柳吉は足をばたばたさせた。蝶子は、もう思う存分折檻《せっかん》しなければ気がすまぬと、締めつけ締めつけ、打つ、撲る、しまいに柳吉は「どうぞ、かんにんしてくれ」と悲鳴をあげた。蝶子はなかなか手をゆるめなかった。妹が聟養子を迎えると聴いたくらいでやけになる柳吉が、腹立たしいというより、むしろ可哀想で、蝶子の折檻は痴情めいた。隙を見て柳吉は、ヒーヒー声を立てて階下へ降り、逃げまわった挙句、便所の中へ隠れてしまった。さすがにそこまでは追わなかった。階下の主婦は女だてらとたしなめたが、蝶子は物一つ言わず、袖を顔にあてて、肩をふるわせると、思いがけずはじめて女らしく見えたと、主婦は思った。年下の夫を持つ彼女はかねがね蝶子のことを良く言わなかった。毎朝味噌しるを拵《こしら》えるとき、柳吉が襷《たすき》がけで鰹節をけずっているのを見て、亭主にそんなことをさせて良いもんかとほとんど口に出かかった。好みの味にするため、わざわざ鰹節けずりまで自分の手でしなければ収まらぬ柳吉の食意地の汚さなど、知らなかったのだ。担ぎ屋も同感で、いつか蝶子、柳吉と三人連れ立って千日前へ浪花節を聴きに行ったとき、立て込んだ寄席の中で、誰かに悪戯《いたずら》をされたとて、キャーッと大声を出して騒ぎまわった蝶子を見て、えらい女やと思い、体裁の悪そうな顔で目をしょぼしょぼさせている柳吉にほとほと同情した、と帰って女房に言った。「あれでは今に維康《これやす》さんに嫌われるやろ」夫婦はひそひそ語り合っていたが、案の条、柳吉は或る日ぶらりと出て行ったまま、幾日も帰って来なかった。

七日経っても柳吉は帰って来ないので、半泣きの顔で、種吉の家へ行き、梅田新道にいるに違いないから、どんな容子《ようす》かこっそり見て来てくれと頼んだ。種吉は、娘の頼みを撥《は》ねつけるというわけではないが、別れる気の先方へ行って下手《へた》に顔見られたら、どんな目で見られるかも知れぬと断った。「下手に未練もたんと別れた方が身のためやぜ」などとそれが親の言う言葉かと、蝶子は興奮の余り口喧嘩までし、その足で新世界の八《はっ》卦《け》見のところへ行った。「あんたが男はんのためにつくすその心が仇になる。大体この星の人は……」年を聞いて丙午《ひのえうま》だと知ると、八卦見はもう立板に水を流すお喋りで、何もかも悪い運勢だった。「男はんの心は北に傾いている」と聴いて、ぞっとした。北とは梅田新道だ。金を払って出ると、どこへ行くという当てもなく、真夏の日がカンカン当っている盛り場を足早《あしばや》に歩いた。熱海の宿で出くわした地震のことが想い出された。

やはり暑い日だった。

十日目、ちょうど地蔵盆で、路地にも盆踊りがあり、無理に引っぱり出されて、単調な曲を繰りかえし繰りかえし、それでも時々調子に変化をもたせて弾いていると、ふと絵行灯《えあんどん》の下をひょこひょこ歩いて来る柳吉の顔が見えた。行灯の明りに顔が映えて、眩しそうに眼をしょぼつかせていた。途端に三味線の糸が切れて撥ねた。すぐ二階へ連れあがって、積《つも》る話よりもさきに身を投げかけた。

二時間経って、電車がなくなるよってと帰って行った。短い時間の間にこれだけのことを柳吉は話した。この十日間梅田の家へいりびたっていたのは外《ほか》やない、むろん思うところあってのことや。妹が聟養子をとるとあれば、こちらは廃嫡と相場は決っているが、それで泣寝入りしろとは余りの仕打《しうち》やと、梅田の家へ駆け込むなり、毎日膝詰《ひざづめ》の談判をやったところ、一向に効目《ききめ》がない。妻を捨て、子も捨てて好きな女と一緒に暮している身に勝目はないが、廃嫡は廃嫡でも貰うだけのものは貰わぬと、後へは行けぬ思《おも》て梃子《てこ》でも動かへんなんだが、親父《おやじ》の言分《いいぶん》はどうや。蝶子、お前気にしたあかんぜ。「あんな女と一緒に暮している者に金をやっても死金《しにがね》同然や、結局女に欺されて奪《と》られてしまうが落ちや、ほしければ女と別れろ」こない言うた切り親父はもう物も言いくさらん。そこで、蝶子、ここは一番芝居を打つこっちゃ。別れた、女も別れる言うてますと巧《うま》く親父を欺して貰うだけのものは貰たら、あとは廃嫡でも灰神楽《はいかぐら》でも、その金で気楽な商売でもやって二人末永う共白髪《ともしらが》まで暮そうやないか。いつまでもお前にヤトナさせとくのも可哀想や。それで蝶子、明日家の使の者が来よったら、別れまっさときっぱり言うて欲しいんや。本真《ほんま》の気持で言うのやないねんぜ。しし芝居や。芝居や。金さえ貰たらわいは直《じ》き帰って来る。——蝶子の胸に甘い気持と不安な気持が残った。

翌朝、高津のおきんを訪れた。話を聴くと、おきんは「蝶子はん、あんた維康さんに欺されたはる」と、さすがに苦労人だった。おきんは、維康が最初蝶子に内緒で梅田へ行ったと聴いて、これはうっかり芝居に乗れぬと思った。柳吉の肚は、蝶子が別れると言ってしまえば、それでまんまと帰参がかない、そのまま梅田の家へ坐り込んでしまうつもりかも知れぬ。とそうまではっきりと悪くとらず、又いくら化粧問屋でもそこは父親が卸してくれぬとすれば、その時はその時で悪く行っても金がとれるし、いわば二道《ふたみち》を掛けているか、それとも自分で自分の気持がはっきりしてないか、何しろ、柳吉には子供もあることだと、そこまでは口に出さなかったが、いずれにせよ蝶子が別れると言わなければ、柳吉は親の家に居《お》れぬ勘定だから結局は柳吉に戻って欲しければ「別れると言うたらあきまへんぜ」蝶子はおきんの言う通りにした。嘘にしろ別れると言うより、その方が言い易かった。それに、間もなく顔見せた使《つかい》の者は手切金を用意しているらしく、貰えばそれ切りで縁が切れそうだった。

三日経つと柳吉は帰って来た。いそいそとした蝶子を見るなり「阿呆やな、お前の一言で何もかも滅茶苦茶や」不機嫌極まった。手切金云々《うんぬん》の気持を言うと、「もろたら、わいのもらう金と二重取りで良《え》えがな。ちょっとは慾を出さんかいや」なるほどと思った。が、おきんの言葉はやはり胸の中に残った。

父親からは取り損《そこな》ったが、妹から無心して来た金三百円と蝶子の貯金を合わせて、それで何か商売をやろうと、こんどは柳吉の口から言い出した。剃刀屋のにがい経験があるから、あれでもなし、これでもなしと柳吉の興味を持ちそうな商売を考えた末、結局焼芋屋でもやるより外には……と困っているうちに、ふと関東煮屋が良いと思いつき、柳吉に言うと、「そ、そ、そら良《え》え考えや、わいが腕前ふるって良い味のもんを食わしたる」ひどく乗気になった。適当な売り店がないかと探すと、近くの飛田大門前通りに小さな関東煮の店が売りに出ていた。現在年寄夫婦が商売しているのだが、土地柄、客種が柄《がら》悪く荒っぽいので、大人しい女子衆《おなごし》は続かず、といって気性の強い女はこちらがなめられるといった按配で、ほとほと人手に困って売りに出したのだというから、掛け合うと、案外安く造作《ぞうさく》から道具一切附き三百五十円で譲ってくれた。階下は全部漆喰《しっくい》で商売に使うから、寝泊りするところは二階の四畳半一間ある切り、おまけに頭がつかえるほど天井が低く陰気臭かったが、廓《くるわ》の往き帰りで人通りも多く、それに角《かど》店で、店の段取から出入口の取り方など大変良かったので、値を聞くなり飛びついて手を打ったのだ。新規開店に先立ち、法善寺境内の正弁丹吾亭や道頓堀のたこ梅をはじめ、行き当りばったりに関東煮屋の暖簾《のれん》をくぐって、味加減や銚子の中身の工合《ぐあい》、商売のやり口などを調べた。関東煮屋をやると聴いて種吉は、「海老でも烏賊《いか》でも天婦羅ならわいに任しとくなはれ」と手伝いの意を申し出でたが、柳吉は、「小鉢物はやりまっけど、天婦羅は出しまへん」と体裁よく断った。種吉は残念だった。お辰は、それ見たことかと種吉を嘲った。「私《わて》らに手伝うてもろたら損や思たはるのや。誰が鐚《びた》一文でも無心するもんか」

お互いの名を一字ずつ取って「蝶柳」と屋号をつけ、いよいよ開店することになった。まだ暑さが去っていなかったこととて思い切って生ビールの樽を仕込んでいた故、はよ売り切ってしまわねば気が抜けてわや(駄目)になると、やきもき心配したほどでもなく、よく売れた。人手を借りず、夫婦だけで店を切り廻したので、夜の十時から十二時頃までの一番たてこむ時間は眼のまわるほど忙しく、小便に立つ暇もなかった。柳吉は白い料理着に高下駄という粋な恰好で、ときどき銭函《ぜにばこ》を覗いた。売上額が増えていると、

「いらっしゃァい」剃刀屋のときと違って掛声も勇ましかった。俗に「おかま」という中性の流し芸人が流して来て、青柳《あおやぎ》を賑やかに弾いて行ったり、景気がよかった。その代り、土地柄が悪く、性質《たち》の良くない酒呑み同志が喧嘩をはじめたりして、柳吉はハラハラしたが、蝶子は昔とった杵柄《きねづか》で、そんな客をうまくさばくのに別に秋波をつかったりする必要もなかった。廓をひかえて夜更《おそ》くまで客があり、看板を入れる頃はもう東の空が紫色に変っていた。くたくたになって二階の四畳半で一刻《とき》うとうとしたかと思うと、もう眼覚ましがジジーと鳴った。寝巻のままで階下に降りると、顔も洗わぬうちに、「朝食出来ます、四品付十八銭」の立看板を出した。朝帰りの客を当て込んで味噌汁、煮豆、漬物、御飯と都合四品で十八銭、細かい商売だと多寡《たか》をくくっていたところ、ビールなどを取る客もいて、結構商売になったから、少々の眠さも我慢出来た。

秋めいて来て、やがて風が肌寒くなると、もう関東煮屋に「もって来い」の季節で、ビールに代って酒もよく出た。酒屋の払いもきちんきちんと現金で渡し、銘酒の本舗《ほんぽ》から、看板を寄贈してやろうというくらいになり、蝶子の三味線も空しく押入れにしまったままだった。こんどは半分以上自分の金を出したというせいばかりでもなかったろうが、柳吉の身の入れ方は申分《もうしぶん》なかった。公休日というものも設けず、毎日せっせと精出したから、無駄費いもないままに、勢い溜る一方だった。柳吉は毎日郵便局へ行った。

体のえらい商売だから、柳吉は疲れると酒で元気をつけた。酒を飲むと気が大きくなり、ふらふらと大金を使ってしまう柳吉の性分を知っていたので、蝶子はヒヤヒヤしたが、売物の酒とあってみれば、柳吉も加減して飲んだ。そういう飲み方も、しかし、蝶子にはまた一つの心配で、いずれはどちらへ廻っても心配は尽きなかった。大酒を飲めば馬鹿に陽気になるが、チビチビやる時は元来吃《ども》りのせいか無口の柳吉がいっそう無口になって、客のない時など、椅子に腰掛けてぽかんと何か考えごとしているらしい容子《ようす》を見ると、やはり、梅田の家のこと考えてるのと違うやろか、そう思って気が気でなかった。

　案の条、妹の婚礼に出席を撥ねつけられたとて柳吉は気を腐らせ、二百円ほど持ち出して出掛けたまま、三日帰って来なかった。ちょうど花見時《どき》で、おまけに日曜、祭日と紋日《もんび》が続いて店を休むわけに行かず、てん手古舞《てこま》いしながら二日商売をしたものの、蝶子はもう慾など出している気にもなれず、おまけに忙しいのと心配とで体が言うことを利《き》かず、三日目はとうとう店を閉めた。その夜更《おそ》く、帰って来た。耳を澄ましていると、「今ごろは半七さんが、何処《どこ》にどうしてござろうぞ。いまさら帰らぬことながら、わしというもののないならば、半兵衛様もお通に免じ、子までなしたる三勝《さんかつ》どのを、疾くにも呼び入れさしゃんしたら、半七さんの身持も直り、御勘当もあるまいに……」と三勝半七のサワリを語りながらやって来るのは、柳吉に違いなかった。

夜中に下手な浄瑠璃を語ったりして、近所の体裁も悪いこっちゃと、ほっとした。「……お気に入らぬと知りながら、未練な私が輪廻ゆえ、そい臥《ぶ》しは叶わずとも、お傍《そば》に居たいと辛抱して、これまで居たのがお身の仇……」とこっちから後を続けてこましたろかという気持で、階下《した》へ降りた。柳吉の足音は家の前で止った。もう語りもせず、気兼ねした容子で、カタカタ戸を動かせているようだった。「どなたッ？」わざと言うと、「わいや」「わいでは分りまへんぜ」重ねてとぼけて見せると、「ここ維康《これやす》や」と外の声は震えていた。「維康いう人は沢山《たんと》いたはります」にこりともせず言った。「維康柳吉や」もう蝶子の折檻を観念しているようだった。「維康柳吉いう人は此処《こゝ》には用のない人だす。今ごろどこぞで散財していやはりまっしゃろ」となおも苛《いじ》めにかかったが、近所の体裁もあったから、そのくらいにして、戸を開けるなり、「おばはん、せせ殺生やぜ」と顔をしかめて突っ立っている柳吉を引きずり込んだ。無理に二階へ押し上げると、柳吉は天井へ頭を打《ぶ》っつけた。「痛ァ！」も糞もあるもんかと、思う存分折檻した。

もう二度と浮気はしないと柳吉は誓ったが、蝶子の折檻は何の薬にもならなかった。暫《しばら》くすると、また放蕩した。そして帰るときは、やはり折檻を怖れて蒼くなった。そろそろ肥満して来た蝶子は折檻するたびに息切れがした。

柳吉が遊蕩《ゆうとう》に使う金はかなりの額だったから、遊んだあくる日はさすがに彼も蒼くなって、盞《さかずき》も手にしないで、黙々と鍋の中を掻きまわしていた。が、四、五日たつと、やはり、客の酒の燗《かん》をするばかりが能やないと言い出し、混ぜない方の酒をたっぷり銚子に入れて、銅壺の中へ浸けた。明らかに商売に飽いた風で、酔うと気が大きくなり、自然足は遊びの方に向いた。紺屋《こうや》の白袴《しろばかま》どころでなく、これでは柳吉の遊びに油を注ぐために商売をしているようなものだと、蝶子はだんだん後悔した。えらい商売を始めたものやと思っているうちに、酒屋への支払いなども滞《とどこお》りがちになり、結局、やめるに若《し》かずと、その旨《むね》柳吉に言うと、柳吉は即座に同意した。

「この店譲ります」と貼出ししたまま、陰気臭くずっと店を閉めた切りだった。柳吉は浄瑠璃の稽古に通い出した。貯えの金も次第に薄くなって行くのに、一向に店の買手がつかなかった。蝶子の肚はそろそろ、三度目のヤトナを考えていた。ある日、二階の窓から表の人通りを眺めていると、それが皆客に見えて、商売をしていないことがいかにも惜しかった。向い側の五、六軒先にある果物屋が、赤や黄や緑の色が咲きこぼれていて、活気を見せた。客の出入りも多かった。果物屋は良《え》え商売やとふと思うと、もう居ても立っても居られず、柳吉が浄瑠璃の稽古から帰って来ると、早速「果物屋《あかもん》をやれへんか」柳吉は乗気にならなかった。いよいよ食うに困れば、梅田へ行って無心すれば良しと考えていたのだ。

ある日、どうやら梅田へ出掛けたらしかった。帰って来ての話に、無心したところ妹の聟《むこ》が出て応待したが、話の分らぬ頑固者の上にけちんぼと来ていて、結局鐚一文《びたいちもん》も出さなかったとしきりに興奮した。そして「果物屋をやろうやないか」顔はにがり切っていた。

関東煮の諸道具を売り払った金で店を改造した。仕入れや何やかやでだいぶ金が足らなかったので、衣裳や頭のものを質に入れ、なおおきんの所へ金を借りに行った。おきんは一時間ばかり柳吉の悪口を言ったが、結局「蝶子はん、あんたが可哀想《かわいそう》やさかい」と百円貸してくれた。

その足で上塩町の種吉の所へ行き、果物屋をやるから、二、三日手を貸してくれと頼んだ。西瓜の切り方など要領を柳吉は知らないから、経験のある種吉に教わる必要に迫られて、こんどは柳吉の口から「一つお父《とっ》つぁんに頼もうやないか」と言い出していた。種吉は若い頃お辰の国元の大和から車一台分の西瓜を買って、上塩町の夜店で切売りしたことがある。その頃、蝶子はまだ二つで、お辰が背負うて、つまり親娘《おやこ》三人総出で、一晩に百個売れたと種吉は昔話し、喜んで手伝うことを言った。関東煮屋のとき手伝おうと言って柳吉に撥ねつけられたことなど、根に持たなかった。どころか店びらきの日、筋向いにも果物屋があるとて、「西瓜屋の向いに西瓜屋が出来て、西瓜同志(好いた同志)の差し向い」と淡海節《たんかいぶし》の文句を言い出すほどの上機嫌だった。向い側の果物屋は、店の半分が氷店になっているのが強味で氷かけ西瓜で客を呼んだから、自然、蝶子たちは、切身の厚さで対抗しなければならなかった。が、言われなくても種吉の切り方は、頗る《すこぶ》気前がよかった。一個八十銭の西瓜で十銭の切身何個と胸算用して、柳吉がハラハラすると、種吉は「切身で釣って、丸口《まるぐち》で儲けるんや。損して得とれや」と言った。そして、「ああ、西瓜や、西瓜や、うまい西瓜の大安売りや！」と派手な呼び声を出した。向い側の呼び声もなかなか負けていなかった。蝶子も黙っておられず、「安い西瓜だっせ」と金切り声を出した。それが愛嬌で、客が来た。蝶子は、鞄のような財布を首から吊るして、売上げを入れたり、釣銭を出したりした。

朝の間、蝶子は廓の中へはいって行き軒《のき》ごとに西瓜を売ってまわった。「うまい西瓜だっせ」と言う声が吃驚《びっくり》するほど綺麗なのと、笑う顔が愛嬌があり、しかも気性が粋でさっぱりしているのとがたまらぬと、娼妓達がひいきにしてくれた。「明日《あした》も持って来とくなはれや」そんな時柳吉が背にのせて行くと、「姐《ねえ》ちゃんは……?」良え《え》奥さんを持ってはると褒められるのを、ひと事のように聴き流して、柳吉は渋い顔であった。むしろむっつりして、これで遊べば滅茶苦茶に破目を外す男だとは見えなかった。

割合熱心に習ったので、四、五日すると柳吉は西瓜を切る要領など覚えた。種吉はちょうど氏神の祭で例年通りお渡《わた》りの人足に雇われたのを機会《しお》に、手を引いた。帰りしな、林檎はよくよくふきんで拭いて艶《つや》を出すこと、水蜜桃《すいみつとう》には手を触れぬこと、果物は埃をきらうゆえ始終掃塵《はたき》をかけることなど念押して行った。その通りに心掛けていたのだが、どういうものか足が早くて水蜜桃など瞬く間に腐敗した。店へ飾っておけぬから、辛い気持で捨てた。毎日、捨てる分が多かった。といって品物を減らすと店が貧相になるので、そうも行かず、巧く捌《は》けないと焦りが出た。儲けも多いが損も勘定に入れねばならず、果物屋も容易な商売ではないと、だんだん分った。

柳吉にそろそろ元気がなくなって来たので、蝶子はもう飽いたのかと心配した。がその心配より先に柳吉は病気になった。まえまえから胃腸が悪いと二ツ井戸の実費《じっぴ》医院へ通い通いしていたが、こんどは尿に血がまじって小便するのにたっぷり二十分かかるなど、人にも言えなかった。前に怪しい病気に罹《かか》り、そのとき蝶子は「なんちゅう人やろ」と怒りながらも、まじないに、屋根瓦にへばりついている猫の糞と明礬《みょうばん》を煎じてこっそり飲ませたところ効目《ききめ》があったので、こんどもそれだと思って、黙って味噌汁の中に入れると、柳吉は啜ってみて、変な顔をしたが、それと気付かず、味の妙なのは病気のせいだと思ったらしかった。気が付かねば、まじないは効くのだと窃《ひそか》に現《げん》のあらわれるのを待っていたところ更に効目はなかった。小便の時、泣き声を立てるようになり、島の内の華陽堂病院が泌尿科専門なので、そこで診てもらうと、尿道に管を入れて覗いた挙句、「膀胱《ぼうこう》が悪い」十日ばかり通ったが、はかばかしくならなかった。みるみる痩せて行った。診立《みた》て違いということもあるからと、天王寺の市民病院で診てもらうと、果して違っていた。レントゲンをかけ腎臓結核だときまると、華陽堂病院が恨めしいよりも、むしろなつかしかった。命が惜しければ入院しなさいと言われた。あわてて入院した。

附添いのため、店を構っていられなかったので、蝶子は止《や》むなく、店を閉めた。果物が腐って行くことが残念だったから、種吉に店の方を頼もうと思ったが、運の悪い時はどうにも仕様のないもので、母親のお辰が四、五日まえから寝付いていた。子宮癌とのことだった。金光教《こんこうきょう》に凝って、お水をいただいたりしているうちに、衰弱がはげしくて、寝付いた時はもう助からぬ状態だと町医者は診た。手術をするにも、この体ではと医者は気の毒がったが、お辰の方から手術もいや、入院もいやと断った。金のこともあった。注射もはじめはきらったが、体が二つに割れるような苦痛が注射で消えてとろとろと気持よく眠り込んでしまえる味を覚えると、痛みよりも先に「注射や、注射や」夜中でも構わず泣き叫んで、種吉を起した。種吉は眠い目をこすって医者の所へ走った。「モルヒネだからたびたびの注射は危険だ」と医者は断るのだが、「どうせ死による体ですよって」と眼をしばたいた。弟の信一は京都下鴨《しもがも》の質屋へ年期奉公していたが、いざという時が来るまで、戻れと言わぬことにしてあった。だから、種吉の体は幾つあっても足らぬくらいで、蝶子も諦め、結局病院代も要るままに、店を売りに出したのだ。

これぱっかりは運よく、すぐ買手がついて、二百五十円の金がはいったが、すぐ消えた。手術と決ってはいたが、手術するまえに体に力《りき》をつけておかねばならず、舶来の薬を毎日二本ずつ入れた。一本五円もしたので、怖いほど病院代は嵩んだのだ。蝶子は派出婦を雇って、夜の間だけ柳吉の看病してもらい、ヤトナに出ることにした。が、焼石に水だった。手術も今日、明日に迫り、金の要《い》ることは目に見えていた。蝶子の唄もこんどばかりは昔の面影を失うた。赤電車での帰り、帯の間に手を差し込んで、思案を重ねた。おきんに借りた百円もそのままだった。

重い足で、梅田新道の柳吉の家を訪れた。養子だけが会《お》うてくれた。沢山とは言いませんがと畳に頭をすりつけたが、話にならなかった。自業自得、そんな言葉も彼は吐いた。「この家の身代《しんだい》は僕が預っているのです。あなた方に指一本……」差して貰いたくないのはこっちのことですと、尻を振って外へ飛び出したが、すぐ気の抜けた歩き方になった。種吉の所へ行き、お辰の病床を見舞うと、お辰は「私《わて》に構わんと、はよ維康さんとこィ行ったりィな」そして、病院では御飯たきも不自由やろから、家で重湯《おもゆ》やほうれん草炊いて持って帰れと、お辰は気持も仏様《ほとけさま》のようになっており、死期に近づいた人に見えた。

お辰とちがって、柳吉は蝶子の帰りが遅いと散々叱言《こごと》を言う始末で、これではまだ死ぬだけの人間になっていなかった、という訳でもなかったろうが、とにかく二日後に腎臓を片一方切り取ってしまうという大手術をやっても、ピンピン生きて、「水や、水や、水くれ」とわめき散らした。水を飲ましてはいけぬと注意されていたので、蝶子は丹田《たんでん》に力を入れて柳吉のわめき声を聴いた。

あくる日、十二、三の女の子を連れて若い女が見舞いに来た。顔かたちを一目《ひとめ》見るなり、柳吉の妹だと分った。はっと緊張し、「よう来てくれはりました」初対面の挨拶代りにそう言った。連れて来た女の子は柳吉の娘だった。ことし四月から女学校に上っていて、セーラー服を着ていた。頭を撫でると、顔をしかめた。

一時間ほどして帰って行った。夫に内緒で来たと言った。「あんな養子にき、き、気兼ねする奴があるか」妹の背中へ柳吉はそんな言葉を投げた。送って廊下へ出ると、妹は「姉《ねえ》はんの苦労はお父さんもこの頃よう知ったはりまっせ。よう尽してくれとる、こない言うたはります」と言い、そっと金を握らした。蝶子は白粉《おしろい》気もなく、髪もバサバサで、着物はくたびれていた。そんなところを同情しての言葉だったかも知らぬが、蝶子は本真《ほんま》のことと思いたかった。思った。柳吉の父親に分ってもらうまで十年掛ったのだ。姉さんと言われたことも嬉しかった。だから、金は一旦は戻す気になった。が無理に握らされて、あとで見ると百円あった。有難かった。そわそわして落ちつかなかった。

夕方、電話が掛って来た。弟の声だったから、ぎょっとした。危篤だと聞いて、早速駆けつける旨《むね》、電話室から病室へ言いに戻ると、柳吉は、「水くれ」を叫んでいた。そして、「お、お、お、親が人事か、わいが大事か」自分もいつ死ぬか分らへんと、そんな風にとれる声をうなり出した。蝶子は椅子に腰掛けてじっと腕組みした。そこへ泪《なみだ》が落ちるまで、だいぶ時間があった。秋で、病院の庭では虫の声もした。

どのくらい時間が経ったか、隙間風が肌寒くすっかり夜になっていた。急に、「維康さん、お電話でっせ」胸さわぎしながら電話口に出てみると、こんどは誰か分らぬ女の声で、「息引きとらはりましたぜ」とのことだった。そのまま病院を出て駆けつけた。「蝶子はん、あんたのこと心配して蝶子は可哀想なやっちゃ言うて息引きとらはったんでっせ」近所の女たちの赤い目がこれ見よがしだった。三十歳の蝶子も母親の目から見れば子供だと種吉は男泣きした。親不孝者と見る人々の目を背中に感じながら、白い布を取って今更の死水《しにみず》を唇につけるなど、蝶子は勢一杯に振舞った。「わての亭主も病気や」それを自分の肚への言訳にして、お通夜も早々に切り上げた。夜更けの街を歩いて病院へ帰る途々《みちみち》、それでもさすがに泣きに泣けた。病室へはいるなり柳吉は怖い目で、「どこィ行って来たんや」蝶子はたった一言、「死んだ」そして二人とも黙り込んで、暫《ざん》時《じ》睨み合っていた。柳吉の冷やかな視線は、なぜか蝶子を圧迫した。蝶子はそれに負けまいとして、持前の勝気な気性が蛇のように頭をあげて来た。柳吉の妹が呉《く》れた百円の金を全部でなくとも、たとえ半分だけでも、母親の葬式の費用に当てようと、ほとんど気がきまった。ままよ、せめてもの親孝行だと、それを柳吉に言い出そうとしたが、痩せたその顔を見ては言えなかった。――

が、そんな心配は要らなかった。種吉がかねがね駕籠《かご》かき人足に雇われていた葬儀屋で、身内のものだとて無料で葬儀万端を引き受けてくれて、かなり盛大に葬式が出来た。おまけにお辰がいつの間にはいっていたのか、こっそり郵便局の簡易養老保険に一円掛けではいっていたので五百円の保険金が流れ込んだのだ。上塩町に三十年住んで顔が広かったからかなり多かった会葬者に市電のパスを山菓子に出し、香奠《こうでん》返しの義理も済ませて、なお二百円ばかり残った。それで種吉は病院を訪ねて、見舞金だと百円だけ蝶子に渡した。親のありがたさが身に沁みた。柳吉の父が蝶子の苦労を褒めていると妹に聞いた旨《むね》言うと、種吉は「そら良《え》え按配や」と、お辰が死んで以来はじめてのニコニコした顔を見せた。

柳吉はやがて退院して、湯崎温泉へ出養生《でようじょう》した。費用は蝶子がヤトナで稼いで仕送りした。二階借りするのも不経済だったから、蝶子は種吉の所で寝泊りした。種吉へは飯《めし》代を渡すことにしたのだが、種吉は水臭いと言って受取らなかった。仕送りに追われていることを知っていたのだ。

蝶子が親の所へ戻っていると知って、近所の金持から、妾《めかけ》になれと露骨に言って来た。例の材木屋の主人は死んでいたが、その息子が柳吉と同じ年の四十一になっていて、そこからも話があった。蝶子は承《うけたまわ》りおくという顔をした。きっぱり断らなかったのは近所の間柄《あいだがら》気まずくならぬように思ったためだが、一つには芸者時代の駈引きの名残りだった。まだまだ若いのだとそんな話のたびに、改めて自分を見直した。が、心はめったに動きはしなかった。湯崎にいる柳吉の夢を毎晩見た。ある日、夢見が悪いと気にして、とうとう湯崎まで出掛けて行った。「毎日魚釣りをして淋しく暮している」はずの柳吉が、こともあろうに芸者を揚げて散財していた。むろん酒も飲んでいた。女中を捉えて、根掘り聴くとここ一週間余り毎日のことだという。そんな金が何処《どこ》からはいるのか、自分の仕送りは宿の払いに勢一杯で、煙草代にも困るだろうと済まぬ気がしていたのにと不審に思った。女中の口から、柳吉がたびたび妹に無心していたことが分ると目の前が真暗《まっくら》になった。自分の腕一つで柳吉を出養生させていればこそ、苦労の仕甲斐《しがい》もあるのだと、柳吉の父親の思惑をも勘定に入れてかねがね思っていたのだ。妹に無心などしてくれたばっかりに、自分の苦労も水の泡だと泣いた。が、何かにつけて蝶子は自分の甲斐性の上にどっかり腰を据えると、柳吉はわが身に甲斐性がないだけに、その点がほとほと虫好かなかったのだ。しかし、その甲斐性を散々利用して来た手前、柳吉には面と向っては言いかえす言葉はなかった。興ざめた顔で、蝶子の詰問を大人しく聴いた。なお女中の話では、柳吉はひそかに娘を湯崎へ呼び寄せて、千畳敷《せんじょうじき》や三段壁《さんだんべき》など名所を見物したとのことだった。その父性愛も柳吉の年になってみるともっともだったが、裏切られた気がした。かねがね娘を引きとって三人暮しをしようと柳吉に迫ったのだが、柳吉はうんと言わなかったのだ。娘のことなどどうでも良い顔で、だからひそかに自分に己惚《うぬぼ》れていたのだった。何やかやで、蝶子は逆上した。部屋のガラス障子に盞《さかずき》を投げた。芸者達はこそこそと逃げ帰った。が、間もなく蝶子は先刻の芸者達を名指しで呼んだ。自分ももと芸者であったからには、不粋なことで人気商売の芸者にケチをつけたくないと、そんな思いやりとも虚栄心とも分らぬ心が辛うじて出た。自分への残酷めいた快感もあった。

柳吉と一緒に大阪へ帰って、日本橋の御蔵跡《おくらあと》公園裏に二階借りした。相変らずヤトナに出た。こんど二階借りをやめて一戸構え、ちゃんとした商売をするようになれば、柳吉の父親もえらい女だと褒めてくれ、天下晴れての夫婦《めおと》になれるだろうとはげみを出した。その父親はもう一年以上も中風で寝ていて、普通ならとっくに死んでいるところを持ちこたえているだけに、いつ死なぬとも限らず、眼の黒いうちにと蝶子は焦った。が、柳吉はまだ病後の体で、滋養剤を飲んだり注射を打ったりして、そのためきびしい物入りだったから、半年経っても三十円と纏《まと》まった金はたまらなかった。

ある夕方、三味線のトランクを提げて日本橋一丁目の交叉点で乗換えの電車を待っていると、「蝶子はんと違いまっか」と話しかけられた。北の新地で同じ抱主《かかえぬし》の所で一つ釜の飯を食っていた金八という芸者だった。出世しているらしいことはシコール一つにも現われていた。誘われて、戎橋の丸万《まるまん》でスキ焼をした。その日の稼ぎをフイにしなければならぬことが気になったが、出世している友達の手前、それと言って断ることは気がひけたのだ。抱主がけちんぼで、食事にも塩鰯一尾という情けなさだったから、その頃お互い出世して抱主を見返してやろうと言い合ったものだと昔話が出ると、蝶子は今の境遇が恥かしかった。金八は蝶子の駈落ち後間もなく落籍《ひか》されて、鉱山師の妾となったが、ついこの間本妻が死んで、後釜に据えられ、いまは鉱山の売り買いに口出しして、「言うちゃ何やけど……」これ以上の出世も望まぬほどの暮しをしている。につけても、想い出すのは、「やっぱり、蝶子はん、あんたのことや」抱主を見返すと誓った昔の夢を実現するには、是非《ぜひ》蝶子にも出世してもらわねばならぬと金八は言った。千円でも二千円でも、あんたの要るだけの金は無利子の期間なしで貸すから、何か商売する気はないかと、事情を訊くなり、早速言ってくれた。地獄で仏とはこのことや蝶子は泪《なみだ》が出て、改めて金八が身につけるものを片ッ端から褒めた。「何商売がよろしおまっしゃろか」言葉使いも丁寧だった。「そうやなァ」丸万を出ると、歌舞伎の横で八卦《はっけ》見に見てもらった。水商売がよろしいと言われた。「あんたが水商売でわては鉱山《やま》商売や、水と山とで、なんぞこんな都々逸《どどいつ》ないやろか」それで話はきっぱり決った。

帰って柳吉に話すと、「お前は良《え》え友達持ってるなァ」とちょっぴり皮肉めいた言い方だったが、肚の中では万更《まんざら》でもないらしかった。

カフェを経営することに決め、翌日早速周旋屋を覗きまわって、カフェの出物を探した。なかなか探せぬと思っていたところ、いくらでも売物があり、盛業中のものもじゃんじゃん売りに出ているくらいで、これではカフェ商売の内幕もなかなか楽ではなさそうだと二の足を踏んだが、しかし蝶子の自信の方が勝った。マダムの腕一つで女給の顔触れが少々悪くても結構流行《はや》らして行けると意気込んだ。売りに出ている店を一軒一軒廻ってみて、結局下寺町電停前の店が二ツ井戸から道頓堀、千日前へかけての盛り場に遠くない割に値段も手頃で、店の構えも小ぢんまりして、趣味《このみ》に適《かな》っているとて、それに決めた。造作附《ぞうさく》八百円で手を打ったが、飛田の関東煮屋のような腐った店と違うから安い方であった。念のため金八に見てもらうと、「ここならわても一ぺん遊んでみたい」と文句はなかった。そして、代替りゆえ、思い切って店の内外を改装し、ネオンもつけて、派手に開店しなはれ、金はいくらでも出すと、随分乗気になってくれた。

名前は相変らずの「蝶柳」の上にサロンをつけて「サロン蝶柳」とし、蓄音器は新内《しんない》、端唄《はうた》など粋向きなのを掛け、女給はすべて日本髪か地味なハイカラの娘《こ》ばかりで、下手《へた》に洋装した女や髪の縮れた女などは置かなかった。バーテンというよりは料理場といった方が似合うところで、柳吉はなまこの酢の物など附出《つきだ》しの小鉢物を作り、蝶子はしきりに茶屋風の愛嬌を振りまいた。すべてこのように日本趣味で、それがかえって面白いと客種《きゃくだね》も良く、コーヒーだけの客など居辛かった。

半年経たぬうちに押しも押されぬ店となった。蝶子のマダム振《ぶ》りも板についた。使ってくれと新しい女給が「顔見せ」に来れば頭のてっぺんから足の先まで素早く一目の観察で、女の素性や腕が見抜けるようになった。ひとり、どうやら臭いと思われる女給が来た。体つき、身のこなしなど、いやらしく男の心をそそるようで眼つきも据っていて、気が進まなかったが、レッテル(顔)が良いので雇い入れた。べたべたと客にへばりつき、ひそひそ声の口説《くぜつ》も何となく蝶子には気にくわなかったが、良い客が皆その女について しまったので、追い出すわけには行かなかった。時々、二、三時間暇《ひま》をくれといって、客と出て行くのだった。そんなことがしばしば続いて、客の足が遠のいた。てっきりどこかへ客を食わえ込むらしく、客も馴染みになるとわざわざ店へ出向いて来る必要もなかったわけだ。そのための家を借りてあることもあとで分った。いわばカフェを利用して、そんな妙なことをやっていたのだ。追い出したところ、他の女給たちが動揺した。ひとりひとり当ってみると、どの女給もその女を見習って一度ならずそんな道に足を入れているらしかった。そうしなければ、その女に自分らの客をとられてしまってやって行けなかったのかも知れぬが、とにかく、蝶子はぞっと嫌気がさした。その筋に分ったら大変だと、全部の女給に暇を出し、新しく温和《おとな》しい女ばかりを雇い入れた。それでやっと危機を切り抜けた。店で承知でやらすならともかく、女給たちに勝手にそんな真似をされたら、もうそのカフェは駄目になると、あとで前例も聞かされた。

女給が変ると、客種も変り、新聞社関係の人がよく来た。新聞記者は眼つきが悪いからと思ったほどでなく、陽気に子供じみて、蝶子を呼ぶにもマダムでなくて「おばちゃん」蝶子の機嫌は頗《すこぶ》る良かった。マスターこと「おっさん」の柳吉もボックスに引き出されて一緒に遊んだり、ひどく家族的な雰囲気の店になった。酔うと柳吉は「おい、こら、らっきょ」などと記者の渾名《あだな》を呼んだりし、その挙句、二次会だと連中とつるんで今里新地《いまざと》へ車を飛ばした。蝶子も客の手前、粋をきかして笑っていたが、泊って来たりすれば、やはり折檻の手はゆるめなかった。近所では蝶子を鬼婆《わにばば》と陰口たたいた。女給たちには面白い見ものので、マスターが悪いと表面では女同志のひいきもあったが、しかし、肚の中ではどう思っているか分らなかった。

　蝶子は「娘さんを引き取ろうや」とそろそろ柳吉に持ちかけた。柳吉は「もうちょっと待ちィな」と言い逃れめいた。「子供が可愛いことないのんか」ないはずはなかったが、娘の方で来たがらぬのだった。女学生の身でカフェ商売を恥じるのは無理もなかったが、理由はそんな簡単なものだけではなかった。父親を悪い女に奪《と》られたと、死んだ母親は暇さえあれば、娘に言い聴かせていたのだ。蝶子が無埋にとせがむので、一、二度「サロン蝶柳」へセーラー服の姿を現わしたが、にこりともしなかった。蝶子はおかしいほど機嫌とって、「英語たらいうもんむつかしおまっしゃろな」女学生は鼻で笑うのだった。

ある日、こちらから頼みもしないのにだしぬけに白い顔を見せた。蝶子は顔じゅう皺だらけに笑って「いらっしゃい」駆け寄ったのへつんと頭を下げるなり、女学生は柳吉の所へ近寄って低い声で「お祖父《じい》さんの病気が悪い、すぐ来て下さい」

柳吉と一緒に駆けつける事にしていた。が、柳吉は「お前は家に居《お》りィな。いま一緒に行ったら都合《ぐつ》が悪い」蝶子は気抜けした気持で暫時呆然《ざんじぼうぜん》としたが、これだけのことは柳吉にくれぐれも頼んだ。――父親の息のある間に、枕元で晴れて夫婦になれるよう、頼んでくれ。父親がうんと言ったらすぐ知らせてくれ。飛んで行くさかい。

蝶子は呉服屋へ駆け込んで、柳吉と自分と二人分の紋附《もんつき》を大急ぎで拵《こしら》えるように頼んだ。吉報を待っていたが、なかなか来なかった。柳吉は顔も見せなかった。二日経ち、紋附も出来上った。四日目の夕方呼出しの電話が掛った。話がついた、すぐ来いの電話だと顔を紅潮させ、「もし、もし、私維康《これやす》です」と言うと、柳吉の声で、「ああ、お、お、お、おばはんか、親爺《おやじ》は今死んだぜ」「ああ、もし、もし」蝶子の声は疳《かん》高く震えた。「そんなら、私はすぐそっちィ行きまっさ、紋附も二人分出来てまんねん」足元がぐらぐらしながらも、それだけははっきり言った。が、柳吉の声は、「お前は来ん方が良え。来たら都合《ぐつ》悪い。よ、よ、よ、養子が……」あと聞かなかった。葬式にも出たらいかんて、そんな話があるもんかと頭の中を火が走った。病院の廊下で柳吉の妹が言った言葉は嘘だったのか、それとも柳吉が頑固な養子にまるめ込まれたのか、それを考える余裕もなかった。紋附のことが頭にこびりついた。店へ帰り二階へ閉じ籠った。やがて、戸を閉め切って、ガスのゴム管を引っぱり上げた。「マダム、今夜はスキ焼でっか」階下から女給が声かけた。栓をひねった。

夜、柳吉が紋附を取りに帰って来ると、ガスのメーターがチンチンと高い音を立てていた。異様な臭気がした。驚いて二階へ上り、戸を開けた。団扇でパタパタそこらをあおった。医者を呼んだ。それで蝶子は助かった。新聞に出た。新聞記者は治に居《い》て乱を忘れなかったのだ。日蔭者自殺を図るなどと同情のある書き方だった。柳吉は葬式があるからと逃げて行き、それ切り戻って来なかった。種吉が梅田へ訊ねに行くと、そこにもいないらしかった。起きられるようになって店へ出ると、客が慰めてくれて、よく流行《はや》った。妾になれと客はさすがに時機を見逃さなかった。毎朝、かなり厚化粧してどこかへ出掛けて行くので、さては妾になったのかと悪評だった。が本当は、柳吉が早く帰るようにと金光教《こんこうきょう》の道場へお詣りしていたのだった。

二十日余り経つと、種吉のところへ柳吉の手紙が来た。自分ももう四十三歳だ、一度大患に罹った身ではそう永くも生きられまい。娘の愛にも惹かされる。九州の土地でたとえ職工をしてでも自活し、娘を引き取って余生を暮したい。蝶子には重々気の毒だが、よろしく伝えてくれ。蝶子もまだ若いからこの先……などとあった。見せたらことだと種吉は焼き捨てた。

十日経ち、柳吉はひょっくり「サロン蝶柳」へ戻って来た。行方を晦《くら》ましたのは策戦や、養子に蝶子と別れたと見せかけて金を取る肚やった、親爺が死ねば当然遺産の分け前に与らねば損や、そう思《おも》て、わざと葬式にも呼ばなかったと言った。蝶子は本当だと思った。柳吉は「どや、なんぞ、う、う、うまいもん食いにいこか」と蝶子を誘った。法善寺境内の「めおとぜんざい」へ行った。道頓堀からの通路と千日前からの通路の角に当っているところに古びた阿多福《おたふく》人形が据えられ、その前に「めおとぜんざい」と書いた赤い大提灯がぶら下っているのを見ると、しみじみと夫婦で行く店らしかった。おまけに、ぜんざいを註文すると、女夫《めおと》の意味で一人に二杯ずつ持って来た。碁盤の目の敷畳に腰をかけ、スウスウと高い音を立てて啜りながら柳吉は言った。「こ、こ、ここの善哉《ぜんざい》はなんで、二、二、二杯ずつ持って来よるか知ってるか、知らんやろ。こら昔何とか大夫《たゆう》ちゅう浄瑠璃のお師匠はんが開いた店でな、一杯山盛りにするより、ちょっとずつ二杯にする方が沢山《ぎょうさん》はいってるように見えるやろ、そこをうまいこと考えよったのや」蝶子は「一人より女夫の方が良えいうことでっしゃろ」ぽんと襟を突き上げると肩が大きく揺れた。蝶子はめっきり肥えて、そこの座蒲団が尻にかくれるくらいであった。

蝶子と柳吉はやがて浄瑠璃に凝り出した。二ツ井戸天牛書店の二階広間で開かれた素《そ》義《ぎ》大会で、柳吉は蝶子の三味線で「太十《たじゅう》」を語り、二等賞を貰った。景品の大きな座蒲団は蝶子が毎日使った。

## 続　夫婦善哉

柳吉が「蝶柳」へ帰ってから一年が経ち、夏が来た。

七夕《たなばた》が済むと、すぐ生国魂《いくたま》神社の夏祭で、七月八日は宵宮《よみや》、九日にはお渡御《わたり》がある。六月のかかりにはもう町内の古着屋、貸車屋その他の店先に「祭ノ法被《はっぴ》貸シマス」と出て、七月の声をきくと、連夜境内で獅子舞や枕太鼓の稽古だった。

枕太鼓の音は夏の夜の尾をひいて暗い坂をくだり、下寺町《したでら》の「蝶柳」へもきこえて来た。蝶子はきいて、子供のころが想いだされた。白粉《おしろい》つけ、紅《べに》さし、晴着の袂《たもと》をひらひらさせて、人力車に乗り、知った顔いくつか並んで見上げる町なかをねりあるくお稚子《ちご》さんに成りたかったが、成れず、その代り父親の種吉は鎧《よろい》着たり、水干《すいかん》着たり、祭の人足だった。

その種吉の顔も近頃とんと見ない。種吉の方でも遠慮して遠のいていたが、祭も近づいたある夜、久方ぶりの顔を見せた。いつもは勝手口からこっそり来て、蝶子と柳吉がふたりいるのを見るだけで機嫌をよくし、酒をだしても飲まずに帰るのだが、今夜はついぞないことに表の入口からはいって来た。いらっしゃいと、女給だけでなく蝶子も景気の良い声をだしたが、そして見ればこんなところへ来る人の風態《ふうてい》とも思えず、なんのこと種吉だった。しかし、蝶子は柳吉の手前少しは遠慮しながらも、よくもてなした。種吉はあえて遠慮見せず、にこにこした顔でボックスに収まって、酒を飲み、酔うて鎗《やり》さびなど歌うた。年とも素人《しろうと》とも思えぬ良い声で、節まわしも渋く、いる客はみなはやし、また笑うた。柳吉も終始渋い顔であったわけではない。種吉はよろよろした足で帰って行った。

常とは変ったそんな父親に蝶子はおどろいたが、やはりそれが虫の知らせだったか、二日経つと種吉は卒中で死んだ。死ぬ前の日、京都へ出向いて下鴨《しもがも》の質屋に奉公している息子の信一に会い、円山《まるやま》の芋ぼうへも連れて行ったというから、「蝶柳」へおいなはったんもあれはよそながらの此《こ》の世の別れやったんやと、駈けつけた蝶子は泣き、「運のないお人やった。そんならそれで、もっとおいしいもんも食べさせ、こんど出来た歌舞伎座ァも見せたげるんやったのに……。ええ目もせんと」死んで行った種吉の不幸は、しかし蝶子は知らぬが、死ぬ間際までただひとつ蝶子の未来《ゆくさき》を案じていた、そのことだった。

宵宮とかちあったが、葬式の日はさすがに商売も出来ず「蝶柳」は休業した。が、明けて九日は本祭で一年中の書き入れ、もう休めなかった。十五日は難波《なんば》神社、十九日は高津神社《こうづさん》と祭があって忙しい日がずっと続き、天神祭の二十五日、柳吉はふらりと出て行ったままその晩帰らなかった。祭と月給日が重なってテーブルひとつ乾く間もないくらい忙しく、「ようもこのせわしない物日《もんび》にうかうか出て行けたもんや。あの糞おやじめ」蝶子は肩で息をし、客を送り迎える掛声もむやみに癇《かん》高かったが、ふと気がつくと、柳吉は天満宮の氏子《うじこ》だ。氏神のお祭に昔を想いだし、根が好きな道故《ゆえ》いてもたってもおれず、お渡りの見える屋形にあがって散財してるのんと違うやろか。いや、それならまだましや。梅田新道《うめだしんみち》ィのこのこ行って、娘を連れだして祭見物させてるのんと違うやろか。それを想えば気が気でなく、もう蝶子は物を言う元気もないくらい塩垂《しおた》れ、勘定書《おあいそ》の上に下手な字で数字を書きながら、いまごろは半七さんがどこにどうしてござるやら……、鼻脇の白粉が汗でとけ、ふと出る浄瑠璃の文句もわれながら遣瀬《やるせ》なかった。勘定書《おあいそ》を書くのはいつも柳吉の受持、柳吉は計算が早く、代書になれるぐらい達筆でもあり、それがかねがね蝶子には頼もしかったのだ。

夜が更けて店が閑散《ひま》になると、蝶子はしばしば表に立ち眼をきょろつかせた。が、南からも北からもそれらしい姿はあらわれなかった。寝床にはいってても寝つかれなかった。

引きとって育てようと蝶子の方からいい出したぐらい故、柳吉が娘に会いに行くのはなんの不思議もないはずだし、それに梅田新道の家では本妻も父親もとっくに死んでいる。にもかかわらず、やはり柳吉が梅田新道へ行けば、蝶子は平気でおれなかった。寝巻のままそこらじゅう這いまわって、パチンパチン蚊をたたく音が夜おそくまできこえ、隣の三畳で寝ている住込《すみこみ》の女給は何度も眼をさまし「マダム、まだ起きたはりまんのん」「うん」と返事する蝶子の声は息せわしく、肥満のせいばかりでもなかった。

翌朝も柳吉は帰らず、蝶子は頭痛膏をこめかみに貼ってそこらあたり柳吉を探す肚《はら》で出掛けた。見当らず、蝶子は諦めてあちこちの店にはいって鱈腹《たらふく》食べたが、ひとりでは汗が出るばかりで一向に美味《うま》いとも思えず、こんなことなら誰ぞ気に入った女給《ボーイ》でも連れて来たらよかったと、淋しかった。心斎橋《しんさいばし》で要りもせぬ下駄や半襟《はんえり》など買物をすませると、もう何もすることがなく、足はとぼとぼ下寺町へ帰り掛けたが、ふと思いついて千日前《せんにちまえ》の大阪劇場の地下室へ行った。

そこはスポーツヤード、乙女ジャズバンドが演奏され、豆自動車、射的、木馬、将棋・麻雀クラブ、卓球場などあるほかに、もの珍らしいレコード吹込所もある。「皆様のお声がすぐその場でレコードに吹込まれます。十吋《インチ》の吹込料がレコード一枚添えてたった一円……」伴奏の用意もあって、吹込室の黒幕のかげでサクラが流行歌をうたうと、ギターの伴奏がはいり、うたい終ると、「ああしんどォ」実演らしい実感もマイクロフォンから伝わるのだった。こんな日には良い声も出る。蝶子は御免と吹込室の幕をくぐった。

「はよやっとくなはれや。ひとが立ちまっせ」と蝶子は言い、もと活動小屋で三味線を弾いていた婆さんが合の手を弾きだすと、思いきり声をはりあげて、二上《にあが》り新内《しんない》を歌うた。びっくりするほど高い調子の声だった故、技師は「あ、そんな無茶な声だしてもろたら、機械がいたんでしまいまんがな」とあわてた。

マイクロフォンを通したその美声に案の定人が集《あつま》り、吹込室へ覗きにも来た。ちょうどその時「蝶柳」へ帰りそびれていた柳吉がここの将棋クラブに来ており、この声をきいた。きき覚えのある声に柳吉ははっとし、良い将棋をにわかに悪くして、もうおまへんなと駒を投げ出すと、こそこそ出て行った。

「えらい声を出しよるもんや」と途々《みちみち》柳吉は呟き、高津の浄瑠璃の師匠のところへ顔を出し、「沼津」をさらえていると、「こんにちは。うちの人《ん》お邪魔さしてもろてしまへんか」と玄関で蝶子の声がし、咄嗟《とっさ》に逃げかくれも出来ず、真蒼《まっさお》になってふるえた。その顔を見るなり蝶子は「御機嫌さん、えらい久し振《ぶ》りでんな」にこりともせず言った。

「お、お、おばはん、来、来、来たんか」と柳吉はいつもよりどもりがきつく、途端に折檻《せっかん》を観念した。蝶子は執拗《しつこ》く問いただして、「ほんまやな、昨夜《ゆんべ》は今里《いまざと》のお茶屋にいたんやな」梅田新道へは行かなかったとわかると、「ほんまやな。嘘とちがうな」と柳吉の咽喉《のど》しめつける手に精があった。師匠の手前もあって、柳吉はそこで喧嘩もならず、ぐんにゃりとしていたが、むろん体裁は随分わるかった故、帰ってから、柳吉はいつにない凄んだ表情でそのことを口に出し、機嫌がわるかった。「なにをぶつぶつ言うてなはんねん。なにが体裁やねん」と蝶子は負けていなかったが、さすがに恥しい気がして、ぷいと出て行った。「お、おばはん、ど、どこ行きや」柳吉がきくと、「夜店ィ行きまんねん」「そ、そんなら七味(唐辛子)と、洋、洋、洋食焼買《こ》うて来てんか。生姜のはいった奴やぜ」相変らず食意地《くいいじ》が汚かった。一時間経って蝶子は帰って来たが、洋食焼みたいな子供の食べるもん気がさして買えまっかいなと、手ぶらだった。それで柳吉はいっそう機嫌をわるくし、もはや蝶子がべんちゃら(お世辞)めく物言いかけても、口利《き》かなかった。蝶子はこっそり女給にいいつけて、洋食焼を買いに走らせた。「ぎょうさん(沢山)子供衆《し》がたかったはったさかい、晴れがましかったわ」と息切らせて持ち帰ったのを、柳吉は黙って受けとり、へばりついた新聞紙をしきりに剝がしながら唇とがらせて食べ、ようやく機嫌が直ったらしかった。

　しかし、柳吉は翌日から浄瑠璃の稽古を休んだ。あんなことがあっては師匠に顔も会わされへんと、口には出さなかったが、それだけにいっそう意地わるく根にもったようで、「けったいな人やな」と蝶子が出かけたあと、料理場にひっこんで、こまごま水洗いなどしていた。稽古から帰って来た蝶子は柳吉の浮かぬ顔を見て、「なんちゅう顔や。暖簾《のれん》に凭《もた》れて麩《ふ》嚙むような顔しィな」と、こんな口を利《き》いたが、柳吉は答えず、取つく島のない気持がさすがにしょんぼり蝶子の胸に落ちた。

柳吉は目立って無口になり、どもりのせいばかりではなかった。めったに外へも出ず、女遊びも絶えた。「うちはこの頃真面目《まじめ》だっせ」と蝶子は師匠に言い言いしたが、真面目なら真面目でべつの心配もあった。たまに柳吉が口をひらいてお菜《かず》の叱言《こごと》などいうと、蝶子ははらはらし、その癖「贅沢いいなはんな」と高飛車に出た。するともう柳吉は黙ってしまい、あわてて食事を済ませると、天井向いて大口をあけ、胃腸薬の錠剤をほうり込むのだった。相変らず柳吉は体が弱く、夜のおそい水商売がこたえるらしかった。蝶子は毎日千日前の自安寺《じあんじ》へ行き、水掛け不動の腹をたわしでこすりこすり、「四十五才午《うま》の歳の男、胃腸がようなりますように……」と呟いた。

そして夏が過ぎると、柳吉は客にすすめられたのがもとで競馬に凝りだした。毎日いそいそと出て行くのを見て、女《おなご》に凝られるよりましやとほっとしたが、しかし、儲けたのははじめの日だけ、柳吉が目立って機嫌取りだしたのをおかしいと思っていると、案の定大損だった。毎日何枚か馬券たらいうものを持ち帰って、「こんな紙やけど、これでも百円と換えてくれるんやぜ。は、は、はよ金と換えてしもたら、げんがわるいいうさかい、換、換、換えんと持ってるのや。最後の日に換えるねん」と見せていたのを真《ま》に受けていた故、損はないと思い、「なにかにせェ、男には道楽というもんが無けりゃならんもんや」と笑っていたが、鳴尾《なるお》競馬の最終日柳吉は財布のなかに四銭残して帰って来、「あの馬券は……?……」皆カスの馬券らしかった。単で買えば二着、複で買えば鼻の差の着外などまだ良い方で、ねらう馬ねらう馬がよりによって落馬か出遅れて、結局通算して阿呆らしいというより、空おそろしい額の損だったが、柳吉は懲りずに「もうこないなったらやけの旱魃日焼《かんばつひやけ》のなすびや」淀《よど》の競馬へも行くといい出した。蝶子には弄花《ろうか》の経験もあり、深追いする柳吉の気持はわからぬこともなかったが、もはや柳吉の気散じを良いことにも思っておれず、「ちいとはわてのことを考えてみなはれ」という代り、金をかくした。が、柳吉は「見るだけや。馬券は買えへん」との口実で毎日金ももたずに出掛けた。

淀の競馬がすんで十日ばかりしてから、やはり馬券を買い、資金は食うに困るからと泣きを入れて梅田新道から借りていたのだと、わかった。「ようも、わての顔つぶすような恥しいことしてくれたな」と蝶子は一言いったきり、あと黙々として、それだけに折檻はなにか不気味に切なかった。柳吉はヒーヒー泣き声を出しながら、足袋《たび》はだしで逃げた。着物の前をはだけただらしない恰好で電車通を横切って行く柳吉の姿を、二階の窓からちょっと見て、蝶子は泣き崩れた。

それきり柳吉は帰って来なかった。三日経ち、七日経ち、十日経つと、蝶子は窶《やつ》れた。こんなときやはり頼りになる父親の死んでしまったことも、淋しかった。蝶子は日がな一日落ちつかず、ひとりあちこち心当りをたずねまわり、梅田新道の近辺もうろうろしたあげく、ある日柳吉の娘が通っている女学校の前に佇んだ。校門を出て来たのを、すぐ見つけて、蝶子は顔じゅう愛相《あいそ》笑いで近寄って、「御機嫌さん。嬢《とう》ちゃんお父さん知りはれしまへんか」背丈も伸びてすっかり大人めいた娘は、これが父親を盗《と》った女かと久し振《ぶ》りに見る蝶子の顔をちょっとにらんで、「知りませんわ」赤い顔をした。そして帽子の位置をなおしながら行ってしまった。蝶子は高津のおきんのところへ飛んで行き、「まあ聴いとくなはれ。そら良《え》え娘はんにならはってなァ」と、いま見て来た娘の鞄の持ち方までして見せ、「なんぼわてでもあの娘はんには勝たれしまへんわ」と、しんみりした。死んだ柳吉の父親は「娘と暮したければ蝶子たらいう女と別れてしまえ」と遺言にもいい、跡とりの妹聟《いもうとむこ》はしらず当の娘がこれを守って、蝶子のいる限り柳吉のところへ来たがらないのだった。口には出さぬが、やはり柳吉には娘が可愛く、だから成行としても蝶子と離れるのが当然だと、蝶子はこれがこわかった。おきんは蝶子の言葉をしんみりとききき、「あんたもたいていいやないけど、しかし、あんな娘さんと別れて暮さんならんて、蝶子はん、あんたの前やけど、維康《これやす》さんも因果やなァ」と、こんな慰め方をした。「そや、そや」と蝶子は眼をうるまし、柳吉のさびしさもにわかに胸に来て、梅田新道にいないとすれば、いまごろ何処《どこ》にいることやらと、もう啜《すす》りあげて、「わても子供があったらなァ」かつてない言葉を口にすると、おきんも貰《もら》いなき、おきんもまた子供が出来ぬのだった。

前の例もあるからと、蝶子は金光教《こんこうきょう》の道場へ詣《まい》って柳吉の帰りを祈願した。毎朝早く盛装して出て行く蝶子の厚化粧を女給たちは同情した。蝶子は唇の真中《まんなか》だけに紅をつけて、旧式の化粧法だった。毎朝通って祈願しているうちに、験《げん》が利いたのか、満願にもならぬ失踪して二十日目に、柳吉はひょっくり帰って来た。

のっそりと勝手口からはいって来た顔を見て、蝶子は息をのんだが、すぐ「ああ、びっくりした。なんや、あんたかいな」と、こみあげる嬉しさと照れ臭さをごまかした。「おばはん、只今《ただいま》」と、柳吉はかつてなく怖れる色もなかった。すぐ蝶子が先に立って二階へ上った。

きけば、小倉《こくら》へ競馬に行って来たという。「そんなこっちゃろと思《おも》た。どこで金こしらえて行ったんや」ときくと、「さいな。そのあてもなし、お、おばはん、怒りなや」「蝶柳」の権利をこっそり千円で売って、それで小倉へ行ったということだった。「あんたという人は……」「……というやろと思てたが、まあ待ちィな」柳吉はそう言って、懐中《かいちゅう》から札束を出した。ざっとの勘定で千二百円はあり、あきれていると、じつは儲けに儲けて三千円ほどあったのだが、いったん売ってしまえば「蝶柳」も他人のもの、ここらが水商売に見切りをつける機会《しお》だと思い、小倉からの帰り途《みち》立ち寄った別府《べっぷ》で老舗《しにせ》の手頃なのをひとつ見つけたのを倖いに、別府の土地で理髪店向きの化粧品、刃物の商売をやろうと、千五百円で老舗を買い、敷金五つと一《ひと》月分の家賃も収めて来たのだと言った。蝶子は坐ったまま地団駄踏んだが、もはやそうした売買の話が済んでしまったいま、取《と》りかえしようもなかった。階下から蓄音機の音が賑《にぎや》かにきこえて来て、「蝶柳」ともお別れかと、しんみりしたが、「別府テ良え所《とこ》やぜェ、なんしょ、お、お、温泉やさかいな。わ、わいの胃腸もようなるやろ」と柳吉が意気込んで言うと、蝶子はもう諦めた。

家賃を払《はろ》うていつまでも空家のまま遊ばせておくのは損だと、すぐ別府へ移ることにし、柳吉が帰って三日目にはもう天保山《てんぽうざん》から船に乗った。船の出る一時間前まで柳吉は理髪器具や化粧品の問屋をかけずりまわり、蝶子は柳吉が船のなかで食べたいという出雲《いずも》屋のまむしの折詰を買いに走り、きりきり舞いの慌しさだった。世帯《しょたい》道具は別便で送ったが、割れ物やこまごました物など気兼ねするほど沢山な手荷物を船に持ち込んだので、その宰領《さいりょう》に気を取られてゆっくり別れを惜む間もなく、見送りに来た女給や親しい客などはとうとう神戸まで同船した。船が動きだすとすぐ洒盛で、散々騒ぎまわり、女たちは泣き、乗客はあっけに取られた。「蝶柳」では『らっきょさん」で通っていた新聞記者はもう頭髪も薄かったが、蝶子や柳吉と別れるのが辛いと、男だてらにおいおい泣き、もともと泣き上戸《じょうご》の男だったが、そうして泣かれてみると蝶子は胸が迫り、「蝶柳」での日々が想出《おもいだ》された。

連中が神戸でおりてしまうと、にわかにひっそりとして、やがて夜が来た。須磨《すま》、明石《あかし》の海岸の灯がキラキラ見えた。柳吉はまむしの折詰をひらき、「こ、こ、これも当分食べおさめや」と言った。

翌朝、別府に着く頃には蝶子は船のボーイのたいていと親しくなっており、皆手荷物をおろすのに手を貸してくれた。「あんたら剃刀《かみそり》やナイフ買いはんのやったら、うちの店で買うとくなはれや」と蝶子はひとりひとりに言って船を降りた。もう商売気がはじまっているというより、蝶子の淋しさだった。

栈橋からすぐに別府目貫《めぬ》きの流川通《ながれかわどおり》だった。そのはずれに近く左へ折れてごたごたした中町《なかまち》に柳吉の借りておいた家があった。すぐ眼の前にほとんど並んで理髪店が二軒あり、栈橋からそこまで来る途中にも六軒は眼についたから、ここで理髪店相手の商売をやる気になった柳吉の眼のつけどころに感心していると、柳吉はいつの間に調べたのか、狭い市《まち》だがさすがに日本一の温泉地だけあって理髪店がなんと百六十軒もある、なお市《まち》全体がまるで銭湯同様ゆえ顔剃《かおそり》の道具などいくらでも売れる、「煙草屋みたいなもんや。坐っててもなんぼでも買いに来よるやろ」と言った。

三日経つと大阪からの荷が着き、店の造作《ぞうさく》改造も出来あがったので、ちょうど日も大安の上乗《じょうじょう》なのを喜びながら開店した。数えてみると剃刀屋、果物屋、関東煮《かんとだき》屋、カフェと四度商売を変えて来て五度目は最初に逆戻り、土地が変ったせいもあって、世帯をもちはじめて三年目はじめて高津の坂下で剃刀の店をひらいた頃のことがまず想出された。その頃は客足がさっぱりつかず、ジレットの安全剃刀の一つも出るのは良い方で、たいていは耳かきか替刃ばかりの浅ましい日が続き、忘れもせぬ、開店の日の売上げは二円にも足りなかったのだ。こんどは家賃もその時の三倍、間口からしてちがう故、あんなことではさっぱり駄目《わや》やと、早朝表の戸をあけた瞬間から蝶子は首筋が痛くなるほど体を固くして、眼を皿に表の人通を睨んでいた。家号《やごう》は「大阪屋」、入湯客の半分以上は大阪の客故、おい、みてみィ、大阪屋いう店やぜェと看板を見上げて行ったが、そんな時土産物屋とちがって、寄って行けとなかから声掛けられぬのが蝶子には歯がゆかった。それでもその夜店を閉めてから勘定すると、三十円の売りあげがあった。この分ならと、夜更けの流川通を肩並べて歩き、桟橋近くの店で長崎チャンポンを食べた。

翌日もほぼ同じ売り上げがあったが、次の日からがた落ちに落ちた。お互いの浮かぬ顔を情けなく睨みあいながら、不思議なことだとひそひそ言っていたが、やがてわかった。最初の二日は土曜、日曜に当っており、入湯客のいちばん多い時だったのだ。柳吉はシャンプー、ポマード、クリームなどの見本をもって、市《まち》の理髪店へ一軒ずつ注文を取りに廻った。七軒に一軒は、まあ一度使《つこ》うてみようとシャンプーなどの注文をくれ、品物はあとで蝶子が出向いて届けた。はいるなり、「毎度おおけに、中町の大阪屋でございます」と癇《かん》高い澄み切った声で、三十銭、四十銭の品物を届けに来た声とも思えず、そんな蝶子は得意先で評判が良かった。大阪弁が面白いとも言われた。「こんどからはお内儀さん、いつもあんたが来ちょくなされ。おやじさんはどうも変骨じゃで、わしらよう物言い切らんけェ」柳吉はどもりのため物を言おうとするとき怒ったような顔に見え、気むずかし屋だと思われた。どうかすると、本当に向《むか》っ腹《ぱら》を立てることもあったのだ。

店売りのほかそうして注文がとれるので、どうにかやって行けたが、大阪よりは物価が高く、毎月少しずつの食い込みはあった。柳吉は梅田新道の実家にいた頃の経験を利用して、裏庭にアルコールを詰めた一升瓶を何本も並べ、暇《ひま》な時香水の小規模な製造をはじめた。そして店ではかり売をすると、廉《やす》いのでよく捌《さば》け、存外の儲けになった。蝶子も負けておらず、理髪店廻りも別府だけではたかが知れている、近辺の田舎にある理髪店を廻ってみようと言い出した。

まず手始めに大分市内を廻ってみると、わりに成績が良かった。日をおいて、だんだんに遠くの町へ、村へ足を伸ばした。日帰りのできるのは別府から電車で行ける大分市ぐらいなもので、たいていは宿屋泊りしなければならなかった。良い宿屋に泊れば、かえって費用に食われてしまう故、蝶子は薄汚い商人宿に行商人めいて泊った。村から村へ三里山道を越すようなところへも行った。そんな村の理髪店はシャンプー、クリームの類をわざわざ問屋へ注文して送らせているありさまで、蝶子の出張は重宝がられ、注文を取り損《そこな》うようなことはないのだ。見本だけではなく、その場で取引できるよう品物をぎっしり詰め込んだでかい風呂敷包を背負って山道を越すとき、肥満した蝶子はへとへとになった。もうあと一里半もあるときいて、にわかに足が進まず、引き返そうと思ったこともしばしばあったが、その都度これだけ注文がとれたと柳吉に報告したさに

「よっこらしょ」と掛声呟きながら歩いた。そんな時よく廻転椅子など大口の汁文がとれた。急に疲れが消えてしまうのだった。しかし、行く先々の理髪店があるいは葬式で取り込んでいたり、あるいは主人が留守で話にならなかったり、運《まん》のわるいことが続いたあげく、大分県と宮崎県の国境《くにざかい》の峠で雨に降られるようなこともあった。駄菓子屋まで三町背中の荷物によろめきながら小走りに行き、雨やどりのあと裾《すそ》からげしてまた道を行きながら、自転車の稽古をしなくてはならぬと思った。

毎月一回そうして出張し、柳吉も柳吉でかなり熱心に商売に身を入れたおかげで、一年経つと、女中をひとり、丁稚《でっち》をひとり雇えるようになった。それで少しは手もすけたので、蝶子と柳吉は浄瑠璃の稽古に通いだした。文楽の豊沢広助《とよざわひろすけ》の門下で、もと大阪の横堀《よこぼり》で稽古所をひらいていた豊沢初助が三年前に別府へ流れて来て、赤提灯やちゃちな貸間旅館のごたごたと並んだ通りの小さなしもた家に稽古所の看板を出していた。お互い大阪の者だという縁でなくとも狭い土地故すぐ親しくなり、浄瑠璃の話や大阪の噂などしていたが、初助から「そんだけ稽古しときはって廃《や》めたはるのは惜しいやおまへんか。いっぺん稽古においなはれな」と薦められると、好きな道ではあり、蝶子は断り切れなかった。ひとつには、食べること以外にたいして楽しみもなさそうな浮かぬ顔をして働いている柳吉の気晴らしも考慮に入れたのだ。

丁稚や女中に店を任しきりにもしておかれなかったので、蝶子が稽古に行っている間は柳吉が店番をし、柳吉が行っている間は蝶子が店番をするという風に、毎日交代で出掛けた。太《ふと》の年増《としま》芸者はむろん、「玉初」という貸席の女将が浄瑠璃狂いでその感化もあって若い妓もしばしば顔を出し、柳吉は案外渋い顔だったが、蝶子はその華《はなや》かな空気に眼を細くした。別府一の売れっ妓で、文楽がこの土地で旅興行を打つときにはきまって百枚の切符はひきうけるというほど、若手の人形使いにのぼせあがっている小雪が、洋髪の上へかずらを被って、二階の階段をミシミシ大柄な姿を稽古場へあらわすと、蝶子は浄瑠璃の文句をうなりながらちらちらと横眼を使い、「今日は雨や。綺麗に詰《ゆ》うてもろたはるな」と、かずらを承知でひやかし、「はよその帽子《シャッポン》脱ぎィな」「見破られたかああ重た」と、小雪は笑いながらかずらをはずし、蝶子は芸者や女将たちの誰とも友達のような口を利いた。蝶子の垢ぬけた容姿やさっくりした気性は芸者たちに好かれ、初助もたとえば素義《そぎ》大会を催すのにもまず蝶子に相談してからというありさまで、なにより蝶子の機嫌をとることがかんじんだと、本気で思うぐらいだった。

年に三回、大阪の三つの問屋からそれぞれ注文取りをかねて集金にやって来た。三人とも柳吉の昔友達、別府へ来るのは商用半分の保養で、申し合わせたように柳吉のところへ落ち合ったが、むろんそこを宿にするのは気兼ねだという口実で、蝶子が紹介した貸席の「玉初」に入りびたって、そこで寝泊りもした。柳吉は知らぬ顔もできず、好きな道ではあり、三度に一度の交際《つきあい》はした。蝶子は野暮なことばかしも言っておれず、「玉初」だけならばとそんな柳吉を許した。「玉初」の女将は蝶子と友達づきあい故、柳吉を無茶に遊ばせるようなことは蝶子の手前せず、蝶子も安心だった。が、蝶子は女将に会いに行くという口実で、柳吉と一緒に出掛けた。遊ぶのもお内儀さんと一緒だと、仲の良さを芸者たちにひやかされ、柳吉はぼそんとした顔をして見せたが、しかし蝶子の三味線や歌をきくのもたまには万更《まんざら》ではなかった。あとで蝶子から文句がでない散財だと思うだけでも、気が楽だった。大阪の北で鳴らしただけあって、「大阪の芸子衆にはかなわんわ」とかつて熱海の芸者たちが言ったぐらい、ここでも蝶子の芸ごとはちょっと太刀打ち出来る妓がなかった。たちまちにして蝶子の顔は検番《けんばん》じゅうに知れ渡った。芸者の名差しも蝶子が良いわるいを決めて、気に入った妓を呼ぶという按配《あんばい》だったから、道で会《お》うて挨拶せぬ妓はひとりもないくらいになった。三人の問屋は遊ぶほどは暮しが楽なわけではなく、しょっちゅう約手の期間に冷や冷やしているありさまで、「玉初」へも蝶子の口添えで借金していたから、そんな風に蝶子が出しゃばってもいやな顔はできなかった。ひとつには蝶子に遊ぶ男の気持が汲み取れぬわけがなく、一座の宰領は水ももらさぬものがあったのだ。

理髪店相手の地味な商売をしていながら、蝶子の身辺はそうしてだんだんにはなやかになって行った。大阪屋の前をうっかり素通りする若い妓があると、「ちょっと、ちょっと。どこィ行きはんの。寄りんしゃい」大阪弁と大分《おおいた》言葉のまじった蝶子の綺麗な声がなかから呼び止めるのだった。年増の芸者は用もないのにわざわざやって来た。自然、交際が派手になったが、しかしうわべはそう見せておいて、蝶子はなかなかに緊《しま》っていた。田舎町へ出張に行っても、昼飯は薄汚いうどん屋で素《す》うどん一杯、連れて行った丁稚にぼた餅を食べさすにも、まずその日取れた注文の額から勘定してかかるといった風で、無駄な費用なにひとつすまいと眼をきょろつかせ、口軽な丁稚が帰って、全くお内儀さんはひどいと柳吉に冗談まぎれに言うのを、むしろ自慢に聴いていた。いつまでも中町の小さな店でこそこそしていず、せめて表通りの流川に出て、十間間口《じゅっけん》の大きな店で商売がしたいと、この念願は一刻も頭を去らなかったのだ。流川通は別府の目貫《めぬき》場所で、芝居小屋こそないが大阪の道頓堀《どうとんぼり》筋に似て、昼間は亀ノ井バスが通じ、夜は旅館、料亭、カフェ、土産物屋などほとんど軒並みに皎々《こうこう》と明るかった。日に何度か通る時、蝶子はしばしば両側の店の内部に眼をくばり、陳列棚の配列や飾窓の飾り方などを仔細ありげに観察した。

柳吉ももう四十六、白髪もちらほら見えて、「住めば都や」と別府を安住の地と決めたらしく、流川通に店を出すことにはむろん異存はなかった。そして先立つものはやはり金やと、柳吉は遊ぶときには遊んでも、緊《しま》るときは緊った。別府では高価《たか》いばかりで碌《ろく》な鰻も食えず、いっぺん出雲屋のまむし食いに大阪ィ行ってみたいと思い、年に二度文楽の見物かたがた大阪へ出掛ける豊沢初助をしきりに羨んでいたが、柳吉はただ唾をのんでいた。船を降りた足ですぐ出雲屋へ駈けつけ、鱈腹《たらふく》たべてすぐまた帰りの船の三等に乗るという宿屋泊りなしの簡単な旅行にしても、費用はざっと二十円、しかもそれだけでは済まぬと思えば、やはり柳吉は我慢した。

そのように夫婦がかりでせっせと稼ぎ、節約《しまつ》したおかげで、別府へ来て三年目には、二千円近い貯金ができた。その間、柳吉が神経痛に罹って、温泉のある土地に住みながらわざわざ山口県の俵山《たわらやま》温泉へ二《ふた》月も出養生《でようじょう》するなど、思わぬ出費があったりして、それまで貯めるには並人抵の苦労ではなかった。柳吉の留守中、蝶子は馴れぬペンをもって、誤字、あて字などは平気で帳簿づけをし、月末の請求書がきは夜どおし掛った。そして翌日大分方面へ集金に行くとき、電車のなかでうつらうつら居眠りし、はっと眼がさめると、こんどは浄瑠璃の文句をこごえで唸り出し、疲れたからだに元気をつけるためだった。なお柳吉は出養生先で、珍らしく芸者ひとりあげなかったということで、嘘ではなかった。そんな風に苦労しただけに、いよいよ流川通に出られるかと思えば、顔も歪むほど胸さわがしく嬉しかったが、いよいよ家を借りるという段取の最中、大阪の金八から意外な手紙が来た。

金八と蝶子は北新地《しんち》時代に同じ抱主《かかえぬし》のもとでひとつ釜の飯を食った仲、蝶子が御蔵跡《おくらあと》の公園裏に二階借りしていた時分、思いがけず出会って何年か振《ぶ》りの口を利き、一緒に飯を食べたのが縁で、サロン「蝶柳」の店をひらく金を出してくれ、その頃金八は鉱山師の妻で収って、びっくりするほどの羽振りだった。ところが、金八の文面によれば、金八の亭主の鉱山師は「阿呆の細工に」悪ブローカーに一杯くわされたとも知らず、幽霊鉱山に持ち金全部つぎこみ、無一文になったどころか、借金さえ出来て、「いまでは(わ)びし(い)二階がりしています」蝶子はまるで信じられなかったが、封筒の裏書きには△△方……とやはり二階借りらしい住所があり、ほんまに女の一生テわからんもんやなあとしんみり読んで行くと、「ヤトナになろか、しゃ味線なりと教えて行こかと心(思)案してます。六つの貰い子も親もとへかえしました。大阪は今日もまたお天気がは(わ)るいです」と、悲しい文句ばかり書いてあった。しかし、あの時貸した金を返してくれとは一行も書いてなく、それだけに蝶子はいっそう知らぬ顔はできなかった。利子をつけて返せと当然要求してもよいはずだのに、しかもそうまで落ちぶれながらそのことに触れもしないとは、なんという出来たひとやろと、これまで返さずにいたことがいっそ恥しく、たとえはかから借りてでも送金しなければならぬと思った。

これで全部済んだわけではないがと、千円だけ送ったあと、もう手元に七、八百円しか残らず、流川通へ出る夢もにわかに破れてしまった。柳吉は梅田新道への無心を思いついて、たとえ廃嫡になっても長男は長男だと、書きたい文句はわざと書かず、これが最後の無心ゆえきき届けてもらいたいと下手《したて》に出た手紙を、妹聟に送ったが、むなしかった。なお、その手紙には娘のことにも触れ、おっつけ女学校を出るころと思うが、出来ることなれば別府へ呼んでこちらで良い聟も見つけてやりたいと、眼をあつくしながら書いたのだが、そのことの返事も思わくに外れた。柳吉はがっかりして、終日機嫌がわるく、法律の本など覗いているかと思うと、蝶子が稽古所へ出掛けた隙をねらって、そわそわと出て行き、夜が更けても帰らなかった。蝶子はまず「玉初」へ覗きに行った。一時間ばかり遊んで、すぐ車を吩咐《いいつ》けて帰ったとのことだった。蝶子はガレージにあって見て、行先をたしかめ、どんどん歩いた勢いで、玄関をはいるなり、「中町の維康《これやす》ですが、主人がお邪魔してしまへんか」言いながらもうあがって、柳吉を連れ戻した。そして、柳吉の酔が覚めるのをまって、「無尽《むじん》を落してみよか」せっぱ詰ったときの用意に、まえまえからはいっていた無尽の抽籤《ちゅうせん》を落して、金を借りようと相談をもちかけた。あとの払いは辛いが、そうするよりほかに流川通へ店を出す手段がなく、いわば最後の思案だった。

一月《ひと》経つと、流川通に大阪屋刃物店の看板が出た。「流川通の偉観」という見出しで別府新聞に写真入りだと、蝶子は切り抜きを京都にいる弟の信一のもとへ送ってやった。「七間間口の新だちで、うち湯もあります。日に十ぺん私は湯にはいります。便所はすいせん式です……」家賃は八十五円だった。なお電灯代、町費その他の雑費が中町にいた頃の四倍、覚悟で借りたとはいえ背中を焼かれるような無尽の掛金も払わねばならず、夜が明けるともう二十円の金はとられて行く勘定故《ゆえ》、費用倒《ど》れをした店も流川に何軒かあるときいているだけに、生易しいあきないでは食い込む一方だと、蝶子は昔飛田《とびた》で西瓜屋をしていたときに使うていた大きながま口を首からつるし、日に何度もなかを覗いた。

朝は暗いうちに起きた。柳吉は綺麗好きで朝の掃除は丁稚や女中にばかり任せず、たすき掛けで水を打ったり、雑巾を使《つこ》うたりして、「掃除はうちのおっさんがやってくれまんねん」と蝶子はそれを言うのが嬉しくひとに言っていたぐらいだから、家じゅうでいちばん寝坊しても良いわけだったが、やはりじっと寝ていられなかった。

薄暗がりのなかで腰紐をきりりと緊《し》めていると、そんな時刻にめずらしく、大勢の人々がぞろぞろと表を通って行く声がきこえることがあった。出征する人を見送るために、停車場へ急ぐ人々で、いつか事変がはじまっていたのだ。窓から覗くと、知った顔の芸者が寝起きの皮膚を見せて、小旗を振り振り通って行った。帯の結び方や着つけのせいでいつもより背の低く見える後姿へ、蝶子は呼びかけ、『わても行きまっさ』間もなく国防婦人会の支部ができて、蝶子は幹事になった。女たちの先頭に立って聯隊旗のような大きな旗をもつのが蝶子の役目だときいて、柳吉は、いずれは駅頭で演述などやらされるのだろうが、頓珍漢《とんちんかん》なことを言わねばよいがと冷や冷やしたが、この方はほかに適任者がいた。蝶子はただ出征兵士に「戦地ィ行きはったら、髭も剃りはらへんやろけど、たまには流川の大阪屋の剃刀も想いだしとくれやっしゃ」と言った。流川通の大阪屋というとき、蝶子の声は特別大きかった。なお蝶子は、「わての弟もそろそろ検査だんねん」と、こんなことも自慢にした。

果して弟の信一は応召した。奉公先の質屋から入営するとのことで、たったひとりの肉親の自分が行ってやらねば肩身もせまかろうと、ちょうど花見時分で一年中の書き入れどきだったが、そうも言ってられず、蝶子は汽車で発《た》つことにした。船にすれば、ボーイともみな心安い故、二等の切符で一等に入れてもらえるぐらいの良い待遇なのだが、忙しい間をぬすんでの千人針が汽車の時間のぎりぎりに出来あがるという慌しさで、一昼夜も掛る船ではとても間に合わぬと思ったと、蝶子は主人への挨拶がすむなり、もう自慢めく口だった。傍できいている信一はくすぐったく苦笑したが、蝶子のこれまでの苦労を薄々なりとも知らぬ年頃でもなし、そんな風に自慢できる種のあることを姉のために喜んで、あえて主人の手前恥しがらなかった。「そら別府いうとこは良《え》えとこでっせ。なんせ別府は……」東洋一の温泉だと、蝶子はしきりに別府をもちだし、別府に住むことがまるで天下をとったような口ぶりだと信一はおかしかった。ベップと発音するとき、蝶子の円くすぼんだ唇がにわかにむっちりとした肉を突き出し、信一はそれにも見とれた。

信一の入営を見送ると、蝶子は大阪を素通りして別府へ飛んで帰り、一《ひと》風呂浸る間もなく、例のがま口を首につるして店に出た。夜、寝床で半分居眠りながら信一へ出す手紙を書いた。宛名の字からして随分間違っており、判読に苦しむが、それだけにゆっくり読めるのでうれしいと、いじらしいのか生意気なのかわからぬような返事が来ていたが、ある日、肋膜がわるくて帰郷を命じられたと言って来た。散々いいふらしていただけに蝶子はがっかりした。その夜眠れず、帰郷を命じられて肩身がせまい上に、若い身空で病気になったりして、「可哀相《かわいそう》に、可哀相に、ほんまにかたヽヽ(運)の悪い子や」とぶつぶつ呟き、泣いた。柳吉は「おばはん、やかましいな。良《え》え加減に寝んかいな」とぼやいた。途端に、蝶子の肚はきまって、別府へ来て養生してはどうかと、信一へ手紙を書いた。

ちょっとも気兼ねすることはありませんと書いた蝶子の手紙を見るなり、信一は主人に暫《しばら》くの暇《ひま》をもらって、別府へやって来たが、「お世話になります」とぺこんと頭を下げて土産物など取り出したのへ、柳吉はたった一言「おや、いらっしゃい」そう言い捨てたまますーっと稽古に出て行き、その日一日中蝶子にも信一にもろくろく口を利《さ》かなかった。翌日も同じ風で、柳吉は蝶子が亭主の自分にひとことの相談もなしにいきなり信一を呼び寄せたのに、腹を立てていたのだった。蝶子はそれとは知らず、最近柳吉の娘から来た手紙のことが柳吉の機嫌のわるい原因だろうかと思ったりした。柳吉の娘はこの春女学校を出ると間もなく、タイピストになって働きに出たということだった。柳吉はつくづく考えて、父親の自分が傍に居れば、めったに働きには出すまいのに、やはり父親とはなれて叔父叔母の家に居れば、ぶらぶらしていることに遠慮気兼ねがあるのだろうと、心を痛めていたのだった。

信一は小学校を卒業した歳からこんにちまで永年の奉公勤めで他人の飯を食って来、他人の心を読みとることには敏感だった故、柳吉の機嫌のわるさがじかに皮膚に来て、おろおろと身の置き場もない想いに縮んでいた。そんな信一を見ると、蝶子は不憫でたまらず、またはじめて思い当ったので、わての弟を呼び寄せるのがなにが悪いねんという顔で、しかしなるべく柳吉が稽古に行った留守をえらんで、信一を河豚《ふぐ》料理屋へ連れて行ったり、最近出来た錦通の咖啡店でフルーツポンチやフルーツサンデーなど信一が名前をきいたこともないような贅沢なものを食べさしたり、なお「どこィでも好きなとこ見物したかったら、行っといで」と金を与えたりした。貧乏な家に生れて子供の頃から夕刊売りをするなど苦労し続けて来た信一は、そんな姉の心づくしがほろりと胸に落ちて嬉しかったが、一方、こんなこと維康《これやす》さんに知れてはいっそう姉の立場が苦しくなるだろうと、味もわからぬほど心配だった。

案の定、柳吉は昼飯の支度《したく》がおくれたのをぶつぶつぼやいた唇をいっそうとがらして、ぷいと出て行った先は、どこそこのお茶屋だと、心安い芸者から蝶子のもとへ注進が来た。しかし、蝶子はいつもとちがって、押しかけては行かず、「さあ、信ちゃん随《つ》いといで」その芸者も一緒につれて、あちこち食べあるいたり、信一に絞りの浴衣や帯を買い与えたりした。信一ははらはらして、蒼い額を曇らせていたが、果してその夜おそく、襖《ふすま》一つへだてた部屋から、どすんばたん、蝶子と柳吉の派手な夫婦喧嘩の音がきこえて来た。信一はたまりかねて、こっそり階段を降りると、湯殿へはいり、湯を汲んでは頭にかぶり、頭にかぶり、二階の物音を耳に消した。そして、明日の船で帰ろうと、しんみり思った。

蝶子は桟橋まで送って来た。途々《みちみち》、「あんたは悪いときに来たなあ。うちのおっさんはあんな変骨やし、悪う思いなや」としみじみ言った。恨むどころか、信一には柳吉のさびしい気持もわかるように思われ、「あの人も気の毒なお人や。なんぼあんたが偉《えろ》おすちゅうても、やっぱり亭主は亭主どっせ。遊びはったさかいにいうて、亭主の頭撲《は》る人がおますか」とほとんど口に出かかったが、それをいってしまえば身もふたもなくなる、やはり蝶子の顔を見ては言えなんだ。

銅鑼《どら》が鳴りだすと、蝶子は「あ、忘れてた。御主人への土産買うの忘れてた」といきなり桟橋をかけだして行き、間もなくフーフーいいながら、柚羊羹《ゆずようかん》の包《つつみ》をもってばたばた帰って来た。肥満したからだを横に振りながら、真赧《まっか》な顔をして、泡食って走って来る蝶子の走り方を見て、信一は眼がうるんだ。「うまいもんどっさり食べて、からだ良うしィや」船が動き出すと、蝶子が言った。見送りの人々も甲板の人々も、その言葉が面白いと、笑った。

蝶子が帰ってみると、柳吉は頭が痛いといって、蒲団をひきかぶって寝ていた。蝶子は店の椅子に腰かけて、暫《しばら》くじっとしていた。来て十日もいずに帰って行った信一が不惘で、これというのも皆柳吉のせいだと、柳吉の薄情さが心細く胸に来て、蝶子は思わず帯の間に手をさしこみ、次第にうなだれて行ったが、やがてふと思い直して、「さあ」と掛声だして起ち上ると、集金の旅に出るこしらえをはじめた。

大分県下をぐるぐる廻り、五日経って帰ってみると、柳吉はお茶屋に入りびたりだとわかった。蝶子は泣けもしなかった。お茶屋の払いなど蝶子はきちんきちんとしたい方で、集めて来た金を身を切られる想いで払ってしまったあと、たちまち無尽の掛金や問屋の払いに困った。問屋からはいつになくきびしい催促で、友達甲斐《がい》もない奴だと、柳吉はぷりぷりしたが、問屋も最近目立って内緒が苦しくなって来たらしかった。やがて、それが金属類の使用制限や禁止のために、思うように品物の製造が出来ないためだと、わかった。自然、小売店にも響いて、問屋から送って来る品物も急に減って来た。頼みもしないのに委託でどしどし送って来た以前とはまるで違って、せっかく注文を取って来ても、問屋にも品切れのことが多く、だんだんに商売がしにくくなった。売上げも目立って減り、そのままでは食い込む一方だった。

蝶子はいつか田舎の理髪店を廻ったとき、電球やコードやアダチンなども序《つい》でに持って来てくれたら助かるがといわれたことを想いだした。蝶子は博多へ出掛けて、その町にある△△ランプの北九州特約店と交渉を重ねて、別府へ品物を配給してもらうことに成功した。そして、コードやアダチンの附け方や、電熱器の修繕法などを素人《しろうと》覚えにおぼえて帰ると、直ちに「△△ランプ別府特約店」の看板を軒柱に打ちつけた。

　頼んでおいた品物が来ると、蝶子は得意先の理髪店はあと廻しにして、まず土地の旅館や料理屋、土産物屋など大きなところへ注文を取りに行った。さすがに流の旅館などで一時に百個の電球を買うてくれ、思ったより成績がよかった。毎日旅館の玄関で、「今日は。流川の大阪屋でございます。電球もって参じました」と蝶子の派手に大きな声がきかれた。その声の澄み切った美しさはすぐ評判になり、なおその気性のさっぱりしたところがたまらぬと、旅館の女将たちはこの新しい電球屋に眼を掛けてくれた。停電のところへ行き合して、故障を調べてくれと、頼まれることがあった。商売柄、知らぬとはいえず、踏台の上に乗って、スイッチをこわごわ手さぐりした。心得た顔で、ヒューズおまへんかと出させて、ややこしいスイッチのなかを探ってヒューズを掛けていると、突然電流が毛穴にまで伝って来て、びっくりして飛び上った。その拍子に、電気がつくこともあった。汀まで真蒼《まっさお》にして踏台をおりると、蝶子は「また停電しましたら、わてを呼びに来とくなはれや」そう言って帰った。

　「あの電気のピリピリにさわるのだけは、どない思《おも》てもいややや」と蝶子は柳吉に言い言いしていたが、やがてそれにも馴れ、なお、コードの附替えや電熱器のニコル線の捲《まき》替《か》えなどもだんだんに器用になって来たところ、運のわるい時は致方《いたしかた》のないものだ。特約店からはいって来る商品が急に少《すく》なって来た。電熱器や扇風機などは刃物類同様ほとんど製造禁止で、かんじんの電球も充分には手廻らなくなった。ストックがある故どうにか売り食いして行けるものの、その先を思えば、裏町の小さな店ならともかく、流川通で大きな店を張って行けそうにもなかった。

柳吉は毎晩の晩酌をよしてしまい、雇人の数を減らしてしまおう、いや、それよりもこの店を売ってしまって、どこかこぢんまりした店へ移ろうと、元気のない声で言いだした。そんな気の小さいことでどうするかと、蝶子は声をはげまして、「どんなことがあってもわては流川よりほかへは行けへん」と頑張った。

内緒の苦しいのは流川通のどの商店も同じ、大きな商店ほどばたばたとつぶれて行って、よそごとではなかった。しかし、そうかと言って、土地全体が火の消えたように淋しくなったわけではなく、観光地だけに旅館や貸間はどこもかしこもインフレ景気に霑《うるお》っていると、毎日廻っている蝶子の眼に羨《うらやま》しくわかった。蝶子はそこに眼をつけて、いまの店を改造して、安直な賄《まかない》つきの貸間屋をはじめようと、柳吉に相談した。「そ、そんな金が、おばはん、ど、どこにあるねん」と柳吉はあきれた顔をしたが、蝶子は「わてに任しとくれやす」そして、「玉初」の女将のところへ出掛けて、「助けると思ってわてに千円貸しとくれやす」と頼んだ。女将もやはり芸者あがり、蝶子のこれまでの苦労も少しは知っていたから、「維康さんに貸すのと違うよ。あんたに貸すんですよ」と無理をきき届けてくれた。この女将の言葉をあとで蝶子からきいて、柳吉はいやな顔をしたが、ともかくこの金と、あと店のストックを投売りした金とがあれば、大工や、建具、諸道具の費用がでるだろうと、蝶子がいうと、柳吉は黙って算盤《そろばん》をだして来た。

話がきまって、警察へ開業の許可を貰いに行くと、新規には許可しない方針だと、即座にはねつけられた。蝶子は失望せず、毎日盛装して奔走してまわった。蝶子の知り合いの芸者たちは、同情してそれぞれ市の有力者にあっせんしてくれた。蝶子は警察署へも百度踏んだ。そして、やっと許可がおりた。

大工がはいって、改築の目鼻もほぼつきかけると、蝶子はあとを柳吉に頼んでこまごました道具の買い集めに、大阪へ行くことにした。別府では良い品もそろわず、また旅費をつかっても大阪で買う方が安いと胸算用したのだ。ところが、出発の前日、柳吉の娘から速達が来て、結婚することになった故、二人で式に立ち会ってもらいたいと頼んで来た。二人とは、柳吉と自分のことだと納得するまで、蝶子は時間が掛った。「ど、ど、どんな聟か知らんが、これでわいも……」肩の荷がおりたと、あとは表情で見せて、柳吉はその夜久し振りの晩酌だった。蝶子もいけぬ方ではなく、首筋まで赤くなり、

「わても式に出まんのんか」と言うと、柳吉は、「ど、どうせ大阪ィ行くねやないか。で、出たりィな」蝶子はいきなりうつむき、泪《なみだ》をかくすのに往生した。娘さんがわてというもんを認めてくれるまで、何年掛ったかと、その夜眠れなかった。

五年前別府へ来るときと同じ船をわざとえらんで、それに乗ると、ボーイは「おそろいで大阪行きでっか。お二人さんはいつも仲がよろしおまんな」とひやかした。蝶子は「なに言うたはりまんねん。いつも喧嘩ばかししてまんねんで。しかし、なあ、あんた、うちとこはわてが午《うま》の歳で、おっさんも午でっしゃろ。やっぱり午が合うんでっしゃろな」と、嬉しそうに言った。柳吉は五十一、蝶子は三十九、ちょうどひと廻りちがいの夫婦だった。

# 雪の夜

大晦日《おおみそか》に雪が降った。朝から降りだして、大阪から船の著《つ》く頃にはしとしとと牡丹雪だった。夜になってもやまなかった。

毎年多くて二度、それも寒《かん》にはいってから降るのが普通なのだ。いったいが温《あたた》かい土地である。こんなことは珍しいと、温泉宿の女中は客に語った。往来のはげしい流川通《ながれかわどおり》でさえ一寸も積りました。大晦日にこれでは露天の商人《あきんど》がかわいそうだと、女中は赤い手をこすった。入湯客はいずれも温泉場の正月をすごしに来て良い身分である。せめて降りやんでくれたらと、客を湯殿へ案内したついでに帳場の窓から流川通を覗いてみて、若い女中は来年の暦を買いそこねてしまった。

毎年大晦日の晩、給金をもらってから運勢づきの暦を買いにでる。が、今夜は例年《いつも》の暦屋も出ていない。雪は重く、降りやまなかった。窓を閉めて、おお、寒《さ》む。なんとなく諦めた顔になった。注連縄《しめなわ》屋も蜜柑屋も出ていなかった。似顔絵描き、粘土彫刻屋は今夜はどうしているだろうか。

しかし、さすがに流川通である。雪の下は都会めかしたアスファルトで、その上を昼間は走る亀ノ井バスの女車掌が言うとおり「別府の道頓堀《どうとんぼり》でございます」から、土産物屋、洋品屋、飲食店などほとんど軒並みに皎々《こうこう》と明るかった。

その明りがあるから、蠟燭《ろうそく》も電池も要らぬ。カフェ・ピリケンの前にひとり、易者が出ていた。今夜も出ていた。見台《けんだい》の横に番傘をしばりつけ、それで雪を避けているはずだが、黒いマントはしかし真っ白で、眉毛まで情けなく濡れ下っていた。雪達磨《だるま》のようにじっと動かず、眼ばかりきょろつかせて、あぶれた顔だった。人通りも少《すく》なく、こんな時にいつまでも店を張っているのは、余程《よほど》の辛抱がいる。が、今日はただの日ではないと、しょんぼり雪に吹きつけられていた。大晦日なのだ。

だが、ピリケンの三階にある舞踏場でも休みなしに蓄音機を鳴らしていた。が、通《とおり》にひとけの少いせいか、かえってひっそりと聴えた。ここにも客はなかったのである。一時間ほど前、土地の旅館の息子がぞろりとお召《めし》の着流しで来て、白い絹の襟巻をしたまま踊って行ったきり、誰も来なかった。覗きもしなかった。女中部屋でもよいからと、頭を下げた客もあるほどおびただしく正月の入湯客が流れ込んで来たと耳にはいっているのに、こんなはずはないと、囁きあうのも浅ましい顔で、三人の踊子はがたがたふるえていた。

ひと頃上海《シャンハイ》くずれもいて十五人の踊子が、だんだんに減り、いまの三人は土地の者ばかりである。ことしの始め、マネージャが無理に説き伏せて踊子に仕込んだのだが、せっかく体が柔《やわらか》くなったところで、三人は転業を考えだしている。阪神の踊子が工場へはいったと、新聞に写真入りである。私たちは何にしようかと、今夜の相談は切実だが、しかしかえって力がない。いっそ易者に見てもらおうか。

易者はふっと首を動かせた。視線の中へ、自動車がのろのろと徐行して来た。旅館では河豚《ふぐ》を出さぬ習慣だから、客はわざわざ料亭まで足を運ぶ、その三町もない道を贅沢な自動車《くるま》だった。ピリケンの横丁へ折れて行った。

間もなく、その料亭へよばれた女をのせて、人力車が三台横丁へはいった。女たちは塗りの台に花模様の向革をつけた高下駄をはいて、島田の髪が凍《い》てそうに見え、蛇の目の傘が膝の横に立っていた。

二時間経って、客とその傘で出て来た。同勢五人、うち四人は女だが、一人は裾が短かく、たぶん大阪からの遠出で、客が連れて来たのであろう。客は河豚で温まり、てかてかした頬をして、丹前の上になにも羽織っていなかった。鼻が大きい。

その顔を見るなり、易者はあくびが止った。みるみる皮膚が痛み、真蒼《まっさお》な痙攣《けいれん》が来た。

向うでも気づいて、びっくりした顔だった。睨みつけたまま通りすぎようとしたらしいが、思い直したのか、寄って来て、

「久し振りやないか」

硬ばった声だった。

「まあ、知ったはりまんのん？」

同じ傘の中の女は土地の者だが、臨機応変の大阪弁も使う。すると、客は、

「そや、昔の友達や」

——と知られて女の手前はばかるようなそんな安サラリーマンではない、この声にはまるみがあった。そんな今の身分かと、咄嗟《とっさ》に見てとって、易者はいっそう自分を恥じ、鉛のようにさびしく黙っていた。

「おい、坂田君、僕や、松本やがな」

忘れていたんかと、肩を敲《たた》かれそうになったのを、易者はびくっと身を退けて、やっと、

「五年振りやな」

小さく言った。

忘れているはずはない。忘れたかったぐらいであると、松本の顔を見上げた。習慣で

しぜん客の人相を見る姿勢に似たが、これが自分を苦しめて来た男の顔かと、心は安らかであるはずもなかった。眼の玉が濡れたように薄茶色を帯びて、眉毛の牛尻が青々と毛深く、いかにも西洋人めいた生々しい逞しさは、五年前と変っていない。眼尻の皺もなにかいやらしかった。ああ瞳は無事だったはずがないと、その頃思わせたのも皆この顔の印象から来ていた。

五年前だった。今は本名の照枝だが、当時は勤先の名で、瞳といっていた。道頓堀の赤玉にいた。随分通ったものである、というのも阿呆くさいほど今更《いまさら》めく。といって、もともと遊び好きだった訳でもなかったのだ。

親の代からの印刷業で、日がな一日油とインキに染って、こつこつ活字を拾うことだけを仕事にして、ミルクホール一軒覗きもしなかった。二十九の年に似合わぬ、坂田はんは堅造《かたぞう》だ、変骨《へんこつ》だといわれていた。両親がなく、だから早く嫁をと世話しかける人があっても、ぷんと怒った顔をして、皮膚の色が薄汚く蒼かった。それが、赤玉から頼まれてクリスマスの会員券を印刷したのが、そこへ足を踏入れる動機となってしまったのである。

銀色の紐を通した一組七枚重ねの、菓形カードに仕上げて、キャバレエの事務所へ届けに行くと、一組分買え、いやなら勘定から差引くからと、無理矢理に買わされてしまった。帰って雇人に呉《く》れてやり、お前行けと言うと、われわれの行くところではないと辞退したので、せっかく七円も出したものを近所の子供の玩具《おもちゃ》にするのはもったいない、赤玉のクリスマスいうてもまさか逆立ちで歩けと言わんやろ、なに構うもんかと、当日髭をあたり大島《おおしま》の仕立下ろしを着るなど、少しはめかしこんで、自身出向いた。下味原《しもあじはら》町から電車に乗り、千日前《せんにちまえ》で降りると、赤玉のムーラン・ルージュが見えた。あたりの空を赤くして、ぐるぐるまわっているのを、地獄の鬼の舌みたいやと、怖れて見上げ、二つある入口のどちらからはいったものかと、暫《しばら》くうろうろしていると、突如としてなかから楽隊が鳴ったので、びっくりした拍子に、そわそわと飛び込み、色のついた酒をのまされて、酔った。

会員券《カード》だからおあいそ(勘定書)も出されぬのを良いことに、チップも置かずに帰った。暫《しばら》くは腑抜《ふぬ》けたようになって、その時の面白さを想いだしていた。もともと会員券を買わされた時に捨てたつもりの金だったからただで遊んだような気持からでもあったが、実はその時の持ちの瞳のもてなしが忘れられなかったのだ。会員券《カード》にマネージャの認印があったから、女たちが押売したのとちがって、大事にすべき客なのだろうと、瞳はかなりつとめたのである。あとで、チップもない客だと、塩をまく真似をされたとは知らず、己惚《うぬぼ》れも手伝って、坂田はたまりかねて大晦《おおつごもり》の晩、集金を済ませた足でいそいそと出掛けた。

　それが病みつきで、なんということか、明けて元旦から松の内の間一日も欠さず、悲しいくらい入りびたりだった。身を切られる想いに後悔もされたが、しかし、もうチップを置かぬような野暮な客ではなかった。商業学校へ四年までいったと、うなずける固ぐるしい物の言い方だったが、しかし、だんだんに阿呆のようにさばけて、たちまち瞳をナンバーワンにしてやった。そして一月《ふた》経ったが、手一つ握るのも躊躇される気の弱さだった。手相見てやろかと、それがやっとのことだった。手相にはかねがね趣味をもっていて、たまに当るようなこともあった。

　瞳の手は案外に荒れてザラザラしていたが、坂田は肩の柔かさを想像していた。眉毛が濃く、奥眼だったが、白眼までも黒く見えた。耳の肉がうすく、根まで透いていた。背が高く、きりっと草履《ぞうり》をはいて、足袋《たび》の恰好がよかった。傍へ来られると、坂田はどきんどきんと胸が高まって、郵便局の貯金をすっかりおろしていることなど、忘れたかった。印刷を請負うのにも、近頃は前金をとり、不意の活字は同業者のところへ借りに走っていた。仕事も粗雑で、当然註文が少なかった。

　それでも、せがまれるままに随分ものも買ってやった。なお二百円の金を無理算段して、神経痛だという瞳を温泉へ連れて行った。十日経って大阪へ帰った。瞳を勝山通《かつやまどおり》のアパートまで送って行き、アパートの入口でお帰りと言われて、すごすご帰る道すうどんをたべ、ほとんど一文無しになって、下味原の家まで歩いて帰った。二人の雇人は薄暗い電灯の下で、浮かぬ顔をして公設市場の広告チラシの活字を拾っていた。赤玉から遠のこうと、なんとなく決心した。

しかし、三日経ってまた赤玉へ行くと、瞳はおらず、訊けば、今日松竹《しょうちく》座ァへ行くいうたはりましたと、みなまできかず、道頓堀を急ぎ足に抜けて、松竹座へはいり、探した。二階にいた。松本と並んで坐っていた。松本の顔はしばしば赤玉に現われていたから、見知っていた。瞳に通っていた客だから、名前まで知っていた。眉毛から眼のあたりへかけて妙に逞しい松本の顔は、かねがね重く胸に迫っていたが、いま瞳と並んで坐っているところを見ると、二人はあやしいと、疑う余地もなく頭に来た。二階へ駆けあがって二人を撲《なぐ》ってやろうと、咄嗟《とっさ》に思ったが、実行出来なかった。そして、こそこそとそこを出てしまった。

翌日、瞳に詰め寄ると、古くからの客ゆえ誘われれば断り切れぬ義理がある。たまに活動《かつどう》写真ぐらいは交際さしたりィなと、突っ放すような返事だった。取りつく島もない気持――がいっそう瞳へひきつけられる結果になり、ひいては印刷機械を売り飛ばした。あちこちでの不義理もだんだんに多く、赤玉での勘定に足を出すことも、たび重なった。

唇の両端のつりあがった瞳の顔から押して、こんなに落ちぶれてしまっては、もはや嫌われるのは当り前だとしょんぼり諦めかけたところ、女心はわからぬものだ。坂田はんをこんな落目にさせたのは、もとはといえば皆わてからやと、かえって同情してくれて、そしていろいろあった挙句、わてかてもとをただせばうどん屋の娘やねん。女の力から言い出して、一緒に大阪の土地をはなれることになった。

運良く未だ手をつけていなかった無尽《むじん》や保険の金が千円ばかりあった。掛けてはおくものだと、それをもって世間狭い大阪をあとに、ともあれ東京へ行く、その途中、熱海で瞳は妊娠していると、打ち明けた。あんたの子だと言われるまでもなく、文句なしにそのつもりで、きくなり喜んだが、何度もそれを繰りかえして言われると、ふと松本の子ではないかと疑った。そして、子供は流産したが、この疑いだけは永年育って来て、貧乏ぐらしよりも辛かった……。

そんなことがあってみれば、松本の顔が忘れられるはずもない。げんに眼の前にして、虚心で居れるわけもない。坂田は怖いものを見るように、気弱く眼をそらした。

それが昔赤玉で見た坂田の表情にそっくりだと、松本もいきなり当時を生々しく想い出して、

「そうか。もう五年になるかな。早いもんやな」

そして、早口に、

「あれはどうしたんや、あれは」

瞳のことだ――と察して、坂田はそのためのこの落ちぶれ方やと、ほとんど口に出かかったが、

「へえ。仲良くやってまっせ。照枝のことでっしゃろ」

楽しい二人の仲だと、辛うじて胸を張った。これは自分にも言い聴かせた。照枝がよう尽してくれるよって、その日その日をすごしかねる今の暮しも苦にならんのや。まあ、照枝は結局僕のもんやったやおまへんか。松本はん。――と、そんな気負った気持が松本に通じたのか、

「さよか。そらええ按配《あんばい》や」

と、松本は連れの女にぐっと体をもたせかけて、

「立話もなんとやらや。どや、一緒に行かへんか。いま珈琲のみに行こ言うて出て来たところやねん」

「へえ、でも」

坂田は即座に応じ切れなかった。夕方から立って、十時を過ぎたいままで、客はたっ

た三人である。見料一人三十銭、三人分で……と細かく計算するのも浅ましいが、合計九十銭の現金では大晦日は越せない、と思えば、何が降ってもそこを動かない覚悟だった。家には一銭の現金もないはずだ。いろんな払いも滞《とどこお》っている。だから、珈琲どころではないのだ。おまけに、それだけではない。顔を見ているだけでも辛い松本と、どうして一緒に行けようか。

渋っているのを見て、

「ねえ、お行きやすな」

雪の降る道端《みちばた》で永い立話をされていては、かなわないと、口をそろえて女たちもすすめた。

「はあ、そんなら」

と、もう断り切れず、ちょっと待って下さい、いま店を畳みますからと、こそこそと見台を畳んで、小脇にかかえ、

「お待ッ遠《とお》さん」

そして、

「珈琲ならどこがよろしおまっしゃろ。別府《ここ》じゃろくな店もおまへんが、まあ『ブラジル』やったら、ちょっとはましでっしゃろか」

土地の女の顔を見て、通《つう》らしく言った。そんな自分が哀れだった。

キャラメルの広告塔の出ている海の方へ、流川通を下って行った。道を折れ、薄暗い電灯のともっている市営浴場の前を通る時、松本はふと言った。

「こんなところにいるとは知らなんだな」

東京へ行った由《よし》噂にきいてはいたが、まさか別府で落ちぶれているとは知らなんだ――と、そんな言葉のうらを坂田は湯気のにおいと一緒に胸に落した。そのあたり雪明りもなく、なぜか道は暗かった。

照枝と二人、はじめて別府へ来た晩のことが想い出されるのだった。船を降りた足で、いきなり貸間探しだった。旅館の客引きの手をしょんぼり振り切って、行李《こうり》を一時預けにすると、寄りそうて歩く道は、しぜん明るい道を避けた。良いところだとはきいてはいたが、夜逃げ同然にはるばる東京から流れて来れば、やはり裏通の暗さは身にしみるのだった。湯気のにおいもなにか見知らぬ土地めいた。東京から何里と勘定も出来ぬほど永い旅で、疲れた照枝は口を利く元気もなかった。胸を病んでいて、あこがれの別府の土地を見てから死にたいと、女らしい口癖だった。温泉にはいれば、あるいは病気も癒《なお》るかも知れないと、その願いをかなえてやりたいにもまず旅費の工面からしてかからねばならぬ東京での暮しだったのだ……。

熱海で二日、そして東京へ出たが、一通《ひと》り見物もしてしまうと、もうなにもすることはなく、いつまでも宿屋ぐらしもしていられないと、言い出したのは照枝の方で、坂田はびっくりしたのだ。お腹《なか》の子供のこともあることやし、金のなくならぬうちに早《は》よ地道な商売をしようと照枝は言い、坂田は伏し拝んだ。いろいろ考えて、照枝も今まで水商売だったから、やはりこんども水商売の方がうまにあうと坂田はあやしげな易判断をした。

そして、同じやるなら、今まで東京になかった目新しい商売をやって儲けようと、きつねうどん専門のうどん屋を始めることになった。東京のけつねうどんは不味《まず》うてたべられへん、大阪のほんまのけつねうどんをたべさしたるねんと、坂田は言い、照枝も両親が猪飼野《いかいの》でうどん屋をしていたから、随分乗気になった。照枝は東京の子供たちの歯切れの良い言葉がいかにも利潑な子供らしく聴えて以来、お腹の子供はぜひ東京育ちにするのだと夢をえがき、銭勘定も目立ってけちくさくなった。下着類も案外汚れたのを平気で着て、これはもともとの気性だったが、なにか坂田は安心し、且《か》つにわかに松本に対する嫉妬も感じた。

学生街なら、たいして老舗《しにせ》がついていなくても繁昌するだろうと、あちこち学生街を歩きまわった結果、一高が移転したあとすっかりはやらなくなって、永い間売りに出ていた本郷森川町《ほんごうもりかわ》の飯屋《めしや》の権利を買って、うどん屋を開業した。

はじめはかなり客もあったが、しかし、おいでやす、なにしまひょ、けつねでっか、おうどんでっかという坂田の大阪弁をきいて、客は変な顔をした。たいていは学生で、なかには大阪から来ている者もいたのだが、彼等は、まいどおおけにという坂田の言葉でこそこそと逃げるように出て行くのだった。そばが無いときいて、じゃ又来らあ。そんな客もあった。だんだんはやらなくなった。

照枝はつわりに苦しんで、店へ出なかった。坂田は馴れぬ手つきで、うどんの玉を湯がいたり、雇《やとい》の少女が出前に出た留守には、客の前へ運んで行ったりした。やがて、照枝は流産した。それが切っ掛けで腹膜になり、大学病院へ入院した。手術後ぶらぶらしているうちに、胸へ来た。医者代が嵩《かさ》む一方、店は次第にさびれて行った。まるで嘘のように客が来なかった。このままでは食い込むばかりだと、それがおそろしくなり、たまりかねてひそかに店を売りに出した。が、買手がつかず、そのまま半年、その気もなく毎日店をあけていた。やっと買手がついたが、恥しいほどやすい値をつけられた。

それでも、売って、その金を医者への借金払いに使い、学生専門の下宿へ移って、坂田は大道易者《だいどう》になった。かねがね八卦《はっけ》には趣味をもっていたが、まさか本業にしようとは思いも掛けておらず、講習所で免状を貰い、はじめて町へ出る晩はさすがに印刷機械の油のにおいを想った。道行く人の顔がはっきり見えぬほど恥しかったが、それでも下宿で寝ている照枝のことを想うと、業々《ぎょうぎょう》しくかっと眼をひらいて、手、手相はいかがです。松本に似た男を見ると、あわただしく首をふった。けれども、松本のことは照枝にきかず、照枝も言わず、照枝がほころびた真綿の飛び出た尻当てを腰にぶら下げているのを見て、坂田は松本のことなど忘れねばならぬと思った。照枝の病気は容易に癒《なお》らなかった。坂田は毎夜傍に寝て、ふと松本のことでカッとのぼせて来る頭を冷《つめ》たい枕で冷やしていた。照枝は別府へ行って死にたいと口癖だった……。

そうして一年経ち、別府へ流れて来たのである。いま想い出してもぞっとする。著《つ》いた時、十円の金もなかったのだ。早く横になれるところをと焦っても、旅館はおろか貸間を探すのにもまず安いところをという、そんな情ない境遇を悲しんでごたごたした裏《うら》通《どおり》を野良猫のように身を縮めて、身を寄せて、さまよい続けていたのだった。

やはり冬の、寒い夜だったと、坂田は想いだして鼻をすすった。いきなりあたりが明るくなり、ブラジルの前まで来た。入口の門灯の灯りで水洟《みずばな》が光った。

「ここでんねん」

松本の横顔に声を掛けて、坂田は今晩はと、扉を押した。そして、

「えらい済んまへんが、珈琲六人前淹《い》れたっとくなはれ」

ぞろぞろと随《つ》いてはいって来た女たちに何を飲むかともきかず、さっさと註文して、籐椅子に収まりかえってしまった。

松本はあきれた。まるで、自分が宰領《さいりょう》しているような調子ではないかと、思わず坂田の顔を見た。律気らしく野暮にこぢんまりと引きしまった顔だが、案外に睫毛《まつげ》が長く、くっきりした二重瞼を上品に覆って、これがカフェ遊びだけで、それもあっという間に財産をつぶしてしまった男の顔かという眼でみれば、なるほどそれらしかった。一皿十円も二十円もする果物《フルーツ》の皿をずらりと卓に並べるのが毎晩のことで、何をする男かと、あやしまぬものはなかったのである。松本自身鉄工所の一人息子で、べつにけちくさい遊び方をした覚えもなく、金づかいが荒いと散々《さんざん》父親にこごとをいわれていたくらいだったが、しかし当時はよくよくのことが無い限り、果物《フルーツ》など値の張るものはとらなかったものだった。

やがて珈琲が運ばれて来たが、坂田は二口か三口啜ったただけで、あとは見向きもしなかった。雪の道を二町も歩いて来たのである。たしなむべき女たちでさえ音をたてて一滴も残さず飲み乾している。それを、おそらく宵から雪に吹かれて立ち詰めだった坂田

が未練も見せずに飲み残すとはどうしたことか。珈琲というものは、二口、三口啜ってあと残すものだという、誰かにきいた田舎者じみた野暮な伊達《だて》をいまだに忘れぬ心意気からだろうと思い当ると、松本は感心するより、むしろあきれてしまった。そんな坂田がいっそう落ちぶれて見えもし、哀れだった。

それにしても落ちぶれたものである。可哀そうなのは、苦労をともにしている瞳のことだと、松本は忘れていた女の顔を、坂田のずんぐりした首に想い出した。ちょっと見には、つんとしてなにかかげの濃い冷《つめた》い感じのある顔だったが、結局は疳《かん》高い声が間抜けてきこえるただの女だった。坂田のような男に随《つ》いて苦労するようなところも、いまにして思えば、あった。

あれはどないしてる？　どないにして暮して来たのかと、松本はふと口に出かかるほどだったが、大阪から連れて来た女の手前はばかった。坂田も無口だった。だから、わざわざ伴って珈琲を飲みに来たものの、たいした話もなかった。それでも松本は、大阪は変ったぜ、地下鉄出来たん知ってるな。そんなら、赤玉のムーラン・ルージュが廻らんようになったんは知らんやろなどと、黙っているわけにもいかず、喋っていた。そうでっか、わてもいっぺん大阪へ帰りたいと思《おも》てまんねんと、坂田も話を合わせていたが、一向に調子が乗らなかった。なんとなくお互い気まずかった。女たちは賑《にぎや》かに退屈していた。松本は坂田を伴って来たことを後悔した。が、それ以上に、坂田は随《つ》いて来たことを、はじめから後悔していたのだ。もぞもぞと腰を浮かせていたが、やがて思い切って、坂田は立ち上った。

「お先きに失礼します」

伝票を摑んでいた。

「あ、そらいかん」

松本はあわてて手を押えたが、坂田は振り切って、

「これはわてに払わせとくなはれ」

と、言った。そして、勘定場《カウンター》の方へふらふらと行き、黒い皮の大きな財布から十銭白銅十枚出した。一枚多いというのを、むっとした顔で、

「チップや」

それで、その夜の収入はすっかり消えてしまった。

「そんなら、いずれまた」

もう一度松本に挨拶し、それからそこのお内儀に、

「えらいおやかまっさんでした。済んまへん」

と悲しいほどていねいにお辞儀して、坂田は出て行った。松本は追いかけて、

「君さっき大阪へ帰りたい言うてたな。大阪で働くいう気いがあるのんやったら、僕とこでなにしてもええぜ。遠慮なしに言うてや」

と言って、傘の中の手へこっそり名刺を握らせた。女の前を避けてそうしたのは、坂田に恥をかかすまいという心使いからだと、松本は咄嗟《とっさ》に自分を甘やかして、わざと雪で顔を濡らせていた。が、実は坂田を伴って来たのは、女たちの前で坂田を肴《さかな》に自分の出世を誇りたい気持からであった。一時はひっそくしかけていた鉄工所も事変以来殷賑《いんしん》を極めて、いまはこんな身分だと、坂田を苛《いじ》めてやりたかったのである。が、さすがにそれが出来ぬほど、坂田はみじめに見えた。照枝だって貧乏暮しでやつれているだろう。

「なんぞ役に立つことがあったら、さして貰おうか。あしたでも亀ノ井ホテルへ訪ねて来たらどないや」

しかし、坂田は松本の顔をちらりと恨めしそうに見て、

「……」

しょんぼり黒い背中で去って行った。

松本は寒々とした想いで、喫茶店のなかへ戻った。

「あの男は……」

どこに住んでいるのかなどと、根掘りそこのお内儀にきくと、なんでもここから一里

半、市内電車の終点から未だ五町もある遠方の人で、ゆで玉子屋の二階に奥さんと二人で住んでいるらしい。その奥さんというのが病気だから、その日その日に追われて、昼間は温泉場の飲食店をまわって空壜《あきびん》を買い集め、夜は八卦見に出ているのだと言った。

「うちへも集めに来なさるわ」

おかしいことに、半年に一度か二度珈琲を飲んで行くが、そのたび必ずこんな純喫茶だのに、置かなくても良いチップを置いて行くのだと、マダムはゆっくり笑った。

「いくら返しても、受け取りなさらんので困りますわ」

「どもならんな。そら、あんたに気があんねやろ」

と、松本は笑って、かたわらの女の肩を敲《たた》きながら、あの男のやりそうなこっちゃと、顔じゅう皺だらけだったが、眼だけ笑えなかった。チップを置いて、威張って出て行ったわけでもあるまい。壜を集めに来るからには、いわば坂田にとってそこは得意先なのだ。壜を買ったついでに珈琲をのんで帰るのも一応は遠慮しなければならぬところである。それを今夜のように、大勢引具《ひきぐ》して客となって来るのには、随分気を使ったことであろうと、店を出て行きしな、坂田がお内儀にしたていねいな挨拶が思い出されるのだった。

もう松本は気が滅入ってしまった。女たちと連立ってお茶を飲みに来ている気が、少しも浮ついて来なかった。昼は屑屋、夜は易者で、どちらももとの掛《か》からぬぼろい商売だと言ってみたところで、いずれは一銭二銭の細かい勘定の商売だ。おまけに瞳は病気だというではないか。いまさき投げ出して行った金も、大晦日の身を切るような金ではなかったかと、坂田の黒い後姿が眼に浮びあがって、なにか熱かった。

背中をまるめ、マントの襟を立てて、坂田は海岸通を黒く歩いていた。海にも雪が降り、海から風が吹きつけた。引きかえしてもう一度流川通に立つ元気もいまはなかった。やっぱり照枝と松本はなんぞあったんやと、永年想いまどうて来たいまわしい考えが、松本の顔を見たいま、疑う余地もなくはっきりしていた。しかし、なぜか腹を立てたり、泣いたり、わめいたりする精も張りもなく、不思議に遠い想いだった。ひしひしと身近《みぢ》かに来るのは、ただ今夜を越す才覚だった。

喫茶店で一円投げ出して、いま無一文だった。家に現金のあるはずもない。階下のゆで玉子屋もきょうこの頃商売にならず、だから滞っている部屋代を矢のような催促だった。たまりかねて、暮の用意にとちびちび貯めていた金をそっくり、ほんの少しだがと、今朝渡したのである。毎年ゆで玉子屋の三人いる子供に五十銭ずつくれてやるお年玉も、ことしは駄目かも知れない。いまは昔のような贅沢なところはなくなっているが、それでも照枝はそんなことをきちんとしたい気性である。毎日寝たきりで、思いつめていては、そんなこともいっそう気になるだろう。別府で死にたいと駄々をこねて来たものの、三年経ったいまは大阪で死にたいと、無理を言う。自分のような男に、たとえ病気のからだとは言え、よく辛抱してついて来てくれたと思えば、なんとかして大阪へ帰らせてやりたい。知った大阪の土地で易者は恥しいが、それも照枝のためなら辛抱する、自分もまた帰りたい土地なのだと、思い立って見ても、先立つものは旅費である。二人分二十円足らずのその金が、纏《まとま》ってたまったためしもなかったのだ。

赤玉のムーラン・ルージュがなくなったと、きけばいっそう大阪がなつかしい。頼って来いといった松本の言葉を、ふっと無気力に想い出した。凍《こご》えた両手に息を吹きかける拍子に、その気もなく松本の名刺を見た。ごおぅッと音がして、電車が追いかけて来た。そして通り過ぎた。瞬間雪の上を光が走って、消えた。質屋はまだあいているだろうか。坂田は道を急いだ。

やっと電車の終点まで来た。車掌らしい人が二、三人焚火をしているのが、黒く蠢《うごめ》いて見えた。その方をちらりと見て、坂田は足跡もないひっそりした細い雪の道を折れて行った。足の先が濡れて、ひりひりと痛んだ。坂田は無意識に名刺を千切った。五町行き、ゆで玉子屋の二階が見えた。陰気くさく雨戸がしまっていたが、隙間から明りが洩れて、屋根の雪を照らしていた。まだ眼を覚《さま》している照枝を坂田は想った。松本の手垢がついていると思えぬほど、痩せた体なのだ。坂田はなにかほっとして、いつものように身をかがめてゆで王子屋の表戸《おもてど》に手をかけた。

# 放浪

## 一

大阪は二ツ井戸《ふたついど》「まからんや」呉服店の番頭は現糞《げんくそ》の悪い男や、言うちゃ悪いが人殺しやと、在所のお婆《ばば》は順平に言い聴かせた。

——「まからんや」は月に二度、疵《きず》ものやしみつきや、それから何じゃかや一杯呉服物を一反《いったん》風呂敷に入れ、南海電車に乗り、岸和田《きしわだ》で降りて二里の道あるいて六貫村へ着物《べべ》売りに来ると、きまって現糞悪く雨が降って、雨男である。三年前にも来て雨を降らせた。よりによって順平のお母が産気づいて、例《いつ》もは自転車に乗って来るべき産婆が雨降っているからとて傘さして高下駄はいてとぼとぼと辛気《しんき》臭かった。それで手違《てちご》うて順平は生れたけれど、母親はとられた。兄の文吉は月たらず故きつい難産であったけれど、その時ばかりは天気運が良くて……。

聴いて順平は何とも感じなかった。そんな年でもなく、寝床にはいって癖で足の親指と隣の指をこすり合わせていると、きまってこむら返りして痛く、またうっとりとした。度重《たびかさ》なるうち、下腹が引きつるような痛みに驚いたが、お婆は脱腸の気だとは勘づかなかった。寝いると小便をした。お婆は粗相を押えるために夜もおちおち寝ず、濡れていると敲《たた》き起し、のう順平よ、よう聴きなはれや。そして意地悪い快感で声も震え、わりゃ継子《ままこ》やぞ。

泉北郡六貫《せんぼく》村よろづや雑貨店の当主高峰康太郎はお婆の娘おむらと五年連れ添い、文吉、順平と二人の子までなしたる仲であったが、おむらが産で死ぬと、これ倖《さいわ》いと後妻を入れた。これ倖いとはひょっとすると後妻のおそでの方で、康太郎は評判の温和《おとな》しい男で財産も少しはあった。兄の文吉は康太郎の姉聟《むこ》の金造に養子に貰《もら》われたから良いが、弟の順平は乳飲子《ちのみご》で可哀想だとお婆が引き取り、ミルクで育てている。お婆が死ねば順平は行きどころが無いゆえ継母《ままはは》のいる家へ帰らねばならず、今にして寝小便を癒《なお》しておかねば所詮《しょせん》いじめられる。後妻には連子《つれこ》があり、おまけに康太郎の子供も産んで、男の子だ。

……お婆はひそかに康太郎を恨んでいたのであろうか。順平さえ娘の腹に宿らなんだら、「まからんや」が雨さえ降らせなんだらと思い、一途《いちず》に年のせいではなかった。言うまじきことを言い聴かせるという残酷めいた喜びに打負けるのが度重なって、次第に効果はあった。継子だとはどんな味か知らぬが、順平は七つの頃から何となく情けない気持が身に沁みた。お婆の素振りが変になり、みるみるしなびて、死んで、順平は父の所に戻された。

ひがんでいるという言葉がやがて順平の身辺を取巻いた。一つ違いの義弟《おとうと》と二つ違いの義姉《あね》がいて、その義姉が器量よしだと子供心にも判った。義姉は母の躾《しつけ》がよかったのか、村の小学校で、文吉や順平の成績が芳しくないのは可哀想だと面と向って同情顔した。兄の文吉はもう十一であるから何とか言いかえしてくれるべきだのに、いつもげらげら笑っていた。眼尻というより眼全体が斜めに下っていて、笑えば愛嬌よく、また泣き笑いにも見られた。背が順平よりも低く、顔色も悪かった。頼りない兄であったが、順平には頼るべきたった一人の人だったから、学校がひけると、文吉の後に随《つ》いて金造の家へ行くことにした。

金造は蜜柑山を持ち、慾張りと言われた。男の子が無く、義理で養子に入れたが、岸和田の工場で働かせている娘が子供をもうけ、それが男の子であったから、いきなり気が変り、文吉はこき使われた。牛小屋の掃除をした。蜜柑をむしった。肥料を汲《く》んだ。薪《まき》を割った。子守をした。その他いろいろ働いた。順平は文吉の手助けをした。兄よ！わりゃ教場で糞したとな。弟よ、わりゃ寝小便止《や》めとけよ。そんなことを言いかわして喜んでいた。

康太郎の眼はまだ黒かったが、しかしこの父はもう普通の人ではなかった。悪性の病をわずらって悪臭を放ち、それを消すために安香水の匂いをプンプンさせていたが、そんな頭の働かせ方がむしろ不思議だとされていた。寝ていると、壁に活動写真がうつるそうであった。ある日、浪花節語《なにわ》りが店の前に来て語っているから見て来いと言い、順平が行こうとすると、継母は呶鳴《どな》りつけて、われも気違いか。そう言って継母はにがにがし気であった。その日から衰弱はげしく、大阪生玉《いくたま》前町の料理仕出し屋丸亀に嫁いでいる妹のおみよが駆りつけると一瞬正気になり、間もなく康太郎は息を引きとった。

焼香順のことでおみよ叔母は継母のおそでと口喧嘩した。それではなんぼ何でも文吉や順平が可哀想やおまへんかと叔母は言い、気晴しに紅葉を見るのだとて二人を連れて近くの牛滝山《うしたきやま》へ行った。滝の前の茶店で大福餅を食べさせながらおみよ叔母は、叔母はんの香奠《こうでん》はどこの誰よりも一番ぎょうさんやよってお前達は肩身が広いと言い聴かせ、そしてぽんと胸をたたいて襟を突き上げた。

十歳の順平はおみよ叔母に連れられて大阪へ行った。村から岸和田の駅まで二里の途《みち》は途中に池があった。大きな池なので吃驚《びっくり》した。順平は国定教科書の「作太郎は父に連れられて峠を……」という文句を何となく思い出したが、後の文句がどうしても頭に泛《うか》んで来なかった。見送るといって随《つ》いて来た文吉は、順平よ、わりゃ叔母さんの荷物持たんかいやとたしなめた。順平は信玄袋を担《かつ》いでいたが、左の肩が空いていたのだ。文吉の両肩には荷物があった。叔母はしかし、蜜柑の小さな籠を持っているだけで、それは金造が土産《みやげ》にくれたもの、何倍にもなってかえる見込がついていた。

岸和田の駅から引っ返す文吉が、じきに日が暮れて一人歩きは怖いこっちゃろと叔母は同情して五十銭くれると、文吉は、金は要らぬ、金造伯父《おじ》がわしの貯金帳こしらえてくれていると言って受取らず、帰って行った。そんなことがあるものか、文吉は金造に欺されている、今に思い知る時があるやろと、電車が動き出して叔母は順平に言った。はじめて乗る電車にまごついて、きょろきょろしている順平は、碌々《ろくろく》耳にはいらなかった。電車が難波《なんば》に着くと、心にちょっとした張りがついた。大阪へ行ったらしっかりせんと田舎者やと笑われるぞと、兄らしくいましめてくれた文吉の言葉を想い出したのだ。

叔母の家に着いた。眩《まばゆ》い電灯の光の下でさまざまな人に引き合わされたが、耳の奥がじーんと鳴り、人の顔がすーッと遠ざかって小さくなったり、いきなりでっかく見えたり、想いに反して呆然としていた。しっかりしよと下腹に力をいれると差し込んで来て、我慢するのが大変だった。香奠返しや土産物を整理していた叔母が、順ちゃんよ、お前の学校行きの道具はと訊くと、すかさず、ここにあら。信玄袋から取り出して見せ、はじめて些《いささ》か得意であった。しかるに「ここにあら」がおかしいと嗤われて、それは叔母の娘で、尋常一年生だから自分より一つ年下の美津子さんだとあとで知った。美津子は蝨《しらみ》を湧かしていてポリポリ頭を掻いていたが、その手が吃驚《びっくり》するほど白かった。

遅い夕飯が出された。刺身などが出されたから間誤《まご》ついて下を向いたまま黙々と食べ終り、漬物の醤油の余りを嘗めていると、叔母は、お前は今日から丸亀の坊んちやよってそんなけちんぼな真似せいでもええと言い、そして女中の方を向いてわざとらしい泪《なみだ》を泛べた。酒を飲んでいた叔父が二こと三こと喋ると叔母は、猫の子よりましだんがナと言った。ふんと叔父はうなずいて、えらい瘦せとおるが、こいでもこの年になりよるまで二石《こく》ぐらい米は喰ろとるやろと言った。

さっぱりした着物を着せられたが、養子とは兄の文吉のようなものだと思っていた身に、何かしっくりしない気持がした。買喰《かいぐ》いの銭《ぜに》を与えられると、不思議に思った。田舎の家は雑貨屋で、棒ねじ、犬の糞、どんぐりなどの駄菓子を商っているのに、手も出せなかったのだ。一と六の日は駒ヶ池《こまがいけ》の夜店があり、丸亀の前にも艶歌師が立ったり、アイスクリン屋が店を張ったりした。二銭五厘ずつ貰《もら》って美津子と夜店に行く時は、帯の中に銅貨を巻き込んで、都会の子供らしい見栄を張った。しかし、筍《たけのこ》を逆さにした形のアイスクリンの器をせんべいとは知らず、中身を嘗《な》めているうちに器が破けてハッとし、弁償しなければならぬと蒼くなって嗤われるなど、いくら眼をキョロキョロさせていても、やはり以後堅く戒めるべき事が随分多かった。

ある日、銭湯へ行くとて家を出た。道分ってんのかとの叔母の声を聞き流して、分ってまんがナ。流暢に出た大阪弁にはずみづけられてどんどん駆け出し、勢《いきおい》よく飛び込んでみると、おやッ！　明るいところから急に変った暗さの中にも、だいぶ容子《ようす》が違うとやがて気が付いて、わいは……、わいは……、あと声が出ず、いきなり引きかえしたが、そこは銭湯の隣の果物屋《あかもん》の奥座敷で、中風で寝ているお爺がきょとんとした顔であと見送っていた。表へ出ると、ちょうど使いから帰って来た滅法《めっぽう》背の高いそこの小僧に、なんぞ用だっかと問われ、いきなり風呂銭に持っていた一銭銅貨を投げ出し、物も言わずに蜜柑を一つ摑んで逃げ出した。こともあろうにそれは一個三銭の蜜柑で、その時のせわしない容子がおかしいと、ちょくちょく丸亀の料理場へ果物を届けに来るその小僧があとで板場(料理人のこと)や女中に笑いながら話し、それが叔父叔母の耳にはいった。お前、えらいぼろい事したいうやないか。叔母にその事を言われると、順平はぺたりと畳に手をついて、もう二度と致しまへん。うなだれ、眼に涙さえ泛べた。滑稽《おちょけ》話の積《つも》りであった叔母は呆気にとられ、そんな順平が血のつながるだけにいっそいじらしく、また不気味でもあったので、何してんねんや、えらいかしこまって。そう言って、大袈裟に笑い声を立てた。叱られているのではなかったのかと、ほっとすると、順平は媚びた笑いを黄色い顔に一杯浮べて、果物屋《あかもん》のお爺が坊《ぼ》ん坊《ぼ》んは何処さんの子供衆《し》や、学校何年やと訊いたなどと俄《にわ》かに饒舌になった。が、果物屋のお爺というの、唖《おし》であり、間もなく息を引きとった。

尋常五年になった。誰に教えられるともなく始めた寝る前の「お休み」がすっかり身についていた。色が黒いとて茶断ちしている叔母に面と向って色が白いとお世辞を言うことも覚えた。また、しょっちゅう料理場でうろうろしていて、叔父からあれ取れこれ取ってくれとちょっとした用事をいいつけられるのを待つという風であった。気をくばって家の容子を見ているうちに、板場の腕を仕込んで、行末《ゆくすえ》は美津子の聟《むこ》にし身代も譲ってもよいという叔父叔母の肚の中が読み取れていたからである。

叔父は生れ故郷の四日市《よっかいち》から大阪へ流れて来た時の所持金が僅か十六銭、下寺町《したでら》の坂で立ちん坊をして荷車の後押しをしたのを振出しに、土方、沖仲士、飯屋の下廻り、板場、夜泣きうどん屋、関東煮《かんとだき》の屋台などさまざまな職業を経て、今日、生国魂《いくたま》神社前に料理仕出し屋の一戸を構え、自分でも苦労人やと言いふらしているだけに、順平を仕込むのにも、一人前の板場になるにはまず水を使うことから始めねばならぬと、寒中に氷の張ったバケツで皿洗いをさせ、また二度や三度指を切るのも承知の上で、大根をむかせて、けん(刺身のつま)の切り方を教えた。庖丁が狂って手を切ると、まず、けんが赤うなってるぜと言われた。手の痛みはどないやとも訊いてくれないのを、十三の年では可哀想だと女子衆《おなごし》の囁きが耳にはいるままに、やはり養子は実の子と違うのかと改めて情けない気持になった。

　叔父叔母はしかし、順平をわざわざ継子扱いにはしなかった。そんな暇《ひま》もないといった顔だった。奇体《けったい》な子供だと思っても、深く心に止めなかった。商売柄、婚礼料理、町内の運動会の弁当、念仏講の精進料理などの註文が命だったから、近所の評判が大事だった。生国魂神社の夏祭には、良家の坊《ぼ》ん坊《ぼ》ん並みに御輿《みこし》担ぎの揃いの法被《はっぴ》もこしらえてくれた。そんな時には、美津子の聟になれるという希望に燃えて、美津子を見る眼が貪慾な光を放ち、坊《ぼ》ん坊《ぼ》んみたいに甘えてやろ、大根を切るとき庖丁振り舞わして立廻りの真似《まね》もしてみたろ、お菜の苦情言うてみたろ、叔父叔母はどんな顔するやろと思うのだったが、順平は実行しかねた。その頃、もう人に勘づかれたはずだが、やはり誰にも知られたくない一つの秘密、脱腸がそれと分るくらい醜くたれ下っていることに片輪者のような負目《ひけめ》を感じ、これあるがために自分の一生は駄目だと何か諦めていた。想い出すたびに、ぎゃあーと腹の底から唸り声が出た。ぽかぽかぺんぺんうらうらうらと変な独言《ひとりごと》も呟いた。

ある日、美津子が行水をした。白い身体がすくっと立ちあがった。あっちィ行きィ。順平は身の置き場の無いような恥かしい気持になった。夜思い出すと、急に、ぽかぽかぺんぺんうらうらうら。念仏のように唱《とな》えた。美津子にはっさり嫌われたと蒼い顔で唱えた。近所のカフェから流行歌が聞えて来た。何がなし郷愁をそそられ、文吉のことなども想い出し泣いたろ、そう思うと、するする涙がこぼれて来て存分に泣いた。二度と見ない決心だったが、あくる日、美津子が行水していると、そわそわした。そんな順平を仕込んだのは板場の木下である。

板場の木下は、東京で牛乳配達、新聞配達、料理屋の帳場などしながら苦学していたが、大震災に遇い、大阪へ逃げて来たと言った。汚い身装《みな》りで雇われて来た日、一緒に銭湯へ行ったが、木下が小さい巾着《きんちゃく》を覗いて一枚一枚小銭を探し出すのを見て同情した。震災のとき火の手を逃れて隅田川に飛び込んで泳いだ、袴《はかま》をはいた女学生も並んで泳いでいたが、身につけているものが邪魔になってとうとう溺死しちゃったという木下の話を聞くと、順平は訳もなく惹きつけられ、好きになった。大阪も随分揺れたことだろうなと、長い髪の毛にシャボンをつけながら木下が問うと、えらい揺れたぜと順平は言い、こまごま説明したが、その日揺れ出した途端まだ学校から退《ひ》けて来ない美津子のことに気がつくと、悲壮な表情を装いながら学校へ駆けつけ、地震怖かったやろ、そう言って美津子の手を握ったら、なんや、阿呆らしい、地震みたいなもん、ちょっとも怖いことあーらへんわ、そして握られた手はそのままだったが、奇体《けったい》な順ちゃん、甚平さん（助平のこと）と言われて随分情けなかったなどとは、さすがに言わなかった。

　女学生の袴が水の上にぽっかりひらいて……という木下の話は順平の大人を眼覚ました。弁護士の試験を受けるために早稲田の講義録を取っているという木下は、道で年頃の女に会うときまって尻振りダンスをやった。順平も尻を振って見せ、げらげら笑い、そして素早くあたりを見廻した。

　ある時、気がついてみると、こともあろうに女中部屋にたたずんでいた。あくる日、千日前《せんにちまえ》で「海女《あま》の実演」という見世物小屋にはいり、海女の白い足や晒《さらし》を巻いた胸のふくらみをじっと見つめていた。そしてまた、ちがった日には、「ろくろ首」の疲れたような女の顔にうっとりとなっていた。十六になっていた。二皮目《ふたかわめ》だから今に女泣かせの良い男になると木下に無責任な褒《ほ》め方をされて、もう女学生になっていた美津子の鏡台からレートクリームを盗み出し顔や手につけた。匂いを勘づかれぬように、人の傍に寄らぬことにした。が、知れて、美津子の嘲笑を買ったと思った。二皮目だと己惚《うぬぼ》れて鏡を覗くと、兄の文吉に似ていた。眼が斜めに下っているところ、おでこで鼻の低いところ、顔幅が広くて顎のすぼんだところ、そっくりであった。ひとの顔を注意してみると、皆自分よりましな顔をしていた。硫黄の匂いする美顔水をつけて化粧してみても追っつかないと思い諦めて、やがて十九になった。数多くある負目《ひけめ》の上に容貌のことで、いよいよ美津子に嫌われるという想いが強くなった。

ただ一途《いちず》にこれのみと頼りにしている板場の腕が、この調子で行けば結構丸亀の料理場を支えて行けるほどになったのを、叔父叔母は喜び、当人もその気でひたすらへり下って身をいれて板場をやっている忠実めいた態度がしかし美津子にはエスプリがないと思われて嫌に思っていたのだった。容貌は第二でその頃学校の往《い》きかえりに何となく物を言うようになった関西大学専門部の某生徒など、随分妙な顔をしていた。しかし、この生徒はエスプリというような言葉を心得ていて、美津子は得るところ少《すく》なかった。$\sqrt[3]{}$と封をした手紙をやりとりし、美津子の胸のふくらみが急に目立って来たと順平にも判った。うかうかと夜歩きを美津子はして、某生徒に胸を押えられ、ガタガタ醜悪に震えた。生国魂神社境内の夜の空気にカチカチと歯の音が冴えるのであった。やがて、思いが余って、捨てたらいややしと美津子は乾燥した声で言い、捨てられた。

日が経ち、妊娠していると親にも判った。女学校の卒業式をもう済ませていることで、両親は赤新聞の種にならないで良かったと安堵した。ある夜更け美津子の寝室の前に佇んでいたと言われて、嫌疑は順平にかかった。順平は何故か否定する気にもならなかったが、しかし、美津子を見る目が恨みを呑んだ。雨の夜、ふらふらと美津子の寝顔に近づいたが、やはり無暴だった。美津子の眼は白く冴《さ》えて、怖しく、狂暴な血が一度にひいた。

丸亀夫婦は美津子から相手は順平でないと告げられると、あわてて、頗《すこぶ》る改って順平を長火鉢の前へ呼び寄せ、不束《ふつつか》な娘やけど、貰ってくれと言った。順平はハッと両手をついて、ありがとうございますと、かねてこの事あるを予期していた如き挨拶であった。見れば、畳の上にハラハラと涙をこぼし眼をこすりもしないで、芝居がかった容子であるから、丸亀夫婦も舞台に立ったような思入れを暫時《ざんじ》した。一杯行こうと叔父の差し出す盃《さかずき》を順平はかしこまって戴き、呑み乾《ほ》して返す。それだけの動作の間にも、しーんとした空気が張っていた。その空気が破れたかと思うと、順平は、阿呆の自分にもこれだけは言わして欲しい言葉、けれど美津子さんは御承諾のことでっかと、律義めいた問い方をした。尼になる気持で……などと言うたら口を縫い込むぞと言い聴かされていた美津子は、いけしゃあしゃあと、わてとあんたは元から許嫁《いいなずけ》やないのと言った。両親《ふた》はさすがに顔をしかめたが、順平はだらしなくニコニコして胸を張り、想いの叶った嬉しさがありありと態度に出た。いやらしいほど機嫌を誰彼にもとった。阿呆ほど強いもんはないと、叔母はさすがに烱眼だった。

婚礼の日が急がれた。美津子の腹が目立たぬうちにと急がれたのだ。暦を調べると、良い日は皆目なかったので、迷った挙句、仏滅の十五日を月の中の日で仲が良いとてそれに決められた。婚礼の日六貫村の文吉は朝早くから金造の家を出て、柿の枝を肩に担いで二里の道歩いて、岸和田から南海電車に乗った。難波の終点に着いたのは正午頃だったが、大阪の町ははじめてのこと故、小一里《こいちり》もない生国魂神社前の丸亀の料理場に姿を現わしたのは、もう黄昏時《たそがれどき》であった。

その日の婚礼料理に使うにらみ鯛を焼いていた順平が振り向くと、文吉がエヘフエヘラ笑って突っ立っていた。十年振りの兄だが少しも変っていないのですぐ分って、兄よ、わりゃ来てくれたんかと順平は団扇を持ったまま傍へ寄った。白い料理着を着ている順平の姿が文吉には大変立派に見え、背も伸びたと思えたので、そのことを言った。順平は料理場用の高下駄をはいているので高く見えたのだった。二十二歳の文吉は四尺七寸しかなかった。順平は九寸ぐらいあった。順平は柿をむいて見せた。皮がくるくると離れ、漆喰《しっくい》に届いたので文吉は感心し、褒めた。

その夜、婚礼の席がおひらきになる頃、文吉は腹が痛み出した。膳のものを残らず食い、酒も飲んだからだった。かねがね蛔虫《かいちゅう》を湧かしていたのである。便所に立とうとすると、借着《かりぎ》の紋附の裾が長すぎて、足にからまった。倒れて、そのまま、痛い痛いとのた打ちまわった。別室に運ばれ、医者を迎えた。腸から絞り出して、夜着を汚した。臭気の中で順平は看護した。やっと落ちついて文吉が寝いると、順平は寝室へ行った。夜も更けていて、もう美津子は寝込んでいた。だらしなく手を投げ出していた。ふと気が付いてみると、阿呆んだら。突き飛ばされていた。

あくる朝、文吉の腹痛はけろりと癒った。早《はよ》う帰らんと金造に叱られると言ったので、順平は難波まで送って行った。源生寺坂《げんしょうじざか》を降りて黒門市場《くろもんいちば》を抜け、千日前へ行き出雲屋《いずもや》へはいった。また腹痛になるとことだと思ったが、やはり田舎で大根や葉っぱばかり食べている文吉にうまいものを食べさせてやりたいと、順平は思ったのだ。二円ほど小遣いを持っていたので、まむしや鮒《ふな》の刺身を註文した。一つには、出雲屋の料理はまむしと鮒の刺身ときも吸《すい》のほかはまずいが、さすが名代《なだい》だけあって、このまむしのタレや鮒の刺身のすみそだけは他処《よそ》の店では真似が出来ぬなど、板場らしい物の言振《いいぶ》りをしたかったのだ。文吉はぺちゃくちゃと音をさせて食べながら、おそで(継母)の連子の浜子さんは高等科を卒業して今は大阪の大学病院で看護婦をしているそうでえらい出世であるが、順平さんのお嫁さんは浜子さんより別嬪《べっぴん》さんである、俺は夜着の中へ糞して情けない兄であるが、かんにんしてくれと言った。聴けば、金造は強慾で文吉を下男《げなん》のように扱い、それで貯金帳を作ってやっているというのも嘘らしく、その証拠に、この間も村《むら》雨羊羹《さめようかん》を買うとて十銭盗んだら、折檻《せっかん》されて顔がはれたということだ。そんな兄と別れて帰る途々《みちみち》、順平は、たとえ美津子に素気《そっけ》なくされ続けても、我慢して丸亀の跡を継ぎ、文吉を迎えに行かねばならぬと思った。癖で興奮して、出世しようしようと反《そ》り身になって歩き、下腹に力をいれると、いつもより差込み方がひどかった。

名ばかりの亭主で、むなしく、日々が過ぎた。一寸の虫にも五分の魂やないか、いっそ冷淡に構えて焦《じ》らしてやる方が良いやろと、ことを察した板場の木下が忠告してくれたが、そこまでの意地も思案も泛《うか》ばなかった。わざと順平の子だと言いならして、某生徒の子供が美津子の腹から出た。好奇心で近寄ったが、順平は産室に入れてもらえなかった。しかし、産婆は心得て順平に産れたての子を渡した。抱かされて覗いてみると、鼻の低いところなど自分に似ているのだ。本当の父親も低かったのだが。

近所の手前もあり、いいつけられて風呂へ抱いて行ったりしているうちに、何故か赤ん坊への愛情が湧いて来た。しかし赤ん坊は間もなく死んだ。風呂の湯が耳にはいった為だと医者が言った。それで、わざと順平が入れたのであろうという忌まわしい言葉が囁かれた。ある日、便所に隠れてこっそり泣いていると、木下がはいって来て、今まで言おう言おうと思っていたのだが……とはじめてしんみり慰めてくれた。そうして木下は、僕はもうこんな欺瞞的な家には居らぬ決心したと言った。木下は、四十にはまだだいぶ間があるというものの、髪の毛も薄く、弁護士には前途遼遠だった。性根《しょうね》を入れていないから、板場の腕もたいしたものにはならず、実は何かと嫌気がさしていたのだ。馴染みの女給が近ごろ東京へ行った由《よし》きいたので、後を追うて行きたいと思っていた。その女給に通うために丸亀に月給の前借《まえがり》が四ヶ月分あるが、踏み倒す魂胆であった。

その夜、二人でカフェへ行った。傍へ来た女の安香水の匂いに思いがけなく死んだ父のことを思い出し、しんみりしている順平の容子を何と思ったか、木下は耳に口を寄せて来て、この女子《おなご》は金で自由になる、世話したげよか。順平は吃驚《びっくり》して、金は出しまさかい、木下はんあんた口説きなはれ、あんたに譲りまっさ。いつか、そんな男になっていた。脱腸をはじめ、数えれば切りのない多くの負目《ひけめ》が、皮膚のようにへばりついていたのだ。

## 二

文吉は夜なかに起されると、大八車に筍《たけのこ》を積んだ。真暗《まっくら》がりの田舎道を、提灯つけて岸和田まで牽《ひ》いて行った。轍《わだち》の音が心細く腹に響いた。次第に空の色が薄れて、岸和田の青物市場に着いた時は、もう朝であった。笥を渡すと、三十円くれた。腹巻の底へしっかり入れて、ちょいちょい押えてみんことにゃと金造に言われたことを思い出し、そのようにした。ふと、これだけの金があれば大阪へ行ってまむしや鮒《ふな》の刺身が食えると思うと、足が震えた。空《から》の車をガラガフ牽いて岸和田の駅まで来ると、電車の音がした。車を駅前の電柱にしばりつけて、大阪までの切符を買い、プラットフォームに出た。電車が来るまで少し間があった。そわそわして決心が鈍って来るようで、何度も便所へ行きたくなった。便所から出て来ると電車が来たので慌てて乗った。動き出してうとうと眠った。車掌に揺り動かされて眼を覚すと、難波ァ、難波終点でございまァーす。早《はよ》う着いたなァと嬉しい気持で構内をちょこちょこ走りし、日射しの明るい南海道をまっすぐ出雲屋の表へ駆けつけると、まだ店が開いていなかった。千日前は朝で、活動小屋の石だたみがまだ濡れていた。きょろきょろしながら活動写真の絵看板を見上げて歩いた。頸筋《くびすじ》が痛くなった。道頓堀《どうとんぼり》の方へ渡るゴーストップで駐在さんにきびしい注意を受けた。道頓堀から戎橋《えびすばし》を渡り心斎橋《しんさいばし》筋を歩いた。一軒一軒飾窓を覗きまわったので疲れ、引きかえして戎橋の上で佇んでいると、橋の下を水上警察のモーターボートが走って行った。後から下肥《しもごえ》を積んだ船が通った。ふと六貫村のことが聯想され、金造の声がきこえた。わりゃ、伊勢乞食やぞ、杭(食い)にかかったらなんぼでも離れくさらん。にわかに空腹を感じて、出雲屋へ行こうと歩き出したが方角が分らなかった。人に訊くにも誰に訊いて良いか見当つかず、何となく心細い気持になった。中座《なかざ》の前で浮かぬ顔をして絵看板を見上げていると、活動の半額券を買わんかと男が寄って来た。半額券を買うとは何の事か訳が知れなかったから、答えるすべもなかったが、これ倖《さいわ》いと、ちょっくら物を訊ねますが、出雲屋は。この向いやと男は怒った様な調子で言った。振り向くと、なるほど看板が掛っている。が、そこは順平に連れてもらった店と違うようだ。出雲屋が何軒もあるとは思えなかったから、狐につままれたと思った。しかし、鰻を焼く匂いにはげしく誘われて、ままよとはいり、餓鬼のように食べた。勘定を払って出ると、まだ二十七円と少しあった。中座の隣に蓄音器屋があった。蓄音器屋の隣に食物屋があった。蓄音器屋と食物屋の間に、狭苦しい路地があった。そこを抜けるとお寺の境内のようであった。左へ出ると、楽天地《らくてんち》が見えた。あそこが千日前だと分った嬉しさで足早に歩いた。楽天地の向いの活動小屋で喧《やかま》しくベルが鳴っていたので、何か慌てて切符を買った。まだ出し物が始っていなかったから、拍子抜けがし、緞帳《どんちょう》を穴の明くほど見つめていた。客の数も増え、いよいよ始った。ラムネを飲み、フライビンズをかじり、写真が佳境にはいって来ると、よう、よう！　ええぞ！　とわめいて四辺《あたり》の人に叱られた。美しい女が猿ぐつわをはめられる場面が出ると、だしぬけに、女への慾望が起った。小屋を出しなに勘定してみたら、まだ二十六円八十銭あった。大阪には遊廓があるといつか聴いたことを想い出した。そこでは女が親切にしてくれるということだ。えへらえへら笑いながら、姫買いをする所はどこかと道通る人に訊ねると、早熟《ませ》た小せがれやナ、年なんぼやねンと相手にされなかった。二十三だと言うと、相手は本当に出来ないといった顔だったが、それでも、自動車に乗れと親切に言ってくれた。生れてはじめての自動車で飛《と》田《び》《た》遊廓の大門前まで行った。二十六円十六銭。廓の中をうろうろしていると、摑まえられ、するすると引き上げられた。ぼうっとしているうちに十円とられて、十六円十六銭。妓の部屋で、盆踊りの歌をうたうと、良え声やワ、もう一ペン歌いなはれナ。褒められていっそう声張り上げると、あちこちの部屋で、客や妓が笑った。ねえ、ちょっと、わてお寿司食べたいワ、なんぞ食べへん？　食べましょうよ。擦《す》り寄られ、よっしゃ。二人前取り寄せて、十一円十六銭。食べているうちに、お時間でっせと言いに来た。帰ったら嫌やし、もっと居《い》てえナ。わざと鼻声で、言われると、よう起きなかった。生れてはじめて親切にされるという喜びに骨までうずいた。又線香つけて、最後の十円札の姿も消えた。妓はしかしいぎたなく眠るのだった。おいと声を掛けて起す元気もない。ふと金造の顔が浮び、おびえた。帰ることになり、階段を降りて来ると、大きな鏡に、妓と並んだ姿がうつった。ひねしなびて四尺七寸の小さな体が、いっそう縮まる想いがした。送り出されて、もう外は夜であった。廓の中が真昼のように明るく、柳が風に揺れていた。大門通を、ひょこひょこ歩いた。五十銭で書生下駄を買った。一円六十銭。鼻緒がきつくて足が痛んだがそれでもカラカラと音は良かった。いっぺん被ってみたいと思っていた鳥打帽子を買った。おでこが隠れて、新しい布の匂いがプンプンした。胸すかしを飲んだ。三杯まで飲んだが、あと咽喉《のど》へ通らなかった。一円十銭。うどん屋へはいり、狐うどんとあんかけうどんをとった。どちらも半分食べ残した。九十二銭。新世界《しんせかい》を歩いていたが、絵看板を見たいともはいってみたいとも思わなかった。薬屋で猫××を買い天王寺公園にはいり、ガス灯の下のベンチに腰掛けていた。十銭白銅四枚と一銭銅貨二枚握った手が、びっしょり汗をかいていた。順平に一眼《ひとめ》会いたいと思った。が、三十円使い込んだ顔が何で会わさりょうかと思った。岸和田の駅で置き捨てた車はどうなっているか。提灯に火をいれねばなるまい。金造なんか怖くないと思った。ガス灯の光が冴えて夜が更けた。動物園の虎の吼声が聞えた。叢《くさむら》の中にはいり、猫××を飲んだ。空が眼の前に覆いかぶさって来て、口から白い煙を吹き出し、そして永い間のた打ち廻っていた。

## 三

夜が明けて、文吉は天王寺市民病院へ担ぎ込まれた。雑魚場《ざこば》から帰ったままの恰好で順平が駆けつけた時は、むろん遅かった。かすかに煙を吹き出していたようだったと看護婦から聴いて、順平は声をあげて泣いた。遺書めいたものもなかったが、腹巻の中にいつぞや出した古手紙が皺くちゃになってはいっていたため、順平に知らせがあり、せめて死顔《しにがお》でも見ることが出来たとは、やはり兄弟のえにしだと言われて順平は、どんな事情か判らぬが、よくよく思いつめる前に一度訪ねてくれるなり、手紙くれるなりしてくれれば、何とか救う道もあったものをと何度も何度も繰り返して愚痴った。病院の食堂で玉子丼を顔を突っ込むようにして食べていると、涙が落ちて、何がなし金造への怒りが胸を締めつけて来た。

が、村での葬式を済ませた時、ふと気が付いてみると、やはり、金造には恨みがましい言葉は一言も言わなかったようだった。くどく持ち出された三十円の金を、弁償いたしますと大人しく出て、すごすごと大阪へ戻って来るとちょうどその日は婚礼料理の註文があって目出度《めでた》い目出度いと立ち騒いでいる家へ料理を運び、更《おそ》くまで居残ってその台所で吸物《すいもの》の味加減をなおしたり酒の燗《かん》の手伝いをしたりした挙句、祝儀袋を貰って外へ出ると皎々《こうこう》たる月夜だった。下寺町から生国魂神社への坂道は人通りもなく、登って行く高下駄の音、犬の遠吠え……そんな夜更けの町の寂しさに、ふと郷愁を感じ、兄よ、わりゃ死んだナ。振舞酒《ふるまいざけ》の酔いも手伝って、いきなり引き返し、坂道を降りて道頓堀へ出ると、足は芝居裏の遊廓へ向いた。ほとんど表戸を閉めている中に一軒だけ、遣《やり》手婆《てばばあ》が軒先で居眠りしている家を見つけ、登《あが》席った。客商売に似合わぬ汚い部屋でぽつねんと待っていると、おおけにと妓がはいって来た。

むせるような臭気が鼻をつくと、順平には、この妓をと、嘘のように思われた。しかし、本能的に女に拒まれるという怖れから、肩にさわるのも躊躇され、まごまごしているうちに、妓は眠ってしまった。いびきを聴いていると、美津子の傍でむなしく情けない想いをした日々のことが聯想された。

朝、丸亀へ帰る途々《みちみち》、叔父叔母に叱られるという気持で心が暗かったが、ふと丸亀から逐電しようと心を決めると、ほっとした。家へ帰り、どないしてたんや、家あけてという声を聞き流して、あちこちで貰う祝儀をひそかに貯めて二百円ほどになっている金を取り出し、着替えした。飛び出すんやぞ、二度と帰らへんのやぞという顔で叔父叔母や美津子を睨みつけたが、察してはくれなかったようだ。それと気付いて引き止めてくれるなり、優しい言葉を掛けてくれるなりしてくれたら思い止まりたかったが、肚の中を読んでくれないから随分張合《はりあい》がなく、暫《しばら》くぐずついていたが、結局、着物を着替えたからには飛び出すより仕方ない、そんな気持でしょんぼり家を出た。

あとで、叔母は悪い奴にそそのかされて家出しよりましてんと言いふらした。家出という言葉が好きであった。叔父は身代《しんだい》譲ったろうと思《おも》てたのに、阿呆んだら奴《め》がと、これは本音らしかった。美津子は、当分外出もはばかられるようで、何かいやな気がして、ふくれていた。また、順平に飛び出されてみると体裁も悪いが、しかし、ほんの少し心淋しい気持も持った。しつこく迫っていた順平に、いつかは許してもよいという気が或いは心の底にあったのではないかと思われて、しかしこれは余りに滑稽な空想だとすぐ打ち消した。

　順平は千日前金刀比羅《ことぴら》裏の安宿に泊った。どういう気持で丸亀を飛び出したのか自分でも納得出来ず、所詮《しょせん》は狂言めいたものかも知れなかった。紺絣《こんがすり》の着物を買い、良家の坊《ぼ》ん坊《ぼ》んみたいにぶらぶら何の当てもなく遊びまわった。昼は千日前や道頓堀の活動小屋へ行った。夜は宿の近くの喫茶バー「リリアン」で遊んだ。リリアンで五円、十円と見る見る金の消えて行くことに身を切られるような想いをしながら、それでも、高峰さん高峰さんと姓を呼ばれるのが嬉しくて、女給たちのたかるままになっていた。

　ある夜、わざと澄まし雑煮を註文し、一口飲んでみて、こんな下手な味つけで食えるかいや、吸物というもんはナ、出し昆布の揚げ加減で味いうもんが決るんやぜと浅はかな智慧を振りまいていると、髪の毛の長い男がいきなり傍へ寄って来て、あんさんとは今日こんお初《はつ》にござんす、野郎若輩ながら軒下三寸を借り受けましての仁義失礼さんにござんすと、場違いの仁義でわざとらしいはったりを掛けて来た。順平が真蒼《まっさお》になってふるえていると、女給がいきなり、高峰さん煙草買いましょう、そう言って順平の雑魚場行きのでかい財布を取り出して、あけた。男は覗いて見て、にわかに打って変ってえらい大きな財布でんナと顔じゅう皺だらけに笑い出し、まるで酔っぱらったようにぐにゃぐにゃした。男はオイチョカブの北田と言い、千日前界隈で顔の売れたでん公であった。

オイチョカブの北田にそそのかされて、その夜新世界の或る家で四、五人のでん公と賭博をした。インケツ、ニゾ、サンタ、シスン、ゴケ、ロッポー、ナキネ、オイチョ、カブ、ニゲなどと読み方も教わり、気の無い張り方をすると、「質屋《ヒチヤ》の外に荷《ニ》が降り」とカブが出来、金になった。生れてはじめてほのぼのとして勝利感を覚え、何かしら自信に胸の血が温《あたたま》った。が、続けて張っているうちに結局はあり金全部とられてしまい、むろんインチキだった。けれど、そうと知っても北田になじる気は起らなかった。あくる日、北田は又《かねまた》でシチューと半しまを食わせてくれた。おおけに御馳走《ごっそ》さんと頭を下げる順平を、北田はさすがに哀れに思ったか、どや、いっちょう女を世話したろか、と言ってくれた。リリアンの小鈴に肩入れしてけっかんのやろと図星を指されてぽうっと赧《あか》くなり一途《いちず》に北田が頼《たの》もしかったが、肩入れはしてるんやけどナ、わいは女にもてへんよって、兄貴、お前わいの代りに小鈴をものにしてくれよ。そういう態度はいつか木下に言った時と同じだったが、北田は既に小鈴をものにしているだけに、かえって気味が悪かった。

オイチョカブの北田は金がなくなると本職にかえった。夜更けの盛り場を選んで彼の売る絵は、こっそり開いて見ると下手な西洋の美人写真だったり、義士の討入りだったりする。絶対にインチキとは違うよ、一見胸がときめいてなどと、中腰になってわざと何かを怖れるようなそわそわした態度で早口に喋り立て、仁《じん》が寄って来ると、まず金を出すのがサクラの順平だった。絵心のある北田は画を引きうつして売ることもある。そんな時はその筋の眼はいっそうきびしい。サクラの順平もしばしば危い橋を渡る想いに冷《ひや》っとしたが、それだけにまるで凶器の世界にはいった様な気持で歩き振りも違って来た。

気の変り易い北田は売屋《ばいや》をやることもあった。天満《てんま》京阪《けいはん》裏の古着屋で一円二十銭出して大阪××新聞の法被《はっぴ》を着込み、売るものはサンデー毎日や週刊朝日の月遅れ、または大阪パックの表紙の発行日を紙ペーパーでこすり消したもの、三冊十五銭で如何にも安いと郊外の住宅を戸別訪問して泣きたんで売り歩く。かと思うと、キング、講談倶楽部、富士、主婦の友、講談雑誌の月遅れ新本五冊とりまぜて五十銭《オテカン》、これは主に戎橋通の昼夜銀行の前で夜更けて女給の帰りを当て込むのだ。仕入先は難波の元屋で、そこで屑値《くずね》で買い集めた古本を剝がして、連絡もなく乱雑に重ねて厚みをつけもっともらしい表紙をつけ、縁を切り揃えて、月遅れの新本が出来上る。中身は飛び飛びの頁《ページ》で読まれたものでないから、その場で読めぬようあらかじめセロファンで包んでおくと、如何《いか》にも新本だ。順平はサクラになったり、時には真打《しんうち》になったり、夜更けの商売で、顔色も凄く蒼白《あおじろ》んだ。儲けの何割かをきちんきちんとくれるオイチョカブの北田を順平は几帳面な男だと思い、ふと女心めいたなつかしさを覚えていた。

ある日、北田は賭博の元手も無し売屋も飽いたとて、高峰どこぞ無心の当てはないやろか。と言ったその言葉の裏は、丸亀へ無心に行けだとは順平にも判ったが、そればっかりはと拝んでいるうちに、ふと義姉《あね》の浜子のことを頭に泛べた。阪大病院で看護婦をしていると、死んだ文吉が言っていた。訪ねて行くと、背丈も伸びて綺麗な一人前の女になっている浜子は、順平と知って瞬間あらとなつかしい声をあげたが、どう見てもまっとうな暮しをしているとは見えぬ順平の恰好を素早く見とってしまうと、にわかに何気ない顔をつくろい、どこぞお悪いんですの。患者に物言うように寄って来て、そして目交《まぜ》で病院の外へ誘い出した。玉江橋《たまえばし》の畔《ほとり》で、北田に教わったとおり、訳は憚《はばか》るが実は今は丸亀を飛び出して無一文、朝から何も食べていないと無心すると、赤い財布からおずおずと五円札出してくれた。死んだ文吉のことなどちょっと立話《たちばなし》した後、浜子は、短気を出したら損やし、丸亀へ戻って出世して六貫村へ錦を飾って帰らんとあかんしと意見した。順平はそうや、そうやと思うと、急に泣いたろという気持がこみ上げて来てぼろぼろと涙をこぼし、姉やん、出世しまっせ、今の暮しから足を洗うて真面目にやりまっさと言わなくても良いことまで言っていると、無性に興奮して来て拳をかため体を震わせ、うつ向いていた顔をきっとあげると、汚い川水がかすんだ眼にうつった。浜子が小走りに病院の方へ去ってしまうと、どこからかオイチョカブの北田が現われて来て、高峰お前なかなか味をやるやないか、泣きたんがあない巧《うま》いこと行くテ相当なわるやぞと褒《ほ》めてくれたが、順平はきょとんとしていた。その金はすぐ賭博に負けて取られてしまった。

　ある日、美津子が近々聟《むこ》を迎えるという噂を聴いた。翌日、それとなく近所へ容子《ようす》を探りに行くと本当らしかった。その足で阪大病院へ行った。泣きたんで行けという北田の忠告を俟《ま》つまでもなく、意見されると、存分に涙が出た。五円貰った。そのうち一円八十銭で銘酒一本買ってお祝《いわい》、高峰順平と書いて丸亀へ届けさせ、残りの金を張ると、阿呆に目が出ると愛想をつかされるほど目が出た。

北田と山分けし、見送られて梅田《うめだ》の駅から東京行きの汽車に乗った。美津子が聟をとると聞いては大阪の土地がまるで怖いもののように思われたのと、一つには出世しなければならぬという想いにせき立てられたのだ。東京には木下がいるはずで、丸亀にいる頃、一度遊びに来いとハガキを貰ったことがあった。

東京駅に着き、半日掛って漸く荒川放水路近くの木下の住いを探し当てた。弁護士になっているだろうと思ったのに、其処《そこ》は見るからに貧民街で、木下は夜になると玉ノ井《たまのい》へ出掛けて焼鳥の屋台店を出しているのだった。木下もやがて四十で、弁護士になることは内心諦めているらしく、彼の売る一本二銭の焼鳥は、ねぎが八分で、もつが二分、酒、ポートワイン、泡盛、ウイスキーなど、どこの屋台よりも薄かった。木下は毎夜緻密に儲けの勘定をし、儲けの四割で暮しを賄《まかな》い、他の四割は絶対に手をつけぬ積立貯金にし、残りの二割を箱に入れ、たまるとそれで女を買うのだった。

木下が女と遊んでいる間、順平は一人で屋台を切り廻さねばならなかった。どぶと消毒薬の臭気が異様に漂うていて、夜が更《ふ》けると大阪では聞き馴れぬあんまの笛が物悲しく、月の冴えた晩人通りがまばらになると殺気が漲《みなぎ》っているようだった。大阪のでん公と比べものにならぬほど歯切れの良い土地者が暖簾《のれん》をくぐると、どぎまぎした。兄《あん》ちゃんは上方《かみがた》だねと言われると、へえ、そうでんねと揉手《もみで》をし、中の勘定も間違いがちだった。それでも臓物《ぞうもつ》の買出しから、牛丼の御飯の炊出し、鉢洗い、その他気のつく限りのことを、遊んでいろという木下の言葉も耳にはいらぬ振りして小まめに働いていたが、ふと気がついてみると、木下は自分の居候《いそうろう》していることを嫌っているようであった。遠廻しに、君はこんなことをしなくても良い立派な腕を持っているじゃないかと木下は言い、どこか良い働き口を探して出て行ってくれという木下の肚の中は順平にも読み取れた。木下は順平が来てからの米の減り方に身を切られるような気持がしていたのだ。けれども順平はどんな苦労も厭《いと》いはしないが、いまはあの魚の腸の匂いがしみこんだ料理場の空気というものは、何としてもいやだった。丸亀の料理場を想い出すからであった。そんな心の底に、美津子のことがあった。

しかし、結局は居辛《いづら》くて、浅草の寿司屋へ住込みで雇われた。やらせて見ると一人前の腕を持っているが、二十三とは本当に出来ないほど頼りない男だと見られて、それだけに使い易いからと追廻《おいまわ》しという資格であった。あがりだよ。へえ。さびを擦《す》りな。へえ。皿を洗いな。よろしおま。目の廻るほど追いまわされた。わさびを擦っていると、涙が出て来て、いつの間にかそれが本当の涙になりシクシク泣いた。出世する気で東京へ来たというものの、末の見込が立とうはずもなかった。

ある夜、下腹部に急激な痛みが来て、我慢し切れなく、休ませて貰い天井の低い二階の雇人部屋で寝転《ねころ》んでいるうちに、体が飛び上るほどの痛さになり、痛ァい！　痛ァい！　と呶鳴った。

声で吃驚《びっくり》して上って来た女中が土色になった顔を見ると、あわてて医者を呼びに行った。脱腸の悪化で、手術ということになった。十日余り寝た切りで静養して、やっと起き上れるようになった時、はじめて主人が、身寄りの者はないのかと訊ねた。大阪にありますと答えると、大阪までの汽車賃にしろと十円くれた。押しいただき、出世したらきっと御恩返しは致しますと、例によって涙を流し、きっとした顔に覚悟の色も見せて、そして、大阪行きの汽車に乗った。

夕方、梅田の駅に着きその足で「リリアン」へ行った。女給の顔触れも変っていて、小鈴は居なかった。一人だけ顔馴染みの女が小鈴は別府へ駈落ちしたと言った。相手は表具屋《ひょうぐや》の息子で、それ、あんたも知ってるやろ、タンチー一杯でねばって、その代りチップは三円もくれてた人や。気がつけば、自分も今はタンチー一杯註文しているだけだ。一本だけと酒を取り、果物《フルーツ》をおごってやって、オイチョカブの北田のことを訊くと、こともあろうに北田は小鈴の後を追うて別府へ行ったらしい。勘定払って外へ出ると、もう二十銭しかなかった。夜の町をうろうろ歩きまわり、戎橋の梅ヶ枝《うめがえ》で狐うどんを食べ、バットを買うと、一銭余った。夜が更けると、もう冬近い風が身に沁みて、鼻が痛んだ。暖《あたたか》いところを求めて難波の駅から地下鉄の方へ降りて行き、南海高島屋地階の鉄扉の前にうずくまっていたが、やがてごろりと横になり、いつか寝込んでしまった。

朝、生国魂神社の鳥居のかげで暫《しばら》く突っ立っていたが、やがて足は田蓑橋《たみのばし》の阪大病院へ向った。当てもなく生国魂まで行ったために空腹はいっそうはげしく、一里の道は遠かった。途々《みちみち》、何故丸亀へ無心に行かなかったのかと思案したが、理由は納得出来なかった。病院へ訪ねて行くと、浜子は今度は眼に泪《なみだ》さえ泛べて、声も震えた。薄給から金をしぼり取られて行くことへの悲しさと怒りからであったが、しかし、そうとばかり言い切れないほど順平は見窄《みすぼ》らしい恰好をしていた。言うも甲斐ない意見だったが、やはり、私に頼らんとやって行く甲斐性を出してくれへんのかとくどくど意見し、七円恵んでくれた。懐《ふところ》からバットの箱を出し、その中に金を入れて、しまいこみながら、涙を出し、また、にこにこと笑った。浜子と別れるとあまい気持があとに残り、もっともっと意見して欲しい気持だった。玉江橋の近くの飯屋へはいって、牛丼を註文した。さすが大阪の牛丼は本物の牛肉を使っていると思った。木下の屋台店で売っていた牛丼は繊維《すじ》が多く、色もどす赤い馬肉だった。食べながら、別府へ行けば千に一つ小鈴かオイチョカブの北田に会えるかも知れぬと、ふと思った。

天保山《てんぽうざん》の大阪商船待合所で別府までの切符を買うと、八十銭残ったので、二十銭で餡《あん》パンを買って船に乗った。船の中で十五銭毛布代を取られて情けない気がしたが、食事が出た時は嬉しかった。餡パンで別府まで腹をもたす積りだった。小豆島《しょうどしま》沖合の霧で船足が遅れて、別府湾にはいったのはもう夜だった。山の麓《ふもと》の灯が次第に迫って来て、突堤でモリナガキャラメルのネオンサイン塔が点滅した。

船が横づけになり、桟橋にぱっと灯がつくと、あッ！　順平の眼に思わず涙がにじんだ。旅館の法被を羽織り提灯を持ったオイチョカブの北田が、例の凄みを帯びた眼でじっとこちらを睨《にら》んでいたのだ。兄貴！　兄貴！　とわめきながら船を降りた。北田は暫《しばら》く呆気にとられて物も言えなかったが、順平が、兄貴わいが別府へ来るのんよう知ってたナと言うと、阿呆んだら奴《め》、わいはお前らを出迎えに来たんやないぞ、客を引きに来たんやと、四辺《あたり》をはばかる小声で、それでもさすがに鋭く言った。

聞けば、北田は今は温泉旅館の客引きをしており、小鈴も同じ旅館の女中、いわば二人は共稼ぎの本当の夫婦になっているのだという。だんだん聞くと、北田はかねてから小鈴と深い仲で、そのうちに小鈴は孕《はら》んで、無論《むろん》相手は北田であったが、北田は一旦言い逃れる積《つも》りで、どこの馬の骨の種か分るもんかと突っ放したところ、こともあろうに小鈴はリリアンへ通っていた表具屋の息子と駈落ちしたので、さてはやっぱり男がいたいた。行先《いきさき》は別府らしいと耳にはさんだその足で来てみると、温泉宿でしんみりやっているところを押えて因縁《いんねん》つけて別れさせたことは別れさせたが、小鈴はそのとき——どない言いやがったと思う？　と、北田はいきなり順平に訊いたが、答えるすべもなくぽかんとしていると、北田はすぐ話を続けて——わては子供が可哀想やから駈落ちしたんや。どこの馬の骨か分らんようなでん公の種を宿して、認知もしてもらえんで、子供に肩身の狭い想いをさせるより、表具屋の息子がちょっと間ァが抜けてるのを倖い《さいわ》、しつこく持ちかけて逐電し、表具屋の子やと否応《いやおう》は言わせず、晴れて夫婦になれば、お腹の子もなんぼう倖せや分らへん。そんな肚で逐電したのを因縁つけて、オイチョの北さん、あんたどない色つけてくれる気や。そんな不貞《ふて》くされに負ける自分ではなかったが、父性愛というんやろか、それとも、今更《いまさら》惚れ直したんやろか、気が折れて、仕込んで来た売屋の元も切れ、宿賃も嵩んで来たままに小鈴はそこで女中に雇われ、自分は馴々《なれなれ》しく人に物言える腕を頼りにそこの客引きになることに話合いしたその日から法被着て桟橋に立つと、船から降りて来た若い二個連《ふたりづ》れの女の方へわざと凭《もた》れかかるように寄り添うて、鞄を取り、ひっそりした離れで、はばかりも近うございます、錠前つきの家族風呂もございますと連れ込んで、チップも入れて三円の儲けになった。金を貯めて、小鈴とやがて産れる子供と三人で地道に暮す積《つも》りやと北田は言い、そして、高峰、お前も温泉場の料理屋へ板場にはいり、給金を貯めて、せめて海岸通に焼鳥屋の屋台を張るぐらいの甲斐性者になれと意見してくれた。

その夜は北田が身銭《みぜに》を切って自分の宿へ泊めてくれることになった。食事のとき小鈴が給仕してくれたが、かつて北田に小鈴に肩入れしているとて世話してやろかと冷やかされたことも忘れてしまい、オイチョさんと夫婦にならはったそうでお目出度《めでと》うとお世辞を言った。

翌日、北田は流川通《ながれかわどおり》の都亭という小料理屋へ世話してくれた。都亭の主人から、大阪の会席料理屋で修業し、浅草の寿司屋にも暫《しばら》くいたそうだが、家《うち》は御覧の通り腰掛け店で会席など改った料理はやらず、今のところ季節柄河豚《ふぐ》料理一点張りだが、河豚《てつ》は知ってるのかと訊かれると、順平は、知りまへんとはどうしても口に出なかった。北田の手前もあった。板場の腕だけがたった一つの誇りだったのだ。そうか、知ってるか、そりゃ有難いと主人は言ったが、しかし結局は、当分の間だけだがと追廻しに使われ、かえってほっとした。

一月《ひと》ほど経った或る日、朝っぱらから四人連れの客が来て、河豚刺身とちりを註文した。二人いる板場のうち、一人は四、五日前暇《ひま》をとり、一人は前の晩カンバンになってからどこかへ遊びに行ってまだ帰って来ず、追廻しの順平がひとり料理場を掃除しているところだった。主人に相談すると、お前出来るだろうと言われ、へえ出来まっせとこんどは自信のある声で言った。一月《ひと》の間に板場のやり口をちゃんと見覚えていたから、訳もなかった。腕を認めて貰える機会だと、庖丁さばきも鮮かで、酢も吟味した。

夜、警察の者が来て、都亭の主人を拘引《こういん》して行き、間もなく順平にも呼出しが来た。ぶるぶる震えて行くと、案の条朝の客が河豚料理に中毒して、四人のうち三人までは命だけ喰い止めたが、一人は死んだという。主人はひとまず帰され、順平は留置された。だらんと着物を拡げて、首を突き出し、じじむさい恰好で板の上に坐っている日が何日も続くと、もう泣く元気もなかった。寒かろうとて北田が毛布を差入れしてくれた。

十日許《ばか》り経《た》った昼頃、紋附《もんつき》を着た立派な服装の人がぶっ倒れるように留置場へはいって来た。口髭を生やし、黙々として考えに耽っている姿が如何《いか》にも威厳のある感じだったから、こんな偉い人でも留置されるのかと些《いささ》か心が慰まった。ふと、この人は選挙違反だろうと思った。鄭重《じいちょう》に挨拶して毛布を差し出し、使ってトさいと言うと、じろりと横目で睨み、黙って受取った。あとで調べのために呼び出された時、係の刑事に訊くと、あれは山菓子盗りだと言った。葬式があれば知人を装うて葬儀場や告別式場に行き、いい加減な名刺一枚で、会葬御礼のパスや商品切手を貰《もら》う常習犯で、被害は数千円に達しているということだった。なんや阿呆らしいと思ったが、しかし毛布を取り戻す勇気は出なかった。中毒で人一人殺したのだから、最悪の場合は死刑だとふと思い込むと、順平はもう一心不乱に南無阿弥陀仏、南無阿弥陀仏と呟いていた。そんな順平を山菓子盗りは哀れにも笑止千万にも思い、河豚《ふぐ》料理で人を殺したぐらいでそうなってたまるものか、悪く行って過失致死罪……という前例も余り聞かぬから、結局はお前の主人が営業停止を喰らうぐらいが関の山だろうと慰めてくれ、今はこの人が何よりの頼りだった。

都亭の主人はしかし営業停止にならなかった。そんな前例を作れば、ことは都亭一軒のみならず温泉場の料理屋全体が汚名を蒙《こうむ》ることになり、ひいてはここで河豚を食うなと喧伝され、市の繁栄にも影響するところが多いと都亭の主人は唱えて、料理店組合を動かした。そして、問題は都亭の主人の責任と言えば無論言えるが、しかし真《しん》のそして直接の原因はルンペン崩れの追廻しの順平にあることは余りにも明白だ、そんな怪しい渡り者に河豚を料理させたというのも、河豚料理が出来るという嘘を真《ま》に受けただけであって、真に受けたのは不注意というよりもむしろ詐欺《さぎ》にかかったというべきだ。実際都亭は詐欺漢のためにたとえ一時《いっとき》でも店の信用を汚されて、いわば泥棒に追い銭、泣面《なきつら》に蜂、むろん再びこの様な不祥事をくりかえさぬよう刑罰を以てすべきは当然ながら、それならば泣面を罰すべきか、蜂を罰すべきか、問題は温泉場全体のことだと、必死になって策動した。オイチョカブの北田は何をッと一時は腹の虫があばれたが、しかし彼も今は土地での気受けもよく、それに小鈴のお産も遠いことではなかった。泣きたいたいの手で順平の無罪を頼み歩いたが、尻はまくらなかった。

間もなく順平は送局され、一年三ヶ月の判決を下された。情状酌量すべき所無いでもないが、都亭の主人を欺いて社会にとって危険極まる人物となり、ために貴重な一つの生命を奪ったことは罪に値するという訳だった。一年三ヶ月と聴いて、涙を流し、ぺこんと頭を下げた。

徳島の刑務所へ送られた。ここでは河豚料理をさせる訳ではないからと、賄場《まかないば》で働かされた。板場の腕がこんな所で役に立つかと妙な気がした。賄いの仕事は楽であったが、煮ているものを絶対口に入れてはいけぬと言われたことを守るのは辛かった。ある日、我慢が出来ずに、とうとう禁を犯したところを見つけられ、懲罰のため、仙台の刑務所に転送されることになった。

護送の途中、汽車で大阪駅を通った。編笠《あみがさ》の中から車窓の外を覗くと、いつの間に建ったのか駅前に大きな劇場が二つも並んでいた。護送の巡査が駅で餡パンを買ってくれた。何ヶ月振りの餡気のものかと、ちぎる手が震えた。

懲罰のためというだけあって、仙台刑務所での作業は辛かった。土を運んだり木を組んだり、仕事の目的は分らなかったが、毎日同じような労働が続いた。顔色も変った。

馴れぬことだから、始終泡を喰っていた。朝仕事に出る時は浜子のことが頭に泛《うか》んだ。夕方仕事を終えて帰る時は美津子、食事の時は小鈴の笑い顔を想った。夜寝ると彼女たちの夢を見た。セーラー服の美津子を背中に負うているかと思うと、いつの間にかそれは浜子に変っており、看護婦服の浜子を感じたかと思うと、今度は小鈴の肩の柔《やわらか》さだった。

一年経ち、紀元節の大赦《たいしゃ》で二日早く刑を終えると読み上げられた時、泣いて喜んだ。刑務所を出る時、大阪で働くと言うと、大阪までの汽車賃と弁当代、ほかに労働の報酬だと二十一円戴いた。仙台の町で十四円出して、人絹《じんけん》の大島の古着、帯、シャツ、足袋《たび》、下駄など身のまわりのものを買った。知らぬ間に物価の上っているのに驚いた。物を買う時、紙袋の中から金を取り出して、見ては入れ、また取り出し、手渡す時、一枚一枚たしかめて、何か考え込み、やがて納得して渡し、釣銭を貰う時も、袋に入れては取り出してみて調べ、考え込み、漸《ようや》く納得して入れるという癖がついた。また道を歩きながら、ふと方角が分らなくなり、今来た道と行く道との区別がつかず、暫《しばら》く町角に突っ立っているのだった。

仙台の駅から汽車に乗った。汽車弁はうまかった。東京駅で乗り換える時、途中下車して町の容子《ようす》など見てみたいと思ったが、何かせきたてられる想いですぐ大阪行きの汽車に乗り、着くと夜だった。電力節約のためとは知らず、ネオンや外灯の消されている夜の大阪の暗さは勝手の違う感じがした。何はともあれ千日前に行き、木村屋の五銭喫茶でコーヒとジャムトーストを食べると十一銭とられた。コーヒが一銭高くなったとは気付かず、勘定場で釣銭を貰う時、何度も思案して大変手間どった。大阪劇場の地下室で無料の乙女ジャズバンドを聴き、それから生国魂神社前へ行った。夜が更けるまで佇んでいた辛抱のおかげで、やっと美津子の姿を見つけることが出来た。美津子は風呂へ行くらしく、風呂敷に包んだものは金盥《かなだらい》だと夜目《よめ》にも分ったが、遠ざかって行く美津子を追う目が急に涙をにじませると、もう何も見えなかった。泣いているこのわいを一ぺん見てくれと心に叫んだ甲斐あってか、美津子はふと振り向いたが、かねがね彼女は近眼だった。

その夜、千日前金刀比羅裏の第一三笠館で一泊二十銭の割部屋に寝て、朝眼が覚めると、あっと飛び起きたが、刑務所でないと分り、まだあといくらでも眠れると思えばぞくぞくするほど嬉しく、別府通いの汽船の窓でちらり見かわす顔と顔……と別府音頭を口ずさんだ。二十銭宿の定《きま》りで、朝九時になると蒲団をあげて泊り客を追い出す。九時に宿を出て十一銭の朝飯を食べ、電車で田蓑橋まで行った。橋を渡るのもまどかしく、阪大病院へ駆けつけると浜子はいなかった。結婚したと聞かされ、外来患者用のベンチに腰をおろしたまま暫くは動けなかった。今日は無心ではない、ただ顔を一目見たかっただけやと呟き呟きして玉江橋まで歩いて行った。橋の上から川の流れを見ていると、何の生き甲斐もない情けない気持がした。ふと懐《ふところ》の金を想い出し、そうや、まだ使える金があるんやったと、紙袋を取り出し、永い間掛って勘定してみると、六円五十二銭あった。何に使おうかと思案した。良い思案も泛ばぬので、もう一度勘定してみることにし、紙袋を懐から取り出した途端、あっ！　川へ落してしまった。眼先が真暗《まっくら》になったような気持の中で、ただ一筋、交番へ届けるという希望があった。歩き出して、紙袋をすべり落した右の手を眺めた。醜い体の中で、その手だけが血色よく肉も盛り上って、板場の修業に冴えた美しさだった。そうや、この手があるうちはわいは食べて行けるんやったと、気がついて、蒼《あお》い顔がかすかに紅みを帯びた。交番へ行く道に迷うて、立ち止った途端、ふと方角を失い、頭の中がじーんと熱っぽく鳴った。

順平は、かつて父親の康太郎がしていたように、首をかしげて、いつまでも突っ立っていた。

# 湯の町

## 一

流川《ながれかわ》通りをまっすぐ海岸の方へ、自動車は真昼のように明るい街の灯の中を走って行った。

流川通りは別府《べっぷ》温泉場の道頓堀《どうとんぼり》だ。カフェ、喫茶店、別府絞り・竹細工などの土産物屋、旅館、レストランが雑然と軒をならべ、そしてレストラントの三階にはダンスホールがあった。妖しく組み合った姿が窓に影を落して蠢《うごめ》いていた。もっとも、それは車の中にいる雄吉には見えなかったが、ジャズの音は聴えた。その音の中へ自動車はすっと斬り込んで行ったかと思うと、やがて視野に飛びこんで来たのは黒々とした海面だった。途端に車は急角度に左へ折れて、海沿いの道はもう暗かった。その拍子に雄吉は、ぐさりとスリルを感じた。

「何処《どこ》へ連れて行くんだい？」とは、しかし運転手に訊ねなかった。黙々として、ただ高まり行くスリルに身を任せている。そんな大袈裟な表現を雄吉はちらりと想い浮べた。彼は新聞記者だった。

――車に乗る半時間ほど前、雄吉は旅館の内湯に浸《つか》って、口笛を吹いていた。すると、まるでその音で呼ばれたかのように男衆がはいって来て、流してくれた。

「もう、お仕事はお済みですか」

つい今先、雄吉が大阪の本社へ急報電話で原稿を送ったのを知っている男衆が訊いた。

「やれやれだ」

「何か面白いニュースでもございましたか」

「新聞をみてごらん。二面の隅に十行ほど小さく出るだろうから。わざわざ別府まで来るに及ばなかったたって所だね。支局の人に任せておけばよかったよ」

「ご冗談を……」

と、言い掛けて、男衆は揉んでいた手に急に力をいれた。

「もっとも、温泉にはいれたことはありがたいが」

「旦那さんはお遊びは……?」

「ダンスホール、芸者、カフェ……? 飽《あ》いたね、というとひどく通人《つうじん》ぶるが、温泉場の女というものは……」

「別府ははじめてなんでしょう?」

「つまり、どこか面白い所がありそうな口ぶりだな」

「えへへ。ありますよ」

「どこへ行ってもそう言うが……」

「建物だけでも何万円とかかったと言ってますからね。それに女はたまにしかお客を……」

「高いんだろう?」

「そりゃ。しかし、高いだけの値打は……」

あると訊いて食指が動いた。といっても良い。が、恐らく全国の温泉場、都会を探し廻ってもそんな家はあるまいという男衆の話を半分にきいたとしても、何か変ったものがありそうだった。

「案内してくれるかい?」

「車をお呼び致しますから」

そうして、間もなく旅館の玄関へやって来た車にひとりで乗ってしまったのだった。――

どこへ連れて行くんだろう。商売柄つねに頭を擡《もた》げて来る好奇心を両の眼の先にピカピカ光らせて、きっと前方を睨んでいると、やがて車は再び左へ折れて、料亭とも旅館とも別荘とも分らぬ、何か豪華な感じのする家の広い門口の植込みの中へはいって行くと、ピタリと止った。入口にはたしか錦水園《きんすいえん》と書いた看板が出ていた。

「いらっしゃい」

三十位《くらい》の仲居が出て来て、両手をついた。水色の前掛けをし、縁《ふち》無し眼鏡《めがね》を掛けていた。雄吉は旅館の丹前にぐるぐる巻きつけた帯の間に両手を突っ込み、その女に案内されて、長い廊下を伝い、階段を上り、座敷へ通された。びっくりするほど凝《こ》った部屋だった。階段を上りしな、ちらりと見たホールも豪華だった。

例の如き会話をかわして、どろりとした薄茶をのんでいると、いきなり背後の襖《ふすま》がひらいて、一人、二人、三人、四人、五人と若い女がはいって来て、頭を下げると、また出て行った。

「何番目が気に入りました？」

仲居にきかれたが、雄吉には女をえらぶ興味はなかった。

「何番目でもいいよ」

そうして、部屋を変えることになった。

廊下、といってもまるでそれは郭《くるわ》の中の道といった感じで、両側にぽつりぽつりとはなれて部屋が並《なら》び、それぞれの部屋には格子戸があって、札が掛っていた。「空蟬《うつせみ》の間」「逢初《あいぞめ》の間」「紫の間」なんのことはない、舞台装置の郭のようだった。もっとも部屋はたしかに凝っていた。しかしただそれだけの取得《とりえ》、それだけの珍らしさと雄吉は思い、やがてさっきのスリルも簡単に消えてしまっていた。なんのことだいと思った。女はマスミと言い、色が白かった。

しかし、翌日、雄吉は何思ったか再び車に乗り、錦水園へ向った。黒い海には波が立ち、その白さが女の肌を連想させた。

## 二

……いきなり、マスミは泣き崩れた。袖を顔に当てるのと、声を立てるのと、どちらが早かったか、いや同時だった。そして、畳の上へ、咄嗟《とっさ》の仕草だったが、それでもさすがに雄吉の前だということを意識した肢態《したい》で倒れて、暫《しば》らく啜《すす》り泣いていたが、やがて、きっと顔をあげると、

「真《ま》ッ平《ぴら》だわ。あんたみたいな人。帰って頂戴、金をかえすから帰って頂戴！」

雄吉は呆然として、暫らくはただ女の顔をみつめているだけだった。

分らなかった。何故泣くのか、そんな事をいうのか、分らなかった。帰ってくれとい

われる覚えはないはずだった。余りにも思い掛けず、出し抜けのことだったから、すっかりあわててしまった。昨夜のマスミと何という違い方だろうか。

「どうしたんだい、一体……」

月並みな訊ね方だと思った。

「とにかく、帰って頂戴！」

「僕が嫌いだというんだね」

これも拙《つたな》い言葉だと思った。己惚《うぬぼ》れないでよ、と言われたら返す言葉もない。しかし女は、

「あんたが私を嫌っているのじゃないの」

「嫌いなら、二度も続けて来やしない」

これは本音だった。

「来るのは、あんたの勝手よ。どうせ私は売物なんですもの。人形よ。私は……」

不貞《ふて》くされたように言うその顔を、ふと美しいと雄吉はうろたえた。それだけに、まるでマスミに叱られているような不様《ぶざま》な自分の恰好が一寸《ちょっと》たまらなかった。

「帰れというのなら……」

「帰ったら、いいじゃないの、お金かえすわ」

「いや、帰らぬ」

と、また坐った。

「遊びたいんでしょう？　じゃ、ほかの人を呼んであげるわ。桂子さんよりもっと綺麗な女と替えて貰ってあげるわ」

あ、そうかと、雄吉ははじめて判《わか》った。

――桂子というのはさっき雄吉がマスミと湯殿へ降りて行ったとき、ひとりで湯槽《ゆぶね》に浸《つか》っていた女である。マスミが「あら」と立ちすくむと、その女は「いいのよ、私もうあがるんだから」といって、そして白い体をすくっと湯槽から伸ばすと、出て行った。

雄吉は何か照れて、

「綺麗な女だね」とうっかりいうと、「桂子さんよ」マスミはむっとしていた。「僕もあの女を呼べばよかった」湯の中へふわりと体を浮かした気持の良さで、軽い冗談をいった。が、それが不可《いけ》なかったのだ。いつもの雄吉なら、言わなかった。が、そんな冗談が言えるくらい、マスミへの親しみがもう昨夜一晩で出来ていたのかも知れない。一つには、こうして二晩続けてマスミのところへやって来る自分に照れていたのだろうか。マスミは黙々として胸を洗っていたが、つと湯槽から出ると、筧《かけひ》から流れでる温泉の湯を一口のんで、そして出て行った。その湯をのむという仕草に雄吉はふと打たれた。娼婦にでもこんな、いじらしい日々の営みがあったのか、毎晩寝る前に温泉の湯をのんで体を丈夫にしたいという自分へのいたわりがあったのかと、思い掛けなかった。そして何か安心した。

あとから部屋へ戻って来ると、マスミは雄吉が脱ぎ捨てたシャツを几帳面に畳んでいた。その仕草にも雄吉は打たれた。それが客への勤めだとはいえ、着物ならとにかくシャツなど打っちゃって乱れ籠の中へ押し込んでおけばよいのに、まるで世話女房か母親のように畳んでいる――しかも黙々として――雄吉は胸が温まった。何か哀れであった。だから「いいよ」と言って、無造作にマスミの手からシャツを奪い取ると、乱れ籠の中へ投げこんだ。途端にマスミは泣き崩れたのだ。

――嫌われていると思ったのだろう。桂子を綺麗な女だとほめ、しかも、その女を呼べばよかったという雄吉の言葉はマスミの自尊心を傷つけたらしい。おまけに、雄吉が無造作にシャツを奪いとったので、マスミは、いっそう嫌われたと思ったのだろう。そしてまた、桂子を呼べばよかったなどという雄吉を軽薄な男だと見た失望や怒りや、その他さまざまな感情が思わず涙になったのだろうか。いずれにしても、ことの起りは誤解で、おまけに嫉妬もあると分ると、雄吉はかえって浮き浮きと心が弾んで来た。

ふと聴えた汽笛が郷愁と旅情をそそると、雄吉はにわかにそんなマスミへの恋情にし

びれて来た。だから、素直に、

「僕が悪かったよ。軽卒だったかも知れん。むろんほかのひとなんか真《ま》ッ平《ぴら》だよ。僕は君だけが……」

好きだと、もう照れもしないではっきり言った。しかし、マスミはいきなりしゃんと坐り直して、

「ふん、いい加減なことを言わないでよ。今更《いまさら》、好きだなんて、私を人形だと思ってるから、人間扱いにしていないから、そんないい加減なことが言えるのよ。真ッ平よ。あんたなんか」

と、立ち上って、出て行こうとした。

「どこへ？」

と、雄吉が止めると、

「帳場へ行って、ほかのひとに来て貰うわ」

「そんなことしたら、君が困りゃしない？　帳場で叱られるだろう」

すると、マスミは皮肉な微笑をうかべた。

「構わないわ。誰が叱られるもんですか。私はもう年期があけているのよ。いつ止《や》めてもよいのよ。それを、止めるな止めるなとおだてられて、馬鹿みたいに働いて来たの

よ。ほんとに馬鹿だったわ。けど、もう決心したわ。今夜という今夜は、つくづくこんな商売がいやになった。人形扱いにされて、ああいやだ。いやだ。もう今夜限り、商売止《よ》すわ」

言葉の途中から、声をあげて泣き出した。

「僕は何も人形扱いに……」

「あんたのせいじゃないのよ。ただ、いやになったのよ。男という男が、みな……」

マスミは啜り泣きながら出て行った。雄吉はもう止めることも出来ず、きょとんと突っ立っていた。

三月の末、季節の来るのが早い此《こ》の土地ではもう春だった。生暖い風だが、しかし、さすがに湯ざめをした。肌には冷やりとした。雄吉は煙草盆代りの薄い火をいれた火鉢の前に中腰になって、中の灰をやけに覗いていた。

## 三

暫《しば》らくたつと、マスミは部屋に戻って来た。いつの間に化粧したのか、もう泣いた跡はなかった。頰紅が赤く、そして薄い唇にも紅がさしてあり、それがほころびて、にイッと笑って、雄吉の前へ坐った。雄吉は何かほッとした。

「お茶をいれましょうか」

「それより、どうしたんだい？」

「清《せい》せいしちゃったわ。もう帳場に言ったのよ」

「ほかの女を呼べってかい」

雄吉が笑いながら言うと、マスミは軽く打つ真似をして、

「またッ！　それがいけないのよ、その言い方が——。もう商売を止《よ》すって言ったのよ。明日暇《いとま》をとって、ここを出て行くことにしたわ」

「帳場はうんと言った……？」

「ううん。——だけど、もう決心したわ。今までだって何度ももう止める止めると言っていたのよ。いざとなれば決心がつかなかったのね。馬鹿だったわ」

「何故、止《よ》さなかったんだい」

「巧《うま》く帳場にまるめ込まれていたのよ。もう一月《ひと》だけ居ってくれ、今は抱えの子が少《すくな》いから、代りの女が来るまででよいから居ってくれ、着物でも何でも欲しいものは買ってあげるからって、そう言われると今まで厄介になって来た義理もあるし……」

「馬鹿だなァ」

雄吉は思わず言った。年期があけているのに毎日客をとっている女の愚かさや、習慣

の根強さが哀れというより、歯がゆかった。彼女は黒地に、金、銀の縫糸で千羽鶴を飛ばした高価な着物を身につけていた。これが彼女の勤めの報酬であったかと、しかし女を哀れむ前に、抱主《かかえぬし》のそんなからくりの悪どさに、雄吉は義憤を感じた。

「ほんとに馬鹿だったわ」

マスミはしみじみと言ったが、

「だけど、もう決心しちゃった。私が馬鹿な女だということ、今夜はじめて分ったわ。もう誰が何と言おうと、明日暇をとる」

「うん、それがいい」

「もう帳場に欺されたらだめだよ。しかし……」

しかし……と言い掛けたが、雄吉はあとを続けなかった。マスミが止める決心をしたのは今夜だ。してみると、おれの軽薄さが彼女を刺戟したので、マスミは人形としか扱われない現在の境遇につくづくいや気がさしたのであろう。いわばおれはこういう所へ来る男の代表者になったわけだと考えると、雄吉はふと自分の役割が滑稽だと思った。しかし、と彼はまた思った。自分の役割は何であろうと、それで此《こ》の女が救われるのならそれでよい。が、それにしても、なぜ此《こ》の女はこの部屋へ戻って来たのだろう。

「しかし、止めるのなら、なぜ今夜止めないんだ。なぜいやな僕のところへ戻って来たんだ」

「だって、ここ私の部屋よ。あんたが頑張って動かないのじゃないの」

「じゃ、僕は帰る」

立ち上ると、マスミはあわてて引き止めて、「帰っちゃいや。淋しいわ。居《お》ってよ」

雄吉にほとんど抱きつかんばかりにした。

「本当は私あんたが好きなのよ。だから、あんな風にしたのよ。御免ね」

雄吉を坐らせながら言った。

「私が下へ降りている間、あんたじっと待っていてくれたわね。手も鳴らさないで、怒りもしないで……」

雄吉は苦笑した。

「そりゃ、惚れてるからだよ」

こんなことを言う時の癖で、笑いながら言ったが、肚《はら》の中では、どうやらたしかにおれは参ってるぞと思った。あんたが好きだからあんなことをしたという女の言葉に己惚れる気ももう露骨に起って来なかったほど、何かしんみりした気持だった。夜がいつか音もなく更けていた。

「私もあんたが好きよ」

そう言って、マスミは急に激しく燃えた。

「男なんかもう一生見向きもしないわ。でも今夜だけはべつよ。あんたは最後の男よ。今夜だけよ」

## 四

翌日。昼過ぎ、流川通りから横にはいった別府銀座街の「サボテン」という喫茶店で雄吉はマスミを待っていた。

その朝、別れしなに、マスミが、錦水園を出てからの身の振り方についてゆっくり相談したいことがあるし、また万一、帳場が頑張って止めさせてくれない時はどういう風にしたものか、その智慧も借りたいから、迷惑でなかったら「サボテン」で待ち合わせてくれと頼んだのだった。雄吉は何かいそいそと時間前に出掛けた。

雨だった。ガラス窓の側にサボテンの鉢が並べてあり、雨滴が窓を伝うて落ちると、厚いサボテンの葉が顫《ふる》えているようだった。

マスミの来方《きかた》が遅いので、雄吉には一寸《ちょっと》した焦燥があった。恋人を待つ想いかも知れぬと、こんな土地で珍らしく出されたリプトン紅茶の匂いを嗅ぎながら、ふと思った。もしかしたら、帳場が強硬でマスミの意志が通らないのかも知れぬ。が、そうなれば、一肌《ひとはだ》ぬがねばならぬと、雄吉は籐椅子に下ろした腰が半分浮いて、何か落ち着かなかった。

十分ほどしてマスミは来た。青い蛇の目の傘をたたみ、怖い顔ではいって来たが、雄吉を見ると、微笑した。そして、だまって、雄吉の前に坐った。

「どうだった？」

「駄目なの」

マスミは元気がなかった。

「帳場が強硬なんだろう……？」

「もっと小さな声で……狭い土地だから、すぐ知れるのよ」

「うん。分った。それで……？」

もしステッキを持っていたら、それに両手を載せかける、そんな調子だった。

「もう一月《ひと》だけ働けというの。働くわ」

睫毛《まつげ》を落した。嘘のように長い睫毛だった。眠っているようだった。

「どうして……？　また着物をつくるのかい……？」

たたきつけるように言うと、マスミは首を振って、

「手紙が来たの。今さき届いたの。お母さんが病気で入院するらしいの。チブスと書

いてあるわ。温泉へ来たらよくならないかしら。とにかく金がいるから、一月《ひと》働くわ。手紙、これ」

受け取って雄吉は読んだ。意味は一眼で判じられた。返して、

「…………」

何もいうことはなかった。よりによって、こんな手紙が来るなんて莫迦《ばか》みたいな話だと思った。

「あんた、いつ帰る?」

「今日帰る積りだったが、もう船の時間に間合わんだろう。それに、雨の船はいやだ」

「じゃ、明日にするのね。一時半の船ね。この頃、船の時間変ったのよ。前は夕方だったけど、何丸かしら」

そんな風にマスミは喋っていたが急に眼をうるまし、

「見送るわ」

「そうか。じゃ、見送ってくれ。今夜君んところへ行きたいが――」

金がないからとは恥かしくて言えなかった。この時計いくら貸すかなと腕をみたが、やはり行く気はしなかった。ふと、もう一度客となって行くのは残酷な気がした。そん

な心の優しさがマスミと会ったことで出たことが甘い快感だった。

「……行かないからその積りで」

マスミはさびしく、うなずいた。

翌日。船はすみれ丸だった。午後一時。雄吉は甲板で首が痛くなるほど桟橋の入口をにらんでいた。銅鑼《どら》が鳴った。出帆が間近に迫っていた。来ないのかとふと淋しくなって海を見たその眼を、再び桟橋の方へ向けると、マスミの姿が見えた。急いでやって来る。

来た、来たと思った途端、雄吉はあッと思わず声が出そうだった。マスミは五十位《くらい》のでっぷりした男と並んでやって来るのだ。その男はマスミと握手を交すと、銅鑼の音をきいて、あわててタラップを登って来た。そして、

「御苦労」

と、マスミに言った。

マスミはうやうやしく頭をさげ、上げた途端、雄吉の視線にぱったり出会った。一寸《ちょっと》顔をしかめかけたが、やはり微笑した。が、その微笑はその男へ向いているのだ、と雄吉は思った。その男は昨夜マスミの客となったのであろう。だから、マスミはその客を

見送りに来ているのだ。自分から進んで送りに来たのか、それとも勤めで仕方なく来たのか。勤めで来たとすると、雄吉のいることは昨日の約束があるだけに随分辛いことだろうと、雄吉はマスミの顔を見ると、その顔にはもう何の表情もなかった。ただ、きょとんとして、一点を見つめていた。それが働く女らしかった。

銅鑼が激しく鳴った。船が動いた。

「さよなら」

その男の太い声だ。

「さよなら」

テープのないことがもっけの倖いだと雄吉は思った。

マスミとその男がテープの両端を持ったとしたら、もうやりきれぬと思った。

船はだんだんに桟橋を離れて行った。雄吉とマスミは睨み合った。雄吉はもはやマスミの顔から、自分を愛している者の表情を、読みとれなかった。客と娼婦、その淡い何でもない絆だけが、あるといえばあるだけだと思った。しかし、もう顔も見えなくなったほど船が進んで行った時、小さくなって手を振っているマスミは、たしかにさっきの男ではなく、自分に振っているのだと雄吉は思いたかった。

「一月《ひと》経ったら止めるんだぞ!」

雄吉はふと呟いた。その時、船はしずかに方向を転換した。

# 雨

## 一

子供のときから何かといえば跣足《はだし》になりたがった。冬でも足袋《たび》をはかず、夏はむろん、洗濯などするときは決っていそいそと下駄をぬいだ。共同水道場の漆喰《しっくい》の上を跣足のままペタペタと踏んで、ああ良《え》え気持やわ。それが年頃になっても止《や》まぬので、無口な父親もさすがに冷えるぜェと、たしなめたが、聴かなんだ。

蝸牛《かたつむり》を掌《てのひら》にのせ、腕を這わせ、肩から胸へ、じめじめとした感触を愉しんだ。

また、銭湯で水を浴びるのを好んだ。湯気のふき出ている裸にざあッと水が降り掛って、ピチピチと弾み切った肢態《したい》が妖しく顫《ふる》えながら、すくッと立った。官能がうずくのだった。何度も浴びた。「五へんも六ぺんも水かけまんねん。良《え》え気持やわ」と、後年夫の軽部《かるべ》に言ったら、若い軽部は顔をしかめた。

そんなお君が軽部と結婚したのは十八の時だった。軽部は大阪天王寺《てんのうじ》第×小学校の教員、出世がこの男の固着観念で、若い身空《みそら》で浄瑠璃など習っていたが、むろん浄瑠璃ぐるいの校長に取りいるためだった。下寺町《したでら》の広沢八助に入門し、校長の相弟子《あいでし》たる光栄に浴していた。なお校長の驥尾《きび》に附して、日本橋《にっぽんばし》五丁目の裏長屋に住む浄瑠璃本写本師、毛利金助に稽古本を註文したりなどした。

お君は金助のひとり娘だった。金助は朝起きぬけから夜おそくまで背中をまるめてこつこつと浄瑠璃の文句を写しているだけが能の、古ぼけた障子のようにひっそりした無気力な男だった。女房はまるで縫物をするために生れて来たような女で、いつ見ても薄暗い奥の間にぺたりと坐り込んで針を運ばせていた。糖尿病をわずらってお君の十六の時に死んだ。

女手がなくなって、お君は早くから一人前の大人《おとな》並みに家の切りまわしをした。炊事、縫物、借金取の断り、その他写本を得意先に届ける役目もした。若い見習弟子がひとりいたけれど、薄ぼんやりで役にもたたず、邪魔になるというより、むしろ哀れだった。

お君が上本町《うえほんまち》九丁目の軽部の下宿先へ写本を届けに行くと、二十八の軽部はぎょろりとした眼をみはった。裾《すそ》から二寸も足が覗いている短い着物をお君は着て、だから軽部は思わず眼をそらした。女は出世のさまたげ。熱っぽいお君の臭いにむせながら、日頃の持論にしがみついた。しかし、三度目にお君が来たとき、

――本に間違いないか今ちょっと調べて見るよってな。そこで待っとりや。

と、座蒲団をすすめておいて、写本をひらき、

――あと見送りて政岡が……、

ちらちらお君を盗見していたが、次第《しだい》に声もふるえて来て、生つばを呑《の》み込み、

――ながす涙の水こぼし……、

いきなり、霜焼けした赤い手を摑んだ。声も立てぬのが、軽部には不気味だった。その時のことを、あとでお君が、

――なんやこう、眼ェの前がぱッと明《あこ》うなったり、真黒《まっくろ》けになったりして、あんたの顔こって牛みたいに大けな顔に見えた。

と言って、軽部にいやな想いをさせたことがある。軽部は小柄な割に顔の造作が大きく、太い眉毛の下にぎょろりと眼が突き出し、分厚い唇の上に鼻がのし掛っていて、まるで文楽人形の赤面《あかつら》みたいだが、彼はそれを雄大な顔と己惚《うぬぼ》れていた。けれども、顔のことに触れられると、何がなし良い気持はしなかった。……その時、軽部は大きな鼻の

穴からせわしく煙草のけむりを吹き出しながら、

――この事は誰にも黙ってるんやぜ、分ったやろ、また来るんやぜ。

と、駄目押《だめおし》した。けれども、それきりお君は来なかった。

軽部は懊悩した。このことはきっと出世のさまたげになるだろうと思った。序《つい》でに、良心の方もちくちく痛んだ。あの娘は妊娠しよるやろか、せんやろかと終日思い悩み、金助が訪ねて来ないだろうかと怖れた。「教育上の大問題」そんな見出しの新聞記事を想像するに及んで、苦悩は極まった。

いろいろ思い案じた挙句、今のうちにお君と結婚すれば、たとえ妊娠しているにしても構わないわけだと、気がつき、ほっとした。何故このことにもっと早く気がつかなかったか、間抜けめと白ら嘲《あざけ》った。けれども、結婚は少《すく》なくとも校長級の家の娘とする予定だった。写本師風情《ふぜい》との結婚など夢想だに価しなかったのだ。僅かに、お君の美貌が軽部を慰めた。

某日、軽部の同僚と称して、蒲地某が宗右衛門の友恵堂の最中《もなか》を手土産に出しぬけに金助を訪れ、呆気にとられている金助を相手に四方山《よもやま》の話を喋り散らして帰って行き、金助にはさっぱり要領の得ぬことだった。ただ、蒲地某の友人の軽部村彦という男が品行方正で、大変評判の良い血統の正しい男であるということだけが朧《おぼろ》げにわかった。

三日経つと当の軽部がやって来た。季節外れの扇子などを持っていた。ポマードでぴったりつけた頭髪を二、三本指の先で揉みながら、

――実はお宅の何を小生の……

妻にいただきたいと申し出でた。

金助がお君に、お前は、と訊くと、お君は、恐らく物心ついてからの口癖であるらしく、表情一つ動かさず、強《し》いて言うならば、綺麗な眼の玉をくるりくるりと廻した可愛い表情で、

――私《あて》か、私《あて》は如何《どない》でもよろしおま。

あくる日、金助が軽部を訪れて、

――ひとり娘のことでっさかい、養子ちゅうことにして貰《もら》いましたら……

都合が良いとは言わせず、軽部は、

――それは困ります。

と、まるで金助は叱られに行ったみたいだった。

やがて、軽部は小宮《こみや》町に小さな家を借りてお君を迎えたが、この若い嫁に「大体に於て」満足していると同僚たちに言いふらした。お君は白い綺麗なからだをしていた。なお、働き者で、夜が明けるともうぱたぱたと働いていた。

――ここは地獄の三丁目、行きは良い良い帰りは怖い。

と朝っぱらから唄うたが、間もなく軽部にその卑俗性を理巾に禁止された。

――浄瑠璃みたいな文学的要素がちょっともあれへん。

と、言いきかせた。彼は国漢文中等教員検定試験の勉強中であった。それで、お君は、

――あわれ逢瀬《おうせ》の首尾あらば、それを二人が最期日《さいごび》と、名残りの文のいいかわし、毎夜毎夜の死覚悟、魂抜けてとぼとぼうかうか身をこがす……

と、「紙治《かみじ》」のサワリなどをうたった。下手糞《へたくそ》でもあったので、軽部は何か言い掛けたが、しかし、満足することにした。

ある日、軽部の留守中、日本橋で聞いたんですがと、若い男が訪ねて来た。

――まあ、田中の新ちゃんやないの。どないしてたんや。

もと近所に住んでいた古着屋の息子の新ちゃんで、朝鮮の聯隊に入営していたが、昨日除隊になって帰って来たところだという。何はともあれと、上るなり、

――嫁はんになったそうやな。何故わいに黙って嫁入りしたんや。

と、新ちゃんは詰問した。かつて唇を三回盗まれたことがあり、体のことがなかったのは、単に機会の問題だったと今更口惜《くや》しがっている新ちゃんの肚《はら》の中などわからぬお君は、そんな詰問は腑に落ちかねたが、さすがに日焼けした顔に泛《うか》んでいるしょんぼり

した表情を見ては、哀れを催したのか、天婦羅丼を註文した。こんなものが食えるものかと、お君の変心を怒りながら、箸もつけずに帰ってしまった。その事を夕飯のとき軽部に話した。

新聞を膝の上に拡げたままふんふんと聴いていたが、話が昏のことに触れると、いきなり、新聞がばさりと音を立て、続いて箸、茶碗、そしてお君の頬がぴしゃりと鳴った。声が先であとから大きな涙がぽたぽた流れ落ち、そんな大袈裟な泣き声をあとに、軽部は憂鬱な散歩に出掛けた。出しなに、ちらりと眼にいれた肩の線が何がなし悩ましく、ものの三十分もしないうちに帰って来ると、お君の姿が見えぬ。

火鉢の側《そば》に腰を浮かして半時間ばかりうずくまっていると、

——魂抜けて、とぼとぼうかうか……

声がきこえ、湯上りの匂いをぷんぷんさせて、帰って来た。その顔を一つ撲《なぐ》ってから、軽部は、

——女いうもんはな、結婚まえには神聖な体でおらんといかんのやぞ。キッスだけのことでも……

言いかけて、お君を犯したことをふと想い出し、何か矛盾めくことを言うようだったから、簡単な訓戒に止《とど》めることにした。

軽部はお君と結婚したことを後悔した。しかし、お君が翌年の三月男の子を産むと、日を繰って見て、ひやっとし、結婚して良かったと思った。生れた子は豹一と名付けられた。日本が勝ち、ロシヤが負けたという意味の唄がまだ大阪を風靡《ふうび》していたときのことだった。その年、軽部は五円昇給した。

その年の暮、二《ふた》ツ井戸《いど》の玉突屋日本橋クラブの二階広間で広沢八助連中素人浄瑠璃大会が開かれ、聴衆約百名、盛会であった。軽部村彦こと軽部村寿はそのときはじめて高《こう》座《ざ》に上った。はじめてのこと故むろん露払いで、ぱらりぱらりと集《あつま》りかけた聴衆の前で簾《すだれ》を下したまま語ったが、それでも沢正ォ！　と声がかかったほどの熱演で、熱演賞として湯呑一個もらった。露払いを済ませ、あと汗びしょのまま会の接待役としてこまめに立ち働いたのが悪かったのか、翌日から風邪をひいて寝込んだ。こじれて急性肺炎になった。かなり良い医者に診てもらったのだが、ぽくりと死んだ。涙というものは何とよく出るものかと不思議なほど、お君はさめざめと泣き、夫婦はこれでなくては値打がないと、ひとびとはその泣き振《ぶ》りに見とれた。

しかし、二七日の夜、追悼浄瑠璃大会が同じく日本橋クラブの二階広間で開かれると、お君は赤ん坊を連れて姿を見せ、校長が語った「紙治」のサワリで、ぱちぱちと音高く拍手した。手を顔の上にあげ、人眼につき、ひとびとは顔をしかめた。軽部の同僚の若い教員たちは、何か肚の中でお互いの妻の顔を想い泛べて、随分頼りない気持を顔に見せた。校長はお君の拍手に満悦したようだった。

三七日の夜、親族会議が開かれた席上、四国の田舎から来た軽部の父が、お君の身の振り方につき、お君の籍は金助のところへ戻し、豹一も金助の養子にしてもろたらどんなもんじゃけんと、渋い顔して意見を述べ、お君の意嚮《いこう》を訊くと、

――私《あて》でっか。私《あて》は如何《どない》でもよろしおま。

金助は一言も意見らしい口をきかなかった。

いよいよ実家に戻ることになり、豹一を連れて帰ってみると、家の中は呆れるほど汚かった。障子の桟《さん》にはべたッと埃がへばりつき、天井には蜘蛛の巣がいくつも、押入れには汚れ物が一ぱいあった。……お君が嫁いだ後、金助は手伝い婆さんを雇って家の中を任せていたのだが、選《よ》りによって婆さんは腰が曲り、耳も遠かった。

――このたびはえらい御不幸な……。

と挨拶した婆さんに抱いていた子供を預けると、お君は一張羅《いっちょうら》の小浜縮緬《ちりめん》の羽織も脱がず、ぱたぱたとそこら中はたきをかけはじめた。

三日経つと家の中は見違えるほど綺麗になった。婆さんは、実は田舎の息子がと自分から口実を作って暇《いとま》をとった。ここは地獄の三丁目、の唄が朝夕きかれた。よく働いた。そんなお君の帰って来たことを金助は喜んだが、この父は亀のように無口であった。軽部の死についてもついぞ　言も纏《まと》まった慰めをしなかった。

古着屋の田中の新ちゃんは既に若い嫁をもらっており、金助の抱いて行った子供を迎えにお君が男湯の脱衣場へ姿を見せると、その嫁も最近生れた赤ん坊を迎えに来ていて、仲善しになった。雀斑《そばかす》だらけの鼻の低いその嫁と比べて、お君の美しさは改めて男湯で問題になった。露骨に俺の嫁になれと持ち掛けるものもあったが、笑っていた。金助へ話をもって行くものもあった。その都度、金助がお君の意見を訊くと、例によって、

——私《あて》は如何《どない》でも……

良いが、俺はいやだと、こんどは金助は話を有耶無耶《うやむや》に断った。

夏、寝苦しい夜、軽部の乱暴な愛撫が瞼に重くちらついた。見習弟子はもう二十歳になっていて、白い乳房を子供にふくませて転寝《うたたね》しているお君の肢態に、狂わしいほど空しく胸を燃やしていたが、もともと彼は気も弱く、お君も問題にしなかった。

五年経ち、お君が二十四、子供が六つの年の暮、金助は不慮の災難であっけなく死ん

でしまった。その日、大阪は十一月末というのに珍しくちらちら粉雪が舞うていた。孫の成長と共にすっかり老い込み耄碌《もうろく》していた金助が、お君に五十銭貰い、孫の手を引っぱって千日前《せんにちまえ》の楽天地《らくてんち》へ都築文男一派の新派《しんぱ》連鎖劇を見に行った帰り、日本橋一丁目の交叉点で恵美須《えびす》町行きの電車に敷かれたのだった。救助網に撥ね飛ばされて危うく助かった豹一が、誰に貰ったのか、キャラメルを手に持ち、ひとびとにとりかこまれて、わあわあ泣いているところを見た近所の若い者が、

――あッ、あれは毛利のちんぴらや。

と、自転車を走らせて急を知らせてくれ、お君が駆けつけると、黄昏《たそがれ》の雪空にもう電気をつけた電車が何台も立往生し、車体の下に金助のからだが丸く転がっていた。

ぎゃッと声を出したが、不思議に涙は出ず、豹一がキャラメルのにちゃくちゃひっついた手でしがみついて来たとき、はじめて咽喉《のど》のなかが熱くなった。そして何も見えなくなった。やがて活気づいた電車の音がした。

その夜、近くの大西質店の主人が大きな風呂敷を持ってやって来、おくやみを述べたあと、

――実は先達《せんだっ》てお君はんの嫁入りの時、支度《したく》の費用や言うて、金助はんにお金を御融通しましてん。そのとき預ったのが利子もはいってまへんので、もう流れてまんねんけ

ど、何やこうお君はんの家では大切な品もんや思いまんので、相談《はなし》によっては何せんこともおまへん、と、こない思いましてな。いずれ電車会社の……

慰謝金を少《すく》なくも千円と見込んで、これでんねんと差し出した品を見ると、系図一巻と太刀一振《たちひとふり》であった。ある戦国時代の城主の血をかすかに引いている金助の立派な家柄がそれでわかるのだったが、はじめて見る品であった。金助から左様な家柄についてついぞ一言もきかされたこともなく、むろん軽部も知らず、軽部がそれを知らずに死んだのは彼の不幸の一つだった。お君にそれを知らさなかった金助も金助だが、お君もまたお君で、

——そんなもん私《あて》には要用《いり》おまへん。

と、大西主人の申出を断り、その後、家柄のことなど忘れてしまった。利子の期限云々《うんぬん》とむろん慾にかかって執拗にすすめられたが、お君は、ただ気の毒そうに、

——私《あて》にはどうでもええことでっさかい。それになんでんねん……

電車会社の慰謝金はなぜか百円そこそこの零砕《れいさい》な金一封《きんいっぷう》で、その大半は暇をとることになった見習弟子に呉《く》れてやる肚だった。

そんなお君に中国の田舎から来た親戚の者は呆れかえって、葬式、骨揚《こつあ》げと二日の務めを済ますと、さっさと帰って行き、家の中ががらんとしてしまった夜、異様な気配に

ふと眼をさまして、

——誰？

と暗闇に声を掛けたが、答えず、思わぬ大金をもらって気が変になったのか強くなったのか、こともあろうにそれは見習弟子だとやがて判った。抗《あらが》ったが、何故か体が脆《もろ》かった。

あくる日、見習弟子は不思議なくらいしょげ返ってお君の視線を避け、むしろ哀れであったが、夕方国元から兄と称する男が引取りに来ると、彼はほっとしたようだった。永々厄介《やっかい》な小僧をお世話様でしたのうと兄が挨拶したあと、ぺこんと頭を下げ、

——ほんの心じゃけ、受けてつかわさい。

と、白い紙包を差し出して、こそこそ出て行った。

見ると、写本の書体で、ごぶつぜんとあり、お君が呉《く》れてやった金がそっくりそのままはいっていた。国へ帰って百姓すると言った彼の貧弱な体やおどおどした態度を憐《あわれ》み、お君はひとけのなくなった家の中の空虚さに暫くはぽかんと坐った切りであったが、やがて、

——船に積んだァら、どこまで行きゃァる。木津や難波《なんば》ァの橋のしィたァ。

と、哀調を帯びた子守唄を高らかに豹一に聴かせた。

上塩町地蔵路次《じぞうろじ》の裏長屋に家賃五円の平屋を見つけて、そこに移ると、早速、裁縫教えますと小さな木札を軒先に吊るした。長屋の者には判読しがたい変った書体で、それは父親譲り、裁縫は、絹物、久留米物など上手とは言えなかったが、これは母親譲り、月謝五十銭の界隈の娘たち相手にはどうなりこうなり間に合い、むろん近所の仕立物も引き受けた。

慌《あわただ》しい年の暮、頼まれた正月着《はるぎ》の仕立に追われて、夜を徹する日々が続いたが、ある夜更け、豹一がふと眼をさますと、スウスウと水洟《みずばな》をすする音がきこえ、お君は赤い手で火鉢の炭火を掘りおこしていた。戸外では霜の色に夜が薄れて行き、そんな母親の姿に豹一は幼心《おさなごころ》にもふと憐みを感じたが、お君は子供の年に似合わぬ同情や感傷など与り知らぬ母だった。

——お君さんは運《かん》が悪うおますな。

と、慰め顔の長屋の女たちにも、

——仕方おまへん。

と、笑って見せ、相つづく不幸もどこ吹いた風かといった顔だったから、愚痴の一つも聞いてやり、貰い泣きの一つぐらいはさして貰いまひょと期待した長屋の女たちは、何か物足らなかった。

大阪の町々の路次にはよく石地蔵が祀《まつ》られており、毎年八月末に地蔵盆《さん》の年中行事が行われた。お君の住んでいる地蔵路次は名前の手前もあり、他所《よそ》に負けず盛大に行われた。と、言っても、むろん貧乏長屋のことゆえ、戸ごとに絵行灯をかかげ、狭苦しい路次の中で界隈の男や女が、

――トテテラチンチン、トテテラチン、チンテンホイトコ、イトハイコ、ヨヨイトサッサ。

と踊るだけのことだが、お君は無理をして西瓜二十個寄進し、薦められて踊りの仲間に加《くわわ》った。お君が踊りに加ったため、夜二時までとの警察のお達しが明け方まで忘れられた。

相変らず、銭湯で水を浴びた。肌は娘の頃の艶《つや》を増していた。ぬか袋を使うのかと訊かれた。水を浴びてすくっと立っている眼の覚めるような鮮かな肢態に固唾《かたず》を呑むような嫉妬を感じていた長屋の女が、ある時、お君の頸筋《くびすじ》を見て、

――まあ、お君さんたら、頸筋に生毛《うぶげ》一杯……

生えているのに気が付いたのを倖い、大袈裟に言うので、銭湯の帰り、散髪屋へ立ち寄ってあたってもらった。

剃刀《かみそり》が冷やりと顔に触れた途端、どきッと戦慄を感じたが、やがてさくさくと皮膚の上を走って行く快い感触に、思わず体が堅くなり、石鹼と化粧料の匂いの沁み込んだ手が顔の筋肉をつまみあげるたびに、体が空を飛び、軽部を想い出した。

そのようなお君にそこの職人の村田は商売だからという顔をときどき鏡にたしかめてみなければならなかった。しかし、その後月に二回は必ずやって来るお君に、村田は平気でおれず、ある夜、新聞紙に包んだセルの反物《たんもの》を持って路次へやって来て、

——思い切って一張羅ィをはりこみましてん。済んまへんが一つ……

縫うてくれと頼むと、そのままぎこちない世間話をしながらいつまでも坐り込み、お君を口説く機会を今だ今だと心に叫んでいたが、そんな彼の肚を知ってか知らずにか、お君は長願寺《ちょうがんじ》の和尚《おっ》さんももう六十一の本卦《ほんけ》ですなというつまらぬ話にも、くるりくるりと綺麗な眼玉を廻して、けらけら笑っていた。豹一は側《そば》に寝そべっていたが、いきなり、つと起き上ると、きちんと両手を膝に並べて、村田の顔を瞶《みつ》め、何か年齢を超えて挑みかかって来る視線だと、村田は怖れ見た。

やがて村田は自身の内気を嘲《あざけ》りながら帰って行った。路次の入口で放尿した。その音を聞きながら、豹一はごろりと横になった。

## 二

豹一は早生れだから、七つで尋常一年生になった。学校での休憩時間には好んで女の子と遊んだ。少女のようにきゃしゃな体の色白のこぢんまり整った顔は女教師たちに可愛がられていたが、自分の身なりのみすぼらしさを恥じていた。

はにかみ屋であったが、一週間に五人ぐらい、同級の男の子が彼に撲《なぐ》られて泣いた。子供にしては余り笑わず、泣けば自分の泣き声に聴き惚れているかのような泣き方をした。泣き声の大きさは界隈の評判で、やんちゃ坊主であった。路地の井戸端に祀《まつ》られた石地蔵に、あるとき何に腹立ってか、小便をひっ掛けた。お君は気の向いた時に叱った。

豹一は近くの長願寺の和尚に将棋を習った。和尚は無類のお人善しであったが、将棋好きのためしばしば人にきらわれた。助言をしたといってはその男と一週間も口を利かず、奇想天外の手やと言って第一手に角の頭の歩を突くような嫌味な指し方をしたり、賭けないと気が乗らぬとて煙草でも賭けると、たった胡蝶やカメリヤ一個のことで生死を賭けたような汚い将棋をし、負けると破産したような顔で相手を恨むといった風で、もともと上手とは言えないし誰にも敬遠されて、相手の無いところから、ちょくちょく境内の蓮《はす》池の傍へ遊びに来る豹一に教えてやることにしたのだ。

筋が良いのか最初歩三つが一日経つと角落ちになり、やがて平手《ひらて》で指せた。ある日、和尚は、

――豹ぼん。なんぞ賭けんとおもろないな。和尚《おっ》さんは白餡いりの饅頭《おまん》六つ賭けるさかい、豹ぼんは……

何も賭けるものがないので、負けたら蓮池から亀の子を摑まえて、和尚にくれてやることにした。実力以上の長考をしたが、ハメ手に掛って負けた。

夕闇の色を吸い込んで静まりかえった蓮池の面を瞶《みつ》め、豹一はいつまでも境内にいた。和尚は檀家《だんか》へ出掛けた。将棋は負けても、亀の子を摑まえるのは上手だと豹一は力んだが、空しくあたりはすっかり夜が落ち、木魚の音を悲しく聞いた。亀の子がなかなか摑まらぬのですっかり自信をなくし、胸が苦しく焦り騒いで、半分泣いた。ふと、自分を呼ぶ声にうしろ向くと、

――ごはんも食べんと何してるのや。

門のところで母親が怖い顔して睨んでいた。

――亀とろ思てるのや。

と言うと、

――阿呆んだらやな。

と叱られ、それで存分に泣き声を出した。泣くととまらぬいつもの癖で、まるで泣き声で顔を撲られている気がお君はして、

――泣きやまんと、池の中に放り込んだるぞ。構《かめ》へんか。

――構へんわい。放り込んだら着物よごれて、母《かあ》ちゃんが洗濯せんならんだけや。そないなったら困るやろ。

困るもんかと、豹一を抱きかかえて、お君は池の泥水へどぶんとつけた。豹一は手をばたばたさせ、半分は亀の子を探す手つきだった。引き揚げて家へ連れ戻ると、お君は盥《たらい》を持ち出した。

八つの時、学校から帰ると、いきなり、仕立ておろしの久留米《くるめ》の綿入《わたいれ》を着せられた。筒っぽの袖に鼻をつけると、紺の匂いがぷんぷん鼻の穴にはいって来て、気取り屋の豹一には嬉しい晴着だったが、さすがに有頂天になれなかった。お君はいつになく厚化粧し、その顔を子供心にも美しいと見たが、何故かうなずけなかった。仕付糸《しつけいと》をとってやりながら、

――向う様《さん》へ行ったら行儀ようするんやぜ。

お君は常の口調だったが、豹一は何か叱られていると聴いた。

路次の入口に人力車が三台来て並ぶと、母の顔は瞬間面《めん》のようになり、子供の分別ながらそれを二十六歳の花嫁の顔と見て、取りつく島もないしょんぼりした気持になった。火の気を消してしまった火鉢の上に手をかざし、張子の虎のように抜衣紋《ぬきえもん》した白い首をぬっと突き出して、じじむさい恰好で坐っているところを、豹一は立たされ、人力車に乗せられた。見知らぬ人が前の車に、母はその次に、豹一はいちばん後の車。一人前の車の上にちょこんと収っている姿をひねてると思ったか、車夫は、

――坊《ぼ》ん坊《ぼ》ん、落ちんようにしっかり摑まってなはれや。

その声に母はちらりと振り向いた。もう日が暮れていた。

――落《お》てへんわい。

と、豹一はわざとふざけた声で言い、その声が暗闇の中に消えて行くのをしんみり聴いた。ふわりと体が浮いて、人力車は走り出した。だんだん暗さが増した。

ひっそりした寺がいくつも並んだ寺町《てらまち》を通るとき、木犀《もくせい》の匂いがした。豹一は眩暈《めまい》がし、一つにはもう人力車に酔うていたのだ。梶棒《かじぼう》の先につけた提灯の光が車夫の手の静脈を太く浮び上らしていた。尋常二年の眼で提灯に書かれた「野瀬」の一字を判読しようとしていたが、頭の血がすうすう引いて行くような胸苦しさで、困難だった。その夜一人で寝た。

蒲団についたナフタリンの匂いが母親のいない淋しさをしみじみ感じさせ、泣くまいとこらえる努力で余計《よけい》涙が出た。母は階下の部屋で見知らぬ人といた。野瀬安二郎だとあとで分った。

野瀬安二郎は谷町《たにまち》九丁目いちばんの金持と言われ、慾張りとも言われた。高利貸をして、女房を三度かえ、お君は四番目の女房だった。ことし四十八歳の安二郎がお君を見染めて、縁談を取りきめるまでには、大した手間は掛らなかった。

――私《あて》でっか。私《あて》は如何《どない》でもよろしおま。

しかし、お君はさすがに、豹一が小学校を卒業したら中学校へやらせてくれと条件をつけ、これはけちんぼな安二郎にはちくちく胸いたむ条件だったが、お君の肩は余りにも柔かそうでむっちり肉づいていた。

安二郎には子供が無く、さきの女房を死なせると、すぐ女中を雇って炊事をやらせるほか女房の代りも時にはさせていたが、お君が来ると、途端に女中を追い出し、こんどはお君が女中の代りとなった。彼は一銭の金もお君の自由に任せず、毎日の市場行きには十銭、二十銭と端金《はしたがね》を渡し、帰ると、釣銭を出させた。時には自分で市場へ行き、安鰯を六匹ほど買《こ》うて来て、自分は四匹、あとお君と豹一に一匹ずつ与えた。いつか集金に行って乱暴されたことがあってから山谷という破戒僧面《づら》をした四十男を雇って集金に廻らしていたが、むろん山谷は手弁当で、安二郎のところで昼食すら出されたことはなかった。

ある日、山谷は豹一に、

――坊《ぼ》ん坊《ぼ》ん。良《え》えもん見せたろ。

こっそり見せてくれたのは、あくどい色のついた小さな絵だった。そして山谷は、お君と安二郎にその絵を結びつけ、口に泡をためて淫らな話をした。いきなり、豹一はぎりぎり歯軋《はぎし》りし、その絵を破ってしまった。

――何すんねん。

山谷が驚いて豹一の顔を見ると、怖いほど蒼白《あおじろ》み、唇に血がにじんでいた。子供に似合わぬ恨みの眼がぎらぎらしていた。

誇張して言えば、その時豹一の自尊心は傷ついた。また、しょんぼりした。辱かしめられたと思い、性的なものへの嫌悪もこのとき種を植えつけられた。敵愾心《てきがいしん》は自尊心の傷から膿んだ。安二郎を見る眼つきが変った。安二郎の背中で拳骨を振りまわした。憂鬱にもなった。母は毎晩安二郎の肩をいそいそと揉んだ。

豹一は一里以上もある道を築港《ちっこう》まで歩いて行き、黄昏《たそが》れる大阪湾を眺めて、夕陽を浴びて港を出て行く汽船にふと郷愁を感じたり、訳もなく海に毒づいたりした。

ある日、港の桟橋で、ヒーヒー泣き声を出したい気持をこらえて、その代り海に向って、

——馬鹿野郎。

と呶鳴《どな》り、誰もいないと思ったのが、釣りをしていた男がいきなり振り向いて、

——こら、何ぬかす。

そして白眼をむいている表情が生意気だと撲られた。泣きながら一里半の道をとぼとぼ歩いて帰った。家へはいると、安二郎は風呂銭を節約《しまつ》しての行水で、お君は袂《たもと》をたくしあげて背中を流していた。それが済むとお君が行水し、安二郎は男だてらにお君の背中を流した。そのあと、豹一がはいる番だが、豹一は狸寝入りして、呼ばれても起きなかった。

だんだんに憂鬱な少年となり、やがて小学校を卒業した。改めてお君が中学校へ入れてくれるようにと安二郎に頼んだが、安二郎はとぼけて見せた。軽部が中等学校教員になりたがっていたことなども俄《にわ》かに想い出して、お君はすっかり体の力が抜け、ひっそりと暮した。豹一の優等免状などを膝の上に拡げているのだった。物も言わずに突き膝

で箪笥の方へにじり寄り、それをしまいこむその腰のあたりを見ると、安二郎は何故かおかしいほど狼狽して、渋々《しぶしぶ》承知した。豹一はやがて中学校にはいったのだが、しかし安二郎は懐《ふところ》を傷めなかった。お君は毎日どこからか仕立物を引き受けて来て、その駄賃で豹一の学資を賄《まかな》った。賃仕事だけでは追っ付かず、自分の頭のものや着物を質に入れたり、近所の人に一円、二円と金を借りたりした。高利貸の御寮《ごりょう》はんが他人《ひと》に金を借りるのはおかしいやおまへんかと言われた。

中学生の豹一は自分には許嫁《いいなずけ》があるのだと言い触らした。哀れな弱小感に箔をつけたのだった。周囲を見渡してみて誰も彼も頭の悪い少年だとわかると、ほっとした。しかし自分の頭の良さにはひどく自信がなかった。だから、大した苦労もせずに首席になれた時、何かの間違いではないかと思った。クラスの者は彼の頭脳に敬服し、怖れを成していたが、豹一には人から敬服されるなど与り知らぬところだった。だから、自分でもしばしば首席だということを顧みる必要があった。言いふらした。いつか「首席」が渾名《あだな》になった。いわば首席の貫禄がなかったのだ。ふと母親のことや山谷に見せられた怪しい絵のことを想い出すと、

——こんど誰が二番になるやろな。

クラスの者を摑まえて言った。そんな風に首席に箔をつけたがるので、皆はいつかそれをメッキだと思い込んだ。点取虫だと言われて、はっと気が付くと、豹一はもう「首席」という渾名に芸もなくやに下っていられなくなり、自分が勉強もろくろくせずに首席になれたことを皆に思い込ませようとした。試験の前日には必ず新世界《しんせかい》の第一朝日劇場へ出掛けてマキノ輝子の映画を見、試験の日にそのプログラムの紙を持って来て見せた。それで最初何か自信の無さから来る謙遜めいたものを豹一に見ていた者も、否応なしに傲慢だと思わされた。

やがてクラスの者に憎まれた。しかし彼の敵愾心は人々を最初から敵と決めていたから、憎まれて却《かえ》ってサバサバと落着いた。美貌に眼をつけた上級生が無気味な媚《こび》で近寄って来ると、却ってその愛情に報いる方法を知らぬ奇妙な困惑に陥った。

ずっと首席を続けて三年生になった。ある日の放課後、クラスの者たち全部からとりまかれ、点取虫の癖に生意気やぞと鉄拳制裁をされた。三十人ほど相手に奮闘したが、結局無暴だった。鼻血をふき出しながら白い眼をむいていた。鼻の穴に紙きれを突っ込んだ妙な顔を職員便所の鏡にうつしてみて、今に見ろと叫んだ。それから十日ほど経ち、学期試験が始った。泡喰って問題用紙にしがみついているクラスの者の顔を何と浅ましいと見た途端、いきなり敵愾心が頭をもたげて、ぐっと胸を突き上げた。ざまあ見ろと書きかけた答案を消し、白紙のままで出し、胸を張って教室を出た。はじめてほのぼのとした自尊心の満足があった。落第した。

二度目の三年の時、教室でローマ字を書いた名を二つ並べ、同じ字を消して行くという恋占いが流行《はや》った。黒板が盛んに利用され、皆が公然《おおびら》に占っているのを、除《の》け者の豹一はつまらなく見ていたが、ふと誰もが一度は水原紀代子という名を書いているのに気がついた途端、眼が異様に光った。最も成績の悪い男を掴まえ、相手にはまるで何を訊こうとしているのかわからぬ廻りくどい調子で半時間も喋り立てた挙句、水原紀代子に関する二、三の知識を得た。大軌《だいき》電車沿線のS女学校生徒だと知ったので、その日の午后授業をサボって上本町六丁目の大軌電車構内へ駆けつけた。二時間ばかり辛抱強く待って、やっと改札口から出て来る紀代子の姿を見つけることが出来た。教えられた臙脂《えんじ》の風呂敷包と非常に背が高くてスマートだという目印でそれと分り、何がS女学校第一の美人だ、笑わせよると思ったが、しかし大袈裟に大阪中《じゅう》の中学生の憧れの的だと憧れている点を勘定に入れて、美人だと決めることにした。一般的見解に従ったまでだが、しかし碧《あお》く澄み切った眼は冷《つめた》く輝いていて、近眼であるのにわざと眼鏡を掛けないだけの美しさはあった。二時間もしびれを切らしていたことが弾みをつけるのに役立って、つかつかと傍へ近寄ると、

に、

——卒爾《そつじ》ながら伺いますが、あなたは水原紀代子さんですか。

出来るだけ月並でない勿体振《もったいぶ》った言い方をと考えあぐんだ末の言葉であったから、紀代子も瞬間呆れたが、しかしそんなことはたびたびある事だから、大して赧《あか》くもならずに、

——はあ。

と答え、そして、どうせ手紙を渡すのだったらどうぞ早くと彼を見た。その事務的な表情を見ては、さすがに豹一は続いて言葉が出ず、いきなり逃げ出して、われながら不《ぶ》態《ざま》だった。

不良中学生にしては何と内気なと紀代子は笑ったが、彼の美貌はちょっと心に止った。誰それさんならミルクホールへ連れて行って三つ五銭の回転焼を御馳走したくなるような少年やわと、ニキビだらけのクラスメートの顔をちらと想い泛べた。しかし私は違う。彼女は来年十八歳で学校を出ると、いま東京帝国大学の法学部にいる従兄と結婚することになっており、十六の少年など十も年下に見える姉さん面《づら》が虚栄の一つだった。それゆえ、その翌日から三日も続けて、上本町六丁目から小橋西之町への鋪道を豹一に跟《つ》けられると、半分は五月蠅《うるさ》いという気持から、いきなり振り向いて、

——何か用ですの。

と、きめつけてやる気になった。三日間尾行するよりほかに物一つ言えなかった弱気のために自嘲していた豹一の自尊心は、紀代子からそんな態度に出られて、本来の面目を取り戻した。ここでおどおどしては俺もお終《しま》いだと思うと、眼の前がカッと血色に燃えて、

——用って何もありません。ただ歩いているだけです。

呶鳴るように言うと、紀代子もぐっと胸に来て、

——うろうろしないで早く帰りなさい。

その調子を撥ね飛ばすように豹一は、

——勝手なお世話です。

——子供の癖に……

と言い掛けたが、巧い言葉が出ないので、紀代子は、

——教護聯盟にいいますよ。

と、近頃校外の中等学生を取締っている役人を持ち出した。

——いいなさい。

——強情ね。一体何の用。

——用はない言うてまんがな。分らん人やな。

大阪弁が出たので、紀代子はちらと微笑し、

——用がないのに跟《つ》けるのん不良やわ。もう跟けんときでね。学校どこ?

——帽子見れば分りまっしゃろ。

——あんたとこの校長さん知ってるわ。

——いいつけたら宜しいがな。

——いいつけるよ。本当に知ってんねんし。柴田さん言う人でしょう。

——スッポンいう渾名や。

いつの間にか並んで歩き出していた。家の近くまで来ると、紀代子は、

——さいなら。今度跟けたら承知せえへんし。

まず成功だったと言えるはずだのに、別れ際の紀代子の命令的な調子にたたきつけられて、失敗だと思った。しかし、失敗ほどこの少年を奮い立たせるものはないのだ。翌日は非常な意気ごみで紀代子の帰りを待ち受けた。前日の軽はずみを些《いささ》か後悔していた紀代子は、もう今日は相手にすまいと思ったが、しかし今日こそ存分にきめつけてやろうという期待に負けて、並んで歩いた。そして、結局は昨日に比べてはるかに傲慢な豹一に呆れてしまった。彼女の傲慢さの上を行くほどだったが、しかし彼女は余裕綽々《よゆうしゃくしゃく》たるものがあった。豹一の眼が絶えず敏感に動いていることや、理由《わけ》もなくぱッと赧《あか》くな

ることから押して、いくら傲慢を装っても、もともと内気な少年なんだと見抜いていたのだ。文学趣味のある彼女は豹一の真赤《まっか》に染められた頬を見て、この少年は私の反撥心を憎悪に進む一歩手前で喰い止めるために、しばしば可愛い花火を打ち上げると思った。なお、この少年は私を愛していると己惚れた。それをこの少年から告白させるのは面白いと思ったので、彼女はその翌日、例の如く並んで歩いた時、

——あんた私《うち》が好きやろ。

しかし、

——嫌いやったら、一緒に歩けしまへん。

と、期待せぬ巧妙な返事にしてやられた。

——けったいな言い方やねんなあ。嫌いやのん、それとも好きやの。どっちやの。好きでもないのに好いてると思われるのは癪《しゃく》で、豹一は返答に困った。しかし、嫌いだというのは打《ぶ》ち壊《こわ》しだ。そう思ったので、

——「好き」や。

好きという字にカッコをつけた気持で答えた。それで、紀代子ははじめて豹一を好きになる気持を自分に許した。

一週間経った或る日、八十二歳の高齢で死んだという讃岐国《さぬきのくに》某尼寺の尼僧のミイラが

千日前楽天地の地下室で見世物に出されているのを、豹一は見に行った。女性の特徴たる乳房その他の痕跡《こんせき》歴然たり、教育の参考資料だという口上に惹きつけられ、歪んだ顔で見た。ひそかに抱いていた性的なものへの嫌悪に逆に作用された捨鉢《すてばち》な好奇心からだった。自虐めいたいやな気持で楽天地から出て来た途端、思い掛けなくぱったり紀代子に出くわしてしまった。変な好奇心からミイラなどを見て来たのを見抜かれたとみるみる赧《あか》くなった。近眼の紀代子は豹一らしい姿に気づくと、確めようとして眉の附根を引き寄せて、眼を細めていた。そんな表情がいっそう豹一の心を刺した。胃腸の悪い紀代子はかねがね下唇をなめる癖があり、この時もおや花火をあげてると思ってなめていた。いきなり、豹一は逃げ出した。

あんな恥かしいところを見られたので自分は嫌われたと思い込むと、豹一はもう紀代子に会う勇気を失ってしまった。豹一が二、三日顔を見せないので、彼女は物足らなかった。楽天地の前で豹一が物も言わずに逃げて行ったことも気に掛った。あんなに仲良くしていたのに、ひょっとしたら嫌われたのではないかと心配して、やがて十日も顔を見ないと、もう明らかに豹一を好いてる気持を否定しかねた。だから、二週間ほど経って、ふと彼の姿を見つけると、ほッとして随分いそいそした。しかるに豹一は半分逃足《にげあし》だった。会わす顔もないと思っていたところを偶然出くわしたので、まごまごしていた。

いきなり逃げ出そうとしたその足へ、途端に自尊心が蛇のように頭をあげて来て、からみついた。あんな恥かしいところを見られたのだから名誉を回復しなければならない。辛くも思い止って、豹一はいやによそよそしくした。そんな態度を見て、紀代子はいよいよ嫌われたという想いで、いっそう好いてしまった。それで、その日の別れ際、明日の夕方生国魂《いくたま》神社の境内で会おうと、断られるのを心配しながら豹一がびくびくしながら言い出すと、まるで待っていたかのように嬉しく承諾し、そして約束の時間より半時間も早く出掛けて待っていた。

その夕方、豹一は簡単に紀代子と接吻した。女めいた口臭をかぎながらちょっとした自尊心の満足があった。けれども、紀代子が拒みもしないどころか、背中にまわした手にぐいぐい力をいれて来るのを感ずると、だしぬけに気が変った。物も言わずに突き放して、立ち去った。ふと母親のことを思ったそんな豹一の心は紀代子にはわからず、綿々たる情を書き綴った手紙を豹一に送った。豹一はそれを教室へ持参し、クラスの者に見せた。彼等はかねてこのことあるを期待していたが、見せられると偽《にせ》の手紙やろ。お前が書いたんと違うかと言わざるを得なかった。豹一は同級生がこっそり出していた恋文を紀代子から無理やりに奪い取って、それを教室で朗読した。鉄拳制裁を受けた。なおそれが教師に知れて一週間の停学処分になった。

同級生に憎まれながらやがて四年生の冬、京都高等学校の入学試験を受けて、苦もなく合格した。憎まれていただけの自尊心の満足はあった。けれども、高等学校へはいって将来どうしようという目的もなかった。寄宿舎へはいった晩、先輩に連れられて、円山公園へ行った。手拭《てぬぐい》を腰に下げ、高い歯の下駄をはき、寮歌をうたいながら、浮かぬ顔をしていた。秀才の寄り集《あつま》りだという怖れで眼をキョロキョロさせ、競争意識をとがらしていたが、間もなくどいつもこいつも低脳だとわかった。中学校と変らぬどころか、安っぽい感激の売出しだ。高等学校へはいっただけでもう何か偉い人間だと思い込んでいるらしいのが馬鹿馬鹿しかった。官立第三高等学校第六十期生などと名刺に印刷している奴を見て、阿呆らしいより情けなかった。

入学して一《ひと》月も経たぬうちに理由もなく応援団の者に撲《なぐ》られた。記念祭の日、赤い褌《ふんどし》をしめて裸体で踊っている寄宿生の群れを見て、軽蔑の余り涙が落ちた。どいつもこいつも無邪気さを装って観衆の拍手を必要としているのだ。けれども、そう思う豹一にもともとそれが必要だったのだ。記念祭の夜応援団の者に撲られたことを機縁として、五月二日、五月三日、五月四日と記念祭あけの三日間、同じ円山公園の桜の木の下で、次々と違った女生徒を接吻してやった。それで心が慰まった。高校生に憧れて簡単にものにされる女たちを内心さげすんでいたが、しかし最後の三日目もやはり自信の無さで体が震えていた。唄ってくれと言われて、紅《くれない》燃ゆる丘の花と校歌をうたったのだが、ふと母親のことを頭に泛《うか》べると涙がこぼれた。学資の工面《くめん》に追われていた母親のことが今はじめて胸をらくちく刺した。その泪《なみだ》だった。そんな豹一を見て、女は、センチメンタルなのね。肩に手を掛けた。豹一はうっとりともしなかった。間もなく退学届を出した。そして大阪の家へ帰った。

## 三

学校をやめたと聞いて、

――やめんでもええのに。しやけど、お前がやめよう思うんやったら、そないしたらええ。

と、お君は依然としてお君であったが、しかし、お君の眼のまわりが日立って黝《くろず》んでいた。仕立物の賃仕事に追われていたことが悲しいまでにわかり、思い掛けなく豹一は涙を落したが、何故かその目のふちの黝《あおぐろ》さを見て、安二郎を恨む気持が出た。安二郎はもう五十になっていたが、醜く肥満して、ぎらぎら油ぎっていた。相変らず、蓄財に余念がなかった。お君が豹一に小遣いを渡すのを見て、

——学校やめた男に金をやらんでもええやないか。

そして、お君が賃仕事で儲ける金をまきあげた。豹一が高等学校へはいるとき、安二郎はお君に五十円の金を渡した。貰ったものだと感謝していたところ、こともあろうに、安二郎はそれを高利で貸したつもりでいたのだ。

豹一は毎朝新聞がはいると、飛びついて就職案内欄を見た。履歴書を十通ばかり書いたが、面会の通知の来たのは一つだけで、それは江戸堀《えどぼり》にある三流新聞社だった。受付で一時間ばかり待たされているとき、ふと円山公園で接吻した女の顔を想い出した。庶務課長のじろりとした眼を情けなく顔に感じながら、それでも神妙にいろいろ受け応えし、採用と決った。けれども、翌日行ってみると、やらされた仕事は給仕と同じことだった。自転車に乗れる青年を求むという広告文で、それと察しなかったのは迂闊《うかつ》だった。新聞記者になれるのだと喜んでいたのに、自転車であちこちの記者クラブへ原稿を取りに走るだけの芸だった。何のことはないまるで子供の使いで、社内でも、おい子供、原稿用紙《かみ》だ、給仕、鉛筆削れと、はっきり給仕扱いでまるで目の廻わるほどこき扱われた。一日で嫌気がさしてしまったが、近いうちに記者に昇格させてやると言われたのを当てにして、毎日口惜《くや》し涙を出しながら出勤した。一つにはそこをやめて外《ほか》に働くところもありそうになかったからだ。

ある日、給仕の癖に生意気だと撲られた。三日経つと、社内で評判の美貌の交換手を接吻した。

最初の月給日、さすがにお君の喜ぶ顔を想像していそいそと帰ってみると、お君はいなかった。警察から呼出し状が出て出頭したということだった。三日帰って来なかった。何のための留置かわからなかったが、やつれ果てて帰って来たお君の話で、安二郎の脱税に関してだとわかった。それならば安二郎が出頭しなければならぬのにと豹一は不審に思った。だんだんに訊いてみると、安二郎は偽《に》せの病気を口実にお君を出頭させたのだとわかった。

――生意気ぬかすな。そんな馬鹿なことがあるかと安二郎に喰って掛ると、

――わいが警察へ行くのもお君が行くのも同じこっちゃ。夫婦は一心同体やぜ。

子供にいいきかすような口調だった。

――そんなら何故お母《かあ》はんに高利の金を貸すんです？

と、豹一が言うと、

――わいに文句あるんやったら出て行って貰おう。

母親も一緒にと思ったが、豹一はひとりで飛び出してしまった。出て行きしな、自分の力で養えるようになったらきっと母を連れに来ますと、集金人の山谷に後のことを頼

んだ。かねがね山谷はお君に同情めいた態度を見せ、度を過ぎていると豹一は苦々しかったが、さすがに今はくれぐれも頼みますと頭を下げた。便所でボロボロ涙をこぼした。そして、泣いて止めるお君を振り切って家を飛び出した。

その夜は千日前の安宿に泊った。朝、もう新聞社へ行く気もしなかった。毎日就職口を探して歩いたが、家出した男を雇ってくれるところもなかった。月給袋のなかの金が唯一の所持金だったが、だんだんにそれもなくなって行った。半分は捨鉢な気持で新聞広告で見た霞町《かすみちょう》のガレージへ行き、円タク助手に雇われた。ここでは学歴なども訊かれず、却《かえ》ってさばさばした気持だった。しかし、一日に十三時間も乗り廻すので、時々目が眩《くら》んだ。ある日、手を挙げていた客の姿に気付かなかったと、運転手に撲られた。翌日、その運転手が通いつめていた新世界の「バー紅雀《べにすずめ》」の女給品子は豹一のものになった。むろん接吻はしたが、しかしそれだけに止まった。それ以上女の体に近づけない豹一を品子は狂わしくあわれんだが、しかし、豹一は遠くで鳴っている支那そば屋のチャルメラの音に思い掛けず母親の想出にそそられて、歪んだ顔で品子に抗った。

運転手に虐待されても相変らず働いていたのは品子をものにしたという勝利感からであったが、ある夜更け客を送って飛田《とびた》遊廓の××楼まで行くと、運転手は、

——どや、遊んで行こうか。ここは飛田《びた》一の家やぜ。

どうせ朝まで客は拾えないし、それにその日雨天のため花火は揚らなかったが廓の創立記念日のことであるし、なんぞ良《え》えことやるやろと登楼を薦めた。むろん断ったが、十八にもなってと嘲られたのがぐっと胸に来て登楼《あが》った。長崎県五島《ごとう》の親元へ出す妓の手紙を代筆してやりながら、いろいろ妓の身の上話を聞いた。話は結局こういう生活をどう思うかというところに落着いたが、妓が金に換算される一種の労働だと思い詰めているのを知って、だしぬけに豹一の心は軽くなった。今まで根強く嫌悪していたものが、ここでは日常茶飯事として簡単に取引されていたのだ。そういうことへの嫌悪に余りに憑かれていた自分が阿呆らしくなった。豹一ははじめて女を知った。けれども、さすがに窓の下を走る車のヘッドライトが暗闇の天井を一瞬明るく染めたのを見ると、慟哭《どうこく》の想いにかられた。

どういう心の動きからか、豹一はその後妓のところへしげしげと通った。工面して通う自分を浅ましいと思った。何故通うのか訳がわからなかった。惚れているという単純な言葉がなかなか思いつかなかった。嫌悪しているものに逆に引きつけられるという自虐のからくりには気がつかなかった。ある朝、妓が林檎をむいてくれるのを見て、胸が温《あたたま》った。無器用な彼は林檎一つむけず、そんな妓の姿に涙が出るほど感心し、またいじらしくもあり、年期明けたら夫婦になろうと簡単に約束した。

こんなことでは何時《いつ》になったら母親を迎えに行けるだろうかと、情けない想いをしながら相変らず通っていたが、妓は相手もあろうに「疳《かん》つりの半」という博奕打ちに落籍《ひか》されてしまった。「疳つりの半」は名前の如く始終体を痙攣させている男だが、何故か廓の妓たちに好かれて、彼のために身を亡《ほろぼ》した妓も少《すく》なくはなかった。豹一は妓の白い胸にあるホクロ一つにも愛惜《あいせき》を感じる想いで、はじめて嫉妬を覚えた。博奕打ちに負けたと思うと、血が狂暴に燃えた。妓が「疳つりの半」に誘惑された気持に突き当ると、表情が蒼凄んだ。不良少年と喧嘩する日が多くなった。そして、博奕打ちに特有の商人コートに草履《ぞうり》ばきという服装の男を見ると、いきなりドンと突き当り、相手が彼の痩せた体をなめて掛って来ると、鼻血が出るまで撲り合った。

ある日、そんな喧嘩のとき胸を突かれて、げッと血を吐いた。新聞社にいた頃から時々自転車の上で弱い咳をしていたが、あれからもう半年、右肺尖《はいせん》カタル、左肺浸潤《はいしつじゅん》と医者が即座にきめてしまったほど、体をこわしていたのだった。ガレージの二階で低い天井を睨んで寝ていたが、肺と知って雇主も困り、

——家があるんやったら知らせたらどないや。

待っていましたとばかり、母親に手紙を書いた。不甲斐ない人間と笑って下さい。ど

うせ今まで何一つ立派なこともして来なかった体、死んでお詫びしたくとも、やはり死ぬまで一眼お眼に掛りたく……。最後の文句を口実に、白嘲しながら書いた。早速お君が飛んで来ると思っていたのに、速達で返事が来た。裏書きが毛利君《きみ》となっており、野瀬君《きみ》でないのに、はっと胸を突かれた。行きたいけれど行けぬ。お前に会わす顔のない母です。恨んでくれるな。腑に落ちかねる手紙だった。手紙と一足違いに意外にも安二郎が迎えに来た。

安二郎の顔を見て、豹一は呆気にとられてしまい、暫《しばら》くは口も利けなかったが、

——実はお前の母親のことやが……。

と、わざとお君とも女房とも言わずに話し出した安二郎の話を聞いて、事情がわかった。

安二郎の話によると、集金人の山谷はお君を犯したのだった。豹一が家出してからのお君の空虚な心に山谷が醜《みにく》くつけこんだと、豹一にも想像がつき、聞くなり悲しく顔が歪んだ。しかし、安二郎の表情はもっと歪んでいた。むろん山谷を追い出したのだが、山谷のねっとりと沖の浮いたような顔は安二郎の頭を絶えず襲って来た。安二郎の顔にはみるみる懊悩の色が刻み込まれた。罵倒してみても、撲ってみても心が安まらなかっ

た。安二郎は五十面下《づら》げて嫉妬に狂い出していた。お君がこっそり山谷に会わないだろうかと心配して、市場へ行くのにもあとを尾行《つけ》た。なお、自分でも情けないことだが、何かにつけてお君の機嫌をとるのだった。安二郎もどうやら痩せて来た。貸金の取立てに走り廻っている留守中、お君が山谷に会っているかも知れないと思うと、もう慾も得もなく、集金の途中で帰ってしまうのだった。――そんな安二郎の苦悩はいま豹一は隅々まで読みとれた。

――実はお前の居所を知り度《と》うてな。探してたんや。新聞広告出したん見《め》えへんかったんか。

と言い、そして家へ帰って、お君によくいいきかせ、なお監視してくれと頼む安二郎を、豹一は、ざまあ見ろと思った。けれども、そんな安二郎を見るにつけ、××楼の妓に嫉妬した自分の姿を想い知らされてみると、この男も人間らしくなったと、何か安二郎に同情した。思わぬ豹一に同情されて、安二郎は豹一が病気でなければ一緒に酒を飲みたいくらいの気持を芸もなく味わされ、意外な父子の対面だった。

お君は紙のように白い豹一の顔を見た途端に、おろおろと泣いた。円タクの助手をやったと聞かされ、それが自分のせいのように自責を感じ、

――みんな私が悪かったのや、私の軽はずみを嗤っとくれやす。

と、顔もよう見ないで言った。着物の端を引っぱり、ひっぱりして、うなだれているお君を見て、豹一は、

——何も母《かあ》はんが悪いのんと違う。家出した僕が悪いのや。気を落したらあきまへん。

と慰め、女の生理の脆《もろ》さが苦しいまでに同情された。

ガレージの二階で寝ていた頃とはすっかり養生の状態が変った。お君は自分の命をすりへらしてもと、豹一の看病に夜も寝なかった。自分をつまらぬ者にきめていた豹一は、放浪の半年を振りかえってみて、そんな母親の愛情が身に余りすぎると思われ、涙脆く、済まない、済まないと合掌した。お君はもう笑い声を立てることもなかった。お君の関心が豹一にすっかり移ってしまったので、安二郎は豹一の存在を徳とし、豹一の病気を本能的に怖れていても公然とはいやな顔をしなかった。

しかし豹一は二月《ふた》も寝ていなかった。絶えず何かの義務を自分に課していなければ気の済まぬ彼は、無為徒食の臥床《がしょう》生活がたまらなく情けなかった。母親の愛情だけで支えられて生きているのは、何か生の義務に反くと思うのだった。妓に裏切られた時に完膚《かんぷ》なきまでに傷ついた自尊心の悩みに駆り立てられていた。熱が七度五分ぐらいまでに下ると、いきなり寝床を飛び出し、お君の止めるのもきかず、外へ出た。谷町九丁目の坂

道を降りて千日前へ出た。珍しく霧の深い夜で、盛り場の灯が空に赤く染まっていた。千日前から法善寺《ほうぜんじ》境内にはいると、そこはまるで地面がずり落ちたような薄暗さで、献《けん》納《のう》提灯や灯明の明りが寝呆《ねぼ》けたように揺れていた。境内を出ると、貸席が軒を並べている芝居裏の横丁だった。何か胸に痛い様な薄暗さと思われた。前方に光が眩しく横に流れていて、戎橋《えびすばし》筋だった。その光の流れはこちらへも向うの横丁へも流れて行かず、筧《かけひ》を流れる水がそのまま氷結してしまったように見えた。何か暗澹とした気持で、光を避けて引きかえしたが、また明るい通りに出た。道頓堀《どうとんぼり》筋だった。大きなキャバレェーの前を通ると、いきなり、アジャーアジャーとわけのわからぬ唄歌、途端に打楽器とマラカスがチャイナルンバを奏し出したのが腹立たしく耳にはいった。軽薄なテンポに、××楼の広間でイヴニングを着て客と踊っていた妓の肢態を想い出した。カッと唇をかみしめながら、キャバレェーの中へはいって行った。ここのナンバーワンは誰かと訊いて、教えられたテーブルを見ると、銀糸のはいった黒地の着物を著しく抜襟《ぬきえり》した女が、商人コートを着た男にしきりに口説かれていた。呼ぶとすらりとした長身を起して傍へ来た。豹一はぱっと赧《あか》くなった切りで、物を言おうとすると体が震えた。呆れるほど自信のないおどおどした表情と、若い年で女を知りつくしている凄みをたたえた睫毛《まつげ》の長い眼で、じっと見据えていた。

その夜、その女と一緒に千日前の寿司捨《すしすて》で寿司を食べ、五十銭《ギザイチ》で行けと交渉した自動車で女のアパートへ行った。商人コートの男に口説かれていたというただそれだけの理由で、「疳《かん》つりの半」へ復讐めいて、その女をものにした。自分から誘惑しておいて、お前は馬鹿な女だと言ってきかせて、女をさげすみ、そして自分をもさげすんだ。女は友子といい、美貌だったが、心にも残らなかった。

ところが、三月《み》ほどして戎橋筋を浮かぬ顔して歩いていると、思い掛けず友子に出会った。あんたを探していたのだと、友子は顔を見るなりもう涙を流していた。妊娠しているのだと聞かされ、豹一ははっとした。友子は白粉気《おしろい》もなくて蒼い皮膚を痛々しく見せていた。豹一は友子と結婚した。家の近くに二階借りして、友子と暮した。豹一は毎日就職口を探して歩き、やっとデパートの店員に雇われた。美貌を買われて、婦人呉服部の御用承り係に使われ、揉手《もみで》をすることも教えられ、われながら浅ましかったが、目立って世帯じみて来た友子のことを考えると、婦人客への頭の下げ方、物の言い方など申分ないと褒められるようになった。その年の秋友子は男の子を産んだ。分娩の一瞬、豹一が今まで嫌悪して来たことが結局この一瞬のために美しく用意されていたのかと、何か救われるように思った。その日、産声が室《へや》に響くようなからりと晴れた小春日和だったが、翌日からしとしとと雨が降り続いた。六畳の部屋一杯にお襁褓《むつ》を万国旗のように吊るした。

お君はしげしげと豹一のところへやって来た。火鉢の上でお襁褓を乾かしながら、二十歳で父となった豹一と三十八歳で孫をもったお君は朗かに笑い合った。安二郎から、はよ帰って来いと迎えが来ると、お君は、また来まっさ、さいならと友子に言って、雨の中を帰って行った。一雨《ひとあめ》一雨冬に近づく秋の雨が、お君の傘の上を軽く敲《たた》いた。

# 俗　臭

大阪の金満家木村権右衛門の名は近県にも知られたと見え、和歌山県有田《ありだ》郡湯浅の魚問屋丸福こと児子《にご》勘吉は長男が産れると、待っていましたとばかり、権右衛門と名をつけた。ところが勘吉はこともあろうにその年から放蕩をはじめ、二十数年間に身代《しんだい》をすっかりすりつぶして仕舞《しま》い、おまけに死んだ時は相当な借金があった。無論《むろん》打ち、飲む、買うの仕《し》たい放題で、死ぬ三日前も魚島時《うおじまどき》の一漁そっくりの賭《かけ》で負けたというから、勘吉も死んでみると、なかなかに幸福な男であった。

しかし、さすがに息を引きとる時は、もう二十五歳になっていた権右衛門を枕元ににじり寄らせて、俺も親の財産をすっからかんにし、おまけにお前に借金を背負わすほどの仕たい放題をして来たから、この世に想い残すことはないが、たった一つ気にかかるのは日頃のお前の行状だ。今まで意見めいた口も利かなかったし、またする柄《がら》でもなかったが、俺が死んだあとは喧嘩、女出いり、賭事《かけごと》は綺麗さっぱりやめてくれ。お前も児子家の家長で、弟妹寄せて六人の面倒も見なくてはならぬ。奮発して、たとえ一万円の金にしろ腕一手で儲けて立派に児子家を再興してくれ、それまでは好きな道もよけて通り、なお他人に印《はん》貸すな。と、言って聴かせた。権右衛門は白い繃帯《ほうたい》をまいた手を握りこぶしして膝の上にのせ、うつむいて物も言わず聴いていたが、ふと顔を上げると、勘吉の顔はみるみる土色になって行った。

権右衛門は父の葬式を済ませると、順に、市治郎、まつ枝、伝三郎、千恵造、三亀雄、たみ子の弟妹を集め、御者《おんしゃ》らはみな思い思い飯の食べられるとこを探して行かえ。俺は俺で銭儲《ぜにもう》けの道を考えら。そうして、僅かの金を与えられて散りぢりに湯浅をあとにして行ったのを見届け、丸福と裏に刻んだ算盤《そろばん》をもって借金取の応待をし、あちこち居酒屋の女と別れの挨拶をして、湯浅を出て行った。大正二年六月のことだった。

大阪へ出て千日前《せんにちまえ》の安宿に泊り、職を探しているうちに所持金を費《つか》い果してしまった。歩き疲れて道頓堀太左衛門橋《どうとんぼりたざえもんばし》の上に来た。湯浅を出てからちょうど十日目、その日は朝から何も食べていない。道頓堀川の泥水に両側の青楼《せいろう》の灯が漸《ようや》くうつる黄昏《たそがれ》どきのわびしさを頼りなく腹に感じて、ぼんやり橋にもたれかかっていると、柔《やわら》かく肩を敲《たた》いたものがある。振りかえってあッ！　咄嗟《とっさ》に逃げようとした。逃げるんかのし、あんたは。紀州訛《なまり》だが、いや、そのためにいっそう妙になまめいて、忘れもせぬそれは、湯浅を出るときお互い別れを告げるのに随分手間のかかった居酒屋の花子だ。

あの時、一緒に連れてくれ言うたのにのし、どない思て連れてくれなかっちゃんならと、花子は並んで歩き出すと言った。後を追うて大阪へ来た、探すのに苦労した、今は法善寺《ほうぜんじ》の小料理屋にいる、誘惑が多いが、あんたに実をつくして身固くしている。収入《みい》りは悪くないから、二人で暮せぬことはない。あんたが働かんでも私が養ってあげる。――ふんふんと聞いていたが、いきなりパッと駆け出した。道頓堀の雑鬧《ざっとう》をおしのけ、戎橋《えびすばし》を渡って逃げた。今の自分に花子は助け舟だが、太左衛門橋の上で土左衛門《どざえもん》みたいに助けてもらって男が立とうか、土左衛門なら浮びもするが、俺は一生浮び上れなくなるのだ。権さん、権さんと呼ぶ声に未練を感じたが、俺は一万円の金をこしらえるのだと、スリのように未練を切って雑鬧の中を逃げた。（これらは権右衛門が後年しばしば人に話した時の表現による。）

その夜、無料宿泊所もなかったから、天王寺公園のベンチで、花子のことを悲しく悩ましく想い出しながら一夜を明し、夜が明けると、川口《かわぐち》の沖仲仕に雇われた。紀州沖はどこかと海の彼方を見つめては歯を喰いしばり、黙々として骨身惜しまず働いている姿を変っていると思ったか、主人が訊ねて、もとは魚問屋の坊《ぼ》ん坊《ぼ》んだと分ると、可哀想だと帳場に使ってくれた。魚問屋時代の漁師相手の早書き、早算の帳面付けの経験が間に合い、重宝がられた。言うこと成すこと壺にはまり、おまけに煙草一本吸うでなし、いつかお前《ま》はんはいつまでも帳面付けする人でないと見込まれた。如何《いか》にも自分はこんなことをしている気はない。月々きまった安月給に甘んじていて出世の見込があろうか、商売《あきない》をするんだと暇《ひま》をとった。

一月《ひと》分の給料十円を資本に冷やしあめの露天商人となった。下寺町《したでら》の坂の真中《まんなか》に荷車を出し、エー冷《ひ》やこうて甘いのが一杯五厘《りん》と、不気味な声で呶鳴《どな》った。最初の一日は寄って来た客が百十三人、中で二杯、三杯のんだ客もあって、正味一円二十銭の売上げで日が暮れ、一升《しょう》ばかり品物が残って夏のこととて腐敗した。氷三貫目の損であった。翌日から夜店にも出て三十銭の儲けがあるようになった。十日ほど経った頃だろうか、千日前のお午《うま》の夜店で、夜店はずれの薄暗い場所に、しかもカーバイト代を節約《しまつ》したいっそう暗い店を張っていると、おっさん一杯くれと若い男が前に立った。聞き覚えのある疳《かん》高いかすれ声に、おやッと、暗がりにすかして見ると果して弟の伝三郎であった。赤ん坊の時鼻が高くなるようにと父親が暇さえあれば鼻梁をつまみあげていたので、目立って節の高くなっている伝三郎の鼻のあたりをなつかしげに見た。伝三郎も兄と知って、兄やんと二十二の年に似合わぬ心細い声をあげて、泪《なみだ》さえ泛《うか》べた。聞いてみると、大阪へ来るとすぐ板屋橋《いたやばし》の寿司屋の出前持ちになったが、耳が遠くて得意先からの電話がよく聞きとれぬから商売の邪魔だと、今朝暇を出され、一日中千日前《じゅう》、新世界《しんせかい》界隈の口《くち》入屋《いれや》を覗き廻って、水商売の追廻《おいまわ》しの口を探していたが見つからず、途方に暮れていたところだという。話しているうちに道頓堀の芝居小屋のハネになり、ちょうどそこは朝《あさ》日《ひ》座の楽屋裏だったもの故、七、八人いっときに客が寄って来たのを機会《しお》に、暫《しばら》く客の絶間がなかった。伝三郎もぽかんと見てもおれず、おっさん一杯と言われると、低声《こごえ》でヘイと返事し、兄の手つきを見習ってコップにあめを盛った。

翌日から二人で店を張るようになった。儲けが少《すく な》いし、二人掛りでするほどでもないと、冷やしあめの荷車、道具を売り払った金で、夏向きの扇子を松屋町筋の問屋から仕入れ、それを並べて夜店を張った。品物がら、若い女の客が少からず、殊《こと》に溝ノ側、お午など色町近くの夜店では十六歳から女を追いかけた見栄坊《みえぼう》のことゆえ伝三郎は顔がさすとて恥かしがり、明らかに夜店出しを嫌う風であった、のをたしなめて、追廻しや板場なんかに雇われて人に頭の上らぬ奉公勤めするより、よしんば夜店出しにもせよ自分の腕一本で独立商売《ひとりあきない》をする方がなんぼうましか、人間他人《ひと》に使われる様な根性で出世出来るかと言いきかせた。持論である。

半月も経った頃だったろうか、上塩町《うえしお》の一六の夜店の時だった。人の出盛る頃に運悪い夕立が来て、売物の扇子を濡らしてはと慌てて仕舞い込み、大風呂敷を背負ったまま、或るしもたやの軒先に雨宿りした。ところが、家の中からおまつや、表に誰やいたはるぜ、見といぜと女中にいいつける声がきこえ、出て来た若い女中の顔を見た途端、思いがけず、アッ！　叫び声が出て、それは妹のまつ枝だった。伝三郎は嬉しそうに、姉さんえらい良《え》えとこに奉公しちゃるんやのうと、家の構えを見廻して、他愛なかった。立話をしているうち、うちらから疳《かん》高い呼び声が来て、まつ枝は慌ててすっ込んでしまった。伝三郎と二人で二階を借りていた玉造《たまつくり》のうどん屋へ帰る途々《みちみち》、権右衛門は、夜店出しの兄弟を持っていると知れれば、まつ枝もわが主人に肩身も狭かろう、夜店出しなどするものでないと、俄雨《にわかあめ》に祟られた想いも手伝って、しんみりと考えた。

　その時の想いが動機で間もなく夜店出しをやめてしまった。一つには、同業の者を観察して、つくづく嫌気がさしていた。鯛焼饅頭屋は二十年、鯛焼を焼いている。一銭天《てん》婦《ぷ》羅《ら》屋は十五年、牛蒡《ごぼう》、蓮根《れんこん》、蒟蒻《こんにゃく》、三《み》ツ葉《ば》の天婦羅を揚げている。鯛焼が自分か、自分が鯛焼か、天婦羅が自分か、自分が天婦羅か分らぬぐらい、火種《ひだね》や油の加減を見るのに魂が乗り移り動きがとれなくなってしまっているほどの根気のよさより、左様に一生うだつの上りそうにない彼等の不甲斐なさがまず眼につき、呆れていたのだ。八月の下旬だった。夏ものの扇子がもう売れるはずもなかった。売れ残りの扇子を問屋へ返しに行くと、季節も変ったし、日めくりを売ってはどうかとすすめられたが、断った。そんなら、新案コンロはどないや。弁さえ立てば良え儲けになりまっせ。断った。人間見切りが肝心です、あかんと思ったら綺麗すっぱり足を洗うのがわしの……持論にもとづいたのだ。

うどん屋の二階を引き払って、一泊十五銭の千日前の安宿に移った。うどん屋の二階に居れば、階下《した》の商売が商売ゆえ、たまに親子丼、ならまだ良いが、酒もとる。借りの利くのを良いことにして量を過すのがいけないと思ったのだ。現《げん》にそこを引き払うとき、払った金が所持金の大半で、残ったのは回漕店《かいそう》をやめるとき貰った十円にも足らぬ金だった。二人の口を糊《のり》して来たとはいえ、結局冷やしあめ屋と扇子屋をやっただけ無駄になったわけだ。伝三郎はこれを機会に上本町《うえほんまち》六丁目の寿司屋へ住込みで雇われたので、料理着と高下駄を買えと三円ばかり持たしてやった。それで所持金は五円なにがしとなった。

伝三郎を寿司屋へ送って行った帰り、寺町の無量寺《むりょうじ》の前を通ると、門の入口に二列に人が並んでいた。ひょいと中を覗くと、その列がずっと本堂まで続いている。葬式らしい飾物もなし、説教だろうか、何にしても沢山の「仁《じん》を寄せた」ものだと訊いてみると、今日は灸の日だっせ。二《フ》、三《ミ》、四《ヨ》、六《ム》、七《ナ》の日が灸の日で、その日は無量寺の書入れどきだとのことだった。途端に想い出したのは、同じ宿にごろごろしている婆さんのことだ。どこで嗅ぎつけて来るのか、今日はどこそこでどんな博奕《ばくち》があるかちゃんと知っているらしく毎日出掛ける。一度誘われて断ったが、その時何かの拍子に、婆さんはもと灸婆をしていたと聞いた。宿に帰ると、早速婆さんを摑まえて、物は相談だが、実はお前《ま》はんを見込んで頼みがある。

翌日、二人で河内の狭山《さやま》に出掛けた。お寺に掛け合って断られたので、商人宿の一番広い部屋を二つ借り受け、襖《ふすま》を外しぶっ通して会場に使うことにした。それから「仁寄《じん》せ」に掛った。村のあちこちに「日本一の名霊灸！　人助け。どんな病気もなおして見せる。△△旅館にて奉仕する！」と張り出し、散髪屋、雑貨屋など人の集《あつま》るところの家族にはあらかじめ無料ですえてやり、仁の集るのを待った。宣伝が利いたのか、面白いほど流行《はや》った。仁が来ると、権右衛門が机のうしろで住所姓名、年齢、病名など帖面に控えるのだが、それが曰《いわ》くありげで、なかなか馬鹿に出来ぬ思いつきだった。婆さんは便所に立つ暇もないとこぼしたので、儲けの分配が四分六《しぶろく》の約束だったのを、五分五分にしてやった。狭山で四日過し、こんな目のまわる様な仕事は年寄りには無茶や、元手が出来たから博奕をしに大阪へ帰りたいという婆さんを拝み倒して紀州湯崎《ゆざき》温泉へ行った。温泉場のことゆえ病人も多く、流行りそうな気配が見えたので、一回二十銭を二十五銭に値上げしたが、それでも結構仁が来た。前後一週間の間に、五円の資本《もと》が山分けしてなお八倍になり、もうこの婆さんさえしっかり摑まえておけば一財産出来ると、腰が抜けそうにだるいと言う婆さんの足腰を湯殿の中で揉んでやったり、晩には酒の一本も振舞《ふるま》ってやったりして鄭重《ていちょう》に扱っていたが、湯崎へ来てからちょうど五日目、ほんまに腰が抜けてしもたと寝込んだ。按摩《あんま》を雇ったり、見よう見真似《みまね》で灸をすえてやったりしたが追っ付かず、医者に診せると、神経痛だ。ゆっくり温泉に浸って養生するがよかろうとのことで、まる三日間看病をしてやったが、実はとうとう中風になっていた婆さんの腰が立ち直りそうにもなかった。宿や医者への支払いも嵩《かさ》んで来て、下手すると無一文になる惧《おそ》れがあると、遂に婆さんを置き逃げすることに決めた。人間見切りが肝心。

湯崎から田辺に渡り、そこから汽船で大阪へ舞い戻った。船の中で芸者三人連れて大《だい》尽《じん》ぶっている中年の男を見つけ、失礼ですが、あんさんは何御商売《なにごしょうばい》したはりますのですかと訊くと、男は哄笑《こうしょう》一番、しかし連れの芸者にはばかるのか声をひそめて、もと紙屑屋をしとったが、今はこないに出世しましてん。大阪に戻ると、早速紙屑屋をはじめた。

所持金三十円のうち半分出して家賃五円、敷金三つの平屋を日本橋《にっぽんばし》筋五丁目の路地裏に借りた。請印《うけはん》は伝三郎が働いている寿司屋の主人に泣きついて、渋々承知してもらった。日本橋筋五丁目には五会《ごかい》があった。五会は古釘《ふるくぎ》の折れたのでも売っているといわれる古物屋の集団で、何かにつけて便利だった。新米の間は古新聞、ボロ布の類を専門にしていたゆえ、ぼろい儲けもなかったが、その代り損もなかった。馴れて来るとつい掘出物をとの慾が出て、そんな時は五会の連中に嗤《わら》われた。紙屑屋をはじめてから三月《み》ほどたった或る日、切れた電球千個を一個一銭の十円で電燈会社から買い取り、五会の古電球屋に持って行くと、児子《にご》はん、あんたは商売下手《べた》や。廃球は一個二厘《りん》が相当やと言うのだった。古井という電球屋はしかし、暫《しばら》く廃球を仔細に調べてから、お前《ま》はんの事やから、まあ一銭で買うたげまっさと言ってくれた。ほッとしながらも、二厘の相場のものを一銭とはと不審に思い、その後用事のあるなしにつけ、古井の店に出入りしているうちに、分った。

　廃球の中に「ヒッツキ」というのがある。線がまるっきり切れてしまわず、ただ片一方だけ外れているだけのものなら、加減すると巧《うま》く外れた場所にヒッツき、灯をいれると密着して少《すく》なくとも四、五日は保《も》つので、それを新品として安く売りつけるのだ。「白金つき」というのがある。電球の中には耐熱用に少量だが白金を使用しているのがある。つぶしてバルのガラスと口金の真鍮《しんちゅう》をとったあと、白金を分離するのだ。白金は一匁《もんめ》二十六円もし、「白金つき」一万個で二匁八分見当のものがとれるのだ。「市電もの」というのがある。市電のマークのついた廃球のことで、需要家は多く市の電燈会社から電球を借りているのだが、切れただけならそれを持って行けば新品と引き換えてくれるけれど、割れた場合は一個につき五十銭弁償しなければならぬ。ところが、そんな時例えば古井の店で「市電もの」を一個十銭で買って、切れましたんやと電燈会社へ持参して新品と引き換えてもらうとすれば、差引き四十銭の得だ。買うたと言わんといとくれやっしゃと、言われたことさえ守れば良い訳だ。「ヒッツキ」「白金つき」「市電もの」の沢山まじっている廃球ならば、だから一個一銭の割でも結構儲かるわけだ。――と知って、翌日から廃球専門の屑屋となった。

大八車を挽《ひ》いて、廃球たまってまへんかと電燈会社や工場を廻った。昔は会社や工場では廃球の処分に困り、火のついたものだから危険だと地面を掘って埋めていたのだが、だんだん廃球屋が顔を出すので会社側も慾が出たのか、無茶な値を吹っ掛けられた。けれども一個二厘の相場はめったに崩さず、その中から「ヒッツキ」と「市電もの」を選《え》り出して古井に一個三銭で売りつけた。「白金もの」はそのまま古井に売るのは芸がなさすぎると、自宅で分解することにしたのだが、どうあっても古井は分解の方法を教えぬという。結局芝居裏の色町《いろまち》へ招待して口を割らせたが、古井が人の金を良いことにして破目を外したので大枚四十円の金が掛った。線香代の嵩んで行くのを身を削られる想いで気にし、挙句は、古井はん、もう良え加減に切り上げよやおまへんかと強い声も出て、あわや喧嘩騒ぎにもなりかけたが、とにかく聴くだけのものは聴いた。

廃球屋も「白金もの」に手をつけ出してみると、思ったよりぼろく、一年経たずの間に現金、品物合わせて五百円の金が出来た。ところが、ある日古井が故買《こばい》の嫌疑で検挙され、続いて権右衛門にも呼出しがあった。古井の「市電もの」売買に関してではなかろうかと蒼くなった。いま前科がつくようではこの先の出世にさしさわりが出来ると、瞬間体が顫《ふる》えたが、しかし待て。こんな気の弱いことで人間金儲けが出来るかと度胸をきめて、何喰わぬ顔で、そしてわざとペコペコ頭を下げて警察へ出頭してみると、自転車の鑑札と税金についてきびしい注意を受けただけだった。ほッとし、以後税金は納めることにした。自転車はその頃雇った小僧の春松が使うものだった。

春松は遊びが好きで困り者だったが、しかし白金分離の仕事は随分鮮《あざや》かだった。まず電球のガラス棒をコークスの火で焼き、赤くなったのを挽臼《ひきうす》で挽《ひ》き砕いて、粉にする。それを木製の椀に入れて、盥《たらい》の中でゆっくりゆっくり揺り動かして椀掛けすると、白金は重いので椀の底に沈み、粉だけが盥の水の中に逃げる。その手加減がむずかしくて、ちょいと手元が狂えば大切な白金が逃げるのだ。春松の椀掛《わんか》けの手つき、腰つきは、見ていて頭の底がかゆくなるほど微妙を極め、しかも逃げた粉を何度も何度も椀の中へ入れ直して、まるで女が蚤《のみ》を探すほどの熱心さだと権右衛門は喜んだ。なお春松は十六の年に似合わず炊事も上手だった。鰯《いわし》の煮つけをするにも、紫蘇《しそ》と土生姜を入れ、酢と醤油のほかは水も砂糖も使わず、少しも生臭味《なまぐさみ》の出ないように煮るこつを心得ているといった風で、やもめ暮しに重宝だった。が、ある日、春松は雨の土砂降りの中を廃球買いに出歩いたのが原因《もと》で、感冒を引き、肺炎になった。三十九度の熱が三日も下らず、派出看護婦を雇った。二十二、三の滅法背の高い、骨張った女だった。女手のないところへ機敏に立ち廻ってくれるので、何となく頼《たの》もしく、また情も移るのだ。何かの拍子に白い看護服の裾《すそ》から浅黒い脛《すね》が見えた。それが切っ掛けでありきたりの関係に陥った。女は政江といい、淀《よど》で産れ、つい最近まで京都の医大で看護婦をしていたと語った。

一万円つくるまでは女には眼もくれず、娶《めと》るまいと決めていたのだが、そのような関係になってしまっては決心も崩れた。結婚することにした。人身《ひとりみ》よりちゃんと妻を持っている方が世間の信用もあるだろうと、これが自分への口実になった。春松の恢復を待って、政江を一旦淀の実家に戻らせ、改めて古井を仲介人にして縁組の交渉をした。もと魚問屋の児子家の家長に相応しく、野合的な結婚を避けたのだ。人間冠婚葬祭を軽んずるようで出世が出来るかと、かねがね父親からも言い聴かされていた。けれども、さすがに結婚費用については頭を悩ました。所持金は六百円ほどあったが、それには手をつけたくなかった。だから、結婚記念に一儲けせずんば止《や》まぬと、腕を組んで一晩考え抜き、朝方漸《ようや》く危い橋を渡る覚悟がついた。

その頃、玉造に小《ち》っぽけな電球工場を持っている松尾という男に、口金代《くちがね》百円ばかり貸していて、抵当に新品の電球三千個とってあった。百円の金も払えぬだけあって、松尾は如何《いか》にも意気地ない男だった。自分の姓が松尾というところから製品にマツオランプというマークをつけていたが、本物のマツオランプは一流品で、町工場のランプが一個十銭とすれば、少《すく》くとも一個三十五銭の価値があったから、当然マツオランプから松尾に抗議が申し込まれた。それを松尾は突っぱなせぬどころか、商標偽造で訴えられる心配までしていたのだ。マツオランプとマークするからには最初から腹をくっていたはずだのに、所詮《しょせん》は金儲け出来ぬ男だと、権右衛門は松尾をおどかしたり、そそのかしたりした挙句、有金全部はたいて松尾の製品をほとんど買い占め、名目を抵当物件とした。松尾は訴訟を起されて負け、マツオランプから製品を押えに来たが、権右衛門の抵当物件ゆえ手を触れるわけには行かなかった。行かないようにあらかじめ権右衛門は計画し、松尾が呆れるほど押し強くねばった。放っておけば「マツオランプ」の粗悪品が市場を横行してマツオの信用にかかわると、結局困り抜いたマツオ側は抵当物件を本物のマツオランプ並の値で買い取らされてしまった。権右衛門は七百円ばかり儲かった。

高津《こうづ》四番丁に新居を構え、身分に過ぎた結婚式が節分の夜挙行された。

その夜、権右衛門はいきなり政江の前へ両手をついて、縁あってといいながら、わしのような者のところへよく来てくれたと言い、そしてきっと顔をあげ、わしはどんなことがあっても一万円作る、お前《ま》はんもどうか一つきばってやってくれ。そう言うと、政江も俄《にわ》かに芝居がかって、ぺたりと両手をつき、よく言ってくれました、及ばずながら本望遂げられるよう努めますとかすれた声で言った。権右衛門が結婚費用を一儲けした話を寝物語に聴かせると、政江は権右衛門の四角い、耳の大きな顔をつくづくと見て、頼《たの》もしかった。翌日、二人が食べた昼食は麦飯に塩鰯一匹だった。大阪では節分の日に麦飯と塩鰯を食べるのが行事だが、婚礼の日が節分だったから、つまり一日延ばして売れ残りの安鰯で行事を済ませた訳だ。けれども、この行事は児子家ではその日だけに止《とど》まらず、その後日課となり、むろん政江の計らいだった。そんな政江を権右衛門は多とし、自身も煙草一つのまなかった。

夫婦がかりで家業に精出し、切りつめ切りつめて無駄な金を使わなかったから、二年経つと三千円の貯金が出来た。一つには廃球の儲けが折れて出る以上であったからだったが、権右衛門は間もなく廃球屋をやめてしまった。人間見切りが肝心。「ヒッツキ」や「市電もの」は危険だし、「白金つき」もそろそろ電球の白金使用分量が少くなるだろうと見越したからだ。果して、間もなく電球には白金に代るべき金属が使用されることになった。先見の明とも言うべきだった。権右衛門は廃球買いのために出入りしていた電燈会社から、古電線、古レール、不用発電所機械類などを払い下げてもらい、つぶして銅、鉄、真鍮などを故銅鉄商へ売り渡した。古電線から古銅をとるためには被覆物を焼き払うのだが、あちこちの空地を借りて行った。ある日、もうもうたる煙を見て、消防が駆けつけて来た。警察からも注意があった。権右衛門は金儲けのためにやってるんでっさかいと、強く言い張った。廃物回収などという言葉は想いつかず、想いついたところでひとは知らず権右衛門には何の意味もあり得なかった。ただもう金儲けだと空の彼方に飛び去って行く黒煙をけむい顔もせず、見上げていた。払下《はらいさ》げの見積入札に際しては会社の用度《ようど》課長に思い切った贈物をした。同業見積者が増えて来ると、「談合」の手をつくって、落札値の協定をした。談合とりの口銭でもなかなか馬鹿にならず、金は増える一方であった。

落札した品物の引取りには春松を同行した。春松は落札品の看貫《かんかん》の時、会社側の人の眼をかすめて、看貫台の鉄盤の下に小さな玉を押し込むのが役目だった。その玉一つで、百貫目のものが八十貫しか掛らず、春松の役目は重大だったから、彼も大いに身をいれて玉の装置に掛った。ある時、監視人があやしんで、看貫台の上に乗って見ようとした。

自分の体重ならごまかしは利かぬはずだ。春松は慌てて玉を抜こうとした。途端に監視人はひらりと台の上に飛び乗ったので春松の手は挟まれてしまった。おまけに、続いて三、四十貫の被覆線が積み上げられ、あッ、春松の顔はみるみる蒼ざめた。権右衛門は努めてさりげない顔で、春松の袂から煙草を取り出し、馴れぬ手つきで火をつけてスッパスッパと吸い出した。まだ一万円には三千円ほど足らぬのだ。

欧洲大戦の影響で銅、鉄、地金類の相場が鰻上《うなぎのぼ》りに暴騰した。一万円にこだわっていたのが阿呆らしいほどに金が出来、ある日、計算してみると二万円を越していた。いつ一万円の峠を越したのか分らぬほど瞬く間の銭儲けで、さすがに嬉しさを禁じ得なかったが、権右衛門は渋い顔をして、十万円こしらえようと政江に言い、むろん政江に異議はあろうはずはなかった。相変らず塩鰯の昼食だったが、権右衛門は月に一度ぐらいは気晴しに千日前へ出掛けて「十銭屋」へはいった。「十銭屋」とは木戸銭十銭の安来節《やすき》小屋で、ある日、千日前の「宝亭」で紋日《もんび》の客に押されて安来節を聴いている時、咽喉《のど》が乾いたので、ラムネを飲もうと思い、売子を呼ぼうとして人ごみの中をぐいぐい押し分けていると、誰かの足を踏みつけた。こら、気ィつけェ、不注意者！　えらい済んまへんと謝ったが、容易にきいてくれず、二度も三度も謝った。相手は職人風の男でその日暮しを出ないと見えた。どんと胸を突かれた拍子に二万円のことが頭に泛《うか》んだ。が、それはすぐ消えて、こんどは職人の聯想からか弟妹のことが想い出された。市治郎は和歌山で馬力《ばりき》挽きをしており、まつ枝は女中奉公を止して天王寺区の上塩《うえしお》町の牛角細工職人と結婚し、伝三郎は相変らずの寿司屋の板場、千恵造は代用教員、三亀雄は株屋の外交員、たみ子は女中奉公だった。

一万円つくるのに追われてろくろく弟妹の面倒も見てやらなかったのだが、今となってみては知らぬ顔も出来なかった。権右衛門はまずいちばん下のたみ子を和歌山の薬屋の番頭へ嫁入りさせ、ついで市治郎、伝三郎、三亀雄の三人をそれぞれ古鉄商人にしてやった。千恵造だけは一風変っていて別に金儲けをしたい肚も持っておらず、字のよう書くもんはどだい仕様がなかったが、これは帳場に雇うことにした。古鉄商人といってもはじめのうちは取引きもろくろく出来なかったから、入札名儀だけを貰ってやって「談合とり」の口銭で結構食って行けるようにしてやった。だんだんに得意先を分けてやると、皆それ相当の暮しが出来た。彼等は権右衛門に金を借りて、見積《みつもり》入札をした。政江は貸金の利子を取るように権右衛門にすすめた。いくら何でも弟から日歩《ひぶ》何銭の利子も取れなかったから、結局それぞれの見積りは権右衛門と共同事業のていにして、儲けの何割かを納めさせた。これが却《かえ》ってぼろいのだ。伝三郎などは見栄坊で自分の儲振《もうけぶ》りを誇張して言う傾向があり、随分損な勘定だった。可哀《かわい》そうに夜もろくろく寝ずに真《まっ》黒《くろ》けになって伝三郎は働くのだが、そんなことでなかなか金がたまらなかった。嬉しまぎれの浪費のせいもあった。あいつは馬鹿正直だと権右衛門は思うのだが、伝三郎の儲けの申告はそのまま受けいれた。三亀雄は年がらピーピーの貧乏だという顔をことさら権右衛門や政江の前にさらけ出し、いわば利口だった。

弟たちに商売させてからは居ながらにして金が転がり込んで来た。看貫《かんかん》に使う玉の秘伝も教えてやったことはむろんだ。けれども十万円にはまだ遠かった。内地の古銅、鉄はお前らに任すと弟たちに言い残して、権右衛門は大連《ダイレン》へ渡った。むろん政江は高津《こうづ》四番丁に居残って、所謂《いわゆる》利了の勘定にきびしい内助の功を示した。大連を足場に権右衛門は支那大陸を駆けずり廻って支那の古銭を一貫いくらで買い集めた。大連港から苦力を雇って船荷し、内地へ持ち帰って売り払うと、折れて曲った。北京の万寿山《まんじゅさん》を見物した時、三重の塔を見て権右衛門はしきりに手帖を出してつぶしで何貫目あるかと計算した。これだけなら見積りするると、いきなり懐手《ふところで》をして指折るのだった。見るもの、さわるものつぶしの値がつき、われながら浅ましかったが、ふと思えば、もう十万円は出来ていたのだ。

口髭を生やして一年振りで内地へ戻った。弟たちは千恵造を別としていずれも一《ひと》かどの商人になっており、生馬《いきうま》の眼を抜く辛辣さもどうやら備えて、まことにどの顔を見てもお互い良く似ていた。電話を引いていないのは伝三郎ぐらいであった。千恵造はどうあっても結婚を承認しがたいような女と変な仲になり、いたたまれずにどこかへ逐電してしまい、風の便りに聞けば朝鮮の京城で小さな玉突屋を経営しながら、ほそぼそ暮しているとのことだった。千恵造の逐電には或いは政江の凜々《りんりん》たる態度が原因していたかも知れなかった。三人の娘が出来て、その娘たちの将来の縁談を想えば、千恵造もこの際世間態をはばかるような結婚は慎むべきであったかも知れぬ。けれども、とにかく千恵造は恋に生きたと自分に言いきかせた。こんな人間の一人ぐらいいることは児子家も大いに誇って良い。誰もすき好んで貧乏はしたくないではないか。ともあれ権右衛門の財産は十万、二十万とだんだんに増えて行き、表札の揮毫《きごう》を請う物好きもいた。

相変らず高津四番丁の家に住んでいたが、そこは家賃二十五円で、娘たちの肩身もあるよって別荘を作ろうやおまへんかと、政江がそろそろ持ちかけると、権右衛門は、御《おん》者《しゃ》は何を寝言ぬかす。家を建てた成金に落ちぶれん奴はないいんじゃと呶鳴《どな》り、そしてまだ百万円にはだいぶ縁が遠いと横向いて言った。政江は産婆をしている妹を歯医者と結婚させてやったことを、せめてもの楽しみだと思った。わざとよれよれの着物を着て、三亀雄や伝三郎の妻に見せた。

権右衛門は東京品川沖で沈没した汽船を三十万円で買った。引揚げに成功して解体すれば、ざっと百万円の金が戻って来ると算盤《そろばん》はじいたのだ。これには市治郎、伝三郎、三亀雄にも出資させ、三等車の中で喧《やかま》しい紀州弁を喋り散らしながら上京した。品川の宿に着くと、彼等は前景気をつけるのだと馬鹿騒ぎをはじめ、挙句は権右衛門に、兄《にい》やん、どや、芸者買いに連れもて行こう。権右衛門は、わしは宿で寝てらと断った。翌朝彼等が帰ってみると、権右衛門がいない。宿の女中に訊いてみると、昨晩皆さんがお出掛けのあとでどこかへ御出ましになられましたとのことで、てっきり洲崎《すざき》か玉《たま》の井《い》の安女郎屋へ泊り込んでいるらしかった。案の条、眼をしょばつかせてこそこそ帰って来た。弟たちと遊びに行けば勘定は権右衛門が払わねばならず、それをきらってこっそり値切りの利くところへ泊りに行ったのだと、彼等はにらんだ。ところが、権右衛門はそれもあるが、一つには身を以て金の上手な使い方を示すつもりだったのだ。権右衛門は女郎を相手に、いろいろ東京の景気を聞いたと言った。沈没船の引揚げが失敗すれば、もとの無一文だ。その時は東京でうまい金儲けの道を考えねばならぬと、今から心くばりしているなど、所詮《しょせん》彼等にはうかがい知れぬ権右衛門の肚だった。

引揚作業の人夫監督には市治郎は見るべき腕を示した。和歌山で馬力挽きしていた経験が人夫の人心収攬《じんしんしゅうらん》にものを言ったのだ。意外なほど作業は順調に進んで、予期以上の成功だった。百万円こしらえるという権右衛門の本望は達せられた。昭和二年、権右衛門が四十三の時である。

権右衛門は亡父勘助の墓を紀州湯浅に建てた。墓供養をかねて亡父二十回忌の法事には親戚と称して集《あつま》って来た人間の数が老幼男女とりまぜて四十九人あった。記念写真を撮影し、出来上ったのを見ると、まず政江が両手を膝の前にぐいと突き出しているのが目立った。そこにはダイヤモンドと覚しき指輪がぼけた光を大きく放っていた。春松は洋服を着込んでいた。これも異色を放った。市治郎、伝三郎、三亀雄の紋服姿は何か浪曲師めいた。権右衛門は前列の真中《まんなか》へ据《す》えられたはずだのに、どういう訳か随分端の方へ片寄って、おまけに太い首をひょいとうしろへ向けていた。

# 子守唄

入社した途端に渾名《あだな》がついて、ヘルツと称《よ》ばれた。心臓と訳してしまうと眼も当てられぬところを、左様に独逸《ドイツ》語でつけられたことで、僅かに心が慰《なぐさ》った。どころか、独逸語の渾名ならば随分アカデミックではないかと、当人は案外得意だったかも知れない。おまけにそれも入社した日の命名だというから、つまりはなかなか人眼を惹いたわけで、その点でも大いに心に適《かな》ったようだ。何ごとにつけ、ひとの注目を惹くべしというのが森進平の固着観念だと、他のことは知らず、これだけはもはや人も存分に認めていたのである。

編輯長のあとに随《したが》って上役や同僚へ挨拶して廻るとき、「森進平です。よろしく」と小声で頭も申訳《もうしわ》けに下げたあと、いきなり胸を張って、「神戸商大出です」

二番で卒業したと言わなかったのが不思議なくらいだと、あとで蔭口利《き》かれた。それと言うのも、進平はその後機会のある無しにつけ、神戸商大を二番で出た旨《むね》いいふらし、随分うるさかったからである。それで「二番」という渾名も一応考えられたことは無論《むろん》だが、これは却《かえ》って当人を己惚《うぬぼ》れさすことになるだろうと、取止めになった。なお、うるさいことには、相手かまわず、だしぬけに学歴を訊く。朝刊専門の二流新聞社だから、中学校卒業の学歴の危い記者もいて、露骨にいやな顔をさせられた。

ある日、整理部の矢野を摑えて学歴を訊くと、矢野はひととはだいぶ違って、「僕はあんた、神戸商大を二番で出たんだっせ」そう言って煙管《キセル》に刻《きざ》みを詰めた。しかし、進平はいけ洒蛙洒蛙《しゃあしゃあ》と「すると、僕と同じことじゃが」どこの言葉かお国なまりでそう言って、にやりと黒い笑いを笑ったということである。

挨拶のあとで進平の出した名刺を見ては、しかしいっそうあきれるよりほかは無かった。いつの間に用意したのか、関西朝刊新聞学芸部記者と既に肩書されていて、入社してから周章《あわ》てて給仕を名刺屋へ走らせたりしないところ、さすがに手まわしは良かったが、けれども普通、政治・経済・社会・学芸などの部署がきまるのは入社してからのことである。おまけに新参記者はたいてい社会部の見習で警察廻りが相場である。げんに今里署詰《いまざと》の記者に欠員が出来て、そのため募集して採用されたのが進平だ。と知ってか知らずにか、あらかじめ学芸部だとひとりぎめして名刺にも刷っておくとはなんとしたことか。しかも進平はこともあろうに予定通りいきなり学芸部の記者で、名刺も存分に役立つとは、随分うなずき難い。

しかし、編輯長が警察を廻れといったところ、進平は小一時間喋り立て喋り立て、しきりにねばった挙句、学芸部へはいることを承諾させたのだと、あとで噂が立って見ると、そんな進平の振舞い方はもはや物も言えぬ鮮かさだった。もうその時ついていたへルツという渾名を想い出すほかにひとびとは術《すべ》もなく、命名者は面目を施した。進平は「僕よりほかに学芸部の記者が出来るものはあらせん」と言ったそうである。なお、編輯長池沼は想い余ったように「君、そんなら学芸部をやったらええがな」と言って、なんたることか、にこにこしながら進平の肩を敲《たた》いたということである。池沼はおそろしく小柄で、かねがねあまり人の肩なぞ敲かなかったが、その際は思わずそうしたのであろう。それで、さすがの編輯長もヘルツには参ったのだろうということになった。

ところが、いよいよ学芸部の仕事をはじめると、彼はあきれるほど凄い腕を見せた。関西学界の名士の原稿を貰いに歩くのが彼の仕事だったが、忙しいなかをわざわざ二流新聞に寄稿しようという名士は、いるにはいても、無論数尠《すくな》い話だ。会ってもくれないのを普通としなければならない。だから進平の仕事は相当むつかしかったが、しかし彼が貰い損なった原稿はあとにも先にもたった一つ、A博士の原稿だけという。それもA博士は瀕死の重病で入院中のためだった。しかし会うだけはさすがに会《お》うて来たらしく、その旨《むね》部長に報告した。「しやけど、君、博士は面会謝絶いうことやないか」部長は驚いてきき直したが、いってみれば部長は野暮なことを言ったものである。進平は固い笑い方で、「癒《なお》ったら書くいうて自分で口利けるほどでしたから、病気だからっていっそ大したこともないんでしょうがな」部長はぞっとした。つまりは編輯長はさすがに先見の明があった。

居留守を使われると、そんならお帰りまで待たせて貰いましょうと、応接間に居据《いすわ》ってしまうのである。新聞拝借などと下手なことはせず、風呂敷包から原書と辞引を取出して、欠伸《あくび》一つしない。ときどき給仕を呼んで茶のお代りを命ずる。いま忙しいからと断られると、ではもう何分経ったら暇でしょうかねと問い、けっして何時間経ったらとか、何日さきとは問わぬ。なお効目《ききめ》がなければ、一時間置きに電話を掛け、相手が電話口に出て来ると、いきなり「御存知の森進平ですが」新聞社の者だとも何ともいわぬ。ただ「御存知の森進平……」……だと、いつか覚えられてしまうのである。

そんな進平と同じ社の記者だと見られては随分情けないではないか。進平の訪問したあとへはとうていわれわれ関西朝刊の名刺をもって顔出し出来ない、という皮肉な言葉がやがて進平の身辺で囁かれたが、しかしもはや彼の仕事振《ぶ》りだけは誰も認めた。自身でも存分に認めたのか、歩き振りもちがって来た。

しかし、俸給日にはじめて辞令を渡されて、見ると、爾今《じこん》本給三十八円、手当十円支給ス。全く最初編輯長から言われた通りの額だと分ると、進平は心外だった。約束はそれでも、この働き振りならば少しは増してくれるべきだと、やがて憤然たる顔で重役室のドアを押してはいって行った。編輯長はきょとんとした顔で進平の話をきいていたが、やがて、「新聞記者が月給みたいなもんにこだわらんでもええいうことは、ほかならん君が知らんこともないやろ」そう言ってにやつくと、進平もふんと凄んでうなずき、なるほどそうかと、かねがねのひそかな気持を見抜《みぬか》れた気持も手伝って、むしろにわかに編輯長が頼もしく、あと雑談して、機嫌よく部屋を出た。二円昇給した。

しかし、進平は翌日から出勤時間を無視した。「社はよそと違《ちご》てタイムレコーダーもあることとやし、皆さんは時間だけはきちんきちんとして下さい」と社長の訓辞もきいていたが、こんな薄給では朝九時の出社は馬鹿らしい。少《すく》なくとも自分はひととは違う有能な記者なのだ。

彼は退社時刻の五時前にのっそり出社した。そして用もないのに重役室へはいって行き、しきりに社説を書いている編輯長を摑まえて雑談するのだった。それから、電話掛《かか》ってなかったかねと、交換室へ顔を出す。四人の交換手のうち一人はわりに見られる洋装をして、器量も悪くなかった。進平は入社した日に「君は何という名じゃね」と訊いた。女は一寸《ちょっと》赧《あか》くなって、それでも古参らしくはきはきと、「社員名簿みたら分りまっしゃろ」見て三枝子だとわかり、進平は用事のある無しにつけ、誰も遠慮してはいらない交換室へ押掛けて、馴々《なれなれ》しく持ちかけると、随分可愛かった。と、思ったのはしかしたぶん誤解で、進平についてのとやかくの悪評が耳にはいって、三枝子は近頃てんで彼を相手にしない。物言い掛けられても、しきりに電話が掛って来るのを口実に、ろくろく返事しないのである。けれども進平は何やかや喋り立てた挙句、そこを出る。そして自分の席へ来ると、半ペラの原稿用紙を千切ってやけに机の埃をふきながら、給仕《こども》！お茶！　持って来るのが遅いと、叱り飛ばし、ときには撲《なぐ》る。そして白眼を向いている表情が生意気だと、首を摑んで重役室へ連れて行く。誰にもきらわれた。

そのように、朝出社しないからといって、しかし進平はけっして怠け者ではなかった。まして、朝寝など思いもよらぬ。朝眼覚し時計の鳴る音が怖いようで人間出世が出来るかと、自分にいいきかせ、必ず午前六時に起きた。そして昼まで勉強をする。貨幣制度に関する卒業論文が校友会新聞に掲載されたことを進平はひとにもいいふらし、必ずその新聞を机の上にのせておく。そうすると、はげみが出るというわけである。

まるで浅ましいほど勉強したおかげで、間もなく進平の書いた「戦時下に於ける貨幣政策」という論文が二流経済雑誌の懸賞で二等に入選した。本当は一等に入選するところを二等になったのは、たぶん字が汚かったせいだろうと思った。かねがね字の拙い点だけは情けなく諦めていたのである。入選と知ると、直ちに進平は学芸欄へ、その旨発表すべく、「本社記者森進平氏入選す、経済論文で――」と二木見出しをつけた記事を書き、写真班に頼んで自分の写真も撮って貰ったが、整理の矢野が没にしてしまった。

進平が抗議したのは勿論《もちろん》である。しかし、矢野はそれには答えず、暫時《ざんじ》口をもぐもぐさせながら俳句の雑誌を見ていたが、いきなり振向いて、「森君、君は出世しますよ、いや、きっと出世する。しなければ嘘だよ」そう言ったあと、人さし指で鼻の上を一なでして、「ざまあ見ろ」ぼそんといい、これは矢野の口癖だった。

矢野はひょろひょろと背が高く、奥眼で、とりとめの無い男といわれた。まる八年間学芸欄と婦人家庭欄の整理をしているのだが、月給もおかしいほど上らず、地位も向上しない。が、べつに苦にしているようすも無かった。つまりは、こういう男の一人位《くらい》はどこの会社にもいるものである。まるきり怠け者というわけではないが、うかうかと十日も続けて欠勤して、あとでなんとなくしょんぼりしている。かと思うと、大きな弁当箱をもって来て「これには、あんた、三食分の弁当がはいってるんですよ」と声の張りもいつもとは違って、一日中席を離れず、弁当を食べながらまるで亀のようにこつこつと仕事しているのである。頭髪を伸ばしたり、刈ってみたり、いろいろに自分の印象をかえるのに随分苦心しているようである。哲学を勉強しているといつか洩らしたこともあるが、どうやら疑わしい。きょう俳句の本を読んでいるかと思うと、次の日は法華経の解釈書など見ている。ときにはしきりに落語全集を読んでいることもある。どういう魂胆からか、一時趣味と哲学に関する個人雑誌を発行するのだと意気込んでいたが、「亀」という題をつけただけで、その題が風俗上面白くないと冷かされたのをこれ倖《さいわ》いに中止してしまった。その後「食道楽」という雑誌の発行も計画だけはしたらしい。そういう計画をしたということも、しかしいまとなってみれば矢野らしくなく、何ごとにつけ自分の存在を示すことがいちばんいやなことだと、物ぐさの弁解じみて、ひとにもいいふらしていた。

そのようにとりとめはなかったが、しかし彼も「ざまあ見ろ」という口癖さえなかったら、ひとには好かれた方である。彼は突拍子もない時に、「ざまあ見ろ」と言う。どういう意味かと考えてもわからぬゆえ、相手はいっそういやな気持にさせられるのだった。

たとえば、一《ひと》月ほど前、創立以来の古参記者である佐伯が、同僚が残らず部長や課長になっているのにひとり平社員で、それでも公然とはいやな顔も見せず、こつこつと十年間真面目に勤めた努力が報いられて、課長に栄進した日、さすがにそわそわと編輯室の中を歩きまわって、記事の書き方にも念をいれ、新参記者にも余り交通費の伝票を切るなと注意するなどしているのを見ると、矢野はつかつかと傍へ寄って、お目出度《めでと》うといってから、いきなり「ざまあ見ろ」と鼻の下をこすった。喧嘩にならなかったのは、佐伯があっけにとられたのと、一つには課長だと自重したからであった。

矢野は京都の高等学校に五年いたと、べつに隠しもせず、いいふらして、ちょっと悪趣味だった。しかし三年で卒業するところを五年もいたとは、あまり頭も良くなかったことをあらわして余すところがない。けれども、一つには学期試験などもろくろく受けなかったからである。同級の者が高等学校の生徒だというだけの理由で何となく未来の出世を夢みて、自重に自重して小心翼々と学業成績の点をかせいでいるか、あるいは感激のペンキ塗り立て看板をかついでいるかのどちらかだと観察した途端に、われを忘れて怠け出し、落第を続けたのである。

三回目の三年生も落第ときまり、四年目を待機していたところ、前例のないことだと退学処分になった。もうその時両親も死んでおり、食うに困る身分だった。あちこち放浪して腰の据りわるく職業もたびたび変えた挙句、鳥取県の小都会にある三流新聞社の記者になった。ある時、県下の某駅に帝大を出たばかりの若い助役が赴任して来ることになった。その田舎駅では学士の駅員を迎えるのは前代未聞のことだと、駅長以下駅員はむろん土地の有力者がおろおろ興奮して出迎えた。しぜんとにかく新聞種《だね》で、矢野も写真班を連れて駅へ出むいていた。汽車がすべりこんで来ると、瞬間プラットホームは大きなため息に揺れて、まるで楽隊の無いのが残念だった。若い助役は年より二つ位《くらい》老けた顔で汽車を降りた。すかさず矢野が合図すると、写真班はマグネシウムをたいた。途端に矢野はあっと、白い煙を吸いこんだ。ひともあろうにその助役は高等学校時代同級だった斎藤ではないか。

斎藤は度のきつい近視眼鏡をかけ、成績のわるい生徒だった。陰険な背中をまるめて机にかじりつき、筆記帳をなめんばかりにしきりにノートをしていた。教室で矢野が奇声をあげると、斎藤のじろりとした眼が眼鏡の奥から来た。生徒課のスパイをしているということだった。ときどき、とんちんかんな質問をして、物笑いの種だったが、それもどうやら教師に認めてもらうためらしく、むしろ誰も眉をひそめていた。けれどもそんな態度がやはり効果があったのか、毎年危《あやう》く落第を免れてうまく卒業すると、これも運良くむつかしいとされた東京帝大英法科の入学試験に合格して、まるで不思議だった。それがいま二十五の若さで助役になったとは一体どうしたわけか、所詮《しょせん》勉強はすべきものである。

斎藤も昔に比べると、随分肥満していた。仮面のような笑いを浮べ、足を宙にうかした無理な歩き方も、この際の態度だと、矢野は感にたえかねて、暫時《ざんじ》呆然としていた。が、インタヴューを取る役目を想い出すと、ひょこひょこと傍へ寄って行った。随分情けない気持がした。けれども、ふと気がついてみると、われながら不思議に「ざまあ見ろ」という一言を斎藤の顔へ投げつけていた。それがその言葉の使いはじめで、さすがにちょっと声がかすれた。

斎藤はどきんとするよりも、まるでぽかんとしてしまい、むっとした顔をするまでかなり時間が掛った。が、ふとそれが矢野だとわかり、よれよれの洋服を貧乏たらしく着込み、おまけに不精ひげをじじむさく伸ばしているのを素早く見とってしまうと、ぞくぞくと嬉しそうに、「なんだ、矢野君じゃないか。暫く。あとで飯でも食おうじゃないか」そう言い捨てて、あとも見ずに駅長室へ姿を消した。「飯でも食おうじゃないか」とは若い身空でなんという言草かと、矢野は新聞のゴシップ欄で存分に斎藤をやっつけた。田舎町のことゆえ、それがかなり問題になって、矢野はいたし方なく新聞社を止め、土地をあとにした。その土地にはさらさら未練はなかったが、斎藤が帝大に在学中、高文の試験に合格したとわかった夜に、下宿の主婦のはからいでいきなり主婦の姪と事実上結婚してしまったという話をあとできいてみると、それをゴシップにしなかったことだけがいかにも残念だった。

しかし、かねがね矢野は気が弱く、書けばたぶん斎藤に済まない気持をもったところだ。矢野にしてこの気の弱さはうなずけぬ。つまりは、とりとめのない所以《ゆえん》だろうか……。

げんにいま、進平にそんな口を利いたあと、ふと進平の顔を見て、そこに不精ひげが疲れたように伸び、手を見て、爪の垢がたまっているのが眼にはいると、何という理由もなしに、矢野はさすがに哀れを催した。進平もまた薄給の社員ではないか。自己宣伝をしたくなるその気持も無理からぬことだと、矢野は進平の記事を没にしたことが済まなく思われ、心が曇った。けれども、僅《わず》かに次のようなことを想い出して、心の曇りが晴れた。

進平は学界の名士と少しでも口を利いたという、ただそれだけの知己を得ると、もう手土産などもって私邸を訪問し、随分新聞記者らしくない。おまけに訪問はきまって夜で、なにか見えすいていた。べつに用事があろうはずもなく、なんとなく腰を据えてあつかましい。主人が調べものがあるからと良い加減にあしらって、書斎へ引きあげてしまうと、そこの奥さんや子供たちを摑えて雑談する。摑えると容易に離さぬねちこさで、てこでも動かぬ覚悟を太い首に見せていた。しかし、子供の機嫌をとるのは不思議に堂に入って、手土産も必ず玩具だ。ときには宿題もみてやるなど気を使い、上級学校へはいる子供があれば、しつこく相談に乗ってやる。といった風だから、相手も露骨にいやな顔も出来なかった。それでもはじめのうちは夜が更けてのっそりと帰って行ったが、たび重って来ると、もう帰り渋っているのが眼に見えていやらしい。さすがに帰れとはいえぬから、奥さんが「森さん、あんた、遅くなるとお家で叱られない?」とぼんやり持ちかけると、進平は「なに、構わんです。僕は下宿ですから」といい、下宿住いの憂鬱さを喋《しゃべ》り立てると、怖いほど時間が経つ。結局泊れといわざるを得ない破目にさせてしまい、泊る。ときどき奥さんの談話を写真と一緒に新聞にのせてやると、万更《まんざら》でもないらしく、そんなときは泊るのにも充分恰好がついた。やがて、名士の家庭と親戚同然のつきあいになったと、ひそかに喜ぶのである。

新聞記者の言葉でいえば「食い入る」のである。「食い入る」のは新聞記者の腕の見せどころだとはいえ、そういうやり方ではあまりに私ごとだと、誰も褒めようがなかった。だから矢野にしても、どのように進平を扱ったにしろ、サバサバとしてもいられたわけである。

ある日、社長の訓辞があった。本日午後四時社長ノ訓辞アリ、全員居残ラレタシの貼《はり》出《だし》があったので、三時頃に周章《あわ》てて出先から戻って来た者もあったが、退社時間の五時が来ても、訓辞ははじまらなかった。社員たちは帰り仕度のまま空しく煙草を吹かせていた。だいぶ経って、いきなり呼笛《よびぶえ》が鳴って、それは編輯長が鳴らしたのである。目明しの笛のようだと社員たちは何か苦笑して顔見合せ、そのため集合の動作が鈍った。編輯長は「皆、集《あつま》ってや」といい、もう一度呼笛を鳴らし、それでだんだんに会議室へはいって行った。矢野は大組みを見なければならぬという顔で、わざと印刷室の方へ出むいて行き、これはいつものことであった。ふと、矢野の眼に未だ席に居残っている進平の姿が見え、おやっと思った。いつもならとっくに重役室に飛び込んで最前列に坐っているはずの進平が、どうしたわけか机のあたりをうろうろしているのである。おかしい。不審だったが、べつに深く考える気も起らなかった。実は以て進平のことなど、どうでも良いことである。一つには所詮《しょせん》考えてもわからぬ進平の肚だ。矢野はただ社長の訓辞がすむまで印刷室で煙草をのんでおれば良いのである。その通り、矢野はのっそりとワイシャツの袖をまくりあげながら印刷室へはいって行った。

進平は編輯長の呼笛をきく前に足は重役室へ向いていたが、途端に、傍の机で経済部の内川が電話口で喋り立てている言葉を耳にして、眼を光らせたのである。「明日も共和鉱業は暴騰でっせ。見てみなはれ。どえらいニュースがはいってまんねん」内川はどうやら株屋へ掛けているらしかった。共和鉱業といえば進平には聴きのがせぬものがあった。

共和鉱業は資本金二百万円だと誇大宣伝めくボロ会社であった。実は社長の郷田三吉が工面して作った二万円の金で買収した鉱山を百九十五万円に評価し、あと五万円の運転資金もあるかどうか疑わしいといわれた。二十五円額面の株は五十銭の取引も容易でなく、株屋も相手にしなかった。郷田三吉は一度だけだが代議士にもなったことがあり、それが政界を引退してそんなボロ会社の社長に収まって喜んでいるとはうなずけぬと、当時新聞でも叩かれた。ところが、どうしたわけか共和鉱業はだんだん株価が出て来て、いまは額面近く、一東いくらの昔があったとも思えぬ出世株で、つまりは郷田はなかなかのやり手で大いに期するところがあったわけだ。郷田は北浜《きたはま》で悪辣《あくらつ》五人組のひとりといわれた浮田商店と結托して、株価の釣上げ工作にあさましい努力を計ったのである。あおって一般の買気をそそり、なお地方客をそそのかして相場以下に譲渡してやるのを餌に大量の買占めをやらせ、人気の出た途端に売りに出て、暴落した底をふたたび買占めて、またあおるなどという簡単な手段ではなく、工作のため郷田が使う宣伝費は年に五万円で、これは浮田が郷田を見込んで出していた。郷田は年中《ねんじゅう》声を涸《か》らしており、自己所有の金山の有望さを語らせると、相手かまわずのべつまくし立て、徹夜も辞さぬ覚悟を白い繃帯《ほうたい》で咽喉《のど》に巻きつけていた。だから、たとえば進平が何となく郷田の事務所へ顔を出すと、郷田は涸れた声を苦しいほどしぼって、最近第三坑道を掘進《くっしん》中富鉱脈《ふこうみゃく》に着脈し、品位は十万分の三だなどと繰りかえし繰りかえしてさすがに進平をあきれさせた挙句、乗物代だと角封筒を渡すのだ。それで進平も自然この頃郷田は羽振りがよいとあちこちでいいふらすと、効果は十二分であった。むろん進平は用もないのにちょくちょく郷田の事務所へ出掛けた。そのたび、進平はわざと事務所の近くから自動車に乗り、忙しそうに乗りつけるなど何でもないことのようだが、進平は芸が細《こま》かった。

きのうも、進平は郷田のところへ顔出しして来たのである。ひんぱんであったから、さすがにわざと学芸欄の原稿依頼という名目で「お忙しいところを」といつに似合わぬ挨拶もしたところ、郷田は「さあ、どうぞ、どうぞ」と手もとらんばかりに応接間へ通し、まるで薄気味がわるかった。ところが、郷田の話をきいてみると、わかった。

郷田は最近厖大な鉱区の試掘権を手にいれたが、そこは金、銀、銅の富鉱脈が網状に密集しているほかモリブデンやアンチモニも出るというから、あたかも埋れた宝庫である。しかもそれらの鉱石の現地精錬に使用する亜炭《あたん》の鉱区も手にいれてある。むろん大仕掛けな開発に着手するが、そのため資本金五千万円の日進紡績と提携して新会社を創立する。新株は一対一で共和鉱業の株主に割当てられ、若干噸《トン》の鉱石は既に貯蔵され、処女配当一割は既に約束されているから、新株には一株二十円のプレミアムはつく。調印は近く完了することになっている。「……というわけやから、そこんところどうぞよろしく」宣伝してくれと、角封筒を渡されたのである。

だから、内川の言葉は聴きのがせぬ。内川は「そら、あんた、どえらいニュースだっせ。知りとおまっしゃろ。詳しいことを知りたかったら、明日の朝二銭出して関西朝刊新聞を買《こ》うて見なはれ」と電話を切った。進平は訓辞をさきに行こうとする内川を摑えて離さなかった。根掘りきくと、共和鉱業と日進紡績の提携調印が一週間後に完了するというニュースがはいったということで、むろん早耳だった。誰からきいたニュースかと訊くと、郷田から直接きいたという。一週後とまではっきりと進平はきかなかったから、内川もこんなに郷田に食い入っているのかと、嫉妬を感じた。しかし待て、徒《いたず》らに嫉妬している場合ではなかった。きけば、共和鉱業の株は、この二、三日の間に二十円から三十円にまで暴騰し、おまけに調印が完了すれば、新株のプレミアムを織り込んで四十円乃至《ないし》五十円にまで騰《あが》るという。してみると、五十株買っても五百円乃至千円は儲るわけだ。なるほど、こんなところに金儲《かねもうけ》があったのかと、進平は角封筒だけでよろこんでいた自分をうかつだとののしった。いきなり進平は「僕は共和の株を買うぞ」ネクタイを摑むと、皺が出来た。それを見て、内川はねちねちと、「買いなはんのか、さよか。株のことやったらわてに相談しとくなはれ」そう言って名刺をくれた。そこには新聞記者の肩書のほかに、事務所、専用電話まで印刷されてあり、底知れぬ薄気味わるさで、且《か》つ頼もしかった。内川はもともと株屋の外交員上りで、新聞はそっちのけで北浜のボロ株専門店菊屋を事務所みたいにして終日そこで株の売買をやっているのだった。たまに記事を書いても、それはどうやら自分の買った株の宣伝のためらしかった。社長の訓辞がきこえていた。「……木造建築でありますし油や紙が多いので大変火の気をきらいます。どうぞ皆さんは火の要心第一と気をつけて、煙草の吸殻やなんか床の上へ落さないようにしてほしいのであります……。よそと違《ちご》てタイムレコーダーも備えつけてあることですから……」進平はろくろく耳にはいらなかった。

翌朝、進平は高利貸に借りた金をもって北浜へ駆けつけた。北浜二丁目の薄汚い小さなビルディングの前で車を降りた。四人乗りの暗い窮屈なエレヴェーターで三階へ行き、菊屋と青い暖簾《のれん》の掛った部屋へはいると、内川は蒼《あお》い顔でしきりに電話を聴いていた。かねがね内川は血色わるく、顔は疲れたような土色だったが、あるいは株での興奮が皮膚に澱んで、そんな土色になっているのかも知れぬと、進平は見た。内川は受話機を置くと、「おいでやす」とまるで商売人のように言い、目交《まぜ》で誘って、外へ出た。エレヴェーターに乗ると、内川はいきなり「あんた来ようが遅《おそ》おましたぜ。時は金なりや」といった。何のことか分らなかったが、とにかく進平は固い表情できいた。ビルの一階の喫茶室に落着き、「つい先刻《さっき》まで三十円の五やったが、いま三十一円の五に騰《あが》りやがったんだっせ。もうちょっと早よ来たら一円安う買えたんやがな」と内川はきょろきょろした顔で言った。進平は思わず「しもた」と叫び、半時間も経たぬうちに一円も騰るようなれば、ぐずぐずしているとまた騰るかも知れぬと何か焦ったが、しかし、こんなに騰るようではぼろいわいと、もう普通の顔色ではなかった。「……ところで、あんた何株買いなはんねん」といわれたので五十株買う旨《むね》答えると、「五十株だっかいな。五十株はなかなか手にはいりまへんぜ、百株券やったら文句なしでっけど」と内川は顔をしかめて、しかし「ここのコーヒは豆コーヒや」とこれは何気なくいった。けれど、進平には百株の金はなかったゆえその旨いうと、内川は暫《しばら》く黙ってコーヒをのんでいたが「ま、ま、なんとかなりまっしゃろ。わてらが良《え》え按配にしたげまっさ」と頼もしかった。内川はそわそわと出て行き、進平は暫く待たされた。窓から中之島公園が見え、桜の花びらがはらはらと川へ散っていた。進平はチョッキの内ポケットから紙幣束を取り出して勘定しながら、内川に十円ぐらい礼をくれてやったものかどうか思案した。結局惜しいことだと顔をきっとあげたところへ、内川が来て株券を渡した。見るとひどく手垢がついて、皺くちゃで、うらには転々とかわった五人の名儀人の名が書かれてあり、生々しく株券の動いたあとが見えていた。仔細に見ると、なんと最後の名儀人は内川である。「あんたの株でんな」とその旨いうと、内川は「さいな。五十株券はなかなか売物がないよって、あんたにわてのを譲ったげたんや。いま人気株やよってな。しっかり儲けたら、ちょっと出しなはれや」と口に泡ためた。進平はうけ渡しを済ませて、内川と別れた。コーヒ代だけはおごる積りだったが、それもそわそわと忘れて内川に払わせた。けっしてわざとではない。

ビルを出ると、春風が生暖かった。想えば株もぼろいものだ。これからも大いに早耳で株をやろうと、進平はうきうきと野田屋の二階喫茶室にはいり、小一時間苦しいまでの幸福感をのんでいた。こうしている間にも騰っているかも知れないと、やがてそこを出て、足は自然仲買店の前まで走った。そして仲値《なかね》表を見た途端、あッ、思わず声が出て、こともあろうに共和鉱業は二十九円となっているではないか。さすがに進平は不安そうな眼をしょぼつかせて、あたりを見廻した。自転車が走って行った。それが何となく心痛く見えた。仲買店へはいってきいてみると、共和鉱業は朝ちょっとよく三十円の気配も見せかけたが、利喰いに押されて、今日は二十九円が相場だという。してみると内川が譲るといって、三十一円の割で金をとったとは何としたことか。

実は内川はきょうのはじめの気配が三十円だった頃売ろうと思ったが、慾を出してしぶっていたところ下ったので、泡をくって売りを焦っていたのである。ところへ、株には全然素人の進平が来たので、仲値三十円として三十一円の売りで「あびせかけた」のだった。と、そんな詳しいことは分らなかったが、進平は何となく欺された気持がした。すぐ菊屋へ駆けつけて内川を詰問すると、「何いうたはりまんねん。あのときは三十一円の売が相場だっせ。あんたそんな無茶言うても、いま共和を買おう思ても、なかなか五十位《くらい》の売物はおまへんで。いらんのやったら、買い戻したげまっさ」と言われ、進平はいま手放したら儲け損《そこな》うと、とにかくなんとなく十円だけ内川から貰うことにして、引あげた。「下るばかりが株やおまへん……それみてみなはれ。四十銭だけ引戻したいうて電話掛って来なしたやろが」と見きしてみると、金輪際《こんりんざい》手放せぬところだった。

ところが、共和鉱業の株は下る一方であった。進平は終日北浜あたりをぶらぶらして、半時間ごとに仲値表をにらみつけ、蒼い顔をしていた。しかし、いまさら、「株の研究」などという本を読んでみても追いつかなかった。北浜五人組の手が動いているだけではなかった。新会社の創立にあたって、郷田が日進紡績側へ鉱区権利獲得の功労金として二百万円を要求したため調印が不調に終ったばかりか、郷田の関係しているある鉱山会社の代表者が株券偽造と鉱区の二重登録で拘引《こういん》されたことがわかってみれば、株の下るのは不思議でなかった。進平はたまりかねて額面割れの二十一円で売り、五百円の損であった。その翌日共和株は十円代に落ち、せめてもの倖せだった。進平は破産したような顔をしていた。

相《あい》かわらず内川は電話口で株屋を相手に喋り散らしていたが、しかしもはや共和鉱業のことは口にせず、進平の知らぬ会社のことばかりだった。それが進平には恨めしかった。二人はもう物も言い合わなかった。

ところがある日、内川が「誰ぞ不要《いら》ん蓄音機売ってくれる人おまへんやろか」といいふらしていると、「売ろうか」と声を掛けたのは進平だった。「へえ、あんた売ってくれはんのだっか」と内川はおどろいた顔をしたが、さすがに「高いこと言やはんのと違いまっか」と駄目押《だめおし》した。進平は「品が良いんじゃよ。それに近頃蓄音機は買いたくてもなかなか手にはいらんでしょうがな」と内川へもたれ掛るように寄って行った。「良え品物はいれしまへんねん。わてらは鳴ってたらそれで満足でんねん。ポッポッポ鳩ポッポいうて鳴りまっしゃろ。あれでよろしいねん」と内川は土色の顔に汗ためていたが、いきなり、「なんぼでんねん」と原稿用紙を出した。進平は黙って数字を書いた。見て内川は「あんた、どもならんな。株で損して蓄音機で儲けるいう肚《はら》やな」そう叫んだが、しかし結局話がきまって、内川は「そんなら受渡しは明日午後四時半編輯室で品物と金と引換えでっせ」といいい、何やら書き出したので、覗きこむと、契約書だった。進平はすかさず、「契約を履行せざる者は一日につき五円の賠償金を渡すこと」といい、内川は鉛筆をなめなめ、その通りに書いた。

それが同じ社内の者のすることかと、見て矢野は反吐《へど》の出る想いがした。間もなく進平は社へ顔を見せなくなり、それが一月《ひと》も続いたので、いよいよ退社したのかと思われたが、しかし辞表を出した容子《ようす》もなかった。だいぶ前にも進平は「僕などこんな薄給の新聞社にいる男と思われたら癪《しゃく》じゃ。××新聞にはいることになったんですよ」といい、それさり顔も見せなくなって、しかし十日目、ひょっくり出て来ると、何くわぬ顔で前通り勤めていたことがあったので、たぶん今度もいつかは出て来るだろうと噂された。

案の定一月《ひと》経ってひょっくり顔を出し、結婚することになったので、その準備で休んでいたといい、そして十日ばかり出社したのち、「新居を探す必要があるからもう十日……」……休んだ。そして秋、進平の結婚式が挙行された。

披露宴に矢野は招待をうけ、意外だった。この半年間自分の方からはむろんめったに口を利かず、話し掛けられてもろくろく返事しなかったし、矢野という男は感じのわるい男だという進平の言葉も耳にしていたのに、わざわざ招待状をうけてみると、それが進平らしいやり方だと思いながらも矢野は今は黙った。会場は新大阪ホテルだときけば、それも呆れ果てた豪華さで進平らしいいやらしさだったが、しかし進平の身分としては随分無理をして工面したことであろうと、むしろ哀れだった。進平の経済論文はときどき二流雑誌に掲載されていたが、しかし未《いま》だに五十円の月給で、おまけに自分が思っているほどには社内での地位も良くなかった。進平も進平なりに不遇だと、矢野は披露宴に出席する肚がきまった。

ところが、披露宴がはじまって、矢野は驚いた。呆れたことには見る顔見る顔が学界の名士で、何人かと数えるのも阿呆らしいほどの人数だった。むろん池沼編輯長も来ており、矢野と視線が合うと、照れくさそうにひょいとうなずいた。矢野はよくも進平ひとりの腕でこれだけ集めたものだなという眼を編輯長にかえした。

しかし、なお呆れたことは、花嫁は大学教授の令嬢で、透きとおるように色白く痩《や》せて、形容を探せば結局白百合《しらゆり》に落着き、可憐だった。進平はその傍で黒く太い首の汗をしきりにふいていた。まるでわが眼を疑うと矢野は情けなかったが、しかし進平ならこれ位《くらい》のことは何の不思議もないはずだと諦め、矢野はもうやけくそであった。

やがてテーブルスピーチがはじまり、ひとびとは同じようなことを言った。ふと友人総代の名目で自分にも順番が廻って来るかも知れないと矢野は頗《すこぶ》るあわてて怖れたが、あるいは己惚《うぬぼ》れかも知れなかった。進平ともあろうものが自分如きにテーブルスピーチをうかうかとやらせるへまはしないはずだ。そう思って安心した。途端に、どういうわけか矢野は立って喋りたい慾望を感じた。言いたい事は随分ある。たとえば、この花嫁の可憐さを見ろ。じっと眼を据え、花嫁を見ていると、何がなし胸を血が走った。そしてさまざまな言葉が胸の中を走った。進平、貴様もおかげでとうとう出世した。ざまあ見ろ。ふと気がつくと、いつの間にか編輯長が立っていた。編輯長の言葉は大阪弁と標準語がまじっていた。

「……森進平君は新聞記者としては最も優れた武器をもっているのであります。何であるか言いますと、心臓ォの強いということであります。私は森君のこの心臓を買うたのであります。……むずかしい言葉で言いますと、エゴイズムいうことでありまして、他人のことをちょっとも構わんで、気にしないで、自分のことばかし考えている。この態度は新聞記者としてはある点で素晴らしい効果をあげるのでありますが……」

ひとびとはかすかに動揺したと、矢野は思った。花嫁は相変らずうなだれて、しかし何か安心しきった虚《うつ》ろな表情をし、彼女はことし十九歳だということだった。

その時、どこからか、オルゴールの音が流れて来て、それはラジオのお休みの音楽だった。もうこんな時間かと、秋の夜更けの空気を冷たく感じて、矢野はいきなり郷愁をそそられ、瞼を閉じると、オルゴールの音は遠くの空に消え入るばかりにしみじみとゆるやかに、子守歌だった。なんということもなしに矢野はポロリと涙を落した。

「それでありますけれども、家庭の人となられましたらそういう態度では花嫁がお気の毒であります。この点よく気ィをつけて下さい。私の挨拶はこれで……」……終った。拍手が送られた。進平はだらしなく黒い筋肉をほころばせて、その拍手に満悦しているかのようだった。子守歌の最後のメロディも消えた。

披露宴は盛会で、十一時になってやっと散会した。

# 黒い顔

## 一

小学校を卒業すると、すぐ奉公にやられることになり、藤吉は四月のはじめ父親に連れられて、大阪まで三十里の道を汽車に乗った。

随分長い道のりだと思った。仕立ておろしの紺絣《こんがすり》の匂いが、汽車の中で抜けてしまうかと、心配するほどの長さだった。

途中大きな駅がいくつもあったが、梅田のステンションはそのどれよりも大きく、胆《きも》をつぶした。

「どうじゃ。でかいステンションじゃろうが。そげえびっくらしとると、笑われよるぞ」

父親はわざと落着きさはらっていたが、その実随分そわついていることが、藤吉にもわかった。長いプラットホームを歩きながら、懐中へ手をいれてなにやらそわそわと探し

ているらしいので、

「切符ならわしが持っとるぜ」

と、言うと、

「早熟《ませ》たことぬかすな」

切符ではないと口をとがらして、白い紙片を懐中から取り出した。

そして、それを見てふんとうなずき、なにか合点したらしかったが、結局父親はそれを人に見せた。

「△△行きに乗りなはれ」

と、教えてくれた。どうやら、その紙片には行先が書いてあるらしかった。

嘘のように明るい、綺麗な電車に乗った。電車には生れてはじめて乗るのだった。父親は立ったり坐ったりした。藤吉も父親の真似をして、立ったり坐ったりした。小便がしたくなった。しかし、「エビス町」というところまでくると、いきなりそのことを忘れてしまった。「エビス町」というのは、父親が電車のなかで何度も隣りの人にきいていたので、聴き覚えていた。

そこで降りた。大きな塔が眼の前に突っ立っていて、なにか怖かった。塔には一杯電気がついていた。

「ライオンはみがき」の字が点滅した。いろいろに色が変るので、不気味だった。あとで、通天閣だとわかった。

その塔のちょっと手前にある飴屋が奉公先だった。

「藤吉といいます」

奥の座敷で主人にそういうと、

「ほんなら、藤吉とんと呼ぶさかいな」

簡単にきまってなにか悲しかった。

主人の案内で父親と一緒にその辺りを見物した。

「この辺は新世界いうて、活動小屋や寄席が一杯や。そら見てみい。ここも活動や。ここも活動や。公休の日にみたらええがな。……あああれか、あら通天閣いうのや。二百五十尺もあるネや。鉄骨づくりや。公休の日にいっぺん登ってみたらええがな。歩いて登れるかいな。無茶いいな。エレヴェーターいうもんで登るんや。眼《め》ェ舞わしたらあかんぜ。……ああ、それか。そらたべもん屋や。なんしょ、食いだおれの大阪やよってな。たべもん屋だらけやろ。ふん、そこもたべもん屋や。うちかてたべもん屋や。……お腹《なか》すいたやろ」

出雲《いずも》屋というところで、「まむし」を御馳走になった。丼鉢が来ると、主人はいきなりそれをさかさまに持って、器用にゆり動かした。

「こないすると、だしがよう廻って、おいしいねん」

父親も渋い顔をして、そうした。藤吉もそれにならった。が、いつまでもさかさまに持っていたので、だしが随分こぼれた。

しかし、うまかった。

その晩は父親と一緒に寝た。朝、父親は四天王寺《してんのうじ》にお詣りして、釣鐘饅頭《つりがねまんじゅう》を買《こ》うて来た。それを丁稚《でっち》や女子《おなご》衆《し》たちに配ると、

「どうかよろしくお願いしますじゃ。御遠慮なしに叱って下され」

と、主人に挨拶し、国元へ帰って行った。

「饅頭屋の丁稚に饅頭の土産とはこれいかに？」

飴のほか、饅頭も売っていたのである。だから、丁稚たちはその頃流行《はや》った砂川捨丸《すながわすてまる》の万才《まんざい》の口調を真似て父親の土産をひやかしたが、その癖《くせ》むさぼり食うた。あとで存分に知らされたが、飴屋のくせに、丁稚たちは甘いものに餓えていたのだ。

ひやかされた父親を、藤吉はあわれみ、

「よう辛抱するんじゃぞ、寝小便こくまいぞ」

と、父親の残して行った言葉が、いつまでも頭に残った。

藤吉は紺絣の着物を脱がされ、代りに縞《しま》の法被《はっぴ》を着た。そして、店番をするのだ。法被の襟には「新世界デンキ飴」と印がはいっていた。

「デンキ飴」は店頭で飴の製造実演を見せて、なかなかハイカラであった。

飴をいれた鍋の中を電気仕掛けの棒がくるくるとまわると、自動式に飴が伸びて棒にまきつくのである。だんだん飴の色が白くなるのだ。それが面白いとて、道行くひとびとは足を止めるのだった。

藤吉もまたその電気仕掛けに驚嘆して、鍋の傍でぽかんと見とれていた。伸びて行く飴を見つめていると、浅ましく唾気《つばき》を催した。飴屋へ奉公すると、つまみ食いをせぬようにあらかじめいやというほど飴を食べさせてくれると、誰かにきいていたが、嘘だったのだ。

店の前の道路は、朝から晩までぞろぞろと人通りが絶えなかった。なんのためにこんなに人が通るのかと、まるで夢のようにぼうっとしているうちに、夕方になった。水を打ったように眩《まばゆ》い光が流れて、眼がチクチク痛んだ。生欠伸《なまあくび》しながら、浮かぬ顔をして店に坐っていると、まだどんな味かは知らぬが、なんとなく奉公というものの辛さが身にしみて来るようだった。

だんだん夜がふけて、人通りもまばらになると、なんだか心細い気持になった。店を閉めてから、朋輩《ほうばい》がラジウム温泉に連れて行ってくれた。まるで想像も出来なかった大きな浴槽のなかを泳いでいると、ふと故郷の小川が想い出された。もう泳ぐ元気もせず、家へ帰りたいと、しょんぼり思った。

その晩、朋輩たちと同じ部屋で寝た。

父親に教えられた通り、

「お先きに休ませていただきますら」

と、ていねいに挨拶して、こそこそ薄い蒲団のなかにもぐり込もうとすると、朋輩のひとりが、

「お前寝小便せェへんやろな」

と、言った。はっと思った。

「こないだ来たやつは、寝小便さらしやがって、どもならん奴ちゃった。お前は大丈夫やろな。寝小便こいたら、お尻《いど》に灸《やいと》すえたるぜ」

(おいどにやいと)という言葉がわからなかったから、なんのことだろうと、考え考えながら、寝た。

夜なかに何度も眼をさました。その都度、はっとして尻に手を当ててみて、ぬれてはいないと、ほっとした。たいてい明け方に粗相《そそう》をするのだと、あたりが白み出すと、眼

をカッと見ひらいて、天井をにらみ、眠らぬようにした。

おかげで寝小便はまぬがれたが、その日一日中眠くて仕様がなかった。相変らず、朝からぞろぞろとひっきり無しの人通りだった。北へ行く人もあれば、南へ行く人もあった。ゆっくり歩く人もあれば、急いで通る人もあった。しょっちゅう花見時《どき》らしい砂埃が立った。

藤吉はそんな人々が羨《うらやま》しかった。表へ水を打つ以外は、一歩も外へ出ず、じっと飴の番をしているのだ。自動仕掛けも昨日一日見ていたから、ちっとも珍らしくなかった。小止《こや》みもせず、飴の棒の動いているのが、もはや腹立たしいぐらいであった。眠さも手伝って、欠伸ばかりしていた。手を口に当てるのも忘れて、奉公とは退屈なものだという想いを、長ったらしく吐き出していた。

ふと、気がつくと、

「藤吉とん！　居眠りしたらあかんぜ」

声が拳骨と一緒に頭の上に来た。

眠っていたのかと、あわてて眼をこすった。痛さのために、少し泪《なみだ》がにじんでいたのだ。家へ帰りたいという想いが、熱く眼に来た。

# 二

十日ほど経って公休日になった。新世界の第一朝日劇場へはいって、マキノ映画「妖《よう》刀村正《とうむらまさ》」を見ると、十日間の辛さも退屈もけし飛んだ。田舎では、関東大震災の実写を見ただけだった。活動とはこんなに面白いものかと、入れ替りになっても、動かなかった。橘浩葉という人がすすり泣くような声で弁舌したので、すっかり尊敬した。

次の公休日を楽しみに、せっせと奉公に身を入れるのだと、田舎の友達へ手紙を出した。奉公にもなれました、と書いた。

——ぽかんと店番をしているだけではないよ。ちかごろは、飴を袋へ入れることをやらされている。だいぶ上手になった。

ほかの朋輩は、飴を袋にいれるとき、

トコトンヤレ、トンヤレ、ドッコイショ

と言うが、ぼくはその歌がうまくいえぬ。

しかし、おしとさん(——お客様のことを大阪ではおしとさんといいます——)が来ると、「おいでやす」とうまくいえるようになった——云々《うんぬん》。

その次の公休日には、千日前《せんにちまえ》の常盤《ときわ》座で日活の「修羅八荒《しゅらはっこう》」がかかっているときいたので、藤吉ははじめて千日前というところへ行って、見た。まえに見た月形竜之助《つきかたりゅうのすけ》の浅香恵之助はかなりほっそりしていたが、こんどの河部五郎《かわべごろう》の浅香恵之助は随分でっぷりしていると思った。立ち廻りはこんどの方が多かった。伴奏の三味線や太鼓も派手だった。

常盤座を出ると、道頓堀《どうとんぼり》や心斎橋《しんさいばし》筋をぶらぶら見物して歩いた。帰って、田舎の友達へ手紙を書いた。

――同封の絵葉書は道頓堀の写真だ。たいへんな人出だろう。盆と正月が一緒になったようだろう。風に吹かれているのは芝居小屋の幟《のぼり》だ。

道頓堀には五座といって、芝居小屋が五つある。東より順に、弁天《べんてん》座、朝日《あさひ》座、角《かど》座、中《なか》座、浪花《なにわ》座だ。ぼくはまだはいって見たことがない。いずれ出世したら、君にも見物させてやるよ。

道頓堀の近所に、千日前と心斎橋がある。どちらも賑やかなところだ。人、人、人、人の洪水だ。花は笑い、人は狂う。

千日前には食べもの屋と、活動小屋と寄席《よせ》がずらりと並んでいる。楽天地《らくてんち》という芝居小屋もあるよ。

心斎橋には大きな店(――デパットという――)が二つある。大丸《だいまる》と十合《そごう》だ。また、呉服屋小間物屋がずらりと並んでいる。一軒一軒両側の飾窓(――ショインドー――)をのぞいて歩いたので、すっかりくたびれた。

眠いので今日はこれまでにする。

また、レタ書く。

中村京助君　　　　柏　藤吉

追伸　このごろ、店を閉めてから、天王寺公園で、ハーモニカを吹いている。

書きながら、藤吉は大阪というところが非常に好きになった。大阪という大都会に住んでいるのが、得意だった。大阪で出世しなければならぬと思った。しっかり身をいれて奉公しなければならぬと思った。なにか興奮して、その夜ちっとも眠れなかった。手紙に「眠いから――」と書いたのは、嘘である。「眠いから今日はこれまでにする」という文句は、なかなか乙な文句だと思い、だからいつも手紙を書くときには、この文句を使っていたのである。

ところが、向うから来る返事にも、また、「眠いからこれでペンをおく」という文句が書いてあった。つまりは中村京助もまたこの文句を乙だと思っていたのである。京助も同じく、べつに眠かったわけでもないのだ。どちらかといえば、寝つかれなかったのだ。藤吉の手紙にそそられて、大阪という都会についてさまざまに夢をみていたのである。

新世界や、千日前や、道頓堀や、心斎橋や、天王寺公園とはどんなところだろうと、京助は毎晩寝床の中で考えていた。藤吉が羨《うらやま》しくてならなかった。考えてみると、自分の方が小学校の成績はよかったのだ。おまけに自分は色が白いのに、藤吉はいかにも田舎じみて色が真っ黒だ。その藤吉が大阪に住んでいるのに、自分は田舎にくすぶっている。こんなわからぬ話はないと、京助はしきりにわが身を嘆いた。

とうとうたまりかねて、京助は、自分も大阪で奉公したいと、両親に頼み込んだ。

「わりゃ飴屋の丁稚になりたいか」

と、親はきかなかったが、なんだか京助が家出でもしそうな気配だったので、渋々《しぶしぶ》承知した。

京助は早速藤吉に依頼状を書いた。

藤吉は主人に、京助を使うてやってくれと頼んだ。とても器量のよい少年で、学校の成績も優等だと、京助のことをうんと褒めて話した。

「うちの餡みたいに色が白おまんのです」

「お前みたいな黒ん坊と違うのやな」

「へえ」

「しかし、またお前みたいに活動きちがいになりよるやろな」

主人はそう皮肉ったが、結局人手が足らなかったので、京助を雇い入れることになった。

藤吉はすぐ京助に返事を書いた。

——君の希望が実現した。いよいよ君も大都会の住人の一人となるのだ。早くやって来給え。

眠いから今日はこれまでにする。

君の大阪案内のプランを考えて、今夜はちっとも寝つかれぬ。

## 三

梅田の駅に着いた京助は、藤吉がすっかりハイカラになっているのに、びっくりした。

色は相変らず黒かったが、鳥打帽を斜めにかぶったりして、大阪に住んでいるだけのことはあると、思った。

「でかいステンションじゃろが。こんなステンション見るのは、はじめてやろ。どや、このぎょうさんの人出は」

藤吉の言葉に大阪弁がまじっているので、京助はいっそう敬服した。

藤吉は動作も敏捷に京助の荷物を持ってやりながら、

「大将も御寮《ごりょう》はんもええ人やさかい、安心したらええ。ぼくがぼちぼち仕込んだるさかいな」

と、いった。

京助はあわてて懐中から白い紙片を取り出した。それには、藤吉が書き送った大阪弁の解説が表にして記してあった。

それによると、「大将」は「主人」のことで、「御寮はん」は「奥様」のことであった。

汽車の中で、京助はその表をしきりに暗記していた。

「だんない」――「カマワナイ」

「ぼやく」――「小言イウ」

「でぼちん」――「ヒタイ」

「いちびる」――「フザケル」

「おもろい」――「面白イ」

「おますさかい」――「アリマスカラ」

「しまへん」――「致シマセン」

「はっさい」――「オ転婆」

「おいど」――「尻」


どれもこれも、むつかしくて覚えにくかったが、三十里ゆられているうちに、どうにかこうにか覚えてしまった。

しかし、デンキ飴屋の奥座敷で、大将や御寮はんに挨拶したときには、覚えていた大阪弁が一つも使えないで、田舎言葉まるだしであった。

京助は恥かしい想いをした。

が、やがて、藤吉に仕込まれて、少しは大阪弁が使えるようになった。

公休日が来て、藤吉が、

「どや、活動へ行こか」

「おもろいか」

と、京助は即座に大阪弁だった。

活動写真を見終ってからも、京助は、

「ああ、おもろかった。こんなおもろいもん見るのははじめてや」

と、しきりに言った。

京助は活動写真が病みつきになった。

公休日を待ち焦れた。まるで泳ぎつくように、待ち焦れた。

店をしめてから、京助と藤吉は天王寺公園へ行った。グラウンドの真中《まんなか》で藤吉はハーモニカを吹くのだ。ハーモニカを吹けない京助は立ち廻りの真似をした。はの暗い電灯の光の下で藤吉は口から泡を吹き出し、京助は眼をむいていた。

美術館の建物が黒く横たわっていた。グラウンドで自転車の稽古をしていた店員風の男も居なくなり、夜が更けた。しかし二人はいつまでも、立ら去らなかった。

六年経った。

藤吉も京助も二十歳になった。活動を見るのにも、半額では這《は》いれなかった。が、給金も少しはあがっていたので、二人は「大人《だいにん》」の切符を買うて、公休日ごとに活動を見た。

しかし、京助はもう天王寺公園で立ち廻りの真似をしなかった。そんなことは、子供のすることだと思っていたのである。

その代り、鏡の前でしきりにいろんな表情をした。京助は器量よしで、近所の女中たちは、

「俳優みたいや」

と、かげでいっていた。それが京助の耳にも嬉しくはいっていたのだ。それでしょっちゅう鏡を見て、やに下《さが》っていたのである。

藤吉もしばしば鏡を覗いた。そしてニキビをつぶしていた。

「ぼくはなんでこんなに不細工な顔やろ」

と、鏡を見るたび、悲観した。

どちらも、すっかり大人めいていた。だから、ときどき将来の身の立て方について話し合った。

「いつまでも飴屋の丁稚してたかて、どないも仕様ない」

と、藤吉がいうと、

「そや。そや。うちのお父《とっ》つぁんも言うとった。わりゃ飴屋の丁稚になるのかテ言うとった。一生飴屋の丁稚してたかて、なんにもならへん」

と、京助が答えた。

「トコトンヤレ、トンヤレ、ドッコイショが、うまいこといえたかて、ちっとも出世でけへん」

と、藤吉。

「そや。そや。飴を袋にいれるのが上手になったかて、故郷へ錦を飾るいうわけにはいかへん」

と、京助。

「君、どないすんねん？」

藤吉がきくと、京助は、

「ぼくはキネマ俳優になろ思てるねん。阪妻《ばんつま》みたいになるねん。撮影所へ俳優志願に行こ思てるねん」

と、言った。

藤吉は京助の美貌を羨ましいと思った。

間もなく、京助はデンキ飴屋を暇《いとま》取った。いよいよ俳優になるのだといい、ふらりと京都へ行ってしまった。行きしな京助は、

「スクリーンの上でお眼に掛かろう」

と、胸を張っていった。

藤吉は自分の容貌にはてんで諦めていたから、京助のように、出て行くわけにはいかなかった。飴屋の丁稚で終るより仕方ないと思った。

なんだか淋しかった。

俳優になれないことも淋しかったが、それよりも相棒の京助がいなくなったことが、いっそう淋しかった。

「トコトンヤレ、トンヤレ、ドッコイショ」

「おいでやす」

「まいどおおきに」

ぞろぞろと表を通る人々。砂埃。

藤吉は飴屋の丁稚をしているのが、つくづくいやになった。

間もなく、藤吉は飴屋を暇とって、日本橋筋の映写機械の製造屋へ奉公した。俳優になれないが、せめて、映写機械の製造屋へ奉公することで、活動写真へのあこがれを満たすことが出来ると、思ったのである。

## 四

京都の撮影所へ行った京助からは、なんの便りもなかった。どうしているのだろうかと、藤吉は心配した。どこの撮影所へはいったのか、どんな芸名なのかもわからなかった。

活動写真を見るたび、写真の筋よりも、京助の顔がうつらないかと、それぱかしに気をとられていた。が、京助らしい顔は、浅草観音《あさくさかんのん》境内の通行人のなかにも見当らなかった。

藤吉はだんだん不安になった。

一月《ひと》経った。が、京助の顔をスクリーンで見ることは出来なかった。二月《ふた》経った。駄目だった。半年経っても、空しかった。

歳月が流れた。

京助が撮影所へ行ってから、十年経った。

「スクリーンの上で会おう」

と、言った京助の言葉をたよりに、藤吉は活動小屋の暗がりのなかで、まる十年京助の顔を探し求めて来たのだが、空《むな》しかった。

もはや藤吉は、京助がキネマ俳優であることを、信じなかった。

その代り、藤吉はいまでは常設館の映写技師であった。映写機械の製造屋へ奉公しているうちに、機械の扱い方を覚え込んでしまったので、映写技師になったのである。映写室で働くぶんには、顔の黒いのはべつに差支えはなかったのだ。

つまり、顔の白い京助よりも、顔の黒い自分の方が、活動写真に関係しているわけだと、藤吉は思っていた。

ところが、ある日、彼の勤めている常設館へ廻って来た「水戸黄門」の宣伝スティルを見て、藤吉は、「あっ」と、思わず叫んだ。

水戸黄門が不浄役人《ふじょうやくにん》に縛られているスティルだったが、五人いる不浄役人のなかで、水戸黄門の背後で必要以上に眼をむいている不浄役人は、十年会わないが、京助だと一眼で判った。

京助の不浄役人は空の方へ向かって、眼をむいていた。まるで見当ちがいの眼のむき方であった。どちらかといえば、そんな役しかつかぬ自分を慨嘆していると、見えた。なつかしさの余り、藤吉は涙が出た。よくいてくれたと、スティルをなめんばかりにした。一日三回ずつ一週間うつして二十一回、京助に会えるわけだと、藤吉は胸が躍った。

トーキーだから、声がきこえる。二言、三言は声を出すだろうかと、藤吉は映写機械にしがみついた。

ところが、スクリーンには京助の顔も出て来なかった。スティルには出ていたが、巻数の関係で京助の出る場面はカットされたらしかった。藤吉はがっかりした。

「馬鹿な奴やな。なんぜ、もっとええ役がつけへんかったのや。スティルのなかで眼をむいてたかテ仕様があるか」

藤吉は散々愚痴った。

しかし、そのスティルは大事にしまっておいた。

スティルの色が黄色くなって来たある日、戦況ニュースを映写しながら、映写室の小さな窓から、何気《なにげ》なくスクリーンを覗いてみた途端、藤吉はいきなり、

「京吉とん！　京吉とん！」と、叫んだ。「京吉とん」とは京助が新世界のデンキ飴屋にいた頃の名前である。

それは山岳戦の実写であった。山の中腹に大砲が据えられ、しきりに発砲して、威勢がよかった。大砲の傍で砲弾をつめているのは、あの水戸黄門の背後で眼をむいていたのと同じ京助ではないか。

いつの間に出征したのだろうか。日焼けしてだいぶん色が黒くなっている。

と、見た瞬間、京助の姿は消えてしまった。そして、爆撃機が飛んでいった。

それから一週間の間、その常設館では、戦況ニュースがうつる時、必ず山岳戦の威勢

の良い発砲のところで、ぴたりと写真が動かなくなるのだった。約二十秒ぐらい、止まっていた。

映写機の故障かと、観衆ががやがや騒ぎ出すと、ふたたび写真が動いて、爆撃機が飛ぶのだった。

写真が止まっている間、映写技師の藤吉は映写室の小窓から、だいぶん色の黒くなったスクリーンの京助の顔を、うっとりと見つめているのだった。

「大砲に砲弾をこめるとは、ええ役がついてくれたな」

# 聴雨

午後から少し風が出て来た。床の間の掛軸がコツンコツンと鳴る。襟首が急に寒い。雨戸を閉めに立つと、池の面がやや鳥肌立って、冬の雨であった。火鉢に火をいれさせて、左の手をその上にかざし、右の方は懐手《ふところで》のまま、すこし反り身になっていると、「火鉢にあたるような暢気《のんき》な対局やおまへん」という詞《ことば》をふと私は想い出し、にわかに坂田《さかた》三吉《さんきち》のことがなつかしくなって来た。

昭和十二年の二月から三月に掛けて、読売新聞社の主催で、坂田対木村・花田の二つの対局が行われた。木村・花田は名実ともに当代の花形棋士、当時どちらも八段であった。坂田は公認段位は七段ではあったけれど、名人を自称していた。

全盛時代は名人関根《せきね》金次郎《きんじろう》をも指し負かすくらいの実力もあり、成績も挙げていたのである故、まず如何《いか》ように天下無敵を豪語しても構わないようなものの、けれど現に将棋家元の大橋宗家から名人位を授けられている関根という歴とした名人がありながら、もうひとり横合いから名人を名乗る者が出るというのは、まことに不都合な話である。おまけに当の坂田に某新聞社という背景があってみれば、ますます問題は簡単で済まない。当然坂田の名人自称問題は紛糾をきわめて、その挙句《あげく》坂田は東京方棋士と絶縁し、やがて関東、関西を問わず、一切の対局から遠ざかってしまった。人にも会おうとしなかった。

彼の棋風は「坂田将棋」という名称を生んだくらいの個性の強い、横紙破《よこがみやぶ》りのものであった。それを、ひとびとは遂に見ることが出来なくなった。かつて大崎八段と対局した時、いきなり角頭の歩《ふ》を突くという奇想天外の手を指したことがある。果し合いの最中に草鞋《わらじ》の紐を結ぶような手である。負けるを承知にしても、なんと不逞不逞《ふてぶて》しい男かと呆れるくらいの、大胆不敵な乱暴さであった。棋界はほとんど驚倒した。一事が万事、坂田の対局には大なり小なりこのような大向うを唸らせる奇手が現われた。その彼が急に永い沈黙を守ってしまったのである。功成り遂げてからというならまだしも、坂田将棋の真価を発揮するのはこれからという時であった。大衆はさびしがった。

けれど、坂田の沈黙によって、棋界がさびれた訳ではない。木村・金子たち新進が擡頭し、花田が寄せの花田の名にふさわしいあっと息を呑むような見事な終盤を見せだした。定跡の研究が進み、花田・金子たちは近代将棋という新しい将棋の型をほぼ完成した。そうして、棋界が漸《ようや》く賑わったところへ、関根名人が名人位引退を宣言した。名人一代の制度が廃止されて、名人位獲得のリーグ戦が全八段によって開始された。大阪からは木見八段が参加した。神田八段も中途から加わった。が、ただひとり坂田は沈黙している。坂田の実力はやがて棋界の謎となってしまった。隆盛期の棋界に、そこだけがぽつんとあいた穴のような感じであった。

この穴を埋めることは、棋界に残された唯一の、と言わないまでも、かなり興味深い大きな問題である。自然大新聞社はほとんど一《ひと》ッ残らず、坂田の対局を復活させようと、さまざまに交渉した。新聞社同志の虚々実々《きょきょじつじつ》の駈引きは勿論《もちろん》である。けれど、坂田と東京方棋士乃至《ないし》将棋大成会との間にわだかまる感情問題、面目問題はかなりに深刻である。大成会内部の意見を纏《まと》めるのさえ、容易ではなかった。おまけに肝腎の坂田自身がお話にならぬ難物であった。

たいていの新聞社はこの坂田の口説き落としだけで参ってしまったのだ。

「銀が泣いている」という人である。——ああ、悪い銀を打らました、進むに進めず、引くに引かれず、ああ、ほんまにえらい所へ打たれてしもたと銀が泣いている。銀が坂田の心になって泣いているというのだ。坂田にとっては、駒の一つ一つが自分の心であった。そうして、将棋盤のほかには心の場所がないのだ。盤が人生のすべてであった。

将棋のほかには何物もなく、何物も考えられない人であった。無学で、新聞も読めない、交際も出来ない。それ故、世間並の常識で向っても、駄目であった。対局の交渉を受けて、

「そんならひとつ盤に相談しときまひょ」という詞《ことば》は伊達《だて》ではない。それを聴いては、もうどんな道理を持って行っても空《むな》しかった。交渉に行った記者はかんかんになって引き下った。

名人気質などという形容では生ぬるい。将棋のほかには常識も理論もない人、――というだけでも相当難物だが、しかもその将棋たるや、第一手に角頭の歩《ふ》をつくという常識外れの、理論を無視したところが身上の人である。あれやこれやで、十六年間あらゆる新聞社が彼を引きだそうとして失敗したのも、無理はなかった。それを、読売新聞社が十個《か》年間、春秋二回ずつ根気よく攻め続けて、とうとう口説き落したのである。

十六年振《ぶ》りの対局というだけでも、はや催し物としての価値は十分である。おまけに相手は当代の花形棋士、木村・花田両八段である。この二人は現に続行中の名人位獲得戦で第一・二位の成績をおさめ、名人位は十中八九この二人の間で争われるだろうという情勢であった。もし、この二人が坂田に敗れるとすれば、せっかく争い獲《と》った名人位も有名無実なものとなってしまうだろう。つまりは、坂田対両八段の対局は名人位の鼎《かなえ》

の軽重を問うものであった。花田・木村としては負けるに負けられぬところであった。一方、坂田にしても、十六年間の沈黙を破って、いわゆる坂田将棋の真価をはじめて世に問う対局である。東京方への意地もあろう。一生一代の棋戦と言っても、あながちに主催新聞社の宣伝ばかりではなかった。

「十六年間、一切の対局から遠ざかってましたけど、その間一日として研究をせん日はおまへなんだ。ま、坂田の将棋を見とくなはれ」と戦前豪語した手前でも負けられぬ将棋である。六十八歳の老人とは思えぬこの強い詞《ことば》は、無論《もろん》勝つ自信をほのめかした詞であろう。が、ひとつにはそれは、木村・花田を選手とする近代将棋に対して、坂田がいかに奇想天外の将棋を見せるか、見とくなはれという意味も含んでいた。大衆はこの詞に唸った。

ともかく、昭和の大棋戦であった。持《もち》時間からして各自三十時間ずつ、七日間で指し終るという物々しさである。名人位獲得戦でさえも、持《もち》時間は十三時間ずつ、二日で勝負をつけている。対局場も一番勝負二局のうち、最初の一局の対木村戦は、とくに京都南禅寺の書院がえらばれて、戦前下見をした坂田が、

「勿体《もったい》ないこっちゃ、勿体ないこっちゃ、これも将棋を指すおかげだす」と言ったというくらい、総檜木作りの木の香も新しい立派な場所であった。

けれども、私も京都に永らく居たゆえ知っているが、対局を開始した二月五日前後の京都の底冷えというものは、毎年まるで一年中の寒さがこの日に集まったかと思われるほどの厳しさである。ことに南禅寺は東山の山懐《やまふところ》で、琵琶湖の水面より土地が低い。なお坂田は六十八歳の老齢である。世話人が煖房に細心の気を使ったのはいうまでも無かろう。古来将棋の大手合《おおてあい》には邪魔のはいりがちなものである。七日掛《が》かりの対局というからには、いっそうその懸念が多い。よしんば外部からの故障がなくとも、対局者の発病ということもある。対局場の寒さにうっかり風邪を引かれては、それまでだ。勿論、部屋の隅にはストーブが焚《た》かれ、なお左右の両側には、火をかんかんおこした火鉢が一個ずつ用意された。

それを、六十八歳の坂田は、

「火鉢にあたるような暢気《のんき》な対局やおまへん」と言って、しりぞけたのである。このことを私は想い出したのだ。何故とくに想いだしたのだろうか。

木村には附添いはなかったが、坂田には玉江という令嬢が介添役として大阪から同行して来ていた。妻に死なれたあとずっとやもめ暮しの父の身の廻りのことを、一切やって来たというひとである。対局中の七日間、両棋士はずっと南禅寺に缶詰めという約束であった。ところが、坂田は老齢の上に、何かと他人に任せられぬ世話の掛る人である。

人との応対は勿論、封じ手の文字を書くことさえ出来ない。食事も令嬢の手料理でなくてはかなわぬのだ。そこで、対局中玉江という令嬢が附きっ切りで、坂田の世話をすることになったのであるが、ひとつには坂田がこのひとを連れて来たのは、嫁ぎもせず自分の面倒を見て来てくれた娘に、自分の将棋を見せるためでもあった。

「お前もお父《とっ》つぁんが苦しんでるのんを、傍《はた》から見てるのんは辛《つろ》うてどんならんやろけど、言や言うもんの、わいにもわいの考えがあって、来て貰たんやぜ。わいはお前らの父親や言うもんの、何ひとつ残してやる財産いうもんがない。せめて、お父《とっ》つぁんがどれだけ苦労して一生懸命に将棋指してるか、そこをよう見といてや。これがわいのたった一つの遺産やさかい……」

一手六時間というまるで乾いた雑巾《ぞうきん》から血を絞り出すような、父の苦しい長考を見て、とうとう対局場にいたたまれず、隣りの部屋へ逃げ出した挙句、病気になってしまったという玉江に、坂田はこんな風に言った。けれど、本当は坂田は死んだ細君にその将棋を見せてやりたかったのではなかろうか。細君の代りにせめて娘にでもと思ったのではなかろうか。

それと言うのも、昔は現在と違って、棋士の生活は恵まれていない。ことに修業中は随分坂田は妻子に苦労を掛けた。明治三年堺市外舳松村《へのまつむら》の百姓の長男として生れ、十三歳より将棋に志し、明治三十九年には関根八段より五段を許されて漸《ようや》く一人前の棋士になったが、それまでの永い歳月、いや、その頃でさえ、坂田には食うや呑まずの暮しが続いていたのである。自分は将棋さえ指しておれば、食う物がのうても、ま、極楽やけれど、細君や子供たちはそうはいかず、しょっちゅう泣き言を聞かされた。その都度《たんび》に、

「わいは将棋やめてしもたら、生きてる甲斐がない。将棋さすのんがそのくらい気に入らなんだら、出て行ったらええやろ。どうせ困るちゅうことは初めから判ってるこっちゃ。そやから、子供が一人の時、今のうちに出て行けと、あれほど言うたやないか」

と言って叱りつけていたが、ある夜帰って見ると、誰もいない。家の中ががらんと洞のように、しーんとして真暗《まっくら》だ。おかしいなと思い、お櫃《ひつ》の蓋を取って見ると、中は空っぽだった。鍋の中を覗くと、水ばかりじゃぶじゃぶしている。急にはっといやな予感がした。暗がりの中で腑抜けたようになってぼんやり坐っていると、それからどのくらい時が経ったろうか、母子四人が乞食《こじき》のような恰好でしょんぼり帰って来た。ああ、助かったと、ほっとして、

「どこィ行って来たんや、こんな遅《おそう》まで……」と訊くと、

「死に場所探しに行て来ましてん。……」

高利貸には責めたてられるし、食う物はなし、亭主は相変らず将棋を指しに出歩いて、

銭《ぜに》をこしらえようとはしないし、いっそ死んだ方がましやと思い、家を出てうろうろ死に場所を探していると、背中におぶっていた男の子が、お父《と》っちゃん、お父っちゃんと父親を慕うて泣いたので、死に切れずに戻って来たと言う。

「………」涙がこぼれて、ああ、有難いこっちゃ、血なりゃこそこんなむごい父親でも、お父《と》っちゃんと呼んで想い出してくれたのかと、また涙がこぼれて、よっぽど将棋をやめようと思ったが、けれど坂田は出来なんだ。そんな亭主を持ち、細君は死ぬまで将棋を呪うて来たが、けれど十年前いよいよ息を引き取るという時、「あんたは将棋がいのちやさかい、まかり間違うても阿呆な将棋は指しなはんや」と言った。この詞《ことば》にはげまされて十年、そしていま将棋指しとしての一生を賭けた将棋を指そうとして、坂田のたった一つの心残りは、わいもこんな将棋指しになったぜと細君に言ってきかせられないことではなかろうか。細君にその将棋を見て貰えないことではなかろうか。

　して見れば、対木村の一戦は坂田にとっては棋士としての面目ばかりでなく、永年の妻子の苦労を懸《か》けた将棋である。火鉢になぞ当っていられないのは、当然であったろう。――そう思えば、坂田のあの詞《ことば》もにわかに重みが加わって、悲壮である。ところが対局がはじまって三日目には、もう彼はだらしなく火鉢をかかえこんでいる、これはなんとしたことであろうか。

観戦記者や相手の木村八段や令嬢が、老齢の坂田の身を案じて、無理に薦めたのか、それとも、強いことを言っていたけれど、さすがに底冷える寒さにたまりかねて、自分から火鉢がほしいと言いだしたのであろうか。「火鉢にあたるような暢気な対局やおまへん」と自分から強く言いだした詞《ことば》を、うっかり忘れてしまうくらい耄碌《もうろく》していたのか。

あるいはまた、火鉢にもあたるまいというのは、かえって勝負にこだわり過ぎているのではないかと、思い直したのかも知れない。かねがね坂田はよく「栓ぬき瓢簞《びょうたん》」のような気持で指さんとあかんと言っている。

ある時、上京するために大阪駅のプラットホームまで来ると、雑閙のなかに一人の妙な男が立っていた。乗り降りの客が忙《せわ》しく動いている中に、ひとり懐手《ふところで》をしてぽかんと突っ立っているのだ。汽笛が鳴り、汽車が動きだしても、素知《そし》らぬ顔で、気抜けしたようにぱくんと口をあけて、栓ぬき瓢簞みたいな恰好で空を見上げたまま、プラットホームにひとり残されている。なんや、けったいな奴じゃな、あいつ阿呆かいなとその時は思ったが、あとで自分の将棋が悪くなり、気持が焦《あせ》りだすと、不思議にその男の姿を想い出すのだ。ぽかんと栓ぬき瓢簞のような恰好で突っ立っている姿、ちょうどゴム鞠の空気を抜いたふわりとした気持、何物にもとらわれぬ、何物にもさからわぬ態度、これを想い出すのである。余り眼前の勝負に焦りすぎてかんかんになり、余裕を失ってしもうてはとうていよい将棋は指せないぞ、栓ぬき瓢簞の気持で指さなあかんと、思うと不思議に気持が落着く――というのである。

つまりは、火鉢のことにこだわった時は、ちょうど、眼前の勝負にかんかんになり過ぎて、気持が焦りに浮き立っていた。そこに気がついて、これではいけないと、火鉢を要求したのではなかろうか。

けれど、こんな臆測はすべて私の思い過しだろう。観戦記録を見ると、対局開始の二月五日という日は、下見をした前日と打ってかわって、京にめずらしいポカポカと暖かい日であったという。それを読んで、私は簡単にすかされてしまった。その人の弱みにつけこんで言えば、暖かいから火鉢を敬遠したまでのこと、それを「火鉢にあたるような……」云々《うんぬん》と悲壮めかすのは芝居が過ぎる。あるいは、坂田自身が自分の気持に欺かれていたのだろうか。けれども私はこういうところに、かえって坂田の好ましさを感ずる。寒くなったら、あわてて前に言った詞《ことば》を取り消して火鉢をほしがったのだろうと断定を下し、しかも私はそこにこの人の正直さをじかに感じようと思うのである。

それはともかく、坂田が火鉢を要求した時には、はや栓ぬき瓢簞の気持を想い出す必要が来ていたことは、事実である。その時にはつまり対局開始後三日目にはもう坂田の旗色は随分わるかったのだ。対局が済んでから令嬢は観戦記者に、

「父は四日頃から、私の方が悪い言うて、諦めさせました」と語ったというが、四日目とは坂田が一日言いそびれていただけのことではなかろうか。が、あえて三日目といわなくとも、実は三日目からもういけなかったことは、坂田自身でも判っていたのではなかろうか。もっとも、こういうのは何も「勝負ははや戦う前についていたのかも知れない。もっとも、こういうのは何も「勝負は指さぬうちから決ってます」という彼の日頃持論をとりあげて言うのではない。いうならば、坂田は戦前「坂田の将棋を見とくなはれ」と言った瞬間に、もう負けてしまったのではなかろうか。

対局は二月五日午前十時五分、木村八段の先手で開始された。

木村は十八分考えて、七六歩と角道をあけた。まず定跡どおりの何の奇もない無難な手である。二六歩と飛車先の歩を突き出すか、七六歩のこの手かどちらかである。それを十八分も考えたのは、気持を落ちつけるためであろう。

駒から手を離すと、木村はじろりと上眼づかいに相手の顔を見た。底光る不気味な眼つきである。その若さに似ずはやこちらを呑みこんで掛って来たかのような、自信たっぷりのその眼つきを、ぴしゃりと感ずると坂田は急にむずむずして来た。七六歩を受けて三四歩とこちらも角道をあけたり、八四歩と飛車先の歩を突き出したりするような、平凡の手はもう指せるものかという気がした。この坂田がどんな奇手を指すか見ておれ、あっというような奇想天外の手を指してやるんだと、まるで通り魔に憑かれて、坂田はふと眼を窓外にそらした。南天《なんてん》の実が庭に赤い。山清水が引かれていて、水仙の一株が白い根を洗われ、そこへ冬の落日が射している。

十二分経った。坂田の眼は再び盤の上に戻った。そうして、太短い首の上にのった北斎描く孫悟空のような特徴のある頭を心もちうしろへ外《そ》らせながら、右の手をすっと盤の右の端の方へ伸ばした。

その手の位置を見て、木村は、飛車先の歩を平凡に八四歩と突いて来るのだなと、瞬間思った。が、坂田の手はもう一筋右に寄り、九三の端の歩に掛った。そうして、音もなくすーっと九四歩と突き進めて、じっと盤の上を見つめていた。駒のすれる音もせぬしずかな指し方であった。十六年振りに指す一生一代の将棋の第一手とは思えぬしずけさだった。

普段から坂田は、駒を動かすのに音を立てない人である。「ぴしり、ぴしりと音を立てて、駒を敲《たた》きつける人がおますけど、あらかないまへん。音を立てるちゅうのは、その人の将棋がまだ本物になってへん証拠だす。ほんとうの将棋いうもんは、指してる人間の精神が、駒の中へさして入り切ってしもて、自分いうもんが魂の脱け殻みたいに、空気を抜いたゴム鞠みたいに、フワフワして力もなんにもない言う風になってしもた将棋だす。音がするのんは、まだ自分が残ってる証拠だす。……蓮根《れんこん》をぽきんと二つに折ると、蜘蛛の糸よりまだ細い糸が出まっしゃろ。その細い糸の上に人間が立ってるちゅうような将棋にならんとあきまへん。力がみな身体から抜け出して駒に吸いこまれてしまうちゅうと、細い糸の上にも立てます――そういう将棋でないとほんとうの将棋とは言えまへん。そういう将棋になりますちゅうと、もう打つ駒に音が出て来るはずがおまへん」

ある時、坂田はこう語った。それ故、彼は駒の音を立てるようなことは決してしない。九五歩もまたフワリと音もなく突かれた手であった。いわば無言の手である。けれど、この一手は「坂田の将棋を見とくなはれ」という声を放って、暴れまわり、のた打ちまわっているような手であった。前人未踏の、奇想天外の手であった。

木村はあっと思った。なるほど変った手で来るだろうとは予想していた。が、まさか第一着手にこんな未だかつて将棋史上現われたことのない手を指して来るとは、思いも掛けなかった。

「坂田さんの最初の一手九四歩は、私の全然予想せざる着手で、奇異な感に打たれた」と、木村はあとで感想を述べているが、恐らくその通りであったろう。

木村がその通りだから、大衆の驚き方は大変なものだった。かつて大崎八段との対局で、坂田が角頭の歩を突いた時の興奮が案の定再燃したのである。新聞の観戦記は、この九四歩の一手を得ただけでも、この度の対局の価値は十分であると言って、この一手の説明だけで一日分を費《ついや》していたが、その記事を読んだ時のことを、私は忘れ得ない。

いまもあるだろうと思うが、その頃私は千日前の大阪劇場の地下室にある薄汚い将棋倶楽部へ、浮かぬ表情で通っていた。地下室特有の重く澱んだ空気が、煙草のけむりと、ピンポン場や遊戯場からあがる砂ほこりに濁って、私はそこへ降りて行くコンクリートの坂の途中で、はやコンコンといやな咳をしなければならなかったが、その頃私の心をすこしでも慰める場所は、その将棋倶楽部のほかにはなかった。

察しのつく通り、私は病身で、孤独だった。去年の夏、私はある高架電車の中から、沿線のみすぼらしいアパートの狭苦しく薄汚れた部屋の窓を明けはなして、鈍い電灯の光を浴びながら影絵のように蠢《うごめ》いているひとびとの寝姿を見て、いきなり胸をつかれてかつての自分のアパート生活を想い出したことがあるが、ほんとうにその頃の私の生活は、耳かきですくうほどの希望も感動もない、全く青春に背中を向けたものであった。おまけに、その背中を悔恨と焦燥の火に、ちょろちょろ焼かれていたのである。

そうした私を僅かに慰めてくれたのはその地下室の将棋倶楽部で、料金は一時間五銭、盤も駒も手垢《てあか》と脂《あぶら》で黝《くろず》んでいて、落ちぶれた相場師だとか、歩きくたびれた外交員だとか、私のような青春を失った病人だとか、そういう連中が集まるのにふさわしかった。私はその中にまじって、こわれ掛《かか》った椅子にもたれて、アスピリンで微熱を下げながら、自分の運命のように窮地に陥《お》ちた王将が、命からがら逃げ出すのを、しょんぼり悲しんでいたのだった。冬で、手足がちりちり痛み、水洟《みずばな》をすすりあげていると、いやな熱が赤く来て、私はもうぐったりとして、駒を投げ出す、――そんなある日、私はその観戦記を読んだのである。

その地下室を出た足でふと立ち寄った喫茶店に備えつけてあった新聞を、何気《なにげ》なく手に取って見ると、それが出ていたのである。ちょうど観戦記の第一回目で、木村の七六歩、坂田の九四歩の二手だけが紹介されてあった。先手《せんて》の角道があいて、後手《ごて》の端の歩が一つ突き進められているだけという奇妙な図面を、私はまるで舐《な》めんばかりにして眺め、「雌伏十六年、忍苦の涙は九四歩の白金光を放つ」という見出しの文句を、誇張した言い方だとも思わなかった。私は眼の前がぱっと明るくなったような気がして、「坂田はやったぞ。坂田はやったぞ」と声に出して呟き、初めて感動というものを知ったのである。私は九四歩つきという一手のもつ青春に、むしろ恍惚としてしまったのだ。

私のこの時の幸福感は、かつて暗澹たる孤独感を味わったことのない人には恐らく分るまい。私はその夜一晩中、この九四歩の一手と二人でいた。もう私は孤独でなかった。私が将棋の素人《しろうと》であることが、かえって良かった。木村はこの九四歩にどう答えるだろうか、九六歩と同じく端の歩を突いて受けるか、それとも一六歩と別の端の歩を突くだろうかなどと、しきりに想像をめぐらし、翌日の新聞を待ち焦《こが》れた。六十八歳の老齢で、九四歩などという天馬の如き潑剌とした若々しい奇手を生み出す坂田の青春に、私はぴしゃりと鞭打たれたような気がし、坂田のこの態度を自分の未来に擬したく思いながら、その新聞を見ることが、日々の愉みとなったのである。けれど、私にとっては何日間かの幸福であったこの手は、坂田にとって幸福な手であろうか。

素人考えでいえば、局面にもあるだろうが、まず端の歩を突く時は相手に手抜きをされる惧《おそ》れがある。いわば、手損《てぞん》になり易《やす》いのだ。してみれば、後手《ごて》の坂田は中盤なら知らず、まずはじめに九四歩と端を突いたことによって、そして案の定相手の木村に手抜きをされたことによって二手損《そん》をしているわけである。けれど、存外これが坂田の思いであったのかも知れない。はじめにぼんやり力を抜いておいて、敵に無理攻めさせて、その隙に反撃を加えるという覘《うかが》いであったかも知れない。最初の一手《いって》で、はや自分の将棋を栓ぬき瓢簞のようなぼんやりしたものにしておこうとしたとも考えられる。「敵に指させて勝つ」という理論を、彼一流の流儀で応用したのだと言えないこともない。

けれど、結果はやはり二手損《ぞん》が災いして、坂田は木村に圧倒的に攻められて、攻撃に出る隙もなく完敗してしまったのだ。攻撃の速度を重要視している近代将棋に、二手損をもって向ったのは、さすがに無暴だったのだ。無理論の坂田将棋は無理論に頼り過ぎて、近代将棋の理論の前に敗れてしまったのである。

木村は「奇異な感に打たれた」という感想に続いて、

「――が、それと同時に、九四歩を見てからの私は、自分でも不思議な位《くらい》に、グッと気持が落着いて、五六歩と突く時は相当な自信を得ていた。そして五五歩の位勝からは、これが攻撃的に必ず威力を発揮し得るもの、と確信づけられた」と言っている。

五六歩は七六歩、九四歩に次ぐ第三手目である。五五歩は五手目。つまりは木村は三手指した時に、はや勝ったと確信したのである。いや、九四歩を見た途端に、そう思ったのであろう。

そうしてみれば、坂田は九四歩を突いた途端に、もう負けていたのである。一手六時間という長考を要するような苦しい将棋をつくりあげた原因は、この九四歩にあったのだ。しかも、彼はこの手に十二分しか時間を費していない。予定の行動だったのだ。戦前「坂田の将棋を見とくなはれ」と大見得《おおみえ》切った時に、はや彼はこの手を考えていたのではなかろうか。

「滝に打たれる者は涼しいばかりやおまへん。当人にしてみましたらなかなか辛抱がいります」対局場での食事の時間に、ふと彼は呟いたという。はや苦戦を自覚していたのであろう。九四歩のような奇手をもって戦うのは、なるほど棋士の本懐にはちがいないだろうが、それだけに滝に打たれる苦痛も味わわねばならなかったのだ。けれど、それも自業自得だった、と言っては言い過ぎだろうか。変った手を指してあっと言わせてやろうという心に押し出されて、自ら滝壺の中へ飛び込んでしまったのではなかろうか。

変った将棋は坂田にとってはもうほとんど宿命的なものだった。将棋に熱中した余り、学校で習った字は全部忘れて、一生無学文盲《もんもう》で通して来た。駒の字が読めるほかには、――ある時上京して市電に乗ろうとしたが、電車の字が読めぬ、弱っているうちにやっと品川行という字だけが、品川の川という字が坂田三吉の三を横にした形だったおかげでそれと判って、助かった――という程度である。それ故古今《ここん》の棋譜《きふ》を読んでそれに学ぶということが出来ない。おまけに師匠というものがなかったので、自分ひとりの頭を絞った将棋を考えだすより仕様がなかったのだ。自然、自分の才能、個性だけを頼りにし、その独自の道を一筋に貫いて、船の舳をもってぐるりとひっくり返すような我流の将棋をつくるようになった。無学、無師匠の上に、個性が強すぎたのだ。ひとつには、泉州の人らしい茶目気《ちゃめっけ》もあったろう。が、それ故に、坂田将棋は一時覇を唱え、また人気も出た。自信も湧いて来た。角頭の歩を突いたり、名人を自称したり、いわば横紙を破る強気も生じたのだ。が、この強気の故に彼は永い間沈黙を守らねばならぬ破目になった。そうして、三年間というもの、彼は人にも会わず外出もせず駒を手にせず、ひたすら自分の心を見つめて来た。何を考え、何を発見したか、無論私には判らない。が、しかし、「その時の坐蒲団がいまだにへっこんでいます」というくらいの沈思黙考の間に、彼が栓ぬき瓢簞の将棋観をいよいよ深めたであろうことは、私にも想像される。我の強気を去らなくては良い将棋は指せないという持論をますます強くしたのではなかろうか。そうして、その現われが、攻め勝とうとする速度を急ぐ近代将棋に反抗する九四歩だったのではなかろうか。つまりは、九四歩は我を去ろうとする手であったのではなかろうか。けれど、一面これくらい坂田の我を示す手はないのだ。坂田は依然として坂田であった。彼は九四歩の手損を無論知っていたに違いない。が、平手《ひらて》将棋は先後いずれも駒が互角だから、最初の一手をどう指そうと、隙のないようには組めるものだ、最初の一手ぐらいで躓《つまず》くような坂田の将棋ではない、無理な手を指しても融通無碍《ゆうずうむげ》に軽くさばくのが坂田将棋の本領だという自信の方が強かったのだ。この自信があったから、彼は十六年振《ぶ》りに立ったのである。そうして、彼は生涯の最も大事な将棋に最も乱暴な手を指したのである。

これはもう魔がさしたというようなものではなかったのだ。坂田という人にとっては、もうこれほど自然な手はなかったのである。自分の芸境を一途《いちず》に貫いたままでの話である。なんの不思議もない。けれど、その時彼がかつて大衆の人気を博したいわゆる坂田将棋の亡霊に憑かれていたことは確かであろう。おまけに、なんといっても六十八歳である。そうまで人気を顧慮しなくてもと思われる。なにか老化粧の痛ましさが見えるのである。

大衆は勿論喝采《かっさい》した。が、いよいよ負けたと判ると、なんだいという顔をした。「あんな莫迦《ばか》な手を指す奴があるか」と薄情な唇で囁いた。専門の棋士の中にもそういうことをいう者があった。

対局の終ったのは、七日目の紀元節であった。前日からの南禅寺の杉木立《こだち》に雨の煙《けぶ》っている朝の九時五分にはじめて、午に一旦休憩し、無口な昼食のあと午後一時から再開して、一時七分にはもう坂田は駒を投げた。雨はやんでいなかった。

対局者は打ち揃って南禅寺の本堂に詣り、それから宝物を拝観した。坂田は、「おおきに御苦労はんでござります」と、びっくりするほど丁寧なお辞儀をして歩いた。五十五年間、勝負師として生きて来た鋭さがどこにあろうかと思われるくらいの丁寧なお辞儀であった。

書院で法務部長から茶菓を饗された時も、頭を畳につけて、

「おおけに御馳走《ごっと》はんでした」と言った。特徴のある太短かい首が急にげっそりと肉を落して、七日間の労苦がもぎとって行ったようだった。

迎えの自動車に乗ろうとする時、うしろからさした傘のしずくがその首に落ちた。令嬢の玉江はそれを見て、にわかに胸が熱くなった。冬の雨に煙《けぶ》る京の町の青いほのくらさが車窓にくもり、玉江は傍《かたわら》のクッションに埋めた父の身体の中で、がらがらと自信が崩れて行く音をきく想いがした。

坂田は不景気な顔で何やらぽそぽそ呟いていたが、自動車《くるま》が急にカーヴした拍子に、

「あ、そや、そや。……」と叫んだ。

「えッ　何だす?」玉江は俄かに生々《いきいき》として来た父の顔を見た。

「この次の花田はんとの将棋には、こんどは左の端の歩を突いたろと、いま想いついたんや」と、坂田は言おうとしたが、何故か黙ってしまった。そうして、その想いつきのしびれるような幸福感に暫《しば》らく揺られていた。木村との将棋で、右の端の歩を九四歩と突いたのが一番の敗因だったとは思わなかったのである。そうしてまた花田との将棋でそれと同じ意味の左端の歩を突くことが再び自分の敗因になるだろうとは、夢にも思わなかったのである。

雨は急にはげしくなって来た。坂田は何やらブツブツ呟きながら、その雨の音を聴い

ていた。

# 勝負師

池の向うの森の暗さを一瞬ぱっと明るく覗《のぞ》かせて、終電車が行ってしまうと、池の面を伝って来る微風がにわかにひんやりとして肌寒い。宵《よい》に脱ぎ捨てた浴衣《ゆかた》をまた着て、机の前に坐り直した拍子に部屋のなかへ迷い込んで来た虫を、夏の虫かと思って団扇ではたくと、チリチリとあわれな鳴き声のまま息絶えて、秋の虫であった。遠くの家で赤ん坊が泣きだした、なかなか泣きやまない。その家の人びとは宵の寝苦しい暑さをそのままぐったりと夢に結んでいるのだろうか、けれども暦を数えれば、坂田《さかた》三吉《さんきち》のことを書いた私の小説がある文芸雑誌の八月号に載ってからちょうど一《ひと》月が経とうとして、秋のけはいは早《は》やこんなに濃く夜更けの色に染まって揺れているではないか。そう思ってその泣き声を聴いていると、また坂田三吉のことが強く想い出されて、

「どういうもんか、私は子供の泣き声いうもんがほん好きだしてな、あの火がついたみたいに声張りあげてせんど泣いてる子供の泣き声には、格別子供が好き嫌いやいうわ

けやおまへんが、心が惹《ひ》かれてなりまへん」という坂田の詞《ことば》もふと想いだされた。

子供の泣き声を聴いていると、自然に心が浄《きよ》まり、なぜか良い気持になって来るというのである。が、なぜ良い気持になるのか、それは口ではいえないし、またわかってもいないという。坂田自身にわからぬくらいゆえ、無論《むろん》私にもわからない。けれど、私はただわけもなしに子供の泣き声に惹きつけられるというこの詞から、坂田の運命の痛ましさが聴えて来るようにふと思うのである。親子五人食うや呑まずの苦しい暮しが続いた恵まれぬ将棋指しとしての荒い修業時代、暮しの苦しさにたまりかねた細君が、阿呆のように将棋一筋の道にしがみついて米一合の銭も稼ごうとせぬ亭主の坂田に、愛想をつかし、三人のひもじい子供を連れて家出をし、うろうろ死に場所を探してさまようたが、背中におぶっていた男の子がお父《と》っちゃん、お父っちゃんと父親を慕うて泣いたので、死に切れずに戻って来たという話を、私が想いだすからであろうか。その時の火のついたような子供の泣き声が坂田自身の耳の底にジリジリと熱く燃え残っているはずだと、思うからであろうか。ああ、有難いこっちゃ、血なりゃこそこんなむごい父親でもお父っちゃんと呼んで想いだしてくれたのかと、さすがに泣けて、よっぽど将棋をやめて地道な働きを考え、せめて米一合の持駒《もちごま》でもつくろうとその時思ったが、けれど出来ずにやはり将棋一筋の道を香車《きょうしゃ》のように貫いて来た、その修業の苦しさが子供の泣き声を聴くたびピシャリと坂田の心を打つのではなかろうか。火のつくようにまじり気のない浄《きよ》い純粋な泣き声は、まるで修業のはげしさに燃えているると聴えるのであろう。そしてそれはまた坂田の人生の苦しさであろう。してみれば、子供の泣き声に惹かれるという坂田の詞のうらには、坂田の人生の苦渋《くじゅう》が読み取れるはずだと言ってもよかろう。しかも坂田がこの詞を観戦記者に語ったのは、そのような永年の妻子の苦労や坂田自身の棋士としての運命を懸けた一生一代の対局の最中であった。一生苦労しつづけて死んだ細君の代りに、せめてもに娘にこれが父親の自分が遺《のこ》すことの出来る唯一の遺産だといって見せた真剣な対局であった。なににも代えがたい大事の一局であった。その対局に坂田は敗れたのだ。相手の木村八段にまるで赤子の手をねじるようにあっけなく攻め倒されてしまったのである。敗将語らずと言うが、その敗将が語ったのがこの詞であった。無学文盲《もんもう》で将棋のほかには全くの阿呆かと思われる坂田が、ポソポソと不景気な声で子供の泣き声が好きだという変梃《へんてこ》な芸談を語ったのである。なにか痛ましい気持がするではないか。悲劇の人をここに見るような気すらする。

その坂田のことを、私はある文芸雑誌の八月号に書いたのだ。その雑誌が市場に出てからちょうど一月《ひと》が経とうとしているが、この一月《ひと》私はなにか坂田に対して済まぬことをした想いに胸がふさがってならなかった。故人となってしまった人というならまだしも、七十五歳の高齢とはいえ今なお安らかな余生を送っている人を、その人と一面識もない私が六年前の古い新聞の観戦記事の切り抜きをたよりに何の断りなしに勝手な想像を加えて書いたというだけでも失礼であろう。しかも私はその人の古傷にさわることをあえて憚《はばか》らなかったのである。それどころか、その人の弱みにつけ込んだような感想をほしいままにした個所も多い。合駒《あいごま》を持たぬ相手にピンピンと王手王手を掛けるようなこともした。いたわる積《つも》りがかえってその人の弱みをさらけ出した結果ともなってしまったのだ。その人は字の読めぬ人だ、よしんば読めても文芸雑誌など手にすることもあるまいなどというのは慰めにも弁解にもならない。実に済まぬことをした想いが執拗に迫り、と金の火の粉のように降り掛るのであった。しかも、悲劇の人だ。いや、坂田を悲劇の人ときめてかかるのさえ無礼であろう、不遜であろう。この一月《ひと》私の心は重かった。

それにもかかわらず、今また坂田のことを書こうとするのは、なんとしたことか。けれども、ありていに言えば、その小説で描いた坂田は私であったのだ。坂田をいたわろうとする筆がかえってこれでもかこれでもかと坂田を苛《いじ》めぬく結果となってしまったというのも、実は自虐の意地悪さであった。私は坂田の中に私を見ていたのである。もっとも坂田の修業振《ぶ》りや私生活が私のそれに似ているというのではない。いうならば所謂《いわゆる》坂田の将棋の性格、たとえば一生一代の負けられぬ大事な将棋の第一手に、九四歩突きなどという奇想天外の、前代未聞の、横紙破りの、個性の強い、乱暴な手を指すという天馬の如き潑剌とした、いやむしろ滅茶苦茶といってもよいくらいの坂田の態度を、その頃全く青春に背中を向けて心身共に病み疲れていた私は自分の未来に擬したく思ったのである。九四歩突きという一手のもつ青春は、私がそうありたいと思う青春だったのだ。しかもこの一手は、我の強気を去らなくては良い将棋は指せないという坂田一流の将棋観にもとづいたものでありながら、一方これくらい坂田の我を示す手はないのである。いわば坂田の将棋を見てくれという自信を凝り固めた頑固なまでに我の強い手であったのだ。大阪の人らしい茶目気《ちゃめっけ》や芝居気《しばいっけ》も現れている。近代将棋の合理的な理論よりも我流の融通無碍《ゆうずうむげ》を信じ、それに頼り、それに憑かれるより外《ほか》に自分を生かす道を知らなかった人の業《ごう》のあらわれである。自己の才能の可能性を無限大に信じた人の自信の声を放ってのた打ちまわっているような手であった。この自信に私は打たれて、坂田にあやかりたいと思ったのだ。いや私は坂田の中に私の可能性を見たのである。本当いえば、私は佐々木小次郎の自信に憧れていたのかも知れない。けれども佐々木小次郎の自信は何か気負っていていやらしい。それに比べて坂田の自信の方はどこか彼の将棋のようにぼんやりした含みがある。坂田の言葉をかりていえば、栓ぬき瓢簞《びょうたん》のようにぽかんと気を抜いた余裕がある。大阪の性格であろう。やはり私は坂田の方を選んだ。つまりは私が坂田を書いたのは、私を書いたことになるのだ。してみれば、私は自分を高きに置いて、坂田を操ったのではない。私は坂田と共に躍ったのだ。それがせめてもの言い訳《わ》けになってくれるだろうか。

ともかく、私は坂田の青春や自信にぴしゃりと鞭を打たれたのである。昭和十二年の二月のことである。ところが、坂田はその自信がわざわいして、いいかえれば九四歩突きの一手が致命傷となって、あっけなく相手の木村八段に破れてしまった。坂田の将棋を見てくれという戦前の豪語も棋界をあっと驚かせた問題の九四歩突きも、脆い負け方をしてみれば、結局は子供だましになってしまった。坂田の棋士としての運命もこの時尽きてしまったかと思われた。私は坂田の胸中を想って暗然とした。同時に私はひそかにわが師とすがった坂田の自信がこんなに脆いものであったかと、だまされた想いにうろたえた。まるでもぬけの殻を掴まされたような気がし、私の青春もその対局の観戦記事が連載されていた一月《ひと》限りのものであったかと、がっかりした。

ところが、南禅寺でのその対局をすませていったん大阪へ引きあげた坂田は、それから一月《ひと》余りのち、再び京都へ出て来て、昭和の大棋戦と喧伝された対木村、花田の二局のうち、残る一局の対花田戦の対局を天龍寺の大書院で開始した。私は坂田はもう出て来まいと思っていた。対木村戦であれほど近代棋戦の威力を見せつけられて、施す術もないくらい完敗して、すっかり自信をなくしてしまっているはずゆえ、更に近代将棋の産みの親である花田に挑戦するような愚に出まいと思っていたのである。ところが、無暴にも坂田は出て来た。その自信はすっかり失われていたわけではなかったのである。いや、それどころか、坂田は花田八段の第一手七六歩を受けた第一着手に、再び端の歩を一四歩と突いたのである。さきには右の端を九四歩を突き、こんどは左の端を一四歩と突く。九四歩は最初に蛸を食った度胸である。一四歩はその蛸の毒を知りつつあえて再び食った度胸である。無論、後者の方が多くの自信を要する。なんという底ぬけの自信かと、私は驚いた。

けれども、その一四歩がさきの九四歩同様再び坂田の敗因となってみると、もう坂田の自信も宿命的な灰色にうらぶれてしまった。人びとは「こんど指す時は真中《まんなか》の歩を突くだろう」と嘲笑的な蔭口をきいた。坂田の棋力は初段ぐらいだろうなどと乱暴な悪口も囁かれた。けれども、相手の花田八段はさすがにそんな悪口をたしなめて、自身勝ちながら坂田の棋力を高く評価した。また、一四歩突きについても、木村八段のように「その手を見た途端に自分の気持が落ち着いた」などと、暗に勝つ自信をほのめかした感想は言わず、「坂田さんの一四歩は仕掛けさせて勝つ。こうした将棋の根本を狙った氏独創的の作戦であったのです」といたわりの言葉をもってかばっている。花田八段の人物がしのばれるのである。

花田八段はその対局中しばしば対局場を間違えたということである。天龍寺の玄関を上って左へ折れすぐまた右へ折れたところに対局場にあてられた大書院があったのだが、花田八段は背中を猫背にまるめて自分の足許《あしもと》を見つめながら、ずんずんと廊下の端までまっすぐに行ってしまい、折れるのを忘れてしまうのである。「花田さん、そっちは本堂ですよ」と世話役の人に注意されると、「はッ」と言いながら、こんどは間違って便所の方へ行ってしまうという放心振《ぶ》りがめずらしくなく、飄々《ひょうひょう》とした脱俗のその風格から、どうしてあの「寄せの花田」の鋭い攻めが出るのかと思われるくらいである。相手の坂田もそれに輪をかけた脱俗振《ぶ》りで、対局中むつかしい局面になると、

「さあ、おもろなって来た。花田はん、ここはむつかしいとこだっせ。あんたも間違えんようしっかり考えなはれや」と相手をいたわるような春風駘蕩《しゅんぷうたいとう》の口を利いたりした。けれども、対局場の隣の部屋で聴いていると、両人の「ハア」「ハア」というはげしい息づかいが、まるで真剣勝負のそれのような凄さを時に伝えて来て、天龍寺の僧侶たちはあっと息をのんだという。それは二人の勝負師が無我の境地のままに血みどろになっている瞬間であった。

坂田の耳に火のついたような赤ん坊の泣き声がどこからか聴えて来る瞬間であった。そして坂田はその声を聴きながら、再び負けてしまったのである。

# 姉　妹

伊都子が、南方派遣日本語教授要員の志願を思い立ったのは、姉の喜美子がなくなって間もなくのことであった。

両親をはやくなくして、姉妹二人のさびしい暮しであった。

三つ上の喜美子は、洋裁学校へ教師として勤めるかたわら、洋裁の賃仕事を夜なべにして、その収入を東京の女子専門学校の寄宿舎にはいっている妹の伊都子に送った。喜美子は洋裁の仕事をしながら、自身はみすぼらしい服装に甘んじている。映画一つ見ず、お茶一つのまず、京都の吉田の学生街にある安アパートで、まずしい自炊ぐらしをしていたのである。

いわば、喜美子は乾いた雑巾《ぞうきん》を絞るような苦しい努力のかげへ、自分の青春を追いやって、伊都子の卒業を泳ぎつくように、待ち焦《こが》れていたのである。働く女には便利だというパアマネント・ウェーヴも喜美子は掛けず、年二回の授業料納入期の前には、毎夜洋裁の賃仕事に徹夜した。

そして、やっと伊都子が卒業して京都の姉のアパートへ戻って来ると、喜美子はいたいたしいくらいやつれていた。

伊都子はそんな姉を見ると、もう卒業免状を見せる先に、わっと泣きだした。喜美子も泣いて、伊都子の手を握ったが、喜美子の手はびっくりするくらい熱かった。

どきんとして、伊都子は、

「姉さんの手あついわね。熱があるんじゃないの?」

そう言いながら、姉の手をなぜていたが、喜美子は、

「ううん。なんでもないの。嬉しいから、手があつくなるのよ」

弱々しく微笑《ほほえ》んで見せた。そう言いながら、喜美子は薄弱な咳をしていた。

その夕方、伊都子はもう夜どおし氷を割っていた。

朝、医者が来た。肋膜を侵《お》かされているという。過労が原因だから、安静にしておれば、熱がとれるだろうということだった。

しかし、三日待っても、一週間過ぎても、熱は下らなかった。喜美子は水の引くようにみるみる痩せて行った。

一月《ひと》が空しく経った。医者がくれる水薬や粉薬を飲む時刻が来ると、伊都子は、手を

合わして、

「この薬が姉さんに効いてくれますように」

と、祈った。医者の薬は粉薬など、粉がべったりと固まって袋にへばりついて、なんだか何年もまえに調合したままを抽出《ひきだ》しから出して来たように思われて、心細かったが。医者の薬は効かなかった。伊都子は新聞の売薬広告にひそかに注意した。「肋膜に悩む人の福音」などというパンフレットも、売薬兼業の寺院から取り寄せたりした。

いやな梅雨が来た。喜美子の病気はますますいけなくなった。

「伊都ちゃん、私もうこの梅雨を越すこともむつかしいわ」

しとしとと雨の降るある夜、喜美子は蚊細い声でそう言った。何か諦めたような顔であった。

「そんな心細いこと言っちゃだめよ。伊都子悲しくなるじゃないの」

と、伊都子はうるんだ声で、しかし、眼だけ微笑みながら、

「梅雨が済んだら、間もなく祇園《ぎおん》祭ね。祇園祭には、二人で行きましょうね。祇園祭へ二人で行くの、何年振りかしら？　伊都子が東京へ行く前の年だったから、もう四年になるわね」

言っているうちに、微笑んだ眼が涙で一杯だった。

その眼を、喜美子は蒼白い細い手の先で拭いてやりながら、

「ええ、行きましょうね」

と、言ったが、しかし、喜美子が狭苦しいアパートの一室で、息を引きとったのは、祇園祭の宵宮《よいみや》の日だった。

カーテンの隙間から、射して来る西日が、姉の蠟《ろう》色に冷たくなった顔に、いたいたしく当っているのを見て、伊都子は
「姉ちゃん、伊都子を一人ぽっちにして、どうして先に死んでしまったの。伊都子を一人ぽっちにして」

ホロホロと泣きながら、部屋の中が真っ暗になって、もう姉の顔が見えなくなるまで、その言葉を言いつづけた。

しかし、喜美子は、息を引きとる時、

「伊都ちゃん、せめてあんたがお嫁に行く時まで、生きていたかったわ」

と、言ったのである。

「いいえ、私はお嫁になんか行かない」

伊都子は、姉のその言葉を想いだしながら呟いた。

自分のために、青春を犠牲にしてはかなく死んで行った姉を想えば、本当にお嫁にな

ぞ行きたくなかった。自分もまた姉のように、青春に背いた一生を送らねば姉にすまないと、伊都子は自虐めいて思ったのである。

一人ぽっちになった伊都子は、働かねばならなかった。

しかし、伊都子は、事務員になったり、学校の先生になったり、いわば気楽の勤めをしようとは、もう思わなかった。

姉の苦労にも劣らぬ苦労を、自分もしてみなければすまないという気がするのだった。

「南方へ行こう」

と、伊都子は決心した。

遠く内地をはなれてしまえば、姉の死の悲しい想出《おもいで》から逃れることも出来ようか、という娘らしい思いつきであったが、ひとつには、身を捨てるよりほかには、いまの伊都子には姉に報いる浮ぶ瀬はないかと、思われたのだった。

姉の不幸を想えば、もう自分の幸福は許されない、自分もまた身を殺して行こうというこの気持は、自虐めいたが、しかし、身を殺して御国のために、尽すよりほかに、今はもう姉に報いる道はないと、伊都子には思われたのである。

姉の青春、というよりむしろ、生命と引きかえに貰った女専の卒業免状が、南方で日本語を教える資格に役立ってくれれば、もうそれで何も言うことはない、姉も満足してくれるだろうと、思ったのだ。私は異境で果てるのだと、伊都子は姉の位牌に誓ったのである。

選考試験の口答試問で、家庭の情況や志願の覚悟をきかれた時も、伊都子はその気持をありていに述べた。

述べながら、ポロポロ涙が出て来て、しかたがなかった。

「あ、いけない、こんなに取り乱しては……」

口答試問ではねられてしまうわと、伊都子は心配したが、しかし、ある朝の新聞の京都版に、京都関係の合格者の姓名が出ていて、その中に田中伊都子という名もまじっていた。

新聞には、田中伊都子となっていたが、伊都子の姓は田村であった。

田村が田中と誤植されたのだろうと、伊都子は思ったが、しかし、ふと、京都から受験した女のひとの中に、田中伊都子という自分によく似た名のひとがいるのではないかという不安が起きて、伊都子は正式の通知が郵便で来るのを、待ち焦れた。

合格の通知が郵送されたのは、二日のちの朝だった。

そのたよりと一緒に、思いがけなく、姉の喜美子に宛てた手紙が配達された。

姉が死んでから、もう二月《ふた》が経っていた。柘植《つげ》喜美子様と書いた封筒の表書きを見ていると、姉の死んだことがまるで嘘のようであった。

木犀《もくせい》の匂う朝であった。姉の死んだのは、忘れもしないちょうど、祇園祭の宵宮の暑い日であったが、もうこんな季節になったのかと、伊都子はまた、新しい涙が出て来るのだった。

そして、涙を拭いて、封筒のうらを見ると、佐藤文吾とある。

「あ」

佐藤文吾とは誰のことかは知らなかったが、伊都子は声をあげた。

しかし、なぜ、声をあげたか、咄嗟《とっさ》には伊都子は判らなかった。

封を開くと、こんな風に書かれてあった。


随分御無沙汰《ごぶさた》しました。御元気ですか。

東京の大学へはいってからもう一年半になります。その間いっぺんも御《お》たよりせず、申しわけありません。

早速ですが、僕も学徒海鷲《うみわし》として近く○○航空隊へ入隊します。申すまでもなく、生きてかえる気持はありません。従って、もう再びあなたにお眼に掛れるかどうかわかりません。

つきましては、二年前あなたにお貸しした鷗外の「即興詩人」はかたみとして、あなたに差し上げます。

僕が戦死しましたら、京都の吉田の僕の下宿で、パンセラの「旅への誘い」のレコードを、二人で聴いたことを想いだして下さい。

もう京都は木犀の花が咲いているでしょうね。高等学校時代がなつかしいです。そして、あなたのことも。

では、御機嫌よろしゅう。

読みながら、伊都子は何か取りかえしのつかぬ想いにおうおう泣いた。

生前姉が使っていて、今は自分が使っている机の抽出しの中に、「即興詩人」がはいっていた。

「なぜ、二年も借りっ放しにしておいたのだろう」

と、思いながら、頁《ページ》をくると、一枚の紙片がはさんであった。それには姉の筆蹟で、

「あの人はこの本を残して、去って行った」と、ただそれだけ書かれてあった。

「あッ」

と、伊都子は叫んだ。そうだ、この佐藤文吾という青年は高等学校にいる頃は、姉と

親しくしていたのだが、東京の大学へ行ってしまったきり、姉に居所《いどころ》も知らさなかったのだ。だから、返そうにも返せなかったのだわと、何か判ったような気がした。

「旅への誘い」のレコードを一緒にきくだけの、淡いつきあいで、離れてしまえばそれまでの、いわば居所を知らすような義務もなにもない仲であったかも知れないと、伊都子は思った。

が、姉はやはりこのひとの手紙を待ちわびていたのにちがいないと、伊都子は姉にもまたささやかな青春のあったことに、胸が温まる想いであったが、しかし、想いは、なんとかなしい青春であったろう。

「待ちこがれていた手紙が、死んでしまってから来るなんて、そんな……」

呟きながら、伊都子はパンを取った。

妹でございます。姉喜美子こととことしの祇園祭の日、帰らぬ旅へ誘われてしまいました。姉もおそらくあなた様と御一緒に聴いたパンセラの「旅への誘い」を、想いだしていたことでございましょう。

生前、姉がいろいろと御厚誼……

そう書きかけて、伊都子はもうあとが続けられなかった。

悲しかったばかりではない。死んでいるとは知らずに、姉を想いだして、手紙をくれたひとに、悲しい知らせを送るのは、なにか済まないような気がしたのである。

学徒海鷲《うみわし》として飛び立とうとする真ぎわに、姉を想いだしてくれたその気持を、そっとしておいてあげねばと思ったのである。高等学校時代の無邪気なつきあいをさえ想いだすひとの気持は、やがて南方へ旅立とうとする伊都子には、よく判るのだった。合格の通知が来た朝なのだ。

伊都子は姉の名前で、激励の手紙を書き送った。

そして、それから一週間のちに、伊都子は南方派遣日本語教授要員の錬成を受けるために、上京した。

夕方、東京駅に着いた。そして、都電に乗ろうとして、駅の乗車口の前を通りかかると、大学生が集《あつま》って、校歌を合唱していた。

伊都子は立ちどまって、それをながめた。

校歌が済むと、

「拍手、拍手!」

と、手を拍《たた》きだした。そして、いきなり、

「佐藤文吾君万歳！」

と、叫んだ。

伊都子は、

「おやっ」

と、思った。

「佐藤文吾君万歳！」

もう疑う余地もなかった。伊都子は、級友の円陣の中で、固い姿勢のまま突っ立っている学生の顔を見た。胸がどきどきした。

走り寄って、

「妹でございます。柘植喜美子の妹でございます」

と、よっぽど伊都子は言いたかった。が、

「いけない。せっかくの門出に暗いかげを与えては……」

という咄嗟《とっさ》の気持が、伊都子の足を釘づけにした。

やがて、佐藤文吾は級友に見送られて、改札口の中へはいって行った。その黒い制服の背中が見えなくなるまで、伊都子は改札口に佇んでいた。

「姉さん、伊都子は姉さんに代って、見送ってあげたわよ」

そう呟いて、やがて伊都子は駅を出た。
そして、錬成場に当てられた赤坂青山町のお寺へ急ぐために、黄昏《たそがれ》の電車に乗った。

# 木の都

大阪は木のない都だといわれているが、しかし私の幼時の記憶は不思議に木と結びついている。

それは、生国魂《いくたま》神社の境内の、巳《み》さんが棲んでいるといわれて怖くて近寄れなかった樟《くすのき》の老木であったり、北向八幡《きたむきはちまん》の境内の蓮池に落《はま》った時に濡れた着物を干した銀杏《いちょう》の木であったり、中寺町《なかでら》のお寺の境内の蟬《せみ》の色を隠した松の老木であったり、源聖寺《げんしょうじ》坂や口縄《くちなわ》坂を緑の色で覆うていた木々であったり、――私はけっして木のない都で育ったわけではなかった。大阪はすくなくとも私にとっては木のない都ではなかったのである。

試みに、千日前《せんにちまえ》界隈の見晴らしの利く建物の上から、はるか東の方を、北より順に高《こう》津《づ》の高台、生玉《いくたま》の高台、夕陽丘《ゆうひがおか》の高台と見て行けば、何百年の昔からの静けさをしんと底にたたえた鬱蒼たる緑の色が、煙と埃に濁った大気の中になお失われずにそこにあることがうなずかれよう。

そこは俗に上町《うえまち》とよばれる一角である。上町に育った私たちは船場《せんば》、島ノ内《しまうち》、千日前界隈へ行くことを「下へ行く」といっていたけれども、しかし俗にいう下町に対する意味での上町ではなかった。高台にある町ゆえに上町とよばれたまでで、ここには東京の山の手といったような意味も趣きもなかった。これらの高台の町は、寺院を中心に生れた町であり、「高き屋に登りてみれば」と仰せられた高津宮《こうづのみや》の跡をもつ町であり、町の品格は古い伝統の高さに静まりかえっているのを貴《とうと》しとするのが当然で、事実またその趣きもうかがわれるけれども、しかし例えば高津表門筋や生玉の馬場先《ばばさき》や中寺町のガタロ横町などという町は、もう元禄の昔より大阪町人の自由な下町の匂いがむんむん漂うていた。上町の私たちは下町の子として育って来たのである。

路地の多い――というのはつまりは貧乏人の多い町であった。同時に坂の多い町であった。高台の町として当然のことである。「下へ行く」というのは、坂を西に降りて行くということなのである。数多い坂の中で、地蔵坂《じぞうざか》、源聖寺坂、愛染坂《あいぜんざか》、口縄坂……と、坂の名を誌すだけでも私の想いはなつかしさにしびれるが、とりわけなつかしいのは口縄坂である。

口縄(くちなわ)とは大阪で蛇のことである。といえば、はや察せられるように、口縄坂はまことに蛇の如くくねくねと木々の間を縫うて登る古びた石段の坂である。蛇坂といってしまえば打《ぶ》ちこわしになるところを、くちなわ坂とよんだところに情調《じょうちょう》もおかし味もうかがわれ、この名のゆえに大阪では一番さきに頭に泛《うか》ぶ坂なのだが、しかし年少の頃の私は口縄坂という名称のもつ趣きには注意が向かず、むしろその坂を登り詰めた高台が夕陽丘とよばれ、その界隈の町が夕陽丘であることの方に、淡い青春の想いが傾いた。夕陽丘とは古くからある名であろう。昔この高台からはるかに西を望めば、浪華《なにわ》の海に夕陽の落ちるのが眺められたのであろう。藤原家隆卿《ふじわらのいえたか》であろうか、「ちぎりあれば難波の里にやどり来て波の入日ををがみつるかな」とこの高台で歌った頃には、もう夕陽丘の名は約束されていたかと思われる。しかし、再び年少の頃の私は、そのような故事来歴は与り知らず、ただ口縄坂の中腹に夕陽丘女学校があることに、年少多感の胸をひそかに燃やしていたのである。夕暮わけもなく坂の上に佇んでいた私の顔が、坂を上って来る制服のひとをみて、夕陽を浴びたようにぱっと赧《あか》くなったことも、今はなつかしい想出である。

その頃、私は高津宮跡にある中学校の生徒であった。しかし、中学校を卒業して京都の高等学校へはいると、もう私の青春はこの町から吉田へ移ってしまった。少年の私を楽ませてくれた駒ヶ池《こまがいけ》の夜店や榎《えのき》の夜店なども、たまに帰省した高校生の眼には、もはや十年一日の古障子の如きけちな風景でしかなかった。やがて私は高等学校在学中に両親を失い、ひいては無人になった家を畳んでしまうと、もうこの町とはほとんど没交渉になってしまった。天涯孤独の境遇は、転々とした放浪めく生活に馴れやすく、故郷の町は私の頭から去ってしまった。その後私はいくつかの作品でこの町を描いたけれども、しかしそれは著しく架空の匂いを帯びていて、現実の町を描いたとはいえなかった。その町を架空に描きながら現実のその町を訪れてみようという気も物ぐさの私には起らなかった。

ところが、去年の初春、本籍地の区役所へ出掛けねばならぬ用向きが生じた。区役所へ行くには、その町を通らねばならない。十年振《ぶ》りにその町を訪れる機会が来たわけだと、私は多少の感懐《かんかい》を持った。そして、どの坂を登ってその町へ行こうかと、ふと思案したが、足は自然に口縄坂へ向いた。しかし、夕陽丘女学校はどこへ移転してしまったのか、校門には「青年塾堂」という看板が掛っていた。かつて中学生の私はこの禁断の校門を一度だけくぐったことがある。当時夕陽丘女学校は籠球部を創設したというので、私の中学校に指導選手の派遣を依頼して来た。昔らしい呑気《のんき》な話である。私の中学校は籠球にかけてはその頃の中等野球界の和歌山中学のような地位を占めていたのである。私はちょうど籠球部へ籍を入れて四日目だったが、指導選手のあとにのこのこ随《つ》いて行って、夕陽丘の校門をくぐったのである。ところが指導を受ける生徒の中に偶然水原という、私は知っているが向うは知らぬ美しい少女がいたので、私はうろたえた。水原は指導選手と称する私が指導を受ける少女たちよりも下手な投球ぶりをするのを見て、何と思ったか、私は知らぬ。それきり私は籠球部をよし、再びその校門をくぐることもなかった。そのことを想いだしながら、私は坂を登った。

登り詰めたところは露地である。露地を突き抜けて、南へ折れると四天王寺《してんのうじ》、北へ折れると生国魂神社、神社と仏閣を結ぶこの往来にはさすがに伝統の匂いが黴《かび》のように漂うて仏師の店の「作家」とのみ書いた浮彫の看板も依怙地《いこじ》なまでにここでは似合い、不思議に移り変りの尠《すくな》い町であることが、十年振りの私の眼にもうなずけた。北へ折れてガタロ横丁の方へ行く片影《かたかげ》の途上、寺も家も木も昔のままにそこにあり、町の容子《ようす》がすこしも昔と変っていないのを私は喜んだが、しかし家の軒が一斉に低くなっているように思われて、ふと架空の町を歩いているような気もした。しかしこれは、私の背丈がもう昔のままでなくなっているせいであろう。

下駄屋の隣に薬屋があった。薬屋の隣に風呂屋があった。風呂屋の隣に床屋があった。床屋の隣に仏壇屋があった。仏壇屋の隣に桶屋があった。桶屋の隣に標札屋があった。標札屋の隣に……(と見て行って、私はおやと思った。)本屋はもうなかったのである。

善書堂という本屋であった。「少年倶楽部」や「蟻の塔」を愛読し、熱心なその投書家であった私は、それらの雑誌の発売日が近づくと、私の応募した笑話が活字になっているかどうかをたしかめるために、日に二度も三度もその本屋へ足を運んだものである。善書堂は古本や貸本も扱っていて、立川文庫もあった。尋常六年生の私が国木田独歩の「正直者」や森田草平の「煤煙」や有島武郎の「カインの末裔」などを読み耽って、危《あやう》く中学校へ入り損ねたのも、ここの書棚を漁《あさ》ったせいであった。

その善書堂が今はもうなくなっているのである。主人は鼻の大きな人であった。古本を売る時の私は、その鼻の大きさが随分気になったものだと想い出しながら、今は「矢野名曲堂」という看板の掛っているかつての善書堂の軒先に佇んでいると、隣の標札屋の老人が、三十年一日の如く標札を書いていた手をやめて、じろりとこちらを見た。そのイボの多い顔に見覚えがある。私は挨拶しようと思って近寄って行ったが、その老人は私に気づかず、そして何思ったか眼鏡を外すと、すっと奥へひっこんでしまった。私はすかされた想いをもて余し、ふと矢野名曲堂へはいって見ようと思った。区役所へ出頭する時刻には、まだ少し間があった。

店の中は薄暗かった。白昼の往来の明るさからいきなり変ったその暗さに私はまごついて、覚束《おぼつか》ない視線を泳がせたが、壁に掛ったベートベンのデスマスクと船の浮袋だけはどちらも白いだけにすぐそれと判った。古い名曲レコードの売買や交換を専門にやっているらしい店の壁に船の浮袋はおかしいと思ったが、それよりも私はやがて出て来た主人の顔に注意した。はじめははっきり見えなかったが、だんだんに視力が恢復《かいふく》して来ると、おや、どこかで見た顔だと思った。しかし、どこで見たかは想い出せなかった。鼻はそんなに大きくなく、勿論《もちろん》もとの善書堂の主人ではなかった。その代り、唇が分厚く大きくて、その唇を金魚のようにパクパクさせてものをいう癖があるのを見て、徳川《とくがわ》夢声《むせい》に似ているとふと思ったが、しかし、どこかの銭湯の番台で見たことがあるようにも思われた。年は五十を過ぎているらしく、いずれにしても、名曲堂などというハイカラな商売にふさわしい主人には見えなかった。そういえば、だいいち店そのものもその町にふさわしくない。もっとも、区役所へ行く途中、故郷の白昼の町でしんねりむっつり音楽を聴くというのも何かチグハグであろう。しかし、私はその主人に向って、いきなり善書堂のことや町のことなどを話しかける気もべつだん起らなかったので、黙って何枚かのレコードを聴いた。かつて少年倶楽部から笑話の景品に二十四穴《けつ》のハモニカを貰い、それが機縁となって中学校へはいるとラムネ倶楽部というハモニカ研究会に籍を置いて、大いに音楽に傾倒したことなど想い出しながら、聴き終ると、咽喉《のど》が乾いたので私は水を所望し、はい只今《ただいま》と主人がひっこんだ隙《すき》に、懐中《かいちゅう》から財布をとりだしてひそかに中を覗いた。主人はすぐ出て来て、コップを置く前に、素早く台の上を拭いた。

何枚かのレコードを購《もと》めて出ようとすると、雨であった。狐の嫁入りだからすぐやむだろうと暫《しば》らく待っていたが、なかなかやみそうになく、本降りになった。主人は私が腕時計を覗いたのを見て、お急ぎでしたら、と傘を貸してくれた。区役所からの帰り、市電に乗ろうとした拍子に、畳んだ傘の矢野という印が眼に止まり、ああ、あの矢野だったかと、私ははじめて想いだした。

京都の学生街の吉田に矢野精養軒という洋食屋があった。かつてのそこの主人が、いま私が傘を借りて来た名曲堂の主人と同じ人であることを想いだしたのである。もう十年も前のこと故、どこかで見た顔だと思いながらにわかには想い出せなかったのであろうが、想い出して見ると、いろんな細かいことも記憶に残っていた。以前から私は財布の中にいくらはいってるか知らずに飲食したり買物したりして、勘定が足りずに赤面することがしばしばであったが、矢野精養軒の主人はそんな時気前よく、いつでもようござんすと貸してくれたものである。ポークソテーが店の自慢になっていたが、ほかの料理もみな美味《うま》く、ことに野菜は全部酢漬けで、セロリーはいつもただで食べさせてくれ、なお、毎月新譜のレコードを購入して聴かせていた。それが皆学生好みの洋楽の名曲レコードであったのも、今にして想えば奇しき縁《く》ですねと、十日ほど経って傘を返しがてら行った時主人に話すと、ああ、あなたでしたか、道理で見たことのあるお方だと思っていましたが、しかし変られましたなと、主人はお世辞でなく気づいたようで、そして奇しき縁といえば、全くおかしいような話でしてねと、こんな話をした。

主人はもと船乗りで、子供の頃から欧洲航路の船に雇われて、鑵炊《かまた》きをしたり、食堂の皿洗いをしたりコックをしたりしたが、四十の歳に陸へ上って、京都の吉田で洋食屋をはじめた。が、コックの腕に自信があり過ぎて、良い材料を使って美味いものを安く学生さんに食べさせるということが商売気を離れた道楽みたいになってしまったから、儲けるということには無頓着で、結局月々《つきづき》損を重ねて行ったあげく、店はつぶれてしまった。すっかり整理したあとに残ったのは、学生さんに聴かせるためにと毎月費用を惜しまず購入して来たままに溜っていた莫大な数の名曲レコードで、これだけは手放すのが惜しいと、大阪へ引越す時に持って来たのが、とどのつまり今の名曲堂をはじめる動機になったのだという。そして、よりによってこんな辺鄙な町で商売をはじめたのは、売れる売れぬよりも老舗《しにせ》代や家賃がやすかったというただそれだけの理由、人間も家賃の高いやすいを気にするようではもうお了《しま》いですなと、主人はふと自嘲的な口調になって、わたしも洋食屋をやったりレコード店をやったり、随分永いこと少しも世の中の役に立たぬ無駄な苦労をして来ました、四十の歳に陸へ上ったのが間違いだったかも知れませんん、あんなものを飾っておいてもかえって後悔の種ですよと、壁に掛った船の浮袋を指して、しかしわたしもまだ五十三です、……まだまだと言っているところへ、只今《ただいま》とランドセルを背負った少年がはいって来て、新坊、挨拶せんかと主人が言った時には、もうこそこそと奥へ姿を消してしまっていた。どうも無口な奴でと、しかし主人はうれしそうに言い、こんど中学校を受けるのだが、父親に似ず無口だから口答試問が心配だと、急に声が低くなった。たしかお子さんは二人だったがと言うと、ああ、姉の方ですか、あの頃はあなたまだ新坊ぐらいでしたが、もうとっくに女学校を出て、今北浜《きたはま》の会社へ勤めていますと、主人の声はまた大きくなった。

帰ろうとすると、また雨であった。なんだか雨男になったみたいですなと私は苦笑して、返すために持って行った傘をそのまままた借りて帰ったが、その傘を再び返しに行くことはつまりはその町を訪れることになるわけで、傘が取り持つ縁だと私はひとり笑った、そして、あえて因縁をいうならば、たまたま名曲堂が私の故郷の町にあったということは、つまり私の第二の青春の町であった京都の吉田が第一の青春の町へ移って来て重なり合ったことになるわけだと、この二重写しで写された遠いかずかずの青春にいま濡れる想いで、雨の口縄坂を降りて行った。

半月余り経ってその傘を返しに行くと、新坊落第しましたよと、主人は顔を見るなり言った。あの中学そんなに競争がはげしかったかな、しかし来年もう一度受けるという手もありますよと慰めると、主人はいやもう学問は諦めさせて、新聞配達にしましたとこともなげに言って、私を驚かせた。女の子は女学校ぐらい出ておかぬと嫁に行く時肩身の狭いこともあろうと思って、娘は女学校へやったが、しかし男の子は学問がなくても働くことさえ知っておれば、立派に世間へ通るし人の役に立つ、だから不得手な学問は諦めさせて、働くことを覚えさせようと新聞配達にした、子供の頃から身体を責めて働く癖をつけとけば、きっとましな人間になるだろうというのであった。

帰り途《みち》、ひっそりと黄昏《たそが》れている口縄坂の石段を降りて来ると、下から登って来た少年がピョコンと頭を下げて、そのままピョンピョンと行ってしまった。新聞をかかえ、新坊であった。その後私は、新坊が新聞を配り終えた疲れた足取りで名曲堂へ帰って来るのを、何度か目撃したが、新坊はいつみても黙って硝子《ガラス》扉を押してはいって来ると、そのまま父親にも口を利《き》かずにこそこそ奥へ姿を消してしまうのだった。レコードを聴いている私に遠慮して声を出さないのであろうが、ひとつにはもともと無口らしかった。眉毛は薄いが、顔立ちはこぢんまりと綺麗にまとまって、半ズボンの下にむきだしにしている足は、女の子のように白かった。新坊が帰って来ると私はいつもレコードを止めて貰って、主人が奥の新坊に風呂へ行って来いとか、菓子の配給があったから食べろとか声を掛ける隙をつくるようにした。奥ではうんと一言返辞があるだけだったが、父子の愛情が通う温《あたたか》さに私はあまくしびれて、それは音楽以上だった。

　夏が来ると、簡閲《かんえつ》点呼の予習を兼ねた在郷軍人会の訓練がはじまり、自分の仕事にも追われたので、私は暫《しばら》く名曲堂へ顔を見せなかった。七月一日は夕陽丘の愛染堂《あいぜんどう》のお祭で、この日は大阪の娘さん達がその年になってはじめて浴衣を着て愛染様に見せに行く日だと、名曲堂の娘さんに聴いていたが、私は行けなかった。七月九日は生国魂の夏祭であった。訓練は済んでいた。私は十年振《ぶ》りにお詣《まい》りする相棒に新坊を選ぼうと思った。そして祭の夜店で何か買ってやることを、ひそかに楽しみながら、わざと夜をえらんで名曲堂へ行くと、新坊はつい最近名古屋の工場へ徴用されて今はそこの寄宿舎にいるとのことであった。私は名曲堂へ来る途中の薬屋で見つけたメタボリンを、新坊に送ってやってくれと渡して、レコードを聞くのは忘れて、ひとり祭見物に行った。

　その日行ったきり、再び仕事に追われて名曲堂から遠ざかっているうちに、夏は過ぎた。部屋の中へ迷い込んで来る虫を、夏の虫かと思って団扇で敲《たた》くと、チリチリと哀れな鳴声のまま息絶えて、もう秋の虫である。ある日名曲堂から葉書が来た。お探しのレコードが手にはいったから、お暇《ひま》の時に寄ってくれと娘さんの字らしかった。ボードレエルの「旅への誘い」をデュパルクの作曲でパンセラが歌っている古いレコードであった。このレコードを私は京都にいた時分《じぶん》持っていたが、その頃私の下宿へ時々なんとなく遊びに来ていた女のひとが誤って割ってしまい、そしてそのひとはそれを苦にしたのかそれきり顔を見せなくなった。肩がずんぐりして、ひどい近眼であったが、二年前その妹さんがどうして私のことを知ったのか、そのひとの死んだことを知らせてくれた時、私は取り返しのつかぬ想いがした。そんなわけでなつかしいレコードである。本来が青春と無縁であり得ない文学の仕事をしながら、その仕事に追われてかえってかつての自分の青春を暫《しば》らく忘れていた私は、その名曲堂からの葉書を見て、にわかになつかしく、久し振りに口縄坂を登った。

ところが名曲堂へ行ってみると、主人はおらず、娘さんがひとり店番をしていて、父は昨夜から名古屋へ行っているので、ちょうど日曜日で会社が休みなのを幸い、こうして留守番をしているのだという。聴けば、新坊が昨夜工場に無断で帰って来たのだ。一昨夜寄宿舎で雨の音を聴いていると、ふと家が恋しくなって、父や姉の傍で寝たいなと思うと、今までになかったことだのに、もうたまらなくなり、ふらふら昼の汽車に乗ってしまったのやという言い分けを、しかし父親は承知せずに、その晩泊めようとせず、夜行に乗せて名古屋まで送って行ったということだった。一晩も泊めずに帰してしまったかと想えば不憫《ふびん》でしたが、という娘さんの口調の中に、私は二十五の年齢を見た。二十五といえばやや婚期遅れの方だが、しかし清潔に澄んだ瞳には屈託のない若さがたたえられていて、京都で見た頃まだ女学校へはいったばかしであったこのひとの面影も両の頬に残って失われていず、凜《りん》とした口調の中に通っている弟への愛情にも、素直な感傷がうかがわれた。しかし愛情はむしろ五十過ぎた父親の方が強かったのではあるまいか。主人は送って行く汽車の中で食べさせるのだと、昔とった庖丁によりをかけて自分で弁当を作ったという。

この父親の愛情は私の胸を温めたが、それから十日ばかし経って行くと、主人は私の顔を見るなり、新坊は駄目ですよと、思いがけぬわが子への苦情だった。訓《さと》されて帰ったものの、やはり家が恋しいと、三日にあげず手紙が来るらしかった。働きに行って家を恋しがるようでどうするか、わたしは子供の時から四十の歳まで船に乗っていたが、どこの海の上でもそんな女々しい考えを起したことは一度もなかった。馬鹿者めと、主人は私に食って掛《かか》るように言い、この主人の鞭のはげしさは意外であった。帰りの途は暗く、寺の前を通る時、ふと木犀《もくせい》の香が暗がりに閃いた。

冬が来た。新坊がまたふらふらと帰って来て、叱られて帰って行ったという話を聴いて、再び胸を痛めたきり、私はまた名曲堂から遠ざかっていた。主人や娘さんはどうしているだろうか、新坊は一生懸命働いているだろうかと、時にふれ思わぬこともなかったが、そしてまた、始終来ていた客がぷっつり来なくなることは名曲堂の人たちにとっても淋しい気がすることであろうと気にならぬこともなかったが、出不精の上に、私の健康は自分の仕事だけが勢一杯の状態であった。欠かせぬ会合にも不義理がちで、口縄坂は何か遠すぎた。そして、名曲堂のこともいつか遠い想いとなってしまって、年の暮《くれ》が来た。

年の暮は何か人恋しくなる。ことしはもはや名曲堂の人たちに会えぬかと思うと、急に顔を見せねば悪いような気がし、またなつかしくもなったので、すこし風邪《かぜ》気だったが、私は口縄坂を登って行った。坂の途中でマスクを外して、一息つき、そして名曲堂の前まで来ると、表戸が閉っていて、「時局に鑑《かんが》み廃業　仕　候《つかまつりそうろう》」と貼紙がある。中にいるのだろうと、戸を敲《たた》いたが、返辞はない。錠が表から降りている。どこかへ宿替《やどが》えしたんですかと、驚いて隣の標札屋の老人にきくと、名古屋へ行ったという。名古屋といえば新坊の……と重ねてきくと、さいなと老人はうなずき、新坊が家を恋しがって、いくら言いきかせても帰りたがるので、主人は散々思案したあげく、いっそ一家をあげて新坊のいる名古屋へ行き、寝起きを共にして一緒に働けば新坊ももう家を恋しがることもないわけだ、それよりほかに新坊の帰りたがる気持をとめる方法はないし、まごまごしていると、自分にも徴用が来るかも知れないと考え、二十日ほど前に店を畳んで娘さんと一緒に発ってしまった、娘さんも会社をやめて新坊と一緒に働くらしい、なんといっても子や弟いうもんは可愛いもんやさかいなと、もう七十を越したかと思われる標札屋の老人はぼそぼそと語って、眼鏡を外し、眼やにを拭いた。私がもとこの町の少年であったということには気づかぬらしく、私ももうそれには触れたくなかった。

口縄坂は寒々と木が枯れて、白い風が走っていた。私は石段を降りて行きながら、もうこの坂を登り降りすることも当分あるまいと思った。青春の回想の甘さは終り、新しい現実が私に向き直って来たように思われた。風は木の梢にはげしく突っ掛っていた。

# 蛍

登勢は一人娘である。弟や妹のないのが寂しく、生んで下さいとせがんでも、そのたび母の耳を赧《あか》くさせながら、何年かたち十四の歳に母は五十で思いがけず姙《みごも》った。母はまた赧くなり、そして女の子を生んだがその代り母はとられた。すぐ乳母《うば》を雇い入れたところ、折柄《おりから》乳母はかぜけがあり、それがうつったのか赤児《あかご》は生れて十日目に死んだ。父親は傷心のあまりそれから半年たたぬうちになくなった。

泣けもせずキョトンとしているのを引き取ってくれた彦根の伯父《おじ》が、お前のように耳の肉のうすい女は総じて不運になり易いものだといったその言葉を、登勢は素直にうなずいて、この時からもう自分のゆくすえというものをいつどんな場合にもあらかじめ諦めておく習《なら》わしがついた。が、そのために登勢はかえって屈託がなくなったようで、生れつきの眇眼《すがめ》もいつかなおってみると、思いつめたように見えていた表情もしぜん消えてえくぼの深さが目立ち、やがて十八の歳に伏見《ふしみ》へ嫁いだ時の登勢は、鼻の上の白粉がいつもはげているのが可愛い、汗かきのピチピチ弾んだ娘だった。

ところが、嫁ぎ先の寺田屋へ著《つ》いてみると姑《しゅうとめ》のお定はなにか思ってか急に頭痛を触れて、祝言《しゅうげん》の席へも顔を見せない。お定は寺田屋の後妻で新郎の伊助には継母《ままはは》だ。けれども、よしんば生さぬ仲にせよ、男親がすでに故人である以上、誰よりもまずこの席に列《つらな》っていなければならぬこのひとだ。それを頭痛だとはなにごとかと、当然花嫁の側からきびしい、けれども存外ひそびそした苦情が持ち出されたのを、仲人《なこうど》が寺田屋の親戚のうちからにわかに親代りを仕立ててなだめる……、そんな空気をひとごとのように眺めていると、ふとあえかな蛍火《ほたるび》が部屋をよぎった。祝言の煌々《こうこう》たる灯りに恥じらう如くその青い火はすぐ消えてしまったが、登勢は気づいて、あ、蛍がと白い手を伸ばした。花嫁にあるまじい振舞いだったが、仲人はさすがに苦労人で、宇治の蛍までが伏見の酒にあくがれて三十石で上って来よった。船も三十石なら酒も三十石、さア今夜はうんと……、飲まぬ先からの酔うた声で巧く捌《さば》いてしまった。伏見は酒の名所、寺田屋は伏見の船宿で、そこから大阪へ下る淀船《よどぶね》の名が三十石だとは、もとよりその席の誰ひとり知らぬ者はなく、この仲人の下手な洒落に気まずい空気も瞬間ほぐされた。

ところが、その機を外さぬ盞事《さかずきごと》がはじまってみると、新郎の伊助は三三九度の盞《さかずき》をまるで汚い物を持つ手つきで、親指と人差指の間にちょっぴり挟んで持ち、なお親戚の者が差出した盞も盃洗《はいせん》の水で丁寧に洗った後でなければ受け取ろうとせず、あとの手は晒《さらし》手拭《てぬぐい》で音のするくらい拭くというありさまに、かえすがえす苦り切った伯父は夜の明けるのを待って、無理に辛抱せんでもええ、気に食わなんだらいつでも出戻って来いと登勢に言い残したまま、さっさと彦根へ帰ってしまった。

伯父は何もかも見抜いていたのだろうか。その日もまた頭痛だという姑の枕元へ挨拶に上ると、お定は不機嫌な唇で登勢の江州訛《こうしゅうなまり》をただ嗤《わら》った。小姑《こじゅうとめ》の椙も嗤い、登勢のうすい耳はさすがに真赧《よっか》になったが、しかしそれから三日もたつともう嗤われても、にこっとえくぼを見せた。

その三日の間もお定は床をはなれようとせず、それがいかにも後家の姑めいて奉公人たちにはおかしかったが、いつまでそうしているのもさすがにおとなげ無いとお定も思ってか、ひとつには辛抱も切れて、起き上ろうとすると腰が抜けて起《た》たなかった。医者に見せると中風だ。

お定は悲しむまえに、まず病が本物だったことをもっけの倖《さいわい》にわめき散らして、死神が舞い込んで来よった、嫁が来た日から病に取り憑かれたのだというその意味は、登勢の胸にも冷たく落ち、この日からありきたりの嫁苛《いじ》めは始まるのだと咄嗟《とっさ》に登勢は諦めたが、しかし苛められるわけは強いて判ろうとはしなかった。

けれども、寺田屋には、御寮《ごりょう》はん、笑《わろ》うてはる場合やおへんどっせと口軽なおとみという女中もいた。お定は先妻の子の伊助がお人善しのぼんやりなのを倖い、寺田屋の家《か》督《とく》は自身腹を痛めた椙に入聟《いりむこ》とってつがせたいらしい。ところが親戚の者はさすがに反対で、伊助がぼんやりなればしっかり者の嫁をあてがえばよいと、お定に頭痛起させてまで無理矢理登勢を迎えたのだ。してみれば登勢は邪魔者だ……。登勢は自分を憐れむまえにまず夫の伊助を憐れんだ。

伊助は襷《たすき》こそ掛けなかったが、明けても暮れてもコトコト動きまわっていた。しかし、客の世話や帳場の用事で動くのではなく、ただ眼に触れるものを、道具、畳、蒲団、襖、柱、廊下、その他、片っ端から汚い汚いと言いながら、歯がゆいくらい几帳面《きちょうめん》に拭いたり掃いたり磨いたりして、一日が暮れるのである。

目に見えるほどの塵《ちり》一本見のがさず、坐っている客を追い立てて坐蒲団をパタパタはたいたり、そこらじゅう拭きまわったり、ただの綺麗好きとは見えなかった。祝言の席の仕草も想い合わされて、登勢はふと眼を掩《おお》いたかったが、しかしまた、そんな狂気じみた神経もあるいは先祖からうけついだ船宿をしみ一つつけずにいつまでも綺麗に守って行きたいという、後生大事の小心から知らず知らず来た業《ごう》かもしれないと思えば、ひとしお哀れさが増した。伊助は鼻の横に目立って大きなほくろが一つあり、それに触りながら利く言葉に吃りの癖も少しはあった。

伊助の潔癖は登勢の白い手さえ汚いと躊躇《とまど》うほどであり、新婚の甘さはなかったが、いつか登勢にはほくろのない顔なぞ男の顔としてはもうつまらなかった。そして、寺田屋をいつまでもこの大のものにしておくためなら乾いた雑巾から血を絞り出すような苦労もいとわぬと、登勢の朝は奉公人よりも早かったが、しかし左器用《ぎっちょ》の手に重い物さげてチョコチョコ歩く時の登勢の肩の下りぐあいには、どんなに苦労してもいつかは寺田屋を追われるのではなかろうかというあらかじめの諦めが、ひそかにぶらさがっていた。

その頃、西国《さいごく》より京・江戸へ上るには、大阪の八軒屋《はちけんや》から淀川《よどがわ》を上って伏見《ふしみ》へ着き、そこから京へはいるという道が普通で、下りも同様、自然伏見は京大阪を結ぶ要衝として奉行所のほかに藩屋敷が置かれ、荷船問屋の繁昌はもちろん、船宿も川の東西に数十軒、乗合の三十石船が朝昼晩の三度伏見の京橋《きょうばし》を出る頃は、番頭女中のほかに物売りの声が喧《やかま》しかった。あんさん、お下りさんやおへんか。お下りさんはこちらどっせ。お土産《みや》はどうどす。おゝ、おゝ、おちりにあんぽんたんはどうどす……。京のどすが大阪のだすと擦《す》れ違うのは山崎あたり故、伏見はなお京言葉である。自然彦根育ちの登勢にはおちりが京塵紙《ちりし》、あんぽんたんが菓子の名などと覚えねばならぬ名前だけでも数え切れぬくらい多かったが、それでも一月《ひと》たつともう登勢の言葉は姑も噛えなかった。

一事が万事、登勢の絞る雑巾はすべて乾いていたのだ。姑は中風、夫は日が一日汚い汚いにかまけ、小姑の椙は芝居道楽で京通いだとすれば寺田屋は十八歳の登勢が切り廻していかねばならぬ。奉公人への指図は勿論《もちろん》、旅客の応待から船頭、物売りのほかに、あらくれの駕籠《かご》かきを相手の気苦労もあった。伏見の駕籠かきは褌《ふんどし》一筋で銭一貫《いっかん》質屋から借りられるくらい土地では勢力のある雲助だった。

しかし、女中に用事《もの》一つ言いつけるにも、まずかんにんどっせと謝るように言ってからという登勢の腰の低さには、どんなあらくれも暖簾《のれん》に腕押しであった。もっとも女中のなかにはそんな登勢の出来をほめながら内心ひそかになめている者もあった。ところがある日登勢が大阪へ下って行き、あくる日帰って来ると、もう誰も登勢をなめることは出来なかった。

それまで三十石船といえば一艘《そう》二十八人の乗合で船頭は六人、半日半夜で大阪の八丁堀へ著《つ》いていたのだが、登勢が帰ってからの寺田屋の船は八丁堀の堺屋と組合《くみお》うて船頭八人の八挺艪《ちょうろ》で、どこの船よりも半刻速かった。自然寺田屋は繁昌したが、それだけに登勢の身体はいっそう忙しくなった。

おまけに中風の姑の世話だ。登勢、尿《しし》やってんか。へえ。背中さすってんか。へえ。

お茶《ぶ》のましてんか。よろしおす。半刻ごとにお定の枕元へ呼びつけられた。伊助の神経ではそんな世話は思いも寄らず、椙も尿の世話ときいては逃げるし、奉公人もいやな顔を見せたので、自然気にいらぬ登勢に抱かれねばお定は小用も催せなかった。

登勢はいやな顔一つ見せなかったから、痒《かゆ》いところへ届かせるその手の左利きをお定はふとあわれみそうなものだのに、やはり三角の眼を光らせて、鈍臭い、右の手使いなはれ。そして夜中用事がなくても呼び起すので、登勢は帯を解く間もなく、いつか眼のふちは黝《くろず》み、古綿を千切って捨てたようにクタクタになった。そして、もう誰が見ても、祝言の夜、あ、蛍がと叫んだあの無邪気な登勢ではなかったから、これでは御隠居も追い出せまいと人々は沙汰したが、けれどもお定はそんな登勢がかえって癪《しゃく》にさわるらしく、病気のため嫁の悪口いいふらしに歩けぬのが残念だと呟いていた。

ある日寺田屋へ、結《ゆ》い立ての細銀杏《ほそいちょう》から伽羅油《きゃらあぶら》の匂いをプンプンさせた色白の男がやって来て、登勢に風呂敷包を預けると、大事なものがはいっている故、開けて見てはならんぞ。脅《おど》すような口を利いて帰って行った。五十吉《いそきち》といい今は西洞院《にしのとういん》の紙問屋の番頭だが、もとは灰吹きの五十吉と異名をとった破落戸《ごろつき》でありながら寺田屋の聟《むこ》はいずれおれだというような顔が癪だと、おとみなどはひそかに塩まいていたが、お定は五十吉を何と思っていたろうか。

五十吉は随分派手なところを見せ、楫の機嫌とるための芝居見物にも思い切った使い方するのを、楫はさすがに女で万更《まんざら》でもないらしかった。

五十吉は翌日また渋い顔をしてやって来ると風呂敷包みを受け取るなり、見たな。登勢の顔をにらんだので、驚いて見なかった旨《むね》ありていに言うと、五十吉はいや見たといってきかず、二、三度押し問答の末、見たか見ぬか、開けてみりゃ判《わか》ると、五十吉が風呂敷包を開けたとたん、出てきた人形が口をあいて、見たな、といきなり不気味な声で叫んだので、登勢は肝をつぶした。そして、人形が口を利いたのを見るのははじめてだと不思議がるまえにまず自分の不運を何か諦めて、ひたすら謝ると、果して五十吉は声をはげまして、この人形はさる大名の命でとくに阿波の人形師につくらせたものだ、それを女風情《ふぜい》の眼でけがされたとあってはもう献上も出来ない。さア、どうしてくれると騒ぎはお定の病室へ移されて、見るなと言われたものを見ておきながら見なかったとは何と空恐しい根性だと、お定のまわらぬ舌は、わざわざ呼んで来た親戚の者のいる前でくどかった。

うなだれていた顔をふとあげると、登勢の眼に淀の流はゆるやかであった。するとはや登勢は自分もまた旅びとのようにこの船宿に仮やどりをしたのにすぎなかったのだと、いつもの諦めが頭をもたげて来て、彦根の雪の朝を想った。

ところが、ちょうどそこへ医者が見舞って来て、お定の脈を見ながら、ご親戚の方が集《あつま》っておられるようだが、まだまだそんな重態ではござらんと笑ったあと、近頃何か面白い話はござらぬか。そう言って自分から語り出したのは、近頃京の町に見た人形という珍妙なる強請《ごうせい》が流行《はや》っているそうな、人形を使って因縁をつけるのだが、あれは文楽のからくりの仕掛けで口を動かし、また見たなと人形がもの言うのは腹話術とかいうものを用いていることがだんだんに判って奉行所でも眼を光らせかけたようだ……というその話の途中で、五十吉は座を立ってしまい、やがて二、三日すると五十吉の姿はもう京伏見のどこにも見当らなかった。

そして、椙がなに思ってか寺田屋から姿を消してしまったのは、それから間もなくのことだったが、その行方をむなしく探しているうちに一年たち、ある寝苦しい夏の夜、登勢は遠くで聴える赤児《あかご》の泣声が耳について、いつまでも眼が冴えた。生まれて十日目に死んだ妹のことを想い出したためだろうか。ひとつには登勢はなぜか赤児の泣声が好きだった。父親も赤児の泣声ほどまじりけのない真剣なものはない、あの火のついたような声を聴いていると、しぜんに心が澄んで来ると言い言いしていたが、そんなむずかしいことは知らず、登勢は泣声が耳にはいると、ただわけもなく惹きつけられて、ちょうどあの黙々とした無心に身体を焦がしつづけている蛍の火にじっと見入っている時と同じ気持になり、それは何か自分の指を噛んでしまいたいような自虐めいた快感であった……。

赤児の泣声はいつか消えようとせず、降るような夏の星空を火の粉のように飛んでいた。じっと聴きいっていた登勢は急にはっと起き上ると、蚊帳《かや》の外へ出た。そして表へ出ると、果して泣声は軒下の暗がりのなかにみつかった。捨てられているのかと抱いてあやすと、泣きやんで笑った。蚊に食われた跡が涙に汚れてきたない顔だったが、えくぼがあり、鼻の低いところ、おでこの飛び出ているところなど、何か伊助に似ているようであったから、その旨《むね》伊助に言い、拾って育てようとはかったところ、う、う、家《うち》のなかがよ、よごれるやないか。伊助は唇をとがらし、登勢がまだ子をうまぬことさえ喜んでいたくらいだったのだ。

けれど、ふだんは何ひとつ自分を主張したことのない登勢が、この時ばかりは不思議なくらいわがままだった。伊助はしぶしぶ承知した。もっとも伊助は自分が承知してもお定がうんと言うはずはないと、妙なところで継母を頼りにしていたのかも知れなかった。ところが、いつもそんな嫁のわがままを通すはずのないお定が、なんの弱みがあってか強い反対もしなかった。

赤児はお光と名づけ、もう乳ばなれする頃だった故、乳母《うば》の心配もいらず、自分の手一つで育てて四つになった夏、ちょうど江戸の黒船さわぎのなかで登勢は千代を生んだ。千代が生まれるとお光は継子だ。奉公人たちはひそかに残酷めいた期待をもったが、登勢はなぜか千代よりもお光の方が可愛いらしかった。継子の大を持てばやはり違うのかと奉公人たちはかんたんにすかされて、お定の方へ眼を配るとお定もお光にだけは邪険にするような気はないようだった。

お定は気分のよい時など背中を起してちょぼんと坐り、退屈しのぎにお光の足袋《たび》を縫うてやったりしていたが、その年の暮からはもう臥《ふせ》た切りで春には医者も手をはなした。そして梅雨明けをまたずにお定は息を引き取ったが、死ぬ前の日はさすがに叱言はいわず、ただ一言お光を可愛がってやと思いがけぬしんみりした声で言って、あとグウグウ鼾《いびき》をかいて眠り、翌《あく》る朝眼をさましたときはもう臨終だった。失踪した椙のことをついに一言もいわなかったのは、さすがにお定の気の強さだったろうか。

お定の臥《ふせ》ていた部屋は寺田屋中で一番風通しがよかった。まる七年薬草の匂いの褐《あか》くしみこんだその部屋の畳を新しく取り替えて、蚊帳をつると、あらためて寺田屋は夫婦のものだった。登勢は風呂場で水を浴びるのだった。汗かきの登勢だったが、姑《しゅうとめ》をはばかって、ついぞこれまでそんなことをしたことはなく、今は誰はばからぬ気軽さに水しぶきが白いからだに降り掛って、夢のようであった。

蚊帳へ戻ると、お光、千代の寝ている上を伊助の放った蛍が飛び、青い火が川風を染めていた。あ、蛍、蛍と登勢は十六の娘のように蚊帳中はねまわって子供の眼を覚ましたが、やがて子供を眠らせてしまうと、伊助はおずおずと、と、と、登勢、わい、じょ、じょ、浄瑠璃習うてもかめへんか。酒も煙草も飲まず、ただそこらじゅう拭きまわるよりほかに何一つ道楽のなかった伊助が、横領されやしないかとひやひやして来た寺田屋がはっきり自分のものになった今、はじめて浄瑠璃を習いたいというその気持に、登勢は胸が温まり、お習いやす、お習いやす……

伊助の浄瑠璃は吃《どもり》の小唄ほどではなかったが、下手ではなかった。習いはじめて一年目には土地の天狗番附に針の先で書いたような字で名前が出て、間もなく登勢が女の子を生んだ時は、お、お、お光があってお染がなかったら、の、の、野崎村《のざきむら》になれへんさかいにと、子供の名をお染にするというくらいの凝り方で、千代のことは鶴千代と千代萩で呼び、汚い汚いといいながらも子供を可愛がった。宇治の蛍狩も浄瑠璃の文句にあるといえば、連れて行くし、今が登勢は仕合せの絶頂かも知れなかった。

しかし、それだけにまた何か悲しいことが近いうちに起るのではなかろうかと、あらかじめ諦めておくのは、これは一体なんとしたことであろう。

果してお染が四つの歳のことである。登勢も名を知っている彦根の城主が大老になった年の秋、西北の空に突然彗星があらわれて、はじめ二、三尺の長さのものがいつか空一杯に伸びて人魂の化物のようにのたうちまわったかと思うと、地上ではコロリという疫病が流行《はや》りだして、お染がとられてしまった。

ところが悪いことは続くもので、その年の冬、椙が八年振りにひょっくり戻って来るとお光を見るなり抱き寄せて、あ、この子や、この子や、ねえさんこの子はあての子どっせ七年前に寺田屋の軒先へ捨子《すてご》したのは今だからこそ白状するがあてどしたんえという椙の言葉に、登勢はおどろいてお光を引き寄せたが、証拠はこの子の背中に……といわれるともう登勢は弱かった。お光は背中に伊助と同じくらいのほくろがあり、そこから二本大人のような毛が抜いても抜いても生え、嫁入りまえまで癒《なお》るかと登勢の心配はそれだったのだ。が、今はそんな心配どころかと顔を真蒼《まっさお》にしてきけば、五十吉のあとを追うて大阪へ下った椙は、やがて五十吉の子を生んだが、もうその頃は長町の貧乏長屋の家賃も払えなかった。致し方なく五十吉は寄席で蠟燭《ろうそく》の芯切りをし、椙はお茶子《ちゃこ》に雇われたが、足手まといはお光だ。寺田屋の前へ捨てればねえさんのこと故拾ってくれるだろうと思ってそうしたのだが、やっぱり育ててくれて、礼を言いますと頭を下げると、椙は、さアお母ちゃんと一緒に行きまひょ、お父ちゃんも今は堅儀で、お光ちゃんの夢ばっかし見てはるえ。あっという間にお光を連れて、寺田屋の三十石に乗ってしまった。

細々とした暮しだとうなずけるほどの相のやつれ方だったが、そんな風にしゃあしゃあと出て行く後姿を見ればやはりもとの寺田屋の娘めいて、登勢はそんな法はないと追いついてお光を連れ戻す気がふとおくれてしまった。頼りにした伊助も、じょ、じょ、浄瑠璃にようある話やとぼそんと言うだけで、あとぽかんと見送っていた。

おちりとあんぽんたんはどうどす……と物売りが三十石へ寄って行く声をしょんぼり聴きながら、死んだ姑はさすがに虫の知らせでお光が孫であることを薄々かんづいていたのだろうかと、血のつながりの不思議さをぶつぶつ呟《つぶや》きながら、登勢は暫《しばら》く肩で息をしていたが、あ、お光といきなり立ち上って浜へかけつけた時は、もう八丁艪《ちょうろ》の三十石は淀川を下っていた。暫く佇んで戻って来ると、伊助は帳場の火鉢をせっせと磨いていた。物も言わずにぺたりとそのそばに坐り、畳の一つ所をじっと見て、やがて左手で何気なく糸屑を拾いあげたその仕草はふと伊助に似たが、急に振り向くと、キンキンした声で、あ、お越しやす。駕籠《かご》かきが送って来た客へのこぼれるような愛嬌は、はやいつもの登勢の明るさで奉公人たちの眼にはむしろ蓮っ葉じみて、高い笑い声も腑に落ちぬくらいふといやらしかった。

間もなく登勢はお良という娘を養女にした。楢崎という京の町医者の娘だったが、楢崎の死後路頭に迷っていたのを世話をした人に連れられて風呂敷包に五合の米入れてやって来た時、年はときけば、はい十二どすと答えた声がびっくりするほど美しかった。

伊助の浄瑠璃はお光が去ってから急に上達し、寺田屋の二階座敷が素義会《そぎかい》の会場につかわれるなど、寺田屋には無事平穏な日々が流れて行ったが、やがて四、五年すると、西国方面の浪人たちがひそかにこの船宿に泊ってひそびそと、時にはあたり憚《はば》からぬ大声を出して、談合しはじめるようになった。しぜん奉行所の宿調べもきびしくなる。小心な伊助は気味わるく、もう浄瑠璃どころではなかったが、おまけにその客たちは部屋や道具をよごすことを何とも思っていず、談論風発すると畳の眼をむしりとる癖の者もいた。煙草盆はひっくりかえす、茶碗が転《ころ》がる、銚子は割れる、興奮のあまり刀を振りまわすこともあり、伊助の神経には堪えられぬことばかしであった。

登勢は抜身の刀などすこしも怖がらず、そんな客のさっぱりした気性もむしろ微笑《ほほえ》ましかったが、しかし夫がいやな顔しているのを見れば、自然いい顔も出来ず、ふと迷惑めいた表情も出た。ところが、ある年の初夏、八十人あまりの主に薩摩の士が二階と階下とに別れて勢揃いしているところへ駈けつけて来たのは同じ薩摩訛の八人で、鎮撫《ちんぶ》に来たらしかったが、きかず、押し問答の末同士討ちで七人の士がその場で死ぬという騒ぎがあった。騒ぎがはじまったとたん、登勢はさすがに這うようにして千代とお良を連れて逃げたが、ふと聴えたおいごと刺せという言葉がなぜか耳について離れなかった。あとで考えれば、それは薄菊石《うすあばた》の顔に見覚えのある有馬という士の声らしく、乱暴者を壁に押えつけながら、この男さえ殺せば騒ぎは鎮まると、おいごと刺せ、自分の背中から二人を突き刺せ、と叫んだこの世の最後の声だったのだ。

勢一杯に張り上げたその声は何か悲しい響きに登勢の耳にじりじりと焼きつき、ふと思えば、それは火のついたようなあの赤児の泣声の一途《いちず》さに似ていたのだ。

その日から、登勢はもう彼等《かれら》のためにはどんな親切もいとわぬ、三十五の若い母親だった。同じ伏見の船宿の水六の亭主などは少し怪しい者が泊ればすぐ訴人《そにん》したが、登勢はおいごと刺せと叫んだあの声のような美しい声がありきたりの大人の口から出るものかと、泊った浪人が路銀に困っているときけば三十石の船代はとらず、何かの足しにとひそかに紙に包んで渡すこともあった。追われて逃げる者にはとくに早船を仕立てたことは勿論《もちろん》である。

やがてそんな登勢を見込んで、この男を匿《かくま》ってくれと、薩摩屋敷から頼まれたのは坂本龍馬だった。伊助は有馬の時の騒ぎで畳といわず、壁といわず、柱といわず、そこらじゅう血まみれになったあとの掃除に十日も掛《かか》った自分の手を、三月《み》の間暇《ひま》さえあれば嗅いでぶつぶつ言っていたくらい故、坂本を匿うのには気が進まなかったが、そんなら坂本さんのおいやす間、木屋町においやしたらどうどすといわれると、なんの弱みがあってか、もう強い反対もしなかった。

京の木屋町には寺田屋の寮があり、伊助は京の師匠のもとへ通う時は、そこで一晩泊って来る習わしだった。なお登勢は坂本のことを慮《おもんぱか》って口軽なおとみも暫《しばら》く木屋町の手伝いに遣《や》った。ところが、ある日おとみはこっそり帰って来て言うのには、お寮はん、えらいことどっせ。木屋町にはちゃんと旦那はんの妾《めかけ》が……。しかし登勢は顔色一つ変えず、そんなことを言いに帰ったのかと追いかえした。おとみは木屋町へ帰って何と報告したのか、それから四、五日すると、三十余りの色の黒い痩せた女がおずおずとやって来て、あの、こちらは寺田屋の御寮人《ごりょうにん》様で、あ、そうでございましたかと登勢の顔を見るなり言うのには、実は手前共《ども》はもう三年前からこちらの御主人にお世話をしていただいておりましたが、一度御寮人様にそのことでお詫びやら御礼かたがた御挨拶に上らねばと思いながらもつい……。公然と出入りしようという図太い肚で来たのか、それとも本当に一言謝るつもりで来たのか、それは伊助の妾だった。

登勢はえくぼを見せて、それはそれは、わがまま者の伊助がいつもご厄介どした、よその人とちごて世話の掛る病のある人どすさかいに、あんたはんかてたいてやおへんどしたやろ。けっして皮肉ではなく愛嬌のある言い振りをして、もてなして帰したが、妾は暫《しばら》く思案して伊助と別れてしまった。あとで思えば気の良さそうな女だった。

登勢は何かの拍子にそのことを坂本に話し色の黒いひとは気がええのんどっしゃろかと言うと、俺も黒いぞと坂本は無邪気なもので誰にも言うて貰っては困るが、俺は背中にでかいアザがあって毛が生えているので、誰の前でも肌を見せたことがない。登勢はその話をきいてふっとお光を想い出し、もう坂本の食事は誰にも運ばせなかった。そろそろ肥満して来た登勢は階段の登り降りがえらかったが、それでも自分の手で運び、よくよく外出しなければならぬ時は、お良の手を煩わし女中には任さなかった。

もうすっかり美しい娘になっていたお良は、女中の代りをさせるのではないが坂本さんは大切な人だから、という登勢の言葉をきくまでもなく、坂本の世話はしたがり、その後西国へ下った坂本がやがてまた寺田屋へふらりと顔を見せるたび、耳の附根まで赧《あか》くして喜ぶのは、誰よりもまずお良だった。ある夜お良は真蒼《まっさお》な顔で坂本の部屋から降りて来たので、どうしたのかときくと、坂本さんに怪談を聴かされたという。二十歳にもなってと登勢はわらったが、それから半年たった正月、奉行所の一行が坂本を襲うて来た気配を知ったとたん、裸《はだ》かのまま浴室からぱっと脱け出して無我夢中で坂本の部屋へ急を知らせた時のお良は、もう怪談に真蒼になった娘とも思えず、そして坂本と夫婦にならねば生きておれないくらいの恥しさをしのんでいた。それは火のついたようなあの赤児の泣声に似て、はっと固唾《かたず》をのむばかりの真剣さだったから、登勢は一途《いちず》にいじらしく、難を伏見の薩摩屋敷にのがれた坂本がやがてお良を娶《めと》って長崎へ下る時、あんたはんもしこの娘を不仕合せにおしやしたらあてが怖《こわ》おっせと、ついぞない強い眼でじっと坂本を見つめた。

けれども、お良と坂本を乗せた三十石の夜船が京橋をはなれて、とまの灯《あかり》が蘆《あし》の葉かげを縫うて下るのを見送った時の登勢は、灯が見えなくなると、ふと視線を落して、暗がりの中をしずかに流れて行く水にはや遠い諦めをうつした。果して翌《あく》る年の暮近いある夜、登勢は坂本遭難の噂を聴いた。折柄《おりから》伏見には伊勢のお札がどこからともなく舞い降って、ええじゃないか、ええじゃないか、淀川の水に流せばええじゃないかと人々の浮かれた声が戸外《こがい》を白く走る風と共に聴えて、登勢は淀の水車のようにくりかえす自分の不幸を噛みしめた。

ところが、翌る日には登勢ははや女中たちと一緒に、あんさんお下りさんやおへんか、寺田屋の三十石が出ますえと、キンキンした声で客を呼び、それはやがて淀川に巡航船が通うて三十石に代るまではかない呼び声であったが、登勢の声は命ある限りの蛍火のように勢一杯の明るさにまるで燃えていた。

《解説》
# 織田作之助の「大阪」

佐藤秀明

「西鶴は大阪の人である。」――織田作之助の「西鶴新論」はこう書き出されるが、この「西鶴」を「織田作之助」と入れ替えても、どこからも文句は出ないであろう。大阪市南区生玉前町（現・天王寺区生玉前町）に生まれ、大阪府立高津中学校（現・高津高校）を卒業するまでこの界隈で育った。難波の東に当たる上町《うえまち》と呼ばれるちょっとした高台で、北西の下方に眺められる船場や島之内や心斎橋とは異なり、いわば下町である。織田作之助の文学と言えば、大阪の市井の人を活写したテンポのよい文体は人のよく知るところだが、「或る意味で私の処女作」（『夫婦善哉』「あとがき」）という「雨」や、改造社の文芸推薦を受賞した「夫婦善哉」にはすでに、地の文に自在に大阪ことばを嵌め込んで、そこに地名、町名、筋名、食べ物屋が列挙されていた。「『夫婦善哉』の一目盛りか二目盛り誇張された文体の魔力もまた、こうした過剰な記号（ミナミ一帯のネオンや看板）をいっぱいにまきちらしている街の眺めをそのままうつしている」（前田愛『幻景の街――文学の都市を歩く』小学館、岩波現代文庫所収）といった塩梅である。本書には収録していないが、戦後の闇市のエネルギッシュな描写となれば、俗悪を恐れない織田作之助の独擅場となる。

人類学者の中沢新一は、大阪の都市思想を、南北に走る上町台地の軸と、大阪平野の東に位置する生駒山から西の大阪湾を結ぶ東西の軸との二方向の軸で捕捉した（『大阪アースダイバー』講談社）。大阪平野が太古の昔は上町台地を半島とした海であったことを知る人や、この地が身体化されている人にとっては、これは即座に納得できる地勢の構図であろう。そして中沢新一は、北から大阪城、四天王寺、住吉大社と南北に続く上町台地を、権力者の治の思想の表れた「アポロン軸」と名づけ、古墳の多い生駒山麓を「王家の谷」と見て、西の大阪湾に結ばれる東西の軸を「ディオニュソス軸」と名づける。地軸に敏感な人は、この命名の妙にも感心するであろう。

大阪難波駅を出発した近鉄奈良線（かつての大軌）は、一直線に東の生駒山麓にある瓢箪山駅まで向かうが、この直線は正確に東西の軸線に沿っている。瓢箪山からはしばらく北に進路を変え生駒山を登山電車のように登り、石切駅（古くは孔舎衛坂《くさえざか》駅）で生駒山を貫く再び東西の軸となるトンネルをくぐり、奈良に達する。近鉄奈良線を中心軸として見ると、日本橋駅と東隣の上本町駅との間が「ディオニュソス軸」と「アポロン軸」との交点となる。ニーチェは『悲劇の誕生』で、ディオニュソスとアポロンの交差するところに芸術が生まれると論じたが、この交点付近が織田作之助の生誕、生育の地であり、交点からの徒歩圏内(近鉄、地下鉄で二駅ほどの距離)が、織田作品の主要な舞台となっているのである。道頓堀も千日前も黒門市場も生国魂神社もみなここに含まれる。ここが、織田の文学を育んだ濃密でエネルギッシュなトポスであることは確認しておきたい。

その一方で、織田は「木の都」のような淡い水彩画風のスケッチもものするのである。「大阪は木のない都だといわれているが」というのが書き出しで、大阪の先輩作家・宇野浩二の『大阪』(小山書店、昭和十一年四月)の「木のない都」という記述にさり気なく反駁し、寺院が櫛比する上町辺りの緑の多さを綴る。大阪を道頓堀や千日前、新世界によって示すのではなく、口縄坂を上った上町で示したところがみそである。ここも二つの軸の交点から近い。口縄坂は自動車が通れない細く緩やかな階段のある坂で、人通りもあまりなく静かな場所だ。題にある「木の都」は、ここから遠くない高津宮が意識されている。永井荷風を好んだ織田は、「木の都」の執筆に『日和下駄』を意識していたと想像される。上町界隈の寺院や坂道や樹木が、自分の文章とともに、時代を経ても姿を変えずに残るのを願っていたにちがいなく、それはそのとおりになった。

小説に大阪を描くばかりでなく、織田作之助は、よくある大阪論に対して批評を加えてもいる。

言葉ばかりでなく、大阪という土地については、かねがね伝統的な定説というものが出来ていて、大阪人に共通の特徴、大阪というところは猫も杓子もこういう風ですなという固着観念を、猫も杓子も持っていて、私はそんな定評を見聴きするたびに、ああ大阪は理解されていないと思うのは、実は大阪人というものは一定の紋切型よりも、むしろその型を破って、横紙破りの、定跡外れの脱線ぶりを行う時にこそ真髄の尻尾を発揮するのであって、この尻尾をつかまえなくては大阪が判らぬと思うからである。(「大阪の可能性」)

織田作之助らしい大阪論であるが、宇野浩二の『大阪』を読むと、やや似た大阪論が書かれていて面白い。谷崎潤一郎の「私の見た大阪及び大阪人」に対し、その感想を書いた鍋井克之の「大阪魂」が自分で書くよりも「ずつと肯綮《こうけい》に中《あた》つてゐる」として、宇野は鍋井の文章を引用する。鍋井克之は、宇野浩二の『蔵の中』の装幀を担当し、この『大阪』の挿絵も描いた画家である(織田作之助『六白金星』初刊本の表紙絵も鍋井克之である)。東京生まれの谷崎の文章は、「論旨は通つてゐても真から私達の心は打たれない」と鍋井は言う。それというのも、谷崎には分かるまいが、大阪の芸術家は大阪的なものに対し「あんなもの糞たれ」というところがあるからだと言うのだ。織田の「横紙破りの、定跡外れの脱線ぶり」もこれに通じている。大阪は「ややこしい」(『大阪』)ところなのだ。しかしそうであっても、鍋井も宇野も織田も、「大阪」という土地を信じ、「大阪人」への愛着を捨て去ったわけではない。それは、先に引いた織田の「大阪の可能性」にもよく表れていよう。だが、ここで言いたいのは、もう一つ「ややこしい」大阪論なのである。

「大阪に生まれ、大阪で育ち、大阪で書き、大阪で死に、その墓も大阪にある」とは、「西鶴新論」の一節だが、織田作之助は「大阪で書」いたと言えるかどうか。「俗臭」「夫婦善哉」以後、一九四五年(昭和二十年)十二月までの作品の多くは、一九三九年(昭和十四年)七月に宮田一枝と結婚して住んだ南河内郡野田村丈六(現・堺市)の家で書かれたものだ。大阪府内ではあり南海電鉄高野線で難波に出るのも近いので、ここも大阪と呼んでよいが、一枝の死後、この家を引き払ってからは、主な執筆地は京都と東京で、終焉の地も東京である。もともとデビューする前の織田は、東京に移住しようと考えていたし、「雨」はその頃本郷の下宿で書いた作品だ。

織田が「大阪の作家」と言われるのは、作品内容と作品の舞台が大阪を扱っているからにほかならないが、それでも大阪以外の土地を描いた作品がいくつかある。本書所収のものでは、「続 夫婦善哉」「雪の夜」「湯の町」が大分の別府であり、「聴雨」「姉妹」は京都で、幕末の寺田屋を舞台とした「蛍」は伏見でなければならない。織田作之助は、井原西鶴のような〝純血〟の「大阪人」ではない。にもかかわらず、織田は「大阪の作家」でありつづける。ある意味では過剰に「大阪の作家」である。なぜだろうか。

結論めいたことを先に書けば、「大阪」は織田にとって唯一安心して着地できる観念だったからではないかと思うのである。織田作之助は、生国魂神社近くの裏店の「魚鶴」の子として生まれた。まもなく「魚鶴」は店舗を持たない魚屋に転落する。頼まれれば仕出しの料理も作り店ははやったが、父の鶴吉は文字が書けず計算も苦手で、採算の取れない商売をしていた。大谷晃一の『生き愛し書いた――織田作之助伝』(講談社)によれば、作之助は家の商売を嫌って、一切手伝ったことがなかったという。作之助は自己の生育環境から抜け出ることを考えたようだ。家族が思いもよらない中学受験を企て成功し、次はあろうことか第三高等学校(現・京都大学)にも合格してしまうのである。中学、高等学校の親しい友人にも、織田は自分の家庭のことは語らなかったと、綿密な調査をした大谷晃一は記している。出自と直結した文化資本を隠蔽し、高等教育が提供する教養とそこに集う恵まれた家庭の青年たちの文化資本を、新たな自分の文化価値として吸収したのだ。やがて文学に目覚め、戯曲を書き小説に転向した。小説の第一作「ひとりすまう」は、療養地で出会った女性に恋心を抱き嫉妬する話であるが、旧制高校的教養が背景にあり、織田独特の闊達で灰汁《あく》の強い人間模様はまだ出ていない。

どこでどう回転が起こったのか。織田は、自分の身近な人たちの生を、俗悪をものともせずに書き出したのである。次作「雨」は、長姉タツと作之助を母子として書いた。作中では高利貸しとなっている安二郎は、義兄の竹中国治郎である。次の「俗臭」は、国治郎の兄の竹中重太郎をモデルにした。それが芥川賞の候補となった。そして次姉夫婦・山市乕次《とらじ》と千代をモデルにした「夫婦善哉」、母方の伯父・鈴木安太郎の庶子万次郎をモデルとした「放浪」と続く。単行本『夫婦善哉』の「あとがき」には「こんな嘘ッぱっちな小説」と書いて、題材の出所を隠した。

織田が面白いのは、子供の頃から階層内の価値観に従順であろうとせず、身内に手本もないのに、独自に階層外部の価値観を手に入れようとしたことだ。また、小説を書く際に、ようやく手にした新しい文化価値をあっさりと手放し、かつて嫌い抜いた文化資本に還って書いたことである。しかもそれを隠蔽しつづけたのである。亡くなる一カ月ほど前に執筆した「可能性の文学」にも、「本当の話なんか書くもんですか、みな嘘ですよ」と書いた。織田はスタンダールの『赤と黒』に心酔していたが、このいっそう複雑なジュリアン・ソレルは、しかし創作の秘密が自己の秘密でもあることによって、不安定な生を生きねばならなかったはずである。前にも書いたが、織田は友人にも家庭のことを話さなかった。彼がどのようにして大阪の庶民の暮らしにアクセスし、それを具体的に鮮やかに描けるのかは、友人やましてや東京の批評家は誰も知らなかったが、織田は大阪の人であることは明かしていた。織田はそこに着地したのである。「大阪」と「大阪人」を誇示し、そうすることで題材の出所と自らの出自を隠したのだ。ベネディクト・アンダーソン『定本 想像の共同体――ナショナリズムの起源と流行』(白石隆・白石さや訳、書籍工房早山)のことばを借りて言えば、「大阪」という「想像の共同体」の中の「大阪人」となることで、「大阪」の都市文化や風俗を共有していることを顕示し、階層を無化したのである。

織田作之助の小説言語が、言文一致の流れを汲む標準語ではなく大阪の口語を基盤とした書きことばで、一般性よりもローカル性が際立ったことから、大阪の読者は、生活言語への親近感と生活言語を使用する開き直りへの共感とがない交ぜになった感情をかき立てられたにちがいない。それと同時に、この小説内容のローカル性は、これを親密に感じない読者に向けても流通しているのだという想像もかき立てる。他者としての読者が想像され、親密性と他者性の感覚によって、読者との間にも「想像の共同体」は形成されていった。あるいは他の文化圏の読者にしてみれば、小説の地の文は標準語を基礎にするという規範を大胆に自然な形で破っていることで、その大胆な自然さの背後には、作品内容から窺えるだけではない、濃密な共同体文化が存在することを感受したとも言えよう。しかしそれは、言うまでもなく実体としての大阪ではない。より大阪的な「大阪」という観念であることは断っておかねばならない。

ここで思い出されるのが、エドワード・W・サイードの『オリエンタリズム』（今沢紀子訳、平凡社）である。より大阪的な「大阪」を考えるために、サイードの文章を引用しよう。「オリエンタリズムとは、オリエントを扱うための――オリエントについて何かを述べたり、オリエントに関する見解を権威づけたり、オリエントを描写したり、教授したり、またそこに植民したり、統治したりするための――同業組合的制度とみなすことができる。簡単に言えば、オリエンタリズムとは、オリエントを支配し再構成し威圧するための西洋の様式《スタイル》なのである」。ここで述べられているのは、「オリエンタリズム」が作られた概念であり、そこには権力が絡んでいるということである。サイードは「オリエンタリズム」をミシェル・フーコーの「言説《ディスクール》」の概念で捉え、「言説《ディスクール》」に籠められた想像力がいかに実体を支配したかを問題にするのである。言説《ディスクール》概念が有効であるのは、「大阪」にとっても同じだ。実体としての大阪ではなく、言説《ディスクール》としての「大阪」が、人々の意識の中でむしろ実体を支配してさえいると思われるからである。一九二九年から三二年の大阪を考現学《モデルノロジオ》的な緻密な足取りで観察し記録した名著である北尾鐐之助の『近代大阪』(創元社、昭和七年十二月)は、織田作之助も参照したと思われるテキストであるが、この細密な記述でさえも、大阪の記録であるとともに言説《ディスクール》にほかならない。

サイードは、西洋《オクシデント》が東洋《オリエント》を記述し「オリエンタリズム」を作り上げたことで、西洋《オクシデント》が東洋《オリエント》を他者化しその反価値によって逆に西洋《オクシデント》も「西洋《オクシデント》」として成立したという論述を展開する。この構図を大阪に当て嵌めると、大阪の対立項として東京が思い浮かぶであろう。東京＝中央が権力を踏まえて大阪を他者化することで、「大阪」が成立するとともに東京も「東京」として再構成されたと援用できそうであるが、このような思考が実際になされた例は多くはないと思われる。東京は大阪を対立項としては必要としなかった。大阪が「東京」の対立項として自ら「大阪」を創造し、言説《ディスクール》としての「大阪」を成立させたというのが実際のところであろう。織田作之助も「東京」への対抗意識をしばしば書いているが、実のところ「大阪」ほど「東京」を必要としたところはないのである。なぜ大阪は「大阪」を作らなければならなかったのか。おそらくは、大阪は東京に次ぐ第二の都市ではなく、東京に匹敵する大都だというアイデンティティを欲したからである。豊臣・徳川の争いの後江戸に幕府が開かれたときから、大阪は、政権の存する江戸(東京)とは異なる価値を持つもう一つの大都でなければならなかった。しかし、明治以降、東京の中心化はさらに進んだ。そこで大阪は、「大阪」としての表現を求めたのである。

「東京」を対立項とすることで再構成される「大阪」という思考様式は、一旦他者としての「東京」を潜《くぐ》ることで見出された事柄が内面化したものである。その一例として関東大震災を挙げることができるだろう。織田作之助は「放浪」や「船場の娘」にも関東大震災をちらと書いているが、「夫婦善哉」では、蝶子と柳吉に被害はなかったものの被災させている。頑固な父親から金を引き出すのが困難だと悟った柳吉が、東京で掛け金を集金して駆け落ちしようと蝶子を誘う。三百円ほど集まったところで熱海に行き、芸者を上げて散財していたところを震災が襲うのである。大谷晃一『生き愛し書いた——織田作之助伝』によると、千代と山市乕次《とらじ》が駆け落ちした先は「熱海でなくて紀州湯崎だった」というから、行き先を東京と熱海に換え、関東大震災を加えた虚構には何らかの意図があった。「夫婦善哉」では、「避難列車」で逃げ帰るように帰阪し、蝶子の家族が再会を喜び合ったと書かれている。関東大震災を生死不明、連絡不通などの混乱として導入することで、安全で安心できる「大阪」が強化されたのである。災害を〝彼方《かなた》〟の遠景に配置し、〝此方《こなた》〟を共同体として機能させ内面化を促したのだ。

織田作之助にとっての「大阪」は、第三高等学校のある京都や遊学した東京との差異から生まれたと思われる。織田の野心は高等教育の中で文学的野心として結実したが、すでに述べたように、彼のジュリアン・ソレル的野心は、逆に自己の文化資本に本卦還りすることで満たされることになる。大阪の生活を小説の題材にすることが、三高生たちにとっては有意味なことだったのだ。これが確信にまで高まったのは、東京帝国大学を受験するふりをして上京し、戯曲の勉強と称してそのまま滞在していたときであるから、京都と東京が「大阪」を発見させたと言っていい。

しかし、書かれたのが〝作者の身内の話〟であっては、それだけのことになってしまっただろう。そこに大阪のローカル色が強く裏打ちすることによって、作品の価値が出た。〝作者の身内の話〟と〝大阪の市井の人のリアルな人生〟とでは、小説としての力がまるで違う。作之助の姉タツや千代の生活上の苦労は、「雨」のお君や「夫婦善哉」の蝶子の苦労として表象されることで、言語による決定された存在となり、それと生身の生活感情とは決定的に異なるものになる。言語に定着し拡大して流通し共感が広がれば、生身の生活感情と言説《ディスクール》との転倒さえ起こりかねないのである。言説《ディスクール》としての

「大阪」が実在の大阪であるかのように〝誤解〟させた織田作之助と〝誤解〟した読者の〝共犯〟によって、「大阪」は大阪以外のどこにもない都市になり、お君や蝶子は〝「大阪」の女〟として、人々の幻想を長く支え続けたのである。むろん織田の小説技術が大阪らしさをヴィヴィッドに描き出したからこそ、読者との〝共犯〟も生じた。しかし、そこに生まれたのはやはり言説《ディスクール》の街としての「大阪」であった。

＊

だが、身内の者を書いて発表する織田作之助は、どのような気持ちでそれを書いたのだろうか。決して世間に自慢できる話ではない。〝身内の恥〟のような話ばかりである。友人たちにいくら虚構だと言い張っても、書くときには筆が鈍るということもあっただろう。しかしそうなっては、作品として欠陥を残すことになる。逆に力めばぎこちなさも出てしまう。誤魔化して別の話にするか、ぼかしてしまうか、そうすると前後の鮮やかな語りとの間に落差ができてしまわないか。身内の話を書くのも、意外に難しそうである。

織田作之助は、大阪の市井の人々をその狭い生活圏にそっとしておかずに、全国に流通するメディアに登場させてしまった。身内の中で唯一高等教育を受けた者として、生きのよい小説に活写し、ときにそれはラジオや映画という大衆メディアにまで解き放たれた。生長した生活圏から身を引き離し、京都や東京に住んだ織田にとって、大阪や身内の者は、すでに一線を画した他者イメージだったのか。書くという営為は、大阪や身内の者の外部に自分を括り出す精神活動である。いや、身内や大阪は果たして他者になりえていただろうか。親密な他者？　嫌悪させる懐かしさ？　奥深い中心に巣くった否定すべき根？　無条件で受け入れてくれる血縁？――絶縁することのできぬ紐帯の感覚が、繰り返し立ち現れたであろう。小説家はその関係を小説技術に作り替えねばならない。作者と対象との間には、接近しかつ距離を置く戦略的で技術的な関係が作られたはずだが、それはどのように考えられ制御されたのだろうか。おそらくこの問いは、織田作之助のリアリズムに関する問いとなる。

戦後に書かれた小説「世相」で、「オダサク」と呼ばれる小説家の主人公が「左翼くずれ」の新聞記者に次のように語る台詞がある。

僕はほら地名や職業の名や数字を夥《おびただ》しく作品の中にばらまくでしょう。これはね、曖昧な思想や信ずるに足りない体系に代るものとして、これだけは信ずるに足る具体性だと思ってやってるんですよ。人物を思想や心理で捉えるかわりに感覚で捉えようとする。左翼の思想よりも、腹をへらしている人間のペコペコの感覚の方が信ずるに足るというわけ。だから僕の小説は一見年寄りの小説みたいだが、しかしその中で胡坐《あぐら》をかいているわけではない。スタイルはデカダンスですからね。叫ぶことにも照れるが、しみじみした情緒にも照れる、告白も照れくさい、それが僕らのジェネレーションですよ。

「具体性」を「ばらまく」ことが西鶴ばりの織田のリアリズムだという解説がなされるところではあるが、それは誤りではないにしても充分な説明ではない。「左翼の思想」が「具体性」の列挙と比較され、「ジェネレーション」の違いから自分はそれに関わらないと述べているが、これは織田の立場に近い。しかし、同じ「ジェネレーション」で、やはり三高で学んだ野間宏は(野間と織田は面識があった)、マルクス主義に接近し、「世相」と同じ時期に左翼学生グループ「京大ケルン」を素材とした「暗い絵」を発表しているから、この世代論に説得力があるわけではない。この台詞で注目したいのは、「照れる」という感覚である。「叫ぶことにも照れる」ということばからすれば、左翼思想を信じることに「照れる」とつながっているはずだ。〝大きな物語〟に対する自己陶酔に「照れる」という感覚があり、「人間のペコペコの感覚の方が信ずるに足る」という感覚重視の姿勢がある。そこに織田の文学、つまり「信ずるに足る具体性」を描くリアリズムがある。とはいえ、社会の現実や物象をありのままに描くことだけがリアリズムではない。私小説的な事実重視の小説でもない。織田のリアリズムとは、感覚的に目を逸らして見たくないこと、書きたくないことを書くことである。自己陶酔する人間にリアルな叙述はできない。織田作之助は「一見年寄りの小説みたい」な作品を書きながら「胡坐《あぐら》をかいているわけではな」く、見たくないこと書きたくないことをあえて書き、なおその上で面白く書く芸も披露してみせた。

実際に「夫婦善哉」の叙述を見てみよう。関東大震災に遭って大阪に逃げ帰り、蝶子の家に辿り着いた場面である。父の種吉も母のお辰も、芸者の蝶子が抱え主の許から失踪したことしか聞いておらず、柳吉と駆け落ちしたことも震災に遭遇したことも知らない。「悪い男にそそのかされて売り飛ばされたのと違うやろか」と案じていたところである。

悪い男云々《うんぬん》を聴き咎《とが》めて蝶子は、何はともあれ、扇子をパチパチさせて突っ立っている柳吉を「この人私《わて》の何や」と紹介した。「へい、おこしやす」種吉はそれ以上挨拶が続かず、そわそわして碌々顔もよう見なかった。

お辰は娘の顔を見た途端に、浴衣《ゆかた》の袖を顔にあてた。泣き止んで、はじめて両手をついて、「このたびは娘がいろいろと……」柳吉に挨拶し、「弟の信一は尋常《じんじょう》四年で学校へ上っとりますが、今日は、まだ退《ひ》けて来とりまへんので」などと言うた。

三人称小説のこの語り手は、「扇子をパチパチさせて突っ立っている」柳吉の、間の悪さからくるいかにも化粧品問屋のぼんちらしい茫洋とした様子を捉えると、同時に「この人私《わて》の何や」ときまりの悪さや恥じらいよりも図々しさの勝った蝶子の様子をも一筆で捉える。そして再会の驚きとも喜びとも定めがたい種吉の、世慣れぬ人の善さをその挨拶に託して語る。お辰については、やや芝居じみた定型の仕種をまず語り、次に「このたびは娘がいろいろと……」という場違いな挨拶へと移って、ついには「弟の信一」を持ち出し脱線する始末を語る。事情が事情である上に初対面の緊張もあって、四人の人間が間の抜けた滑稽さを表すように仕立てられている場面である。しかし、このモデルとなった家族の一員である作者――「弟の信一」が作之助である――は、この語りとは異なる感情を抱いてここを書いたのではないか。扇子を弄ぶ柳吉には反感や疑惑があっただろうし、何日も心配させた上に異性関係を家庭に持ち込み、開き直ったような態度をとる姉には、穏やかならざる感情を持っただろう。無学で人の善い両親の低姿勢には、情けない気持ちを感じたか腹立たしく感じたか。いずれにせよ身内の作者にしてみれば、気持ちが悪く高ぶる場面であることは想像に難くない。ここは作者の感情と語り手の感情とが一致していないと見ていい。作者は自分の感情とは異なるフィクショナルな語り手を造形し、自分の身内に起こった出来事を語り直させているのである。これが織田のリアリズムの技法の一つで、それは、「作者として感情や価値判断を移入しやすい内容を書くときに、あえてそれを抑制したニュートラルな語り手を設定する」とまとめることができる。

もう一個所、「夫婦善哉」から引用し、その技法を見てみよう。私見では織田作之助の語りの技法にはおおよそ三つの特徴があり、これはその二つ目になる。

　が、何かにつけて蝶子は自分の甲斐性の上にどっかり腰を据えると、柳吉はわが身に甲斐性がないだけに、その点がほとほと虫好かなかったのだ。しかし、その甲斐性を散々利用して来た手前、柳吉には面と向っては言いかえす言葉はなかった。

しっかり者の女房と遊び好きなぐうたら亭主と言われる二人組だが、もともと柳吉は蝶子の「甲斐性」の上に立つ自信を「虫好かなかった」のだ。それを蝶子は分かっていない。それが分かれば、蝶子は柳吉をもう少し自分にとって好もしい夫としてコントロールできたであろうことを、この語りは示唆しているが、語り手と蝶子の落差は、蝶子がそこまで頭を巡らせないことを暗に示してもいる。ここは、いわば作者の身内となる蝶子の「甲斐性」に付随する鈍感な愚かさが前に出て、距離のある柳吉の怠惰と身勝手は小さくなっている。それというのも、語り手が柳吉の側から蝶子を語っているからである。「夫婦善哉」の語りは、蝶子に寄り添うことが多く、柳吉の気持ちが明かされることは少ない。ここは珍しい個所であり、その技法は、「作者として感情移入しやすい人物を書くときに、語り手が別の人物に寄り添って語るか、別の人物を主人公にする」というもので、登場人物を作者とは別の視点から照らし出すことになる。

柳吉に焦点化したこの部分から彼なりの本音も明かされ、それを一部の読者は受け入れることにもなるだろう。仮に柳吉を中心に据えたこの路線で「夫婦善哉」を読み直すと、この作品の見えにくい一面も開かれるのである。ろくな働きもせずに女房の稼いだ蓄えを持ち出しては遊興に耽る柳吉が、実は蝶子と添い遂げる気はなく、機会があれば親の家に帰ろうとしていたこと、だが父親と入り婿に阻まれて帰参の叶わない柳吉は、屈託を抱えて蝶子と暮らしていることなどである。柳吉を「ぐうたら」の一言で片づけ、お馴染みの夫婦として定型化してしまうと、このあたりの機微が見落とされてしまう。

引用文にあるように柳吉は蝶子を「利用」しているのだが、蝶子もまた柳吉を「一人前の男」にしようとして、その覚悟で心身のパフォーマンスは上向き、「涙をそそる快感」を感じているのである。これは心理学で言う「共依存」の心理現象で、結果的には蝶子も柳吉に依存し、そのために柳吉の放蕩を誘発しているとも言えるのだ。柳吉の生家帰参の本音を見えにくくしているのは、「共依存」の状態を、語り手が蝶子の活発な心理に寄り添って語る場面が多いからである。

ところで、「夫婦善哉」から「続 夫婦善哉」へと通して読むと、「甲斐性」を頼みとした蝶子の独り合点の振る舞いが次第に多くなっていくことに気づく。作之助がモデルの信一からも蝶子はたしなめられそうになり、小説のトーンは、必ずしも柳吉の無能な享楽気質を責めるようにはなっていかない。かなりでこぼこした気性をぶつけ合いながら、「続 夫婦善哉」では夫婦の成熟していく様子が窺えて、上手い流れだとあらためて感心させられるのである。

技法のその二として挙げた「作者とは別の人物を主人公にした」作品としては、豹一(作之助)ではなくお君(姉タツ)を主人公にした「雨」、押しの強い新聞記者森進平(織田作之助)ではなく、うだつの上がらぬ整理部の矢野に焦点化して、不意に流れる子守唄の幻聴で結ばれる「子守唄」がある。「放浪」は、作之助の従兄弟を主人公の順平とする小説だが、彼を引き取った作之助の家族を後景に置き、作之助は登場しない小説に仕立てている。将棋の坂田三吉を「私」（織田作之助）の視点から描いた「聴雨」と「勝負師」もあるが、これらは小説技法として主人公を転換したものではない。

三つ目のリアリズムの技法は、「作者の感情としては書かずに済ませたいことも、作品の核心と考えられる事柄はあえて語り手に語らせる」というものである。「雨」から引用しよう。

――何も母《かあ》はんが悪いのんと違う。家出した僕が悪いのや。気を落したらあきまへん。

と慰め、女の生理の脆《もろ》さが苦しいまでに同情された。

再婚した母親のお君が使用人に犯されたと義理の父から聞かされた豹一が、家に戻って母と対面した場面である。「女の生理の脆さ」という表現は、いくつもの作品に使われている。「雨」では「女の生理の脆さが苦しいまでに同情された」と続くが、『女の生理の脆さに絶望してしまった」（『青春の逆説』）、「女の生理の脆さが悲しかった」（「世相」）、「女の生理の脆さに対する木崎のあわれみは」（『土曜夫人』）と続くこともある。豹一が性に潔癖で嫌悪感を示すのは、母親の女の性への憐れみからであり、織田の小説にしばしば書かれる嫉妬も、相手の女性に感じた「女の生理の脆さ」からくる別の感情の表れにほかなるまい。いずれもそこには、女性に対する許しが籠められていると考えられる。モデルである姉のタツに実際このようなことがあったかどうかは分からないが、織田は「女の生理の脆さ」を、「雨」を書いた二十四、五歳の若さで知ってしまったのだ。「女の生理の脆さ」は、男性側からの一方的な客体化であるにしても、ここには痛覚があり、だからこそこれは作者の実感として感じられ、身近な女性の性の秘密であったはずだと思わせるのである。それをタツにあたる人物に当て嵌めて書くことは、作者にとっては苦痛であったろう。しかし、小説にとっては――「雨」の場合は、これによって豹一と義父が和解しともに暮らすことになり――必要なことだったのだ。

このように大きく三つにまとめられる語りの技術的な操作によって、容赦のないリアリズムが生まれる。作者の価値観とは別に、例えば劣位の人物や拙劣な行為を地の文でニュートラルに語れば、愚かしさに回収されない別の人間性が現れ、視点を変えれば、関係性の中で生きる人間の一面が表現され、人の秘密を暴露的でなく語れば、かえって酷薄な人生が浮かび上がる。しかし、ほとんどの場合これらの題材は〝身内の恥〟なのである。それを織田は、外部からの興味津々たる眼差しからでもなく、突き放した批評性からでもなく、露悪趣味の快楽もなく書いた。血縁的な立場に固執せず、小説ごとにフィクショナルな語り手を造形し、語り手にはその分を守らせた。作者の延長線上に語り手を置く私小説や心境小説とはこの点で異なる。織田が「可能性の文学」で志賀直哉を敵に回したのは、このような「虚構」意識があったからである。その結果、身内の人をモデルにしながら、語りと作品内容との間に一定の距離が保たれ、それでいて作品世界が緩やかに肯定されるような不思議な暖かみが生まれたのである。

＊

さて、本書には、織田作之助の小説第二作の「雨」(「海風」一九三八年十一月)から、戦後に発表された「湯の町」(「トップライト」一九四六年七月)までの十四作品を収録した。「湯の町」以外は、戦争中の厳しい時代の産物である。ちなみに戦後の主要作品は、岩波文庫『六白金星・可能性の文学 他十一篇』に収録されている。「湯の町」を入れたのは、「続 夫婦善哉」「雪の夜」とともに、別府を舞台とした小説を並べて「大阪」を相対化してみようと考えたからである。姉の千代が夫婦で別府に移り住み、作之助は一九三八年と四〇年と四三年に当地を訪れている。「続 夫婦善哉」は、作者の生前に発表されなかった小説である。改造社の山木実彦社長の遺品が鹿児島県薩摩《さつま》川内《せんだい》市に寄贈され、その中にこの完成原稿が含まれていた。二〇〇七年に川内まごころ文学館で発見され、話題になった作品である。「夫婦善哉」が改造社の第一回「文芸推薦」作品となり、その縁で同社から依頼されて書いたのではないかと推察される。おそらくは検閲を恐れて未掲載になったものであろう。

「湯の町」を除くこれらの作品の執筆時期は、一九三七年(昭和十二年)の国民精神総動員運動、翌年の国家総動員法以後のことであり、日中戦争、太平洋戦争の時期と重なる。戦時体制は総力戦と化し、人々は強制的に「国民」に、つまり「帝国臣民」にさせられていった。織田の作品には、「市民」と呼ばれる人たちはまず出てこない。「子守唄」は二流新聞社に勤める二人の男を等分に描いた小説で、織田の小説では最も「市民」に近い人を描いているかもしれない。森進平は、仕事でも私生活でも強引なやり口で「市民」の体裁を整えたかに見えるが、露骨な策略家の匂いがあり、とても「市民」とは言い難いように描かれている。同僚の矢野はうだつの上がらぬ男で、得意満面な人に向かって「ざまあ見ろ」と言って貶める癖があり、彼も「市民」としては崩れている。政治的主体としての「市民」は戦後の産物だとしても、義務を履行し権利にも意識のある「市民」という社会性のある生活者は、織田の小説の登場人物ではない。織田の登場人物を「民衆」とか「大衆」とか呼ぶのもふさわしくないだろう。彼らは地縁、血縁、職業縁などの繫がりを持つ人々で、俯瞰的に眺められた有象無象ではない。「庶民」という言い方が最もよく当て嵌まるが、総じて庶民は時勢を素朴に受けとめ、国民化されやすかったと思われる。もっとも、生活感覚に溢れる庶民が、耐乏を強いるばかりの国策に心底従順であったかどうかは疑問の残るところではあるが。「続　夫婦善哉」の蝶子が、国防婦人会の幹事になったという記述は、いくらか生々しくもあり、また「聯隊旗のような大きな旗」を持って出征兵士の見送りに行く姿には、滑稽さも生じないわけではない。無邪気に国民化されていった様子が窺えるところだ。演説などをやらされて「頓珍《とんちん》漢《かん》なことを言わねばよいが」という柳吉の心配は、蝶子の無邪気さへの冷めた視線として受けとめられ、それ以上の批判的な意図はなさそうだ。弟の信一の入隊が決まってはしゃぎ廻る蝶子は、「国民」の装いのままに「庶民」の心根が顔を覗かせているように見える。結局、信一は肋膜を患って帰郷し、このなりゆきは信一を自由にし、蝶子の「国民」熱を冷ますことになるだろう。

それに比べると「姉妹」の伊都子は、異色かもしれない。唯一の肉親である姉が死んで、彼女は「南方派遣日本語教授要員」に志願する。伊都子の渡航は、学校を卒業するまで姉が青春を捨てて援助してくれたことに対する同等の受難の意味があった。個人的で情緒的な決断である。したがって、姉に淡い恋のあったことを知った時点で、この決断の根拠は崩れたはずだ。それなのに、伊都子はあらためて意志を固める。織田の妻一枝の姉が日本語教授要員として南方に行った見聞があったとしても、伊都子の決意が南進論の国策に取り込まれていることは免れない。「黒い顔」の末尾は昭和十年代の戦中である。かつて新世界の飴屋で丁稚奉公をしていた京助はキネマ俳優になると言って店をやめ、行方が知れない。同じ丁稚だった藤吉は映写技師になり、ついに戦況ニュースの中で大砲に砲弾を詰めている京助を見つける。京助が写ると映画が「約二十秒ぐらい」止まるという話で、それだけのことである。都会に流れて来た少年が、十数年ぶりに実に都会らしい再会を果たすというのが話のオチである。「木の都」では、「簡閲《かんえつ》点呼の予習を兼ねた在郷軍人会の訓練」があったり、小学校を卒業したばかりの新坊が名古屋の工場に徴用されたりして、もはや個人が国家の強大な支配から逃れられなくなりつつある。しかし主人公が、ボードレールの詩にデュパルクが曲をつけパンセラが歌う「旅への誘い」の古レコードを買ったりして(この曲は「姉妹」にも出てくる)、全体としてはむしろ穏やかな郷愁に満ちている作品だ。レコード屋の主人は、娘と自分の徴用逃れのために新坊のいる名古屋に引っ越して行き、この家族には「国民」化の影はない。

他の作品はどうだろうか。幕末の寺田屋を描いた「蛍」は別として、あるいは意図的に時代を近過去に設定したのか、戦争の影は薄いのである。「勝負師」だけは、語りの現在を戦争の激化した昭和十八年と分かるように書いているが、六年前の坂田三吉の将棋に焦点化することで、戦争や国家の影は微塵も出てこない。これらの時代ずれしたかに見える作品群からは、厭戦的な気分さえ漂うようなのだ。

それに代わって前面に出ているのが、〝流される人々〟とでもいった庶民の姿である。庶民が必ずしも〝流されて〟移動するわけではないが、織田の描く庶民はしばしば移動する。「夫婦善哉」や「続 夫婦善哉」の二人も、転々と住む場所を変え、別府へまで行ってしまうし、「姉妹」の伊都子は南方に、「黒い顔」の少年たちも奉公先を出てしまう。「木の都」の「私」もレコード屋の一家も〝流される人々〟である。織田作之助の登場人物は、先を予測したり、目標を定め計画を立て決断することの苦手な人たち、というよりはそういうことを考えない人たちが多い。もちろん例外もあるが、行き当たりばったりな行動が目につくのだ。「私か《あて》、私《あて》は如何《どない》でもよろしおま」というのは、「雨」のお君の口癖だった。結婚のときも再婚のときも、お君は恬淡として同じことを言う。思わず「自我」ということばを思い浮かべてしまうが、お君の無我の生き方は誰も〝矯正〟できないであろう。競馬や賭博で人生を変えてしまう人もいる。「続 夫婦善哉」の柳吉である。「雪の夜」の坂田は、病気の愛妻照枝と大阪、東京、別府へと〝流れて〟来て、街頭で易者をやっている。うらぶれた坂田の意外に剛直な一面が現れ、これが小説の芯になっている。「湯の町」の娼婦のマスミは、大阪から来た新聞記者の雄吉がふと洩らしたことばをきっかけに、年期の明けているこの稼業から足を洗う決心をする。織田作品では珍しい〝決心〟だが、二日経つとマスミは辞めずに別の男を客にとっていた。〝流される〟ことに決して負の価値を付与しないところが織田作品の個性である。

「俗臭」は父親の放蕩のために兄弟姉妹が散り散りになり、大阪に〝流れ出た〟長男の児子《にご》権右衛門が、父の遺言通りに家を再興する話である。織田の小説では珍しく、目標を立ててそれを達成する成功譚であるが、読みどころは、権右衛門のつましくいじましい上に、違法なこともやってのける「俗臭」芬々《ふんぷん》たる遣り口で、それがサクセス・ストーリーを塗り替えてしまうのである。だがこの語りにも負のニュアンスはなく、むしろ俗悪な野心はユーモアによってくるまれているのだ。こういう語り口は、戦後の野坂昭如の小説に引き継がれる。

「放浪」は、順平が岸和田、大阪、東京、別府、仙台、大阪とまさに〝流される〟話である。落語や大衆演劇で差別的な笑いの種になる愚かさが順平にはあるが、語り手は決して順平を愚かだと決めつけない。この技法によって、順平は読者からのあからさまな冷たい批評を免れ、どうしようもない愚鈍さの促す放浪に、どんな意味や人間性が表れるのかという興味に読者は引き込まれるのである。だがそれは容易には現れず、あまりに愚かしい振る舞いに馬鹿馬鹿しさを感じ、しかしそれだけでは、何ものも汲み取っていないという気にもさせるのだ。しかも語り手の態度には、順平を愛《いと》おしむ素振りさえ窺え、そこにこの小説の不思議な魅力が生まれる。そういえば織田作之助の登場人物は、多かれ少なかれ愚かな人たちばかりだという思いも喚起させられる。

小説が、読んでも啓発されることのない愚かしい人物を描くとは、どういうことなのだろうか。織田はなぜ、憑かれたように賢いとも言えぬ人たちばかりを書くのだろうか。名もない庶民の生涯を書きとめたいといった柔《やわ》なヒューマニズムが働いているとも思われない。作者の執拗とも見える意図の核心には、〝この人を見よ〟という強い表現の願望があったのではないだろうか。〝この人を見よ〟と〝この〟の部分が強調され具体化したのが、織田の表現だったように思える。ニーチェの『この人を見よ』は、ニーチェその人を指していたが、織田は自己の身近にいた人をモデルとして、〝この人〟の生を掬い上げようとしたのである。ニーチェの『この人を見よ』の目次を摘記すると、「なぜわたしはこんなに賢明なのか／なぜわたしはこんなに利発なのか／なぜわたしはこんなによい本を書くのか／なぜわたしは一個の運命であるのか」(手塚富雄訳)とあるが、これを織田作之助の登場人物たちに当て嵌めて、こう書き換えてみたい。「なぜ彼らはこんなに賢明なのか／なぜ彼らはこんなに利発なのか／なぜ彼らはこんなにもよい登場人物なのか／なぜ彼らは一個の運命であるのか」。「賢明」と「利発」を柔軟に幅広い意味として捉えると、これらの問いが織田の小説群には埋め込まれていて、その回答が織田の小説群だったと言うことができるだろう。

「聴雨」と「勝負師」は、将棋の坂田三吉を織田とほぼ等身大の「私」の目から見て描いた小説である。名人を自称し、個性的な人となりと棋風を持つ坂田三吉を〝流される人〟だとはとても言えない。精進もし、わが身を凝視し、思い切った手も打つ。しかし、坂田は「栓ぬき瓢簞《びょうたん》の気持で指さなあかんと、思うと不思議に気持が落着く」と言ったそうだ。それを「私」は「何物にもとらわれぬ、何物にもさからわぬ態度」と言い換える。この〝流される人〟につながる一面に坂田三吉の真髄を見る「私」は、もはや坂田を織田の登場人物に仕立てているのである。「勝負師」は、「聴雨」を書いた「私」が「坂田に対して済まぬことをした想い」を書いたメタ小説である。「どういうもんか、私は子供の泣き声いうもんがほん好きだしてな、あの火がついたみたいに声張りあげてせんど泣いてる子供の泣き声には、格別子供が好き嫌いやいうわけやおまへんが、心が惹《ひ》かれてなりまへん」。木村義雄八段に破れた坂田が、もう対局には現れないのではと「私」には思われたのに、花田長太郎八段との対局にも当然のごとく姿を現し、激しい息づかいの「血みどろ」の戦いになる。そこに語り手である「私」は、「坂田の耳に火のついたような赤ん坊の泣き声がどこからか聴えて来る瞬間であった」と記す。一心不乱の激しさの極点、とでも言おうか。〝この人を見よ〟という作者の気迫が感じられるところだ。自身〝流される人〟であり、〝流される人々〟を共感をもって見てきた織田作之助は、一方で一途な「赤ん坊の泣き声」を望む心性も持っていたのである(「赤ん坊の泣き声」については、「蛍」にも書かれている)。

「蛍」は、幕末の寺田屋の女将として後世にも名を馳せることになる登勢の一代記である。登勢は、伏見の船宿の家刀自として知られているが、「蛍」の登勢は、あっさりとした「諦め」のよい〝流される人〟になりかねない女として造形されていた。だが、薩摩藩士有馬新七の上げた「おいごと刺せ」の叫びを聞いてからは、腰の据わった女になった。自ら犠牲になって騒ぎのもとになった男を殺させた「おいごと刺せ」の叫びからは、あの「赤児の泣声」のような一途さが感じられたからである。「蛍」もまた、〝この人を見よ〟というメッセージの籠められた小説である。

以上、本書に収録した十四作品の読みどころを、小説に「庶民」を描くとはどういうことかという観点から〝流される人々〟と〝この人を見よ〟をキーワードにして辿ってきた。これらの小説を読んでくると、現代人との間に感覚の隔たりを感じないわけにはいかないだろう。現代人は「市民」たることにさほど抵抗感を感じない。「国民」として教化されることには警戒心を抱くが、一個の個人であることと市民であることとの結びつきは、好むと好まざるとにかかわらず、誰もが承認しなければならない社会のルールのようなものだ。だから、織田作之助の小説を読むと、社会の主体となるべき「市民」性を欠いたまま精一杯生きる人たちに、戸惑いや距離感を感じないわけにはいかないのだ。にもかかわらず、彼らの生き生きとした生活ぶりに――そこに無知からくる不幸が、あるいはコントロールできない感情や欲望から生じる生活破綻があったとしても――目を見張らせる人間を感じてしまうのだ。彼らを嗤ってはいけない。彼らを嗤ってはいけないという禁忌は、憐れみからではなく、そんなことをすれば天に唾するも同然だという確かな予感から来る。

繰り返しになるが、織田作之助は、生まれ育った家庭環境や地域社会から脱出したいと願い、学歴を積むことでそれを実現したが、小説を書く段に至って、自らが育った経験や見聞を、軽快にときにはどぎつくあからさまに描き成功した。その文章に嘲笑はあったか。嫌悪はあるか。蔑みはあるのか。――ない。「市民」としての同情や啓蒙の視線はあるかといえば、これもない。では「あんなもの糞たれ」といったあからさまな反発はあるかというと、これもないのだ。目をつぶりたい肉親の無知や無恥を、平気で客観視して描いているようにも見える。〝この人を見よ〟というふうに。そこに、織田作之助でなければ書けないといった勁い筆力が感じられるのである。そしてその勁さの中に、明白には現れ出ないものの、しっかりと埋め込まれた愛《いと》おしむ感情が感じられる。その感情に共振するとき、現代の読者は、個人であると同時に自制し配慮をめぐらせて対他者や対社会の関係を構築する者として、どこかに押しやった素朴な生きる力を垣間見て、おそらく溜め息を吐《つ》くことになる。その溜め息が、「大阪」という言説《ディスクール》の街を「想像の共同体」として幻視させせつづけているのではないだろうか。そして織田作之助の読者は、その溜め息を、彼らに対し
てではなく、また自分に対してだけでなく、何よりも私たちが生を営むこの現実に向かって深く吐くことになるのである。

＊

最後に、本書に収めた作品の初出を記しておく。現物が確認できなかったものについては、浦西和彦編『織田作之助文藝事典』（和泉書院）を参照した。ただし、単行本に収録される際に、「雨」と「俗臭」は大幅に改稿され、「夫婦善哉」「放浪」「子守唄」「聴雨」「勝負師」「木の都」「蛍」は若干の改稿がなされている。

「夫婦善哉」　「海風」昭和十五年四月

「続　夫婦善哉」　作者生前未発表
「雪の夜」　「文藝」昭和十六年六月
「放浪」　「文学界」昭和十五年五月
「湯の町」　「トップライト」昭和二十一年七月
「雨」　「海風」昭和十三年十一月
「俗臭」　「海風」昭和十四年九月
「子守唄」　「文藝」昭和十五年十月
「黒い顔」　「銃後の大阪」昭和十六年五月
「聴雨」　「新潮」昭和十八年八月
「勝負師」　「若草」昭和十八年十月
「姉妹」　「令女界」昭和十八年十一月
「木の都」　「新潮」昭和十九年三月
「蛍」　「文藝春秋」昭和十九年九月

二〇一三年六月

〔編集後記〕

一、本書は次に挙げる初出単行本を底本とした。

| | |
|---|---|
| 「夫婦善哉」「放浪」「雨」「俗臭」 | 『夫婦善哉』創元社、昭和十五年刊 |
| 「雪の夜」 | 『漂流』輝文館、昭和十七年刊 |
| 「湯の町」 | 『夜の構図〈現代新書〉』現代社、昭和三十年刊 |
| 「子守唄」 | 『素顔』撰書堂、昭和十八年刊 |
| 「黒い顔」 | 『漂流〈現代新書〉』現代社、昭和三十一年刊 |
| 「聴雨」「勝負師」「木の都」 | 『猿飛佐助』三島書房、昭和二十一年刊 |
| 「姉妹」 | 『織田作之助全集5』講談社、昭和四十五年刊 |
| 「蛍」 | 『天衣無縫』新生活社、昭和二十一年刊 |

「続　夫婦善哉」は、雄松堂出版から二〇〇七年一〇月に刊行された『夫婦善哉　完全版』に収録されている織田作之助の直筆原稿(写真版)から直接起こした。この直筆の完成原稿は、現在、鹿児島県薩摩川内市の川内まごころ文学館に所蔵されている。

一、明らかな誤記、誤植と思われる箇所については、既刊の諸本と校合のうえ、適宜訂正した。
一、本文中、差別的な表現が用いられているところがあるが、原文の歴史性を考慮して、原文通りとした。
一、次頁の要項に従って表記がえをおこなった。

# 岩波文庫(緑帯)の表記について

近代日本文学の鑑賞が若い読者にとって少しでも容易となるよう、旧字・旧仮名で書かれた作品の表記の現代化をはかった。そのさい、原文の趣をできるだけ損なうことがないように配慮しながら、次の方針にのっとって表記がえをおこなった。

(一) 旧仮名づかいを現代仮名づかいに改める。ただし、原文が文語文であるときは旧仮名づかいのままとする。

(二) 「常用漢字表」に掲げられている漢字は新字体に改める。

(三) 漢字語のうち代名詞・副詞・接続詞など、使用頻度の高いものを一定の枠内で平仮名に改める。

(四) 平仮名を漢字に、あるいは漢字を別の漢字にかえることは、原則としておこなわない。

(五) 振り仮名を次のように使用する。

(イ) 読みにくい語、読み誤りやすい語には現代仮名づかいで振り仮名を付す。

(ロ) 送り仮名は原文どおりとし、その過不足は振り仮名によって処理する。

例、明に → 明《あきらか》に

(岩波文庫編集部)

夫婦善哉《めおとぜんざい》 正続《せいぞく》 他十二篇

2013 年 7 月 17 日　第 1 刷発行
2024 年 5 月 15 日　第 9 刷発行

作　者　織田作之助《おださくのすけ》

発行者　坂本政謙

発行所　株式会社 岩波書店
〒101-8002 東京都千代田区一ツ橋 2-5-5

案内 03-5210-4000　営業部 03-5210-4111
文庫編集部 03-5210-4051
https://www.iwanami.co.jp/

印刷・三秀舎　カバー・精興社　製本・牧製本

ISBN 978-4-00-311852-8　Printed in Japan

# 読書子に寄す

## ——岩波文庫発刊に際して——

岩波茂雄

真理は万人によって求められることを自ら欲し、芸術は万人によって愛されることを自ら望む。かつては民を愚昧ならしめるために学芸が最も狭き堂宇に閉鎖されたことがあった。今や知識と美とを特権階級の独占より奪い返すことはつねに進取的なる民衆の切実なる要求である。岩波文庫はこの要求に応じそれに励まされて生まれた。それは生命ある不朽の書を少数者の書斎と研究室とより解放して街頭にくまなく立たしめ民衆に伍せしめるであろう。近時大量生産予約出版の流行を見る。その広告宣伝の狂態はしばらくおくも、後代にのこすと誇称する全集がその編集に万全の用意をなしたるか。千古の典籍の翻訳企図に敬虔の態度を欠かざりしか。さらに分売を許さず読者を繋縛して数十冊を強うるがごとき、はたしてその揚言する学芸解放のゆえんなりや。吾人は天下の名士の声に和してこれを推挙するに躊躇するものである。このときにあたって、岩波書店は自己の責務のいよいよ重大なるを思い、従来の方針の徹底を期するため、すでに十数年以前より志して来た計画を慎重審議この際断然実行することにした。吾人は範をかのレクラム文庫にとり、古今東西にわたって文芸・哲学・社会科学・自然科学等種類のいかんを問わず、いやしくも万人の必読すべき真に古典的価値ある書をきわめて簡易なる形式において逐次刊行し、あらゆる人間に須要なる生活向上の資料、生活批判の原理を提供せんと欲する。この文庫は予約出版の方法を排したるがゆえに、読者は自己の欲する時に自己の欲する書物を各個に自由に選択することができる。携帯に便にして価格の低きを最主とするがゆえに、外観を顧みざるも内容に至っては厳選最も力を尽くし、従来の岩波出版物の特色をますます発揮せしめようとする。この計画たるや世間の一時の投機的なるものと異なり、永遠の事業として吾人は微力を傾倒し、あらゆる犠牲を忍んで今後永久に継続発展せしめ、もって文庫の使命を遺憾なく果たさしめることを期する。芸術を愛し知識を求むる士の自ら進んでこの挙に参加し、希望と忠言とを寄せられることは吾人の熱望するところである。その性質上経済的には最も困難多きこの事業にあえて当たらんとする吾人の志を諒として、その達成のため世の読書子とのうるわしき共同を期待する。

昭和二年七月

## 《日本文学(現代)》〔緑〕

| | |
|---|---|
| 怪談 牡丹燈籠 | 三遊亭円朝 |
| 小説神髄 | 坪内逍遥 |
| 当世書生気質 | 坪内逍遥 |
| アンデルセン 即興詩人 全二冊 | 森鷗外訳 |
| ウィタ・セクスアリス | 森鷗外 |
| 青年 | 森鷗外 |
| 雁 | 森鷗外 |
| 阿部一族 他二篇 | 森鷗外 |
| 山椒大夫・高瀬舟 他四篇 | 森鷗外 |
| 渋江抽斎 | 森鷗外 |
| 舞姫・うたかたの記 他三篇 | 森鷗外 |
| 鷗外随筆集 | 千葉俊二編 |
| 大塩平八郎 他三篇 | 森鷗外 |
| 浮雲 | 二葉亭四迷 十川信介校注 |
| 野菊の墓 他四篇 | 伊藤左千夫 |
| 吾輩は猫である | 夏目漱石 |
| 坊っちゃん | 夏目漱石 |
| 草枕 | 夏目漱石 |
| 虞美人草 | 夏目漱石 |
| 三四郎 | 夏目漱石 |
| それから | 夏目漱石 |
| 門 | 夏目漱石 |
| 彼岸過迄 | 夏目漱石 |
| 漱石文芸論集 | 磯田光一編 |
| 行人 | 夏目漱石 |
| こころ | 夏目漱石 |
| 硝子戸の中 | 夏目漱石 |
| 道草 | 夏目漱石 |
| 明暗 | 夏目漱石 |
| 思い出す事など 他七篇 | 夏目漱石 |
| 文学評論 全二冊 | 夏目漱石 |
| 夢十夜 他二篇 | 夏目漱石 |
| 漱石文明論集 | 三好行雄編 |
| 倫敦塔・幻影の盾 他五篇 | 夏目漱石 |
| 漱石日記 | 平岡敏夫編 |
| 漱石書簡集 | 三好行雄編 |
| 漱石俳句集 | 坪内稔典編 |
| 漱石・子規往復書簡集 | 和田茂樹編 |
| 文学論 全二冊 | 夏目漱石 |
| 坑夫 | 夏目漱石 |
| 二百十日・野分 | 夏目漱石 |
| 五重塔 | 幸田露伴 |
| 努力論 | 幸田露伴 |
| 一国の首都 他一篇 | 幸田露伴 |
| 渋沢栄一伝 | 幸田露伴 |
| 飯待つ間 —正岡子規随筆選 | 正岡子規 阿部昭編 |
| 子規句集 | 高浜虚子選 |
| 病牀六尺 | 正岡子規 |
| 子規歌集 | 土屋文明編 |
| 墨汁一滴 | 正岡子規 |

| | |
|---|---|
| 仰臥漫録 | 正岡子規 |
| 歌よみに与ふる書 | 正岡子規 |
| 獺祭書屋俳話・芭蕉雑談 | 正岡子規 |
| 子規紀行文集 | 復本一郎編 |
| 正岡子規ベースボール文集 | 復本一郎編 |
| 金色夜叉 全二冊 | 尾崎紅葉 |
| 不如帰 | 徳冨蘆花 |
| 武蔵野 | 国木田独歩 |
| 愛弟通信 | 国木田独歩 |
| 蒲団・一兵卒 | 田山花袋 |
| 田舎教師 | 田山花袋 |
| 一兵卒の銃殺 | 田山花袋 |
| あらくれ・新世帯 | 徳田秋声 |
| 藤村詩抄 | 島崎藤村自選 |
| 破戒 | 島崎藤村 |
| 春 | 島崎藤村 |
| 桜の実の熟する時 | 島崎藤村 |
| 夜明け前 全四冊 | 島崎藤村 |
| 藤村文明論集 | 十川信介編 |
| 生ひ立ちの記 他一篇 | 島崎藤村 |
| 島崎藤村短篇集 | 大木志門編 |
| にごりえ・たけくらべ | 樋口一葉 |
| 大つごもり・十三夜 他五篇 | 樋口一葉 |
| 修禅寺物語・正雪の二代目 他四篇 | 岡本綺堂 |
| 高野聖・眉かくしの霊 | 泉鏡花 |
| 歌行燈 | 泉鏡花 |
| 夜叉ケ池・天守物語 | 泉鏡花 |
| 草迷宮 | 泉鏡花 |
| 春昼・春昼後刻 | 泉鏡花 |
| 鏡花短篇集 | 川村二郎編 |
| 外科室・海城発電 他五篇 | 泉鏡花 |
| 鏡花随筆集 | 吉田昌志編 |
| 化鳥・三尺角 他六篇 | 泉鏡花 |
| 鏡花紀行文集 | 田中励儀編 |
| 俳句はかく解しかく味う | 高浜虚子 |
| 俳句への道 | 高浜虚子 |
| 回想 子規・漱石 | 高浜虚子 |
| 有明詩抄 | 蒲原有明 |
| 上田敏全訳詩集 | 山内義雄・矢野峰人編 |
| 宣言 | 有島武郎 |
| 一房の葡萄 他四篇 | 有島武郎 |
| 寺田寅彦随筆集 全五冊 | 小宮豊隆編 |
| 柿の種 | 寺田寅彦 |
| 与謝野晶子歌集 | 与謝野晶子自選 |
| 与謝野晶子評論集 | 鹿野政直・香内信子編 |
| 私の生い立ち | 与謝野晶子 |
| つゆのあとさき | 永井荷風 |
| 濹東綺譚 | 永井荷風 |
| 荷風随筆集 全二冊 | 野口冨士男編 |
| 摘録 断腸亭日乗 全二冊 | 永井荷風・磯田光一編 |
| すみだ川・新橋夜話 他一篇 | 永井荷風 |

あめりか物語　永井荷風
下谷叢話　永井荷風
ふらんす物語　永井荷風
荷風俳句集　加藤郁乎編
浮沈・踊子 他三篇　永井荷風
花火・来訪者 他十一篇　永井荷風
問はずがたり・吾妻橋 他十六篇　永井荷風
斎藤茂吉歌集　山口茂吉・柴生田稔・佐藤佐太郎編
千鳥 他四篇　鈴木三重吉
鈴木三重吉童話集　勝尾金弥編
小僧の神様 他十篇　志賀直哉
暗夜行路 全二冊　志賀直哉
志賀直哉随筆集　高橋英夫編
高村光太郎詩集　高村光太郎
北原白秋歌集　高野公彦編
北原白秋詩集 全二冊　安藤元雄編
フレップ・トリップ　北原白秋

野上弥生子随筆集　竹西寛子編
野上弥生子短篇集　加賀乙彦編
お目出たき人・世間知らず　武者小路実篤
友情　武者小路実篤
銀の匙　中勘助
若山牧水歌集　伊藤一彦編
新編 みなかみ紀行　若山牧水・池内紀編
新編 啄木歌集　久保田正文編
吉野葛・蘆刈　谷崎潤一郎
卍（まんじ）　谷崎潤一郎
谷崎潤一郎随筆集　篠田一士編
多情仏心 全二冊　里見弴
道元禅師の話　里見弴
今年竹 全二冊　里見弴
萩原朔太郎詩集　三好達治選
郷愁の詩人 与謝蕪村　萩原朔太郎
猫町 他十七篇　萩原朔太郎・清岡卓行編

恋愛名歌集　萩原朔太郎
恩讐の彼方に・忠直卿行状記 他八篇　菊池寛
父帰る・藤十郎の恋 菊池寛戯曲集　石割透編
河明り 老妓抄 他一篇　岡本かの子
春泥・花冷え　久保田万太郎
大寺学校 ゆく年　久保田万太郎
久保田万太郎俳句集　恩田侑布子編
室生犀星詩集　室生犀星自選
犀星王朝小品集　室生犀星
室生犀星俳句集　岸本尚毅編
出家とその弟子　倉田百三
羅生門・鼻・芋粥・偸盗　芥川竜之介
地獄変・邪宗門・好色・藪の中 他七篇　芥川竜之介
河童 他二篇　芥川竜之介
歯車 他二篇　芥川竜之介
蜘蛛の糸・杜子春・トロッコ 他十七篇　芥川竜之介
侏儒の言葉・文芸的な、余りに文芸的な　芥川竜之介

| | |
|---|---|
| 芥川竜之介書簡集 | 石割透編 |
| 芥川竜之介随筆集 | 石割透編 |
| 蜜柑・尾生の信 他十八篇 | 芥川竜之介 |
| 年末の一日・浅草公園 他十七篇 | 芥川竜之介 |
| 芥川竜之介紀行文集 | 山田俊治編 |
| 田園の憂鬱 | 佐藤春夫 |
| 海に生くる人々 | 葉山嘉樹 |
| 葉山嘉樹短篇集 | 道籏泰三編 |
| 日輪・春は馬車に乗って 他八篇 | 横光利一 |
| 宮沢賢治詩集 | 谷川徹三編 |
| 童話集 風の又三郎 他十八篇 | 宮沢賢治 谷川徹三編 |
| 童話集 銀河鉄道の夜 他十四篇 | 宮沢賢治 谷川徹三編 |
| 山椒魚・遙拝隊長 他七篇 | 井伏鱒二 |
| 川釣り | 井伏鱒二 |
| 井伏鱒二全詩集 | 井伏鱒二 |
| 太陽のない街 | 徳永直 |
| 黒島伝治作品集 | 紅野謙介編 |

| | |
|---|---|
| 伊豆の踊子・温泉宿 他四篇 | 川端康成 |
| 雪国 | 川端康成 |
| 山の音 | 川端康成 |
| 川端康成随筆集 | 川西政明編 |
| 三好達治詩集 | 桑原武夫 大槻鉄男選 |
| 詩を読む人のために | 三好達治 |
| 中野重治詩集 | 中野重治 |
| 夏目漱石 全二冊 | 小宮豊隆 |
| 新編 思い出す人々 | 内田魯庵 紅野敏郎編 |
| 檸檬《レモン》・冬の日 他九篇 | 梶井基次郎 |
| 蟹工船 一九二八・三・一五 | 小林多喜二 |
| 富嶽百景・走れメロス 他八篇 | 太宰治 |
| 斜陽 他一篇 | 太宰治 |
| 人間失格・グッド・バイ 他一篇 | 太宰治 |
| 津軽 | 太宰治 |
| お伽草紙・新釈諸国噺 | 太宰治 |
| 右大臣実朝 他一篇 | 太宰治 |

| | |
|---|---|
| 真空地帯 | 野間宏 |
| 日本唱歌集 | 堀内敬三 井上武士編 |
| 日本童謡集 | 与田準一編 |
| 森鷗外 | 石川淳 |
| 至福千年 | 石川淳 |
| 小林秀雄初期文芸論集 | 小林秀雄 |
| 近代日本人の発想の諸形式 他四篇 | 伊藤整 |
| 小説の認識 | 伊藤整 |
| 中原中也詩集 | 大岡昇平編 |
| ランボオ詩集 | 中原中也訳 |
| 晩年の父 | 小堀杏奴 |
| 小熊秀雄詩集 | 岩田宏編 |
| 夕鶴・彦市ばなし 他二篇 —木下順二戯曲選II— | 木下順二 |
| 元禄忠臣蔵 全二冊 | 真山青果 |
| 随筆滝沢馬琴 | 真山青果 |
| 旧聞日本橋 | 長谷川時雨 |
| みそっかす | 幸田文 |

古句を観る　柴田宵曲
俳諧随筆 蕉門の人々　柴田宵曲
新編 俳諧博物誌　柴田宵曲／小出昌洋編
随筆集 団扇の画　柴田宵曲／小出昌洋編
子規居士の周囲　柴田宵曲
小説集 夏の花　原民喜
原民喜全詩集
いちご姫・蝴蝶 他二篇　山田美妙／十川信介校訂
銀座復興 他三篇　水上滝太郎
魔風恋風 全二冊　小杉天外
柳橋新誌　成島柳北／塩田良平校訂
幕末維新パリ見聞記 成島柳北「航西日乗」・栗本鋤雲「暁窓追録」　井田進也校注
野火／ハムレット日記　大岡昇平
中谷宇吉郎随筆集　樋口敬二編
雪　中谷宇吉郎
冥途・旅順入城式　内田百閒
東京日記 他六篇　内田百閒

西脇順三郎詩集　那珂太郎編
大手拓次詩集　原子朗編
評論集 滅亡について 他三十篇　武田泰淳／川西政明編
山岳紀行文集 日本アルプス　小島烏水／近藤信行編
雪中梅　末広鉄腸／小林智賀平校訂
新編 東京繁昌記　木村荘八／尾崎秀樹編
新編 山と渓谷　田部重治／近藤信行編
日本児童文学名作集 全二冊　桑原三郎／千葉俊二編
山月記・李陵 他九篇　中島敦
眼中の人　小島政二郎
新選 山のパンセ　串田孫一自選
小川未明童話集　桑原三郎編
新美南吉童話集　千葉俊二編
岸田劉生随筆集　酒井忠康編
摘録 劉生日記　岸田劉生／酒井忠康編
量子力学と私　朝永振一郎／江沢洋編
書物　森銑三／柴田宵曲

自註鹿鳴集　会津八一
窪田空穂随筆集　大岡信編
窪田空穂歌集　大岡信編
奴隷 ―小説・女工哀史1　細井和喜蔵
工場 ―小説・女工哀史2　細井和喜蔵
鷗外の思い出　小金井喜美子
森鷗外の系族　小金井喜美子
木下利玄全歌集　五島茂編
新編 学問の曲り角　河野与一／原二郎編
林芙美子紀行集 下駄で歩いた巴里　立松和平編
放浪記　林芙美子
山の旅 全二冊　近藤信行編
酒道楽　村井弦斎
文楽の研究 全二冊　三宅周太郎
五足の靴　五人づれ
尾崎放哉句集　池内紀編
リルケ詩抄　茅野蕭々訳

ぷえるとりこ日記　有吉佐和子
江戸川乱歩短篇集　千葉俊二編
怪人二十面相・青銅の魔人　江戸川乱歩
少年探偵団・超人ニコラ　江戸川乱歩
江戸川乱歩作品集 全三冊　浜田雄介編
堕落論・日本文化私観 他二十二篇　坂口安吾
桜の森の満開の下・白痴 他十二篇　坂口安吾
風と光と二十の私と・いずこへ 他十六篇　坂口安吾
久生十蘭短篇選　川崎賢子編
墓地展望亭・ハムレット 他六篇　久生十蘭
六白金星・可能性の文学 他十一篇　織田作之助
夫婦善哉 正続 他十二篇　織田作之助
わが町・青春の逆説　織田作之助
歌の話・歌の円寂する時 他一篇　折口信夫
死者の書・口ぶえ　折口信夫
汗血千里の駒 坂本龍馬君之伝　坂崎紫瀾 林原純生校注
日本近代短篇小説選 全六冊　紅野敏郎・紅野謙介 千葉俊二・宗像和重 山田俊治編

自選 谷川俊太郎詩集
訳詩集 白孔雀　西條八十訳
茨木のり子詩集　谷川俊太郎選
大江健三郎自選短篇
M/Tと森のフシギの物語　大江健三郎
キルプの軍団　大江健三郎
石垣りん詩集　伊藤比呂美編
漱石追想　十川信介編
荷風追想　多田蔵人編
鷗外追想　宗像和重編
自選 大岡信詩集
うたげと孤心　大岡信
日本の詩歌 その骨組みと素肌　大岡信
詩人・菅原道真 ―うつしの美学　大岡信
日本近代随筆選 全三冊　千葉俊二 長谷川郁夫 宗像和重編
尾崎士郎短篇集　紅野謙介編
山之口貘詩集　高良勉編

原爆詩集　峠三吉
竹久夢二詩画集　石川桂子編
まど・みちお詩集　谷川俊太郎編
山頭火俳句集　夏石番矢編
二十四の瞳　壺井栄
幕末の江戸風俗　塚原渋柿園 菊池眞一編
けものたちは故郷をめざす　安部公房
詩の誕生　大岡信 谷川俊太郎
鹿児島戦争記 ―実録 西南戦争　篠田仙果 松本常彦校注
東京百年物語 一八六八〜一九〇九 全三冊　ロバート・キャンベル 十重田裕一 宗像和重編
三島由紀夫紀行文集　佐藤秀明編
若人よ蘇れ・黒蜥蜴 他一篇　三島由紀夫
三島由紀夫スポーツ論集　佐藤秀明編
吉野弘詩集　小池昌代編
開高健短篇選　大岡玲編
破れた繭 耳の物語1　開高健
夜と陽炎 耳の物語2　開高健

色ざんげ　宇野千代

老女マノン・脂粉の顔　他四篇　宇野千代／尾形明子編

明智光秀　小泉三申

久米正雄作品集　石割透編

次郎物語　全五冊　下村湖人

まっくら　女坑夫からの聞き書き　森崎和江

北條民雄集　田中裕編

安岡章太郎短篇集　持田叙子編

## 《東洋思想》〔青〕

- 易経 全二冊　高田真治・後藤基巳訳
- 論語　金谷治訳注
- 孔子家語　藤原正校訳
- 孟子 全二冊　小林勝人訳注
- 老子　蜂屋邦夫訳注
- 荘子 全四冊　金谷治訳注
- 新訂 孫子　金谷治訳注
- 荀子 全二冊　金谷治訳注
- 韓非子 全四冊　金谷治訳注
- 史記列伝 全五冊　司馬遷／小川環樹・今鷹真・福島吉彦訳
- 春秋左氏伝 全三冊　小倉芳彦訳
- 塩鉄論　曾我部静雄訳註
- 千字文　小川環樹・木田章義注解
- 大学・中庸　金谷治訳注
- 仁学 —清末の社会変革論　譚嗣同／西順蔵・坂元ひろ子訳注
- 章炳麟集 —清末の民族革命思想　西順蔵・近藤邦康編訳
- 梁啓超文集　岡本隆司・石川禎浩・高嶋航編訳
- マヌの法典　田辺繁子訳
- ガンディー獄中からの手紙　森本達雄訳
- ウパデーシャ・サーハスリー —真実の自己の探求　シャンカラ／前田専学訳

## 《仏教》〔青〕

- ブッダのことば —スッタニパータ　中村元訳
- ブッダの真理のことば・感興のことば　中村元訳
- 般若心経・金剛般若経　中村元・紀野一義訳註
- 法華経 全三冊　坂本幸男・岩本裕訳注
- 日蓮文集　兜木正亨校注
- 浄土三部経 全二冊　中村元・早島鏡正・紀野一義訳註
- 大乗起信論　宇井伯寿・高崎直道訳注
- 臨済録　入矢義高訳注
- 碧巌録 全三冊　入矢義高・溝口雄三・末木文美士・伊藤文生訳注
- 無門関　西村恵信訳注
- 法華義疏 全二冊　聖徳太子／花山信勝校訳
- 往生要集 全二冊　源信／石田瑞麿訳注
- 教行信証　親鸞／金子大栄校訂
- 歎異抄　金子大栄校注
- 正法眼蔵 全四冊　道元／水野弥穂子校注
- 正法眼蔵随聞記　懐奘編／和辻哲郎校訂
- 道元禅師清規　大久保道舟訳注
- 一遍上人語録 —付 播州法語集　大橋俊雄校注
- 南無阿弥陀仏 —付 心偈　柳宗悦
- 蓮如上人御一代聞書　稲葉昌丸校訂
- 日本的霊性　鈴木大拙／篠田英雄校訂
- 新編 東洋的な見方　鈴木大拙／上田閑照編
- 大乗仏教概論　鈴木大拙／佐々木閑訳
- 浄土系思想論　鈴木大拙
- 神秘主義 キリスト教と仏教　鈴木大拙／坂東性純・清水守拙訳
- 禅の思想　鈴木大拙
- ブッダ最後の旅 —大パリニッバーナ経　中村元訳
- 仏弟子の告白 —テーラガーター　中村元訳
- 尼僧の告白 —テーリーガーター　中村元訳

# 岩波文庫の最新刊

網野善彦著
## 日本中世の非農業民と天皇（上）
山野河海という境界領域に生きた中世の「職人」たちの姿を通じて、天皇制の本質と根深さ、そして人間の本源的自由を問う、著者の代表的著作。（全二冊）
〔青N四〇二-二〕 定価一六五〇円

エーリヒ・ケストナー作／酒寄進一訳
## 独裁者の学校
大統領の替え玉を使い捨てにして権力を握る大臣たち。政変が起きるが、その行方は…。痛烈な皮肉で独裁体制の本質を暴いた、作者渾身の戯曲。
〔赤四七一-三〕 定価七一五円

ラインホールド・ニーバー著／千葉 眞訳
## 道徳的人間と非道徳的社会
個人がより善くなることで、社会の問題は解決できるのか。二〇世紀アメリカを代表する神学者が人間の本性を見つめ、政治と倫理の相克に迫った代表作。
〔青N六〇九-一〕 定価一四三〇円

トマス・アクィナス著／稲垣良典・山本芳久編／稲垣良典訳
## 精選 神学大全2 法論
トマス・アクィナス（一二二五頃-一二七四）の集大成『神学大全』から精選。2は人間論から「法論」、「恩寵論」を収録する。解説＝山本芳久、索引＝上遠野翔。（全四冊）
〔青六二一-四〕 定価一七一六円

……今月の重版再開……

高浜虚子著
## 立子へ抄
―虚子より娘へのことば―
〔緑二八-九〕 定価一二二一円

喜安 朗訳
## フランス二月革命の日々
―トクヴィル回想録―
〔白九-一〕 定価一五七三円

## 岩波文庫の最新刊

ゲルツェン著／長縄光男訳
### ロシアの革命思想
―その歴史的展開―

ロシア初の政治的亡命者、ゲルツェン(一八一二―一八七〇)。人間の尊厳と言論の自由を守る革命思想を文化史とともにたどり、農奴制と専制の非人間性を告発する書。
〔青N六一〇-一〕 定価一〇七八円

ラス・カサス著／染田秀藤訳
### インディアスの破壊をめぐる賠償義務論
―十二の疑問に答える―

新大陸で略奪行為を働いたすべてのスペイン人を糾弾し、先住民に対する賠償義務を数多の神学・法学理論に拠り説き明かし、その履行をつよく訴える。最晩年の論策。
〔青四二七-九〕 定価一一五五円

岩田文昭編
### 嘉村礒多集

嘉村礒多(一八九七―一九三三)は山口県仁保生れの作家。小説、随想、書簡から選んだ。己の業苦の生を文学に刻んだ、苦しむ者の光源となる同朋の全貌。
〔緑七四-二〕 定価一〇〇一円

網野善彦著
### 日本中世の非農業民と天皇（下）

海民、鵜飼、桂女、鋳物師ら、山野河海に生きた中世の「職人」と天皇の結びつきから日本社会の特質を問う、著者の代表的著作。(全二冊、解説＝高橋典幸)
〔青N四〇二-二〕 定価一四三〇円

ヘルダー著／嶋田洋一郎訳
### 人類歴史哲学考（三）

第二部第十巻―第三部第十三巻を収録。人間史の起源を考察し、風土に基づいてアジア、中東、ギリシアの文化や国家などを論じる。(全五冊)
〔青N六〇八-三〕 定価一二七六円

……今月の重版再開……

池上洵一編
### 今昔物語集 天竺・震旦部
〔黄一九-一〕 定価一四三〇円

清水三男著／大山喬平・馬田綾子校注
### 日本中世の村落
〔青四七〇-一〕 定価一三五三円